金鰲新話

訳注と研究

早川智美 著

和泉書院

序

河内昭圓

　多少の縁あって、道春訓點本『金鰲新話』の複印を手元に置いていた。これを手にした當初、必要に迫られて一應通讀したが、讀解にいささか面倒なところがあるという以外、各段の興味を持つということはなかった。

　二〇〇三年の初頭であったと記憶する。韓國での語學留學を終えて歸國したばかりの早川智美君は、博士論文の主題選擇に惱んでいた。すでに一年六ケ月の中國留學を經驗し、中國語學をもって修士論文としていた彼女は、次なる大きな論文も當然その延長線上に主題を置くべく豫定していたが、韓國あるいは韓國語に對する新たな興味が、豫定を搖るがせていた。

　韓國では『金鰲新話』に對する評価がすこぶる高く、古典文學の最高峰という位置づけがなされていることを承知していた私は、これを讀んでみてはどうかと早川君に勸めた。ただ、勸めてはみたものの、これをもって學位請求論文が書けるというほどの問題意識が私自身の中にあったわけではない。李朝時代の金時習が撰した漢文小説、これなら韓國と中國の古典文學研究を兼ねる。一石二鳥とはこのことをいうのであろうと思う程度の、はなはだ無責任な推奨であった。

小説の解讀にとりかかった早川君は、當時大谷大學総合研究室の助手であった中文の輪田直子・國文の仁木夏實の兩氏に協力を要請し、他の院生にも呼びかけて、たちまちに輪讀會を組織した。このあたりが早川君の特性で、日ごろからよく人の世話をしていた人柄が、それを可能にした。

道春訓點本を用いて輪讀を開始した閒もなくのころから、讀めない、わからないという部分を私のもとに持ってきた。出典不明に因をなすものは出據を探索するほかないが、誤讀による訓點の不備に因をなす部分については、訓點を排除して白文に打ち直し、しかるのち文章を凝視するよう奨勵した。その作業でおおよその問題は解決したものである。

「道春訓點」の誤讀については本書に詳述されている。それは明らかに他の和刻本の多くに共通する訓點の確度の高さとは質を異にする。私はようやく「道春訓點」を疑い、その疑いを明確に提示できれば論文になり得ると思うにいたった。

早川君は、すみやかに輪讀會を組織した事實によって知れるように、協調性に富む。これに加えて誠實の人であり、努力の人である。二〇〇〇年・二〇〇二年、大谷大學が中國古典文學の權威と目される南開大學の羅宗强教授を招聘したときには、京都滯在中の教授夫妻の日常を助けて大いに感謝された。誠實のあらわれである。早川君が『金鰲新話』に初めて接したのは、彼女自身の状況でいえば博士後期課程二回生の年度末であった。論文にまとめる時間は、約束事にしたがって三年に限られていた。短期間のうちにそれをよく成し遂げた。努力の證明である。

それにつけても、よく勉強したものだと思う。版本問題に關わっては、書の存するところ遠近を問わず足を運んだ。東京はいうにおよばず、中國の大連圖書館も訪ねて地に付いた調査を行なっている。撰者金時習は自己の學識によほど誇るところがあった人で、出典探しに後生を悩ませていたが、早川君は從前不明であった部分の多くを解明している。本書の初稿を見るかぎり、依然問題を殘す箇所無しとしないが、その功績は小さくない。ここにあらためて敬意を表したい。

二〇〇六年一二月　記す

目次

研究篇

譯注篇

〈凡例〉

一　本譯注の本文は朝鮮木版本（『금오신화외 판본』所收　影印版　崔溶澈編　二〇〇三年七月十八日發行　國學資料院〔韓國〕）を底本とし、句讀點等を加えて、校勘、書き下し、注釋、現代日本語譯を施した。句讀點をつけるにあたっては、和刻本を參照した。

二　校勘に用いたテキストは以下の通りである。以下〔　〕内の略記を用いる。

・朝鮮木版本『梅月堂金鰲新話』（一五四六～六七年）
・『梅月堂金鰲新話』（承應本、一六五三年　独立行政法人 國立公文書館（以下「國立公文書館」）藏本）〔承本〕
・日本後刷本・道春訓點『梅月堂金鰲新話』（寬文本、一六七三年　天理圖書館藏本）〔寬本〕
・日本序跋批評本『序跋批評朝鮮金時習著金鰲新話』（明治本・俗稱大塚本、一八八四年　國立公文書館藏本）〔明本〕
・朝鮮筆寫本「萬福寺樗蒲記」（『十七世紀漢文小説集』所收　二〇〇〇年九月、筆寫年度未詳　삼경문화사〔韓國〕）〔手澤本〕

三　愼獨齋本は『金鰲新話』全五篇のうち、「萬福寺樗蒲記」と「李生窺墻傳」の二篇しか收めないが、ここでは參考のため校勘の對象とした。頁の破損による缺字は校勘の對象としない。

四　手澤本の行間に書き足されている文字については、〃＋（文字）〃表示をした。

五　承應本と寬文本は同一の版木を使用したものであるが、寬文本の二十一～二十四丁は萬治本の覆刻であると思われる。よって、二十一～二十四丁（第三話「醉遊浮碧亭記」一一四頁～一三九頁）の四丁のみ寬文本も校勘の對象としているが、他は承應本のみ表記する。

六　本書では全ての漢字は原則として本字體に統一している。ただし、一部俗字・別體字を殘した。

萬福寺樗蒲記

【本文】

南原有梁生者。早喪父母。未有妻室。獨居萬福寺之東房外。有梨花一株。方春盛開。如瓊樹銀堆。生每月夜逡巡朗吟其下。詩曰。

一樹梨花伴寂寥。可憐辜負月明宵。
青年獨臥孤窻畔。何處玉人吹鳳簫。

翡翠孤飛不作雙。鴛鴦失侶浴晴江。
誰家有約敲碁子。夜卜燈花愁倚窻。

【校勘】

○樗蒲…手澤本「蒲摽」 ○喪…手澤本「失」 ○東房外…手澤本「東方房外」 ○月…手澤本 なし
○憐…承本「隣」 ○晴…承本「清」

【書き下し】

南原に梁生なる者有り。早に父母を喪う。未だ妻室有らず。萬福寺の東房の外に獨居す。梨花一株有り。春に方りて盛んに開く。瓊樹銀堆の如し。生 月夜毎に逡巡して其の下に朗吟す。詩に曰く。

一樹の梨花 寂寥を伴う。憐む可し月明の宵を辜負《こふ》することを。
青年 獨り臥す孤窓の畔り。何れの處の玉人か鳳簫を吹く。

翡翠 孤り飛びて雙を作さず。鴛鴦 侶を失いて晴江に浴す。
誰が家にか約有り碁子を敲《たた》かん。夜 燈花を卜して愁いて窓に倚る。

【注】

・南原…もとは古龍郡といい、後漢建安中(一九六～二一九)に帯方郡となる。新羅景徳王(七四二～六五)の時、南原と改める。高麗忠宣王二(一三一〇)年に再び帯方郡となるも、後、南原郡に改め、高麗恭愍王九(一三六〇)年に南原府となる。現在の全羅北道南原市。(『新增東國輿地勝覽』巻之三十九 南原都護府)
・梁生…梁書生を縮めた語。梁の姓をもつ書生の意。
・萬福寺…全羅道南原にある寺。高麗・文宗のときに創建された。(『新增東國輿地勝覽』巻之三十九 南原都護府 佛宇)
・玉人…玉のように皎潔なひと。後世多く美女にいう。杜牧・寄揚州韓綽判官詩「二十四橋明月夜、玉人何處敎吹簫」
・誰家有約敲碁子二句…『剪燈新話』題剪燈錄後絕句四首之二「風動疎簾月滿臺、敲棊不見可人來、只消幾紙閑文字、待得燈花半夜開」

・卜燈花…燈火の明暗で事の吉凶を占うこと。燈花は、ともし火の燈心に先に生じた燃えかすの塊が花の形に結んだもの。燈花を生ずれば吉事の兆しという。想い人の訪れの有無を占いもする。郭鈺・送遠曲「歸期未定須寄書、誤人莫誤燈花卜」

【譯】
南原に梁という書生がいた。彼は早くに父母を亡くし、まだ妻もなく、一人で萬福寺の東房の外に住んでいた。部屋の外には梨の木が一株あり、ちょうど春で満開だった。それはまるで玉の樹に銀の塊がついているかのようだった。梁書生は月夜は決まって散歩に出かけ、その樹の下で詩を吟じた。

梨花はうらさみしく
明るい月明かりの夕べは無爲にすごすのがつらい。
青年は一人臥して窗にもたれ
どこかの家の美人は簫をふいている。

かわせみは一羽で飛んで對にならず、
鴛鴦はつれあいをなくして晴江で水浴びをしている。
どなたの家で碁を打つ約束があるのだろう。
夜は燈火を占って、いつになったらそういう約束があるのかと憂いをふくんで窗邊にもたれている。

【本文】

吟罷忽空中有聲曰。君欲得好逑。何憂不遂。生心喜之。明日卽三月二十四日也。州俗燃燈於萬福寺祈福。士女駢集。各呈其志。日晩梵罷人稀。生袖樗蒱擲於佛前曰。吾今日與佛欲鬪蒱戲。若我負則設法筵以賽。若佛負則得美女。以遂我願耳。祝訖遂擲之。生果勝。卽跪於佛前曰。業已定矣。不可誑也。遂隱於几下。以候其約。

【校勘】

○憂…手澤本「爲」　○祈福…手澤本「福祝」　○士女…手澤本　なし　○也…手澤本　なし

【書き下し】

吟じ罷りて忽ち空中に聲有りて曰く。君好逑を得んと欲す。何ぞ遂げざるを憂えん、と。生心に之を喜ぶ。明日卽ち三月二十四日なり。州俗　萬福寺に燃燈して福を祈る。子女駢《なら》び集り、各の其の志を呈す。日晩れて梵罷み人稀なり。生樗蒱を袖にして佛前に擲ちて曰く。吾今日佛と蒱戲を鬪わしめんと欲す。若し我負れば則ち法筵を設けて以て賽《むく》いん。若し佛負れば則ち美女を得て、以て我が願いを遂ぐるのみ、と。祝し訖りて遂に之を擲つ。生 果して勝つ。卽ち佛前に跪きて曰く、業已に定まれり。誑《あざむ》くべからざるなり、と。遂に几の下に隱れ、以て其の約を候《うかが》う。

【注】

・好逑…良いつれあい。『詩經』國風　周南　關雎「窈窕淑女、君子好逑」

・梵…梵唄、讀經のこと。
・樗蒲…柶戲。柶とは、赤荆を切り取り、縦に二つに割ってかまぼこ状のものを四つ作る。この柶を投げた時の表裏の組み合わせで勝負する。
・法筵…佛法をきく席。『北齊書』巻二十四　列傳第十六　杜弼傳「六年四月八日、魏帝集名僧於顯陽殿講説佛理、…（略）…中書令邢卲、祕書監魏收等竝侍法筵。」

【譯】


詩を吟じ終わると、突然空中より聲がした。

「お前は、良いつれあいを得たいと思っているのだろう。いますぐ手に入らないからといって、どうしてそんなになげくことがあろうか」

梁生は内心これをきいて喜んだ。明日はちょうど三月二十四日である。このあたりの風習では、燈をともして萬福寺で幸福を祈る日であった。男女ともに寺にあつまって、それぞれの所願を祈るのだった。日が暮れて讀經がやみ、人はまばらになった。梁生は袖から樗蒲を取り出して、佛前で言った。

「私は今日佛様と賭けをしようと思います。もし私が負けたら、講説の席を設けて佛様の供養をすることにしましょう。もし佛様が負けたら、美しい女性を授けてください。それで私の願いを叶えてください」

祈り終わると、樗蒲をなげた。梁生の勝ちだった。そこで彼は佛前に跪いて言った。

「運命はもうすでに決まりました。私の願いを欺いてはいけませんよ」

そこで机の下に隠れて、佛様との約束が果たされる時を待った。

【本文】

俄而有一美姬。年可十五六。丫鬟淡飾。儀容婥妁。如仙姝天妃。望之儼然。手携油瓶。添燈插香。三拝而跪。噫而歎曰。人生薄命。乃如此邪。

【校勘】

○姫…手澤本「人」

【書き下し】

俄にして一美姫有り。年は十五六ばかり。丫鬟淡飾にして、儀容婥妁たり。仙姝天妃の如くして之を望むに儼然たり。手に油瓶を携え、燈を添えて香を插む。三拝して跪き、噫《い》として歎じて曰く、人生まれて薄命、乃ち此の如きか、と。

【注】

・薄命…佳人薄命。美人は多く不幸せである。また短命であるの意。『漢書』巻九十七下　外戚傳第六十七下　孝成許皇后傳「奈何妾薄命、端遇竟寧前」

【譯】

まもなく美しい娘が現れた。年は十五、六歳くらいで、髪を二つにあげまきに結って淡く飾り、その姿はしなやかで美しかった。まるで仙女か女神のようで、嚴然として佛像に向かった。手には油さしをもち、燈に火をつけて線香をさした。三拜してから跪き、ああと嘆息して言った。
「女子が生まれて薄命というのは、まさにこのようなことでしょうか」

【本文】

遂出懷中狀詞。獻於卓前。其詞曰。某州某地居住何氏某。竊以曩者。邊方失禦。倭寇來侵。干戈滿目。烽燧連年。焚蕩室廬。虜掠生民。東西奔竄。左右逋逃。親戚僮僕。各相亂離。妾以蒲柳弱質。不能遠逝。自入深閨。終守幽貞。不爲行露之沾。以避橫逆之禍。父母以女子守節不爽。避地僻處。僑居草野。已三年矣。然而秋月春花。傷心虛度。野雲流水。無聊送日。幽居在空谷。歎平生之薄命。獨宿度良宵。傷彩鸞之獨舞。日居月諸。魂銷魄喪。夏夕冬宵。膽裂腸摧。惟願覺皇。曲垂憐愍。生涯前定。業不可避。賦命有緣。早得歡娛。無任懇禱之至。

【校勘】

○狀…手澤本　なし　○聊…明本「聊」　○歎…手澤本「嘆」

【書き下し】

遂に懷中より狀詞を出し、卓前に獻《たてま》つる。其の詞に曰く、某州某地に居住の何氏の某、竊《ひそか》に以《おもんみ》れば曩《むかし》者、邊方禦を失い、倭寇來侵す。干戈目に滿ち、烽燧《ほうすい》年を連ぬ。室廬を焚蕩し、生民を虜掠す。東西に奔り竄《かく》れ、左右に逋《のが》れ逃ぐ。

親戚僮僕、各相亂離す。妾 蒲柳弱質を以て、遠く逝くこと能わず。自ら深閨に入りて、終に幽貞を守る。行露の沾を爲さず、以て横逆の禍を避く。父母女子節を守りて爽わざるを以て、地を僻處に避けしむ。草野に僑居すること、已に三年。然れども秋月春花、傷心して虛しく度り、野雲流水、無聊にして日を送る。幽居空谷に在り、平生の薄命を歎く。獨宿して良宵を度り、彩鸞の獨り舞うを傷む。日居《ひや》月諸《つきや》、魂銷《き》え魄喪う。夏の夕 冬の宵、膽《きも》裂け腸摧《くだ》く。惟だ願わくは覺皇、曲かに憐愍を垂れんことを。生涯は前に定まり、業は避くべからず。賦命縁有り、早に歡娯を得んことを。懇禱の至に任《た》うること無し、と。

【注】

・蒲柳弱質…蒲柳の姿。體の衰弱したことを自ら言う語。『世說新語』言語第二「蒲柳之姿、望秋而落、松柏之質、經霜彌茂」

・幽貞…幽閒貞靜。物靜かでおくゆかしい。『詩經』國風 周南 關雎 集傳「見其有幽閒貞靜之德、故作是詩」

・行露…道上の露。『詩經』國風 召南 行露「厭浥行露、豈不夙夜」

・秋月春花…秋の夜の月と春の日の花。よい時節によい景色。孫周卿・蟾宮曲・題琵琶亭「今老却朝雲暮霞、再休題秋月春花」、『剪燈新話』聯芳樓記「然而秋月春花每傷虛度、雲情水性失於自持」

・日居月諸…月日の過ぎること。『詩經』邶風 柏舟「日居月諸、胡迭而微」

・覺皇…佛のこと。

・生涯…命には限りがあること。『莊子』養生主第三「吾生也有涯、而知也無涯」

・無任懇禱之至…切にこいねがう。白居易・爲宰相請上尊號第二表「此實天下之幸甚、非獨臣之幸也。臣等無任誠願懇禱之至」

【譯】

そこで懐から狀詞を出し、机の前に差し出した。その詞にはこうあった。

「某州某地に居住の何氏の某が、ひそかに昔を思うに、邊境の守りがくずれ、倭寇が來侵してからというもの、戰いにあけくれ、のろしが上がっていることが年々續きました。家は燒きつくされ、民は虜にされて、財物を奪われました。人々は東西にはしり隱れ、左右にのがれ逃げました。親戚や召使も離れ離れになってしまいました。私は體が弱かったため遠くに逃げることはできず、自分から深閨に入り、靜かに身を守っておりました。衣を露にぬらすようなことはせず、難を避けておりました。父母は女子というものは節操を守ってたがうことのないようにと、私の身を僻所に避けさせたのです。私は草野に假住まいし、もう三年がたちました。しかし、秋には名月、春には美しい花といった良い時節に、わたしは傷心していたずらに歲月を過ごし、野に流れゆく雲や水のように、無聊に日々を送りました。弊居は人のいないさびしい谷にあって、私は平生の不運を嘆きつつ、よき夕べを一人で過ごし、つがいを失った鸞鳥が一羽で舞っているのを見ては心を痛めています。日々を恐れおののいて暮らし、とても長い夏の晝と冬の夜には、肝が裂け、腸がくだける思いです。願わくば佛樣、どうか私を哀れと思し召してくださいませ。人の命に限りがあるということは前から決まっており、運命は避けられないものです。どうか早く私にもよき人が現れ、樂しみをおあたえくださいますよう、願ってやみません」

【本文】

女既投狀。嗚咽數聲。生於隙中。見其姿容。不能定情。揬出而言曰。向者投狀。爲何事也。見女狀辭。

喜溢於面。謂女子曰。子何如人也。獨來于此。女曰。妾亦人也。夫何疑訝之有。君但得佳匹。不必問名姓。若是其顚倒也。

【校勘】

○揬…明本「突」　○爲何…手澤本「何爲」　○獨來于此…手澤本　なし

【書き下し】

女既に狀を投じ、嗚咽すること數聲。生隙《げき》中に於いて、其の姿容を見るに、情を定むる能わず。揬《つ》き出て言いて曰く、向者《さきに》狀を投じて何事をか爲すや、と。女の狀辭を見るに、喜び面に溢る。女子に謂いて曰く。子何如なる人なるか、獨り此に來れるか、と。女の曰く、妾も亦た人なり。夫れ何の疑い訝ることか之有らん。君但だ佳匹を得んとするのみ。必ずしも名姓を問わず、是の若きは其れ顚倒なり、と。

【譯】

娘は狀を差し出し、何度か嗚咽した。梁生は隙間からその姿を見ていたのであるが、どうにも心を抑えられなくて、飛び出してきて女に言った。

「さっき狀を差し出して、何を祈っていたのですか」

梁生は娘の狀詞をみて、喜びに顔がほころび、そして娘に言った。

「あなたはどこの方ですか。一人で來られたのですか」

娘は言った。

「私も人でございます。何を疑うことがありましょう。あなたはよい伴侶を得たいだけではありませんか。名前を問う必要などないでしょう。あれこれ私を詮索するのは、本末顚倒というものではありませんか」


【本文】

時寺已頽落。居僧住於一隅。殿前只有廊廡。蕭然獨存。廊盡處有板房甚窄。生挑女而入。女不之難。相與講歡。一如人閒。將及夜半。月上東山。影入窻阿。忽有跫音。女曰。誰耶。將非侍兒來耶。兒曰。唯。向日娘子行不過中門。履不容數步。昨暮偶然而出。一何至於此極也。女曰。今日之事。蓋非偶然。天之所助。佛之所佑。逢一粲者。以爲偕老也。不告而娶。雖明敎之法典。式燕以遨。亦平生之奇遇也。可於茅舍取裀席酒果來。侍兒一如其命。而往設筵於庭。時將四更也。鋪陳几案。素淡無文。而醪醴馨香。定非人閒滋味。生雖疑恠。談笑淸婉。儀貌舒遲。意必貴家處子。踰墻而出。亦不之疑也。


【校勘】
○前只有…手澤本「下」　○阿…明本「柯」　○陳…手澤本「地」

【書き下し】

時に寺已に頽落《たいらく》す。居僧一隅に住す。殿前只だ廊廡のみ有り、蕭然として獨り存す。廊盡る處 板房の甚だ窄き有り。

生女を挑みて入る。女之れを難《はば》まず相與に講歡す。一に人間の如し。將に夜半に及ばんとするに、月東山に上り、影窗阿に入る。忽ち跫音《きょうおん》有り。女の曰く、誰れか。將《は》た侍兒の來るに非ざるや、と。兒の曰く、唯。向《さき》の日娘子行くこと中門を過ぎず、履《ふ》むこと數歩を容れず。昨の暮れ偶然にして出づる。一に何ぞ此の極に至れるか、と。女の曰く、今日の事、蓋し偶然に非ず。天の助くる所、佛の佑《たすく》る所なり。一《ひとり》の粲者《さんしゃ》に逢いて、以て偕老を爲すなり。告げずして娶るは、明教の法典と雖も、式《もっ》て燕《さかもり》し以て遨《あそ》ぶも、亦た平生の奇遇なり。茅舍に於て裀席酒果を取り來るべし、と。侍兒一に其の命の如く、往きて筵を庭に設く。時將に四更ならんとす。几案を鋪《し》き陳《つら》ぬるに、素淡文《あや》なく、醪醴馨香《ろうれいけいこう》にして、定て人間の滋味に非ず。生疑い恠《あやし》むと雖も、談笑するに清婉として、儀貌の舒遲するに、意えらく必ず貴家の處子、墻《かき》を踰《こえ》て出る、と。亦た之を疑わず。

【注】

・跫音…足音。空谷跫音。空谷にひびく足音。非常にめずらしいことや、豫期しない喜びのたとえ。『莊子』徐無鬼第二十四「夫逃虛空者、藜藋柱乎鼪鼬之逕、踉位其空、聞人之足音跫然而喜矣」
・粲者…美しい人。すばらしい人。『詩經』國風　唐風　綢繆「今夕何夕、見此粲者」
・偕老…ともに老いる。夫婦ともしらがになる。『詩經』國風　邶風　擊鼓「執子之手、與子偕老」
・不告而娶…父母に知らせないで娶る。舜は父母から憎まれていたので、父母に告げては娶ることができないといったことによる。『孟子』萬章章句上「萬章問曰、詩云、娶妻如之何。必告父母。…（略）…舜之不告而娶、何也。孟子曰、告則不得娶…」
・式燕以遨…良い客と共に酒を飲み、くつろぎ樂しむ。『詩經』小雅　鹿鳴「我有旨酒、嘉賓式燕以遨」
・舒遲…ゆったりと落ち着いている樣子。『禮記』玉藻「君子之容舒遲。見所尊者齊遬」

【譯】

その當時、すでに寺はさびれていた。寺の僧たちは寺の片隅に住んでいた。大殿の廊下だけが、ぽつりとたっており、廊下のつきあたりに狹い板の閅があった。梁生は娘をそそのかして、その部屋に入った。娘はその誘いを斷ることもなく、連れ立って中に入り、歡びを交わした。その樣子はまったく人閒のようであった。ちょうど夜中になろうとしたときであった。月は東山にのぼり、月の影が窓から入ってきた。そこへ突然足音がした。

「誰だい？それとも侍兒がきたのかい？」

と娘は言った。侍兒が言った。

「はい、そうです。ここ最近、お孃樣はお出かけされても、中門を出ることはありませんでしたし、歩くとしても數歩以上は步かなかったというのに、昨日の夕方たまたま出かけられて、どうしてこのような突拍子もないことをしたのですか」

娘は言った。

「今日のことは偶然ではないわ。天の助け、佛樣の助けがあってのことよ。すばらしい方にお會いしたので、老いてともに白髮になるまで添い遂げるつもりよ。明敎の法典には、舜のように兩親に告げないで結婚をするということもあるのだから、こうして祝いの宴を設けるのも、因緣というものです。お前は家に歸って、ここに調度品や酒肴を整えてもっておいで」

侍兒は言いつけどおり宴の用意を持ってきて、庭に設けた。時はちょうど四更になろうとしていた。机をだしてならべたが、どれも素朴で飾り氣のないものであった。美酒は香り高く、およそ人閒界の味わいではなかった。梁生は疑い訝ったが、娘の語り笑う姿は淸くおだやかで、ゆったりと落ち着いた樣子であるのをみて、きっと兩班の娘が垣根をこえて外に出てきたに違いない、と思ってそれ以上疑わなかった。

【本文】

觴進。命侍兒歌以侑之。謂生曰。兒定仍舊曲。請自製一章。以侑如何。生欣然應之曰。諾。乃製滿江紅一闋。命侍兒歌之曰。

惻惻春寒、羅衫薄。
幾回腸斷、金鴨冷。
晩山凝黛、暮雲張繖。
錦帳鴦衾無與伴、寶釵半倒吹龍管。
可惜許、光陰易跳丸、中情懣。
燈無焰、銀屛短。
徒抆涙、誰從欵。
喜、今宵鄒律、一吹回暖。
破我佳城千古恨。細歌金縷傾銀椀。
悔昔時、抱恨蹙眉、兒眠孤館。

歌竟。女愀然曰。曩者蓬島當時之約。今日瀟湘有故人之逢。得非天幸耶。郎若不我遐棄。終奉巾櫛。如失我願。永隔雲泥。

【校勘】

○悔…手澤本「恨」　○眠…承本「眼」　○非…手澤本　なし

【書き下し】

觴進《たてま》つるに、侍兒に命じて歌いて以て之を侑《すす》めんと。生に謂いて曰く、兒定めて舊曲に仍《よ》る、請うらくは自《みずか》ら一章を製して、以て侑《すす》むること如何ん、と。生欣然として之に應じて曰く、諾、と。乃ち滿江紅一闋《けつ》を製す。侍兒に命じて之を歌わしむ。曰く。

惻惻たる春寒、羅衫薄し。
幾《いく》回か腸斷して、金鴨冷たし。
晩山黛を凝らし、暮雲纖を張る。
錦帳鴦衾　與《とも》に伴うこと無く、寶釵半ば倒れて龍管を吹く。
惜しむべし、許《こ》の光陰跳丸し易く、中情懣《もだ》う。
燈に焔なく、銀屏短し。
徒に涙を抆て、誰に從いて欸《よろこ》ばん。
喜ぶらくは、今宵鄒律《すうりつ》、一たび吹きて暖を回《めぐら》す。
我が佳城千古の恨を破り、細《かす》かに金縷を歌いて銀椀を傾く。
悔やむらくは昔時、恨みを抱き眉を蹙《ひそ》めて、兒の孤館に眠ることを。

歌い竟りて、女愀然として曰く、曩《むかし》者蓬島當時の約を失い、今日瀟湘故人の逢う有り。天の幸に非ざるを得んや。郎若し我を遐《さ》け棄てざれば、終に巾櫛《きんしつ》を奉らん。如し我が願いを失わば、永く雲泥を隔てん、と。

【注】

・滿江紅…詞牌の名。

・惻惻…寒いようす。趙孟頫・絕句「春寒惻惻掩重門、金鴨香殘火尚溫」

・腸斷…はらわたがちぎれるほどの悲しみ。斷腸。晉の桓溫の從者が三峽で猿の子を捕らえた。母猿が岸にそって哀號しながら追いかけたが、とうとう死んでしまった。母猿の腹を割いて見てみると、腸がずたずたにちぎれていたという故事。（『世說新語』黜免第二十八）

・光陰…光陰可惜。月日は速やかに過ぎ去ってかえらないから、惜しまねばならない。『顏氏家訓』勉學「光陰可惜、譬諸逝水」

・跳丸…時の過ぎるのがはやいこと。韓愈・秋懷詩十一首・九「憂愁費晷景、日月如跳丸」

・中情…心の中の思いや感情。『管子』形勢解「中情信誠則名譽美矣」

・鄒律…戰國、齊の鄒衍の吹いた律。よく暖氣を招來するという。（『列子』湯問第五）

・金縷…詞牌の名。

・蓬島當時之約…玄宗と楊貴妃の故事。陳鴻・長恨歌傳「由此一念、又不得居此。復墮下界、且結後緣、或爲天、或爲人、決再相見、好合如舊」

・瀟湘有故人之逢…梁・柳惲「洞庭有歸客、瀟湘逢故人」瀟も湘も河の名。堯の娘であり、舜の后となった娥皇と女英は、舜が崩じた後ここで殉死したという。（『史記』卷六　秦始皇本紀第六、『列女傳』卷一）

・遐棄…遠くに棄てる、離れる。『詩經』國風　周南　汝墳「既見君子、不我遐棄」

・巾櫛…執巾櫛。妻としてつかえる。『春秋左氏傳』僖公二十二年「寡君之使、婢子侍執巾櫛、以固子也」

【譯】

娘は杯をささげて、侍兒に歌を歌ってお酒をすすめるように命じた。娘は梁生に言った。
「この子はきっと古い曲しか歌わないでしょう。私が新しい歌詞をつくって杯をお勧めしてもよろしいですか」
梁生はよろこんで「はい」と答えた。娘は滿江紅の曲に合わせて新しい歌詞をつくり、そして侍兒に命じて歌わせた。

　春なお寒く、うすでの衣もつめたい、
何度も腸がちぎれるほど悲しみ、たずねて來る人もおらず、金鴨の香爐は冷たいまま。
日暮れの山は黒くなり、夕雲が傘をさしたようになっている。
錦の帳も鴛鴦衾もともにする人がおらず、
髪の簪は半ばかたむきくずれて、私は一人で龍管を吹いている。
月日がいたずらに過ぎ去っていくのが早いことをおしみ、そして心からもだえ苦しむ。
明かりに炎もなく、銀屛も短い。
いたずらに涙をぬぐうばかりで、一體どなたによってよろこびが與えられるのでしょうか。
今宵は鄒律を吹いて春の暖かさをよびよせ、
我が心の墳墓に埋もれる千年の恨みを破り去って、
こまやかに金縷衣の歌をうたいながら、あなたと銀椀をかたむけることがよろこばしい。
ただ、昔恨みを抱いて顔をしかめ、一人ぼっちで眠っていたことがくやまれるばかり。
歌い終わると、娘は愁いを帯びて、嘆いていった。
「昔、蓬萊山での約束を守れなかったけれど、今日は瀟湘で故人に會った。これが天の恵みでなくてなんでしょう。もし願
あなたがもし私を避けて捨ててしまわないのなら、私はあなたに巾櫛をさしあげて妻としてつかえましょう。もし願

いがかなわなければ、永遠に遠く離ればなれになってしまうでしょう」

【本文】

生聞此言。一感一驚曰。敢不從命。然其態度不凡。生熟視所爲。時月掛西峯。鷄鳴荒村。寺鍾初撃。曙色將瞑。女曰。兒可撤席而歸。隨應隨滅。不知所之。女曰。因緣已定。可同携手。生執女手。經過閭閻。犬吠於籬。人行於路。而行人不知與女同歸。但曰。生早歸何處。生答曰。適醉臥萬福寺。投故友之村墟也。至詰朝。女引至草莽閒。零露瀼瀼。無逕路可遵。生曰。何居處之若此也。女曰。孀婦之居。固如此耳。女又謔曰。厭浥行露。豈不夙夜。謂行多露。生又謔之曰。有狐綏綏。在彼淇梁。魯道有蕩。齊子翶翔。吟而笑傲。

【校勘】

○瞑…手澤本「明」 ○而…手澤本 なし ○應隨…手澤本 なし ○醉臥…手澤本「往訪」
○可…手澤本「不可」 ○厭浥…承本・明本「於邑」 ○露…承本・明本「路」

【書き下し】

生此の言を聞きて、一に感じ一に驚きて曰く。敢て命に従わざらんや、と。然も其の態度凡ならず。生熟《つらつ》ら所爲を視る。時に月西峯に掛かり、鶏荒村に鳴く。寺の鍾初めて撃ち、曙の色将て瞑《くら》し。女の曰く、兒席を撤して歸るべし、と。應ずる隨《まま》に滅《き》ゆる隨《まま》に、之く所を知らず。女の曰く、因縁已に定まれり。同に手を携うべし、と。生女の手を執りて、閭閻を經過す。犬は籬《まがき》に吠え、人は路に行く。而も行人女と同に歸るを知らず。但だ曰く、生早く何れの處よりか歸る、と。生答えて曰く、適《たま》ま醉いて萬福寺に臥し、故友の村墟に投ずるなり、と。詰朝に至りて、女引て草莽の間に至る。零露瀼瀼として、逕路の遵《したが》うべき無し。生曰く、何れの居處か之れ此の若くなるなり、と。女の曰く、孀婦の居、固より此の如きのみ、と。女又た謔れて曰く。厭浥たる行露、豈に夙夜せざらんや。行《みち》に露の多しと謂う、と。生又た之に謔《たわむ》れて曰く、狐有り綏綏《すいすい》たり。彼の淇《き》の梁に在り。魯道有にも蕩らかに、齊の子の翺翔《こうしょう》す、と。吟じて笑傲す。

【注】

・詰朝…夜明け、明け方。『春秋左氏傳』僖公二十八年「戒爾車乘、敬爾君事、詰朝將相見」
・零露瀼瀼…露の多く滴り落ちるさま。『詩經』國風　鄭風　野有蔓草「野有蔓草、零露瀼瀼」
・孀婦…やもめ、寡婦。『淮南子』原道訓「童子不孤、婦人不孀婦」
・厭浥行露…しっとりと濡れた道の露、夜道をしたくないのではないが、道に露が多いとか。『詩經』國風　召南　行露「厭浥行路、豈不夙夜、謂行多露」
・有狐綏綏…つれあいを探す狐がうろうろと淇の川の橋にいる。『詩經』國風　衞風　有狐「有狐綏綏、在彼淇梁」
・魯道有蕩…（密會の場所におもむくため）齊の娘が馬車を走らせて驅けていく。『詩經』國風　齊風　載驅「魯道有蕩、齊子翺翔」

【譯】

梁生はこの言葉をきいて感動し、また驚いて言った。

「どうしてあなたの願いに従わないことがありましょう」

そのうえ娘の態度は普通ではなく、梁生は娘のする仕草をじっと見ていた。その時、月は西の峯にかかり、鶏が荒村で鳴きだした。朝を告げる寺の鐘がなり、明けんとする空の色は、いまだ仍くらかった。娘は言った。

「侍兒や、宴席を片付けて歸らないといけないわね」

侍兒はその言葉に従って片付けて、消えるようして歸り、どこに行ったのかわからなくなった。

また娘が言った。

「もう私たちの縁は結ばれました。どうかともに手をとりあってゆきましょう」

梁生は娘の手をとってゆき、村里を過ぎていった。犬はまがきに向かって吠え、人々は往來に出てきた。しかし、人々は梁生が女と一緒に歸ってきたことを知らず、こう言うだけであった。

「おや梁生さん、こんな早くにどこからの歸りだい」

梁生は答えて言った。

「たまたま酔って萬福寺に行き、そこで一休みして、昔の知り合いの村にいって泊まってきたんだよ」

早朝になり、娘は梁生をつれて草むらにやってきた。そこは露でしっとりと濡れており、したがうべき道も見つからない。梁生が言った。

「このようなところのどこに住んでいるのですか」

娘は言った。

「一人身の女が住むところといえば、もともとこのような所しかないではありませんか」

娘はまた戯れていった。

「しっとりと露にぬれた道。夜道をしたくないのではないけれど、道には露が多いとか」

梁生もまた、これに戯れて言った。

「連れ合いをさがす狐が淇水の梁で魚を狙っている。魯に行く道は平らで、齊の娘は人目のある中をとびまわっている。」

そう吟じて笑傲した。


【本文】

遂同去開寧洞。蓬藁蔽野。荆棘參天。有一屋。小而極麗。邀生倶入。裀褥帳幃極整。如昨夜所陳。留三日。歡若平生。然其侍兒。美而不黠。器皿潔而不文。意非人世。而繾綣意篤。不復思慮。已而女謂生曰。此地三日。不下三年。君當還家以顧生業也。遂設離宴以別。生悵然曰。何遽別之速也。女曰。當再會以盡平生之願爾。今日到此弊居。必有夙縁。宜見鄰里族親。如何。生曰。諾。

【校勘】

○邀…承本・明本・手澤本「邀」　○已而…手澤本「而已」　○家…手澤本「去」　○夙…手澤本「宿」
○族親…手澤本「親族」

【書き下し】

遂に同に開寧洞に去く。蓬藁野を蔽《おお》い荊棘《けいきょく》天に參る。一屋《いちおく》有り。小にして極めて麗わし。生を邀えて倶に入る。裀褥帳幃極めて整う。昨の夜の陳る所の如し。留まること三日。歡べること平生の若し。然も其の侍兒、美にして黠《さと》からず、器皿潔にして文《あや》ならず。意《おも》えらく人世にあらず、と。而も繾綣《けんけん》として意篤《あつ》し。復た思慮せず。已にして女生に謂いて曰く、此の地の三日、三年に下らず。君當に家に還りて以て生業を顧みるべきなり、と。遂に離宴を設けて以て別る。生悵然として曰く、何ぞ遽《にわ》かに別ることの速やかなるや、と。女の曰く、當に再び會いて以て平生の願を盡すべきのみ。今日此の弊居に到るは、必ず夙縁有り。宜しく鄰里の族親に見ゆべし。如何せん、と。生曰く、諾と。

【注】

・蓬藁…よもぎ。蓬の生えた草むら。『莊子』逍遙遊「翺翔蓬藁之閒、此亦飛之至也」

【譯】

かくして梁生と娘はともに開寧洞に行った。そこはよもぎが邊り一面をおおい、いばらが空にむかって伸び放題であった。一軒の家があり、小さくてとても美しかった。娘は梁生を招じ、ともに中へ入った。部屋の中は、布團もとばりも整然として美しく、昨夜、萬福寺にならべられたものと同じようであった。梁生はここに三日とどまり、いつものようによろこびあった。そのうえ娘の侍女は美しくて惡がしこくなく、食器なども清潔で、模様のない素朴なものであった。梁生は、ここは全く人の世ではないように思った。娘は情があつく、いつもそばにしたがって丁寧にもてなしてくれたので、梁生は深く考えることはしなかった。そののちやがて娘は梁生にこう告げた。

「ここでの三日は人間世界の三年になります。どうかあなた様はもとの家にお帰りになって、生業を氣にかけられますように」

そうして別れの宴をもうけて、別れることになった。梁生は落膽して、嘆いて言った。

「どうして別れというものは、こんなに早くおとずれるのでしょうか」

娘は言った。

「また再會したときに平生の願いをつくしましょう。今日ここに來られたのは、きっと前世からの因縁があってのことですもの。ですから、近所にすむ親戚に、あなた樣をご紹介するのも良いと思いますが、いかがでしょうか」

梁生はそれを承知した。


【本文】

卽命侍兒。報四鄰以會。其一曰鄭氏。其二曰吳氏。其三曰金氏。其四曰柳氏。皆貴家巨族。而與女子同閭閈親戚。而處子者也。性俱溫和。風韻不常。而又聰明識字。能爲詩賦。皆作七言短篇四首以贐。鄭氏態度風流。雲鬟掩鬢。乃噫而吟曰。


【校勘】
○鄰…手澤本「隣」　○其…手澤本　なし

【書き下し】

卽ち侍兒に命じて、四鄰に報じて以て會す。其の一に曰く鄭氏、其の二に曰く吳氏、其の三に曰く金氏、其の四に曰く柳氏、と。皆な貴家巨族にして、女子と閭閈を同じくせる親戚にして、處子なる者なり。性俱に溫和にして、風韻常ならず、而も又た聰明にして字を識り、能く詩賦を爲す。皆な七言短篇四首を作りて以て贐《おく》る。鄭氏の態度風流にして、雲鬢鬢を掩う。乃ち噫として吟じて曰く。

【譯】

そこで侍兒に命じて、近所の四人の鄰人に知らせて會うことになった。一人は鄭氏といい、二人めは吳氏といった。三人目は金氏といい、四人目は柳氏といった。みな名門の豪族で、娘と同じ里に住む親戚の娘たちであった。性格はみな溫和で、その風采はなみなみならぬものがあった。聰明で文字も知っており、詩をつくることができた。娘たちはそれぞれ七言詩をつくって、梁生へのはなむけとした。鄭氏は優雅なようすで、雲のようにゆたかで美しいまげが鬢をおおっていた。そして、ああと嘆じて詩を吟じていうには。

【本文】

春宵花月兩嬋娟。長把春愁不記年。
自恨不能如比翼。雙雙相戲舞靑天。

漆燈無焔夜如何。星斗初横月半斜。
惆悵幽宮人不到。翠衫撩亂鬢鬖髿。

【校勘】

○漆…手澤本「染」　○撩…手澤本「掩」

【書き下し】

春の宵《ゆうべ》　花月兩《ふたつ》ながら嬋娟《せんえん》たり。長く春愁を把りて年を記さず。
自《みずか》ら恨む比翼の如く、雙雙として相戯れて青天に舞う能わざることを。
漆燈　焔無く　夜如何せん。星斗初めて横《よこたわ》り月半ば斜めなり。
惆悵す　幽宮人到らず、翠衫撩亂し鬢鬖髿たることを。

【注】

・嬋娟…草木の美しいこと。また月光の明媚なこと。劉長卿・湘妃・琴曲歌辭「嬋娟湘江月、千載空蛾眉」
・不記年…何年になるかわからない。白居易・上陽白髪人「鸎歸鷰去長悄然、春往秋來不記年」（『白氏文集』巻三）
・比翼…比翼の鳥。夫婦の恩愛にたとえられる。白居易・長恨歌「在天願作比翼鳥、在地願爲連理枝」
・漆燈…墓の中に入れる燈り。古くは漆を蠟のかわりに明かりに用いたという。漆燭。（『江南野史』巻十　沈彬）

・撩亂…亂れる、もつれる。韋應物・答重陽「坐使驚霜鬢、撩亂已如蓬」
・鬢鬖髿…髪の亂れた様子。『剪燈新話』聯芳樓記「羅襪生塵魂蕩漾、瑤釵墜枕鬢鬖髿」

【譯】

春の宵に花も月もあでやかで美しい。
なのに私は、春の憂いを抱いて何年たったのかわからない。
比翼の鳥のように
一對となって戯れあいながら、青い空を飛べないことを恨めしく思う。
漆燈に明かりはなく、夜をどうしよう。
北斗星は初めて空を横切り、月は半分傾いて夜が明けようとしている。
奥深いこの部屋に人は來ず、
衣も髪もすっかり亂れたままになっていることが悲しい。

【本文】

摽梅情約竟蹉跎。辜負春風事已過。
枕上涙痕幾圓點。滿庭山雨打梨花。

一春心事已無聊。寂寞空山幾度宵。
不見藍橋經過客。何年裴航遇雲翹。

【校勘】
○摽…明本「標」　○竟…手澤本「意」　○庭山…手澤本「山庭」　○聊…明本「聊」

【書き下し】
摽梅情約竟に蹉跎す。春風に辜負して事已に過ぐ。
枕上の涙痕幾ぞ圓點たる。滿庭山雨　梨花を打つ。
一春の心事已に無聊たり。寂寞たる空山幾たびか宵を度る。
見ず藍橋經過の客。何れの年にか裴航雲翹《うんぎょう》に遇わん。

【注】
・摽梅…婚期のきたこと。適齢期。『詩經』國風　召南　摽有梅「摽有梅、其實七兮、求我庶士、迨其吉兮」
・蹉跎…志を得ない。月日をむなしく過ごす。謝朓・和王長史臥病「日與歲眇邈、歸恨積蹉跎」
・空山…深く靜かな山林。韋應物・寄全椒山中道士「落葉滿空山、何處尋行跡」
・藍橋・裴航・雲翹…唐の長慶年間、裴航が藍橋驛（陝西省藍田縣）で雲翹夫人に出會い、豫言をもらって雲英と結

ばれる故事。(『太平廣記』巻第五十)

【譯】

梅の實が落ちる頃を逃し、
春風のときを無駄に過ごして、結婚の時期も逃してしまった。
枕に點々とついた涙の跡は、一體どれぐらいあるだろう。
庭じゅうに落ちてくる山から降り始めた雨が、梨花に打ちつけている。

昔の青春の日々はもうやるせなく、
人氣のない寂しい山でどれほどの夜を過ごしただろう。
藍橋を通り過ぎる人を見ることもなく、
一體いつになったら裴航は雲翹夫人と出會うのだろうか。

【本文】

呉氏丫鬟妖弱、不勝情態。繼吟曰。
寺裏燒香歸去來。金錢暗擲竟誰媒。
春花秋月無窮恨。銷却樽前酒一杯。

漙漙曉露浥桃腮。幽谷春深蝶不來。
却喜鄰家銅鏡合。更歌新曲酌金罍。

【校勘】

〇裏…承本・明本「裏」、手澤本「裡」

【書き下し】

呉氏丫鬟妖弱にして、情態に勝えずして、繼て吟じて曰く。
寺裏香を燒きて歸去來《かえりなんいざ》。金錢暗擲し竟に誰れか媒ならん。
春花秋月　無窮の恨。銷却す　樽前の酒一杯。
漙漙たる曉露桃腮《とうさい》を浥《うるお》す。幽谷春深くして蝶來らず。
却て喜ぶ鄰家銅鏡合うことを。更に新曲を歌いて金罍《きんらい》に酌む。

【注】

・丫鬟…あげまきに結んだ髪。
・歸去來…かえりなんいざ。歸ろうの意。陶潛・歸去來辭「歸去來兮、田園將蕪胡不歸」
・擲金錢…金錢卜のこと。于鵠・江南曲「衆中不敢明語、暗擲金錢卜遠人」
・合鏡…一旦別れた夫婦が再び舊にかえるたとえ。徐德言と樂昌の故事。（唐・孟棨『本事詩』情感第一）

【譯】

吳氏の娘はあでやかでなよなよとしていた。氣持ちを抑えきれず、續いて吟じていうには、
寺の中で香をたいて、さあ歸ろうではないか。
暗闇に金錢をなげて占って、誰がいい人を紹介してくれるというのだろうか。
春といい秋といい、恨みはつきることがなく、
酒でも飲んでこの憂さをはらそう。

あちらこちらに降りているたっぷりの露は、桃花のような美人の頰をうるおす。
このような深い谷でも春はたけなわであるのに、蝶はここに來はしない。
しかし鄰家の銅鏡が合わさり、因緣を結んだことがよろこばしい。
また新しい曲を歌って、金の酒樽の酒を酌もう。

【本文】

年年燕子舞東風。腸斷春心事已空。
羨却芙蕖猶竝蔕。夜深同浴一池中。
一層樓在碧山中。連理枝頭花正紅。

却恨人生不如樹。青年薄命涙凝瞳。

【校勘】

○巳…手澤本「(＋巳)」　○同浴…手澤本「洞（＋氵）(谷」

【書き下し】

年年燕子東風に舞う。腸斷す　春心　事巳に空しくなるを。
羨却す　芙蕖猶お蔕《ほぞ》を竝べ、夜深く一池中に同浴するがごときを。
一層樓は碧山の中に在り。連理枝頭　花正に紅なり。
却て恨む人生樹にも如かざることを。青年薄命　涙瞳を凝らす。

【注】

・竝蔕…竝蔕蓮。一つの蔕に二つの花がさく蓮。男女の合歡、あるいは夫婦の恩愛をたとえる。皇甫松・竹枝・三「芙蓉竝蔕一心蓮、花侵槅子眼應穿」

・連理枝…根幹の別な枝が相接して一つになったもの。夫婦の愛情の深いことにたとえられる。白居易・長恨歌「在天願作比翼鳥、在地願爲連理枝」

【譯】

毎年春が來て、燕は東風に舞い踊るけれど、
春に思う結婚への期待はもはや空しくなってしまったことが、腸が斷ち切れんばかりに悲しい。
蓮の花ががくを竝べて咲き、夜更けに水浴びするように
ふたつ仲良く池の中に浮いているのをうらやましく見ている。

一層の樓は深い山の中。
連理の枝の花の色はまさに紅色。
木や花でさえも對になっているというのに、人の生は樹木に及ばないことがうらめしい。
佳人の幸薄いことに涙を浮かべる。

【本文】

金氏整其容儀。儼然染翰。責其前詩淫佚太甚而言曰。今日之事。不必多言。但敍光景。胡乃陳懷。以失其節。傳鄙懷於人閒。遂朗然賦曰。

杜鵑啼了五更風。寥落星河已轉東。
莫把玉簫重再弄。風情恐與俗人通。

滿酌烏程金叵羅。會須取醉莫辭多。
明朝捲地東風惡。一段春光奈夢何。

【校勘】

○翰…承本・明本・手澤本「翰」　○懷…手澤本「猥」　○人閒…手澤本「人閒（＋也）」　○鵑…手澤本「宇」
○啼…承本・明本「鳴」　○叵…手澤本「匹」

【書き下し】

金氏其の容儀を整え儼然として翰を染め、其の前詩の淫佚の太甚《はなはだ》しきを責めて言いて曰く。今日の事、必ずしも多く言わず。但だ光景を敍するのみ。胡《なん》ぞ乃ち懷を陳て、以て其の節を失い、鄙懷を人閒に傳えん、と。遂に朗然として賦して曰く。

杜鵑啼き了る五更の風。寥落たる星河已に東に轉ず。
玉簫を把りて重ねて再び弄すること莫れ。風情の俗人と通ずるを恐る。
滿酌の烏程　金叵羅《はら》。會《かなら》ず須く醉を取りて多を辭すること莫るべし。
明朝地を捲《ま》きて東風惡《あら》く、一段の春光　夢をいかんせん。

【注】

・淫佚…みだらである。『禮記』坊記第三十「以此坊民、民猶淫泆而亂於族」

・杜鵑…ほととぎす。血を吐くような悲痛な聲で鳴く。傳說中の古の蜀王である杜宇の魂が化したという。(『太平御覽』巻百六十八)

・寥落…まばらである。『文選』巻第二十七 謝脁・京路夜發「曉星正寥落、晨光復泱漭」

【譯】

金氏は居住まいを正して、嚴然として筆を墨に染め、前にかいた人々の詩がひどくみだらであることを責めて言った。「今日の出來事は、けして多くを語るものではありません。ただこの光景だけを述べればいいのです。どうして心のうちを述べて、貞節を失い、いやしいわが思いを世間に傳えることがありましょうか」

そこで朗然と詩をつくって言うには、

杜鵑は明け方の風の中に鳴きやみ、
寂しげにまばらになった天の川はもう東のほうに行ってしまった。
玉簫を手にとって、再び奏でてはいけません。
この高尚な風情が世間の人に傳わってしまうか心配です。

金の杯いっぱいにくんだ烏程の酒。
どうか醉い心地になって下さい。酒が多いからといって斷ってくださいませんよう。
明日の朝、地面をまきあげる東風は、春が過ぎ去るのを促すように激しいでしょう。
春の光はひと時の夢をどうしよう。

【本文】

綠紗衣袂懶來垂。絃管聲中酒百巵。
淸興未闌歸未可。更將新語製新詞。
幾年塵土惹雲鬟。今日逢人一解顏。
莫把高唐神境事。風流話柄落人間。

【校勘】

○絃管…手澤本「絃（＋歌）管」　○可更…手澤本「更可」　○惹…手澤本「合」　○柄…手澤本「根」

【書き下し】

綠紗衣《い》袂《べい》　懶來りて垂る。絃管の聲中　酒百巵。
淸興未だ闌《たけなわ》ならざれば歸ること未だ可ならず。更に新語を將て新詞を製さん。
幾年の塵土か雲鬟に惹く。今日人に逢いて一たび顏を解く。
高唐神境の事を把る莫れ。風流の話柄　人間に落つ。

【注】
・解顔…顔をとく。表情をやわらげる。『列子』黄帝第二「五年之後、心庚念是非、口庚言利害、夫子始一解顔而笑」
・高唐…楚の襄王の父である懐王が高唐觀で神女と契った故事。(『文選』巻第十九 宋玉・高唐賦)

【譯】
せっかくの綠紗の袖も物憂くて垂れ下がり、
美しい音樂をききながら酒をたくさん飲む。
淸らかな興はまだたけなわとなっていないので歸ってはなりません。
また新しい言葉で新しい詞をつくろうではありませんか。

一體、何年もの塵が雲のような鬢にまとわりついていただろうか。
しかし今日は良き人に會って笑みをこぼす。
どうか高唐觀の話はしてくださいますな。
この風流な話が人の世にまで傳わってしまうではありませんか。

【本文】
柳氏淡粧素服。不甚華麗。而法度有常。沉默不言。微笑而題曰。

確守幽貞經幾年。香魂玉骨掩重泉。
春宵毎與姮娥伴。叢桂花邊愛獨眠。
却笑東風桃李花。飄飄萬點落人家。
平生莫把青蠅點。誤作崐山玉上瑕。

【校勘】

○有…手澤本「不」

【書き下し】

柳氏淡粧素服にして、甚だしくは華麗ならず、而して法度は常有り。沉默して言わず、微笑して題して曰く。

確く幽貞を守りて幾年をか經たる。香魂玉骨 重泉に掩《とど》む。
春宵毎に姮娥と伴う。叢桂花邊 獨眠を愛す。
却て笑う東風桃李の花。飄飄たる萬點人家に落つ。
平生青蠅の點を把りて、誤りて崑山玉上の瑕を作すなかれ。

【注】

・淡粧…薄化粧。淡く着飾る。曹鄴・梅妃傳「妃善屬文、自比謝女、淡妝雅服、而姿態明秀、筆不可描畫」

・香魂…美人の魂。

・玉骨…白骨。死者の骸骨。陸游・十二月二日夜夢游沈氏園亭「玉骨久成泉下土、墨痕猶鏁壁間塵」

・重泉…黄泉の世界。死者の歸する所。江淹・雜體詩　效潘岳　悼亡「美人歸重泉、悽愴無終畢」

・姮娥…嫦娥ともいう。羿の妻で西王母から得た不死の藥を盗んで月に逃げたという。また月の異名。（『淮南子』覽冥訓）

・叢桂花邊愛獨眠…張文潛・七夕歌「猶勝姮娥不嫁人、夜夜孤眠廣寒殿」

・青蠅點…もとは『剪燈新話』鑑湖夜泛記「無令雲霄之上、星漢之間、久受黄口之讒、青蠅之玷也」からきたものであろう。青蠅は『詩經』小雅　甫田之什　青蠅に「營營青蠅、止于樊、豈弟君子、無信讒言（蠅がまがきにとまる。君子よ、讒言を信じなさるな）」とある。玷は『詩經』大雅　蕩之什　抑に「白圭之玷、尚可磨也、斯言之玷、不可爲也（白圭のかけたものは磨けばよいが、言葉の至らぬものはどうにもならない）」とある。

・崐山玉…崑山片玉。崑崙山から産する名玉の一つ。また美人の才能が得がたく、尊ぶべきことを賞贊する意。

・玉上瑕…玉瑕。玉のきず。盧綸・和趙給事白蠅拂歌「金屛成點玉成瑕、書眠宛轉空咨嗟」

【譯】

柳氏は薄化粧で白い着物を着ており、そんなにあでやかではなかったが、立ち居振舞いが禮にかなっていた。それまで默っていたが、微笑して題して言うには、

操をかたく守って何年が經っただろう。

今ではかぐわしい魂も玉のような骨も、黄泉の世界にとどまっている。
春の宵はいつも月とともに、
桂の群生しているあたりや花のそばで、姮娥のように一人で眠っておりました。

桃李の花が強い東風にふかれ、
花びらがひらひらと人家に舞い落ちるのを面白がるのは良いとしても、
日ごろ、他人の讒言に惑わされて、
誤って私を傷つけることのないように。

【本文】

脂粉慵拈首似蓬。塵埋香匣綠生銅。
今朝幸預鄰家宴。羞看冠花別樣紅。
娘娘今配白面郎。天定因緣契闊香。
月老已傳琴瑟線。從今相待似鴻光。

【校勘】

○娘…手澤本「紅」 ○已…手澤本「曾」

【書き下し】

脂粉拈するに慵く首蓬に似たり。塵 香匣を埋めて緑の銅に生ずるを。
今朝幸に鄰家の宴に預る。羞ずらくは冠花別様に紅なるを看るを。

娘娘今配す白面郎。天因縁を定めて契闊香し。
月老已に傳う琴瑟の線。今從り相待つこと鴻光に似たり。

【注】

・首蓬…蓬首。髪が亂れて飛ぶ蓬（すずめの巣）のようになっているさま。『詩經』國風 衞風 伯兮「自伯之東、首如飛蓬」
・娘娘…娘娘神を指す。「娘娘」とは女神を表す呼び名であり、出產、子授け、眼病治癒などの多くの娘娘神がいる。中國各地のほか、朝鮮でも信仰されていたようである。三月二十三日に娘娘神をまつる習慣もあった（「萬福寺樗蒲記」では三月二十四日が萬福寺のまつりの日となっている）。
・契闊…約束する。『梁書』巻二十六 列傳第二十 蕭琛傳「上答曰、雖云早契闊、乃自非同志、勿談興運初、且道狂奴異」
・月老…月下老人。緣結びの神。（『續幽怪錄』巻四 定婚店）

・琴瑟…夫婦和合するたとえ。
・鴻光…梁鴻と孟光のこと。後漢の孟光が梁鴻の高節であるのを慕い、その妻になった故事。（『後漢書』巻八十三　逸民列傳第七十三　梁鴻傳）

【譯】

化粧をするのもおっくうで、髮はすっかり亂れたまま。
化粧箱に埃がつもり、銅が古びて綠色になってしまった。
でも今朝は幸いにも鄰家の宴席にあずかることになった。
冠の花が特別に赤く美しいのを見るたびに、こんな自分を恥ずかしく思う。

娘娘神は今素敵な人をめあわせてくれ、
天の定めた因縁は固く結ばれた。
緣結びの神はもうすでに夫婦の仲の良いことを傳え、
今から二人は、あの孟光が梁鴻を待ち續けていたように仲睦まじいことでしょうね。

【本文】

女乃感柳氏終篇之語。出席而告曰。余亦粗知字畫。獨無語乎。乃製近體七言四韻以賦曰。

開寧洞裏抱春愁。花落花開感百憂。
楚峽雲中君不見。湘江竹下泣盈眸。
晴江日暖鴛鴦竝。碧落雲銷翡翠遊。
好是同心雙綰結。莫將紈扇怨清秋。

【校勘】

○乃…手澤本「子」 ○製…手澤本「製（＋題）」 ○裏…承本・明本「裏」、手澤本「裡」

【書き下し】

女乃ち柳氏終篇の語に感じて、席を出でて告げて曰く、余も亦た粗ぼ字畫を知れり。獨り語無からんや、と。乃ち近體七言四韻を製し以て賦して曰く。

開寧洞裏　春愁を抱く。花落ち花開きて百憂を感ず。
楚峽の雲中君見えず。湘江の竹下　泣眸に盈つ。
晴江日暖にして鴛鴦竝び。碧落雲銷えて翡翠遊ぶ。
好し是れ同心して綰結を雙ぶ。紈扇を將て清秋を怨むこと莫れ。

【注】

・楚峽…巫山。巫山雲雨は男女合歡をさす。「高唐」の注（三十八頁）を參照。

・湘江竹下泣盈眸…舜が崩じた時、娥皇と女英が泣いて流した涙が竹に落ちて、竹がまだらになった故事。（『博物志』巻十）
・綰結…髷を束ねる。
・紈扇…扇は秋になると用いられなくなくことから、秋扇は寵愛を失った婦人をさす。漢の班婕妤の「怨歌行」にもとづく。班婕妤「怨歌行」（『文選』巻二十七）「新裂齊紈素皎潔如霜雪、裁爲合歡扇團團似明月、出入君懷袖動搖微風發、常恐秋節至涼風奪炎熱、弃捐篋笥中恩情中道絕」

【譯】

女は柳氏の終わりの詩にすっかり感じ入って、席を立ち皆に言った。
「私も少しながら文字を知っております。どうして一人だけ何も言わずにおれましょう」
といって七言詩を作った。その詩にいう。

開寧洞で春の憂いを抱き、
時の流れにも憂いを感じます。
巫山の雲の中にあなたはまだあらわれず、
私は湘江の竹の下で會えない悲しみに涙をうかべています。
晴江は日も暖かく、鴛鴦はつがいでならび、
蒼空に雲はなく、かわせみが遊んでいる。
心を一つにして、二人で睦まじく髷をよせあうことは良いけれど、
秋が來たからと夏の間に使っていたうちわを捨てるように、愛情が衰えたと秋を怨んではいけませんね。

【本文】

生亦能文者。見其詩法清高。音韻鏗鏘。喈喈不已。卽於席前走書古風長短篇一章以荅云。

【校勘】

○云…承本・明本「曰」

【書き下し】

生も亦た文を能くする者なり。其の詩法の清高にして、音韻鏗鏘たるを見るに、喈喈として已まず。卽ち席前に古風長短篇一章を走書して以て答えて云く。

【注】

・鏗鏘…音が流暢で、言葉に力がある。孟郊・荅盧仝「君文眞鳳聲、宣隘滿鏗鏘」

・喈喈…贊嘆の聲。

【譯】

梁生も文章には長けていた。娘たちの詩が氣品があって、音の響きの美しいのを見て、贊嘆することひとしきり。そこで席上で古風長短篇一章を走り書きして、娘たちの詩にこたえた。

【本文】

今夕何夕。見此仙姝。
花顏何婥妁。絳唇似櫻珠。
風騷尤巧妙。易安當含糊。
織女投機下天津。嫦娥拋杵離清都。
靚粧照此玳瑁筵。羽觴交飛清讌娛。
殢雨尤雲雖未慣。淺斟低唱相怡愉。
自喜誤入蓬萊島。對此仙府風流徒。
瑤漿瓊液溢芳樽。瑞腦霧噴金猊爐。
白玉床前香屑飛。微風撼彼青莎廚。
眞人會我合巹巵。絲雲冉冉相縈紆。
君不見。文蕭遇彩鸞。張碩逢杜蘭。
人生相合定有緣。會須舉白相闌珊。
娘子何爲出輕言。道我奄棄秋風紈。
世世生生爲配耦。花前月下相盤桓。

【校勘】

○尤…手澤本「老」 ○離…手澤本「难」 ○殢…手澤本「滯」 ○彼…明本「波」 ○蕭…手澤本「簫」

○闌珊…承本「蘭珊」、明本・手澤本「闌跚」 ○奄…承本・明本「掩」

【書き下し】

今の夕べ何の夕べぞ、此の仙姝に見《あ》えり。

花の顔何ぞ婥妁たる。絳唇の櫻珠に似たり。

風騷尤も巧妙にして、易安當に含糊たり。

織女機を投じて天津を下り、嫦娥杵を抛ちて清都を離る。

靚粧此を照らす玳瑁の筵。羽觴交も飛びて清讌娯《たの》し。

殢雨尤雲未だ慣れざると雖も、淺斟低唱して相怡愉す。

自ら喜ぶ 誤りて蓬萊島に入り、此の仙府風流の徒に對することを。

瑤漿瓊液 芳樽に溢れ、瑞腦の霧噴く金猊の爐。

白玉の床前香屑飛び、微風 彼の青莎の廚を撼かす。

眞人我に會いて巹卮を合わす。綵雲冉冉として相縈紆す。

君見ず、文蕭の彩鸞に遇い、張碩の杜蘭に逢うを。

人生まれて相合うは定ず縁有り。會《まさ》に須く白《さかずき》を擧げて相闌珊たるべし。

娘子何爲ぞ輕言を出す。道うならく我秋風の紈を棄つるを奄む、と。

世世生生 配耦と爲りて、花の前 月の下に相盤桓たらん。

【注】

・今夕何夕…今宵はなんと良い夕べか。『詩經』國風　唐風　綢繆「今夕何夕、見此良人」
・風騒…ここでは詩歌のこと。
・易安…宋の李清照のこと。濟南の人。李格非の娘。易安居士と號す。詩文、なかでも詞に巧みであった。
・玳瑁筵…豪壯で得がたい宴席。瑇瑁筵。唐・太宗・帝京篇十首・九「羅綺昭陽殿、芬芳瑇瑁筵」
・羽觴…酒盃。
・殢雨尤雲…殢雲尤雨。男女の愛情をいう。柳永・浪淘沙「殢雲尤雨、有萬般千種、相憐相惜」
・淺斟低唱…酒をくみ、低い聲で歌う。連綿とした男女の歡愛。柳永・鶴冲天「淺斟低唱、觥籌交擧」
・怡愉…よろこびたのしむようす。『新唐書』巻百六十八　列傳第九十三　柳宗元傳「今天子興教化、定邪正、海內皆欣欣怡愉」
・瑤漿…玉のような美しい酒。瓊液も同じく美酒の意。『楚辭』招魂「瑤漿蜜勺、實羽觴些。…（略）…華酌既陳、有瓊漿些。」
・合巹…巹は婚禮用の酒器で、ひさごを二つに割って一對にした酒器。『禮記』昏義第四十四「婦至、婿揖婦以入、共牢而食、合巹而酳」
・冉冉…ゆっくりと變化する、または移動するようす。葛洪『神仙傳』欒巴「冉冉如雲氣之狀、須臾失巴所在」
・縈紆…うねりくねる。白居易・長恨歌「黃埃散漫風蕭索、雲棧縈紆登劍閣」
・文簫・彩鸞…文簫と仙女の吳彩鸞が結ばれた故事。（林坤『誠齋雜記』巻上）（裴鉶『傳奇』）
・張碩・杜蘭…仙女である杜蘭香と張碩の故事。（「杜蘭香」『搜神記』巻一）
・闌珊…だんだんと衰える。白居易・咏懷「白髮滿頭歸得也、詩情酒興漸闌珊」

・世世生生…現世にも來世にも。生まれ變わるごとに。

【譯】

今宵はなんと良き夕べか。
この仙女のような人に會えた。
花のかんばせのなんと美しいことか。
赤い唇はさくらんぼのよう。
詩歌に巧みで、易安すらもかすんで見える。
織女がはたおりをやめて天の川から下りてきたのか、
嫦娥が杵をすてて月の都から下りて來たのか。
その美しく着飾った姿は、この得がたい宴席にはえわたり、
鳥の形の杯が飛び交って、風流な酒盛りの席はなんと樂しいことよ。
私たちが愛し合ってまだいくらもたたないといっても、
酒を酌み低く歌をうたいながら、共によろこび、樂しみあう。
誤って蓬萊島に入りこみ、
このような仙境の風流人と出會えたことが喜ばしい。
美しく良い酒は樽よりあふれ、
金の獅子の香爐からは龍腦香がくゆっている。
白玉の床前に香の粉が飛びちり、

微風は青莎のとばりをかすかにゆらしている。
ここに眞人と私は出會い、契りの盃をかわす。
彩雲はゆったりとうずを巻いてたなびいている。
御存知でしょう。
文蕭が彩鸞に出會い、
張碩が杜蘭香に出會ったことを。
人の生まれて、そして出會うというのには、必ず決まった因縁というものがある。
かならず私達は盃を擧げ、ともに老いてゆきましょう。
なのにお嬢さん、どうして輕口をたたくのです。
私は秋風がふいたからと絹のうちわを捨てるなんて、決してしませんよ。
私たちは現世にも來世にも夫婦となって、
花の前月の下で、いついつまでも共に樂しみを分かち合いましょうぞ。

【本文】

酒盡相別。女出銀椀一具。以贈生曰。明日父母飯我于寶蓮寺。若不遺我。請遲于路上。同歸梵宇。同覲父母如何。生曰。諾。生如其言。執椀待于路上。果見巨室右族。薦女子之大祥。車馬騈闐。上于寶蓮。

【校勘】

○具…手澤本「貝」 ○遅…手澤本「進」 ○寳蓮…手澤本「寳蓮寺」

【書き下し】

酒盡きて相別る。女銀椀一具を出して、以て生に贈りて曰く。明日父母我を寳蓮寺に飯せん。若し我を遺《わす》れざれば、請うらくは路上に遅《ま》ちて、同に梵宇に歸り、同に父母に覲ゆこと如何せん、と。生曰く、諾、と。生其の言の如く、椀を執りて路上に待つ。果たして巨室右族の、女子の大祥を薦《すすむ》るを見る。車馬駢闐して、寳蓮に上る。

【注】

・大祥…三周忌。

・駢闐…ならびあつまる。ひしめきあって多いさま。駢田に同じ。『文選』張衡・西京賦「麀鹿麌麌、駢田偪仄」

【譯】

酒がつきて別れることとなった。娘は銀椀一つを出し、梁生に贈って言った。

「明日、私の父母が寳蓮寺で私のために食事を準備してくれるのです。もし私のことをお忘れでないなら、どうか路上でお待ちになって、共に寺に行き、父母にお會いしようと思うのですが、いかがでしょうか」

梁生はそれを了承した。

そして梁生は、前日娘が言ったように、銀椀を持って路のすみに立っていた。すると貴族の娘の三周忌をまつる行列が來るのをみつけた。車や人馬が道いっぱいにならび、寳蓮寺の方に上っていった。

【本文】

見路傍有一書生執椀而立。從者曰。娘子殉葬之物。已爲他人所偸矣。主曰。如何。從者曰。此生所執之椀。遂聚馬以問。生如其前約。以對父母。感訝良久曰。吾止有一女子。當寇賊傷亂之時。死於干戈。不能窀窆。殯于開寧寺之洞。因循不葬。以至于今。今日大祥已至。暫設齋筵。以追冥路。君如其約。請竢女子以來。願勿愕也。言訖先歸。生佇立以待。

【校勘】

○如何…手澤本「如何（＋也）」　○椀…手澤本「椀（＋是也）」　○生…手澤本　なし　○對…手澤本「待之」
○子…手澤本　なし　○洞…承本・明本「閒」

【書き下し】

路傍に一書生の椀を執りて立つること有るを見るに、從者の曰く、娘子殉葬の物、已に他人の爲に偸まる、と。主曰く、如何、と。從者曰く、此の生執るところの椀なり、と。遂に馬を聚めて以て問う。生其の前約の如く、以て父母に對う。感じ訝ること良久しくして曰く、吾止だ一女子有り。寇賊傷亂の時に當りて、干戈に死す。窀窆する能わず、開寧寺の洞に殯《かりもがり》す。因循もて葬らず。以て今に至る。今日大祥已に至る。暫らく齋筵を設けて、以て冥路を追う。君其の約の如く、請うらくは女子以て來たるを竢て。願くは愕くこと勿れ、と。言い訖りて先に歸る。生佇立して以て待つ。

【譯】

路傍に書生が一人、銀椀を持って立っているのを見つけて、お付きのものが言った。

「お孃様の副葬品が、もう他人に盗まれておりますよ」

主人が「どういうことだね」と言った。

お付きのものが言った。

「この書生の持っているお椀がそうでございます」

そこで人馬を集め、梁生に問いただした。生は前に娘と約束したとおりに、父母に事情を説明した。娘の父母は驚き、また訝りつつも、しばらくしてから言った。

「私には娘が一人おりました。ちょうど倭寇が攻めてきたときに、戰亂の中で亡くなったのです。きちんと埋葬することができず、開寧寺の洞に殯りして、古の習慣どおり、すぐに葬りませんでした。それで今に至ったのです。今日は三周忌にあたり、供養の座を設けて、追善供養をするところなのです。あなたは娘と約束したように、どうかここで娘が來るのを待っていてもらえないでしょうか。なにとぞ驚かれませんように」

言い終わって、父母は先に歸っていった。梁生はそこに佇立して、娘が來るのを待っていた。

【本文】

及期。果一女子從侍婢。腰裊而來。卽其女也。相喜携手而歸。女入門禮佛。投于素帳之內。親戚寺僧。皆不之信。唯生獨見。女謂生曰。可同茶飯。生以其言。告于父母。父母試驗之。遂命同飯。唯聞匙筯聲。

一如人間。父母於是驚歎。遂勸生。同宿帳側。中夜言語琅琅。人欲細聽。驟止其言。曰。妾之犯律。自知甚明。少讀詩書。粗知禮義。非不諳褰裳之可愧。相鼠之可赧。然而久處蓬藁。抛棄原野。風情一發。終不能戒。曩者梵宮祈福。佛殿燈香。自嘆一生之薄命。忽遇三世之因緣。擬欲荊釵椎髻。奉高節於百年。羃酒縫裳。修婦道於一生。自恨業不可避。冥道當然。歡娛未極。哀別遽至。今則步蓮入屏。阿香輾車。雲雨霽於陽臺。烏鵲散於天津。從此一別。後會難期。臨別悽惶。不知所云。

【校勘】

○婢…手澤本「兒」　○門…手澤本「問」　○禮佛…手澤本「禮（＋于）佛」　○之信…手澤本「信之」
○試…手澤本「識」　○同飯…手澤本　なし　○筋…明本「筋」　○▒部分…手澤本　なし
○人…手澤本「諸人」　○驟…手澤本　なし　○抛…明本「柂」　○燈…明本・手澤本「燒」
○節…手澤本　なし　○節於…手澤本「（＋堂）」　○一…手澤本「三」　○道…承本・明本「路」

【書き下し】

期に及びて、果して一女子の侍婢を從えて、腰裊して來る。卽ち其の女なり。相喜び手を携えて歸る。女、門に入りて佛に禮し、素帳の內に投ず。親戚寺僧、皆之を信ぜず。唯だ生のみ獨り見る。女生に謂いて曰く。茶飯を同にすべし、と。生其の言を以て、父母に告ぐ。父母試みに之を驗す。遂に命じて同飯せしむるも、唯だ匙筋の聲を聞くのみ。一に人間の如し。父母是に於て驚歎し、遂に生に勸めて、帳側に同宿せしむ。中夜言語琅琅たり。人細聽せんと欲すれば、驟《にわか》に其の言を止む。曰く、妾の律を犯すこと、自《みずか》ら知ること甚だ明らかなり、少くして詩書を讀み、粗ぼ禮義を知る。褭裳の愧ずべく、相鼠の赧ずべきを諳んぜざるに非ず。然れども久しく蓬藁に處り、原野に抛棄せらる。風情一たび發せば、終に戒むること能わず。曩《むかし》者梵宮に福を祈り、佛殿に香を燈し、自ら一生の薄命なるを嘆くも、忽ち三世の因縁に遇う。荆釵椎髻して、高節を百年に奉り、羃酒縫裳して、婦道を一生に修めんと欲するに擬す。自ら恨む業避くべからず。冥路當然たり。歡娛の未だ極らざるも、哀別遽《にわ》かに至る。今則ち步蓮して屛に入り、阿香車を輾らす。雲雨陽臺に霽れ、烏鵲は天津に散ず。此從り一たび別れば、後會期し難し。別れに臨みて悽惶して、云う所を知らず、と。

【注】

・腰裊…しなやかに動く様子。李賀・惱公「陂陀梳碧鳳、腰裊帶金蟲」
・匙筯…匙と箸。
・褭裳…『詩經』の篇名。淫女が戯れることをいう。(『詩經』國風　鄭風　褰裳)
・相鼠…『詩經』の篇名。人のたしなみがないのをそしる。(『詩經』國風　鄘風　相鼠)
・三世…現在・過去・未來。
・荆釵…荆でつくった釵。貧家の女性が用いる。
荆釵布裙…荆の枝を釵にし、粗布を裙とする。婦人の簡素な服装をいう。『太平御覽』卷七百十八　服用部二十
「(列女傳曰)梁鴻妻孟光、荆釵布裙」
・椎髻…妻が聰く、つつましくしていることの形容。
・縫裳…針仕事をする。『詩經』魏風　葛屨「摻摻女手、可以縫裳」
・步蓮…一步ごとに蓮花を生ずる。美人がゆっくり步くたとえ。步步生蓮花。『南史』卷五　齊本紀下第五　齊廢帝

東昏侯紀「齊東昏侯、鑿金爲蓮花帖地、今潘妃行其上、曰此歩歩生蓮花也」

・入屏…ある士人が酔って廣間に臥していたとき、古い屏風の中の婦人たちが歌いながら踊っていた。怖くなった士人がしかりつけると、婦人たちは屏風のなかに戻ったという故事。（『酉陽雑俎』巻十四　諾皐記上）

・阿香…周という男が旅の途中で、阿香という女性の家に寄宿した。夜中に呼び聲がして、阿香は出て行き、雷車を押して雷雨を降らせた。朝になって、男が昨晩の宿所を見てみると、新しい塚があるだけであった。（『捜神後記』巻五）

【譯】

時がきて、果たして女が一人、侍女をつれて、しなやかな様子でやってきた。それはあの娘だった。梁生と娘は再會を喜び、手をとりあって歸っていった。女は寺の門を入り佛に禮拜して、帳の中に入った。親戚や寺の僧侶たちは、娘がいるということが信じられず、また娘の姿は梁生にだけ見えているのであった。娘は梁生に言った。

「一緒に食事をしましょう」

梁生はそれを父母に傳えた。父母は試しに食事に同席させることにした。匙や箸の音がきこえるばかりであって、娘の姿は見えなかった。しかし、その音は全く生きている人のようであった。父母は驚嘆し、そこで梁生に娘と同宿するようにすすめたのだった。夜半に美しい話し聲が聞こえてきた。人が耳をそばだてて聞こうとすると、とつぜん話をやめた。そして娘は梁生に言った。

「私が貞女の道を踏み外しているということは、自分でもよくわかっております。幼いときから詩書をよみ、一應の禮儀は知っております。褰裳の愧ずべく、相鼠の赧ずべきことをそらんじることができないわけではありませんが、しかし長い間蓬の生える野におり、草むらにうちすてられていたので、人を想う心がひとたび芽生えれば、愼むことができませんでした。先日、お寺で福を祈り、佛さまに向かって香をそなえて、私の一生が幸薄く短命であったことを歎いていたのですが、そこで突然運命の人に出會ったのです。荊釵で髷をとめるように愼ましく、高い節を百年にわたって奉り、酒なぞ飲まずに縫い物にはげみ、貞女の道を一生修めるつもりでございました。恨めしいのは、業というものは避けることができず、私はもう冥土の道を行かねばなりません。まだ喜びをつくしていないというのに、別れの時がきてしまいました。今私はゆっくりと歩いて、屏風の中に戻ります。阿香が雷車を押して雨を降らせた後には、塚が殘っているのみではないですか。陽臺の雨は晴れ、かささぎは天の川から散じて、織姫も歸るころになりました。今これより、あなた様とお別れしてしまえば、後の逢瀬はいつになるかわかりません。このような別れに際し、悲しくて何を言ってよいやらわかりません」

【本文】

送魂之時。哭聲不絶。至于門外。但隱隱有聲。曰。冥數有限。慘然將別。願我良人。無或踈闊。哀哀父母。不我匹兮。漠漠九原。心糾結兮。餘聲漸滅。嗚咽不分。父母已知其實。不復疑問。生亦知其爲鬼。尤增傷感。與父母聚頭而泣。父母謂生曰。銀椀任君所用。但女子有田數頃。蒼赤數人。君當以此爲信。勿忘吾女子。翌日設牲牢明酒。以尋前迹。果一殯葬處也。生設奠哀慟。焚楮鏹于前。遂葬焉。作文以弔之曰。

【校勘】
○時哭…手澤本「(＋時哭)」　○曰…手澤本「(＋曰)」　○匹…手澤本「(＋弃)」　○分…手澤本「已」
○牲牢…承本「牲窂」　○明…明本・手澤本「朋」　○慟…手澤本「痛」　○弔…手澤本「吊」

【書き下し】
送魂の時、哭聲絶えず。門外に至りて、但だ隱隱として聲有るのみ。曰く。冥數限り有り。慘然として將に別れんとす。願くは我が良人、踈闊或ること無かれ。哀哀たる父母、我が匹にならず。漠漠たる九原、心糾結す、と。餘聲漸く滅え、嗚哽分かたず。父母已に其の實を知りて、復た疑い問わず。生も亦た其の鬼たることを知る。尤も傷感を增す。父母と頭を聚めて泣く。父母生に謂いて曰く。銀椀君の用いる所に任す。但だ女子の田數頃、蒼赤の數人有るのみ。君當に此を以て信《あかし》と爲すべし。吾が女子を忘る勿れ、と。翌日　牲牢朋酒を設けて、以て前迹を尋ぬ。果して一殯葬の處なり。生奠を設けて哀慟す。楮鏹を前に焚き、遂に葬す。文を作して以て之を弔いて曰く。

【注】
・隱隱…かすかではっきりしないさま。歐陽脩・蝶戀歌「隱隱歌聲棹遠、離愁引着江南岸」
・哀哀父母…痛ましく悲しき父母。『詩經』小雅　蓼莪「蓼蓼者莪、匪莪伊藁、哀哀父母、生我劬勞、蓼蓼者莪、匪莪伊蔚、哀哀父母、生我勞瘁、缾之罄矣、維罍之恥、鮮民之生、不如死之久矣、無父何怙、無母何怙、出則銜恤、入則靡至」
・明酒…明本・手澤本の朋酒が正しいであろう。朋酒は兩樽の酒のこと。訓讀文は「朋酒」に改む。『詩經』國風　豳風　七月「十月滌場、朋酒斯饗」

・哀慟…悲しみ極まりない。『後漢書』巻二十　祭遵傳「車駕素服臨之、望哭哀慟」

・楮鏹…紙銭。

【譯】

送魂の時、人々のなきさけぶ聲は絶えなかった。門の外まできて、かすかに女の聲だけがきこえてきた。

「運命には限りがあります。悲しいけれど、もうお別れしなければなりません。愛しいあなた、どうか私をお忘れになることのないように、悲しんでいる痛ましい父母は（近くにいるけれど）、私の良き人ではありません。果てしない黄泉路に心はむすぼれて張り裂けんばかりです」

そして娘の聲はだんだんときえてゆき、周りのむせび泣く聲と區別できなくなった。

父母は、娘が本當に幽靈として現れていたことをさとり、二度と疑うことはなかった。梁生も娘が幽靈だったということを知り、さらに痛ましい思いを増した。梁生は娘の父母と頭を寄せ合って泣いた。娘の父母は梁生に言った。

「この銀椀は君に任せることにしよう。それに娘には田畑が數項と召使いが數人います。それを君に差し上げて、それを娘との契りの證としてください。どうか娘のことを忘れないでやってください」

翌日、梁生は再び供え物をととのえて、前に娘の家のあったところをさがしたずねた。はたしてそれは娘を殯葬したところであった。梁生は供え物を準備して、慟哭した。紙銭を焚いて、そこで娘を葬り、文を作って弔いの言葉とした。

【本文】

惟靈生而溫麗。長而淸淳。儀容侔於西施。詩賦高於淑眞。不出香閨之內。常聽鯉庭之箴。逢亂離而璧完。遇寇賊而珠沉。托蓬蓽而獨處。對花月而傷心。腸斷春風。哀杜鵑之啼血。膽裂秋霜。歎紈扇之無緣。曩者一夜邂逅。心緒纏綿。雖識幽冥之相隔。實盡魚水之同歡。將謂百年以偕老。豈期一夕而悲酸。月窟驂鸞之姝。巫山行雨之娘。地黯黯而莫歸。天漠漠而難望。入不言兮惚恍。出不逝兮蒼茫。對靈幃而掩泣。酌瓊漿而增傷。感音容之窈窕。想言語之琅琅。嗚虖哀哉。爾性聰慧。爾氣精詳。三魂縱散。一靈何亡。應降臨而陟庭。或薰蓽而在傍。雖死生之有異。庶有感於此章。

【校勘】

○長而…手澤本「長閨內而」　○淳…明本「渟」　○傷心…手澤本「(＋傷心)」　○春風…手澤本「風春」

○緣…手澤本　なし　○冥…手澤本「明」　○莫…手澤本「易」　○惚恍…承本・明本・手澤本「恍惚」

○逝…手澤本「遊」　○虖…手澤本「呼」　○生…手澤本「(＋生)」

【書き下し】

惟れ靈生れて溫麗たり。長じて淸淳たり。儀容は西施に侔《ひと》しく、詩賦は淑眞より高し。香閨の內を出でず、常に鯉庭の箴を聽く。亂離に逢いて璧完たるも、寇賊に遇いて珠沉む。蓬蓽に托して獨り處り、花月に對して心を傷む。腸は春風に斷たれ、杜鵑の啼血を哀む。膽は秋霜に裂け、紈扇の無緣を歎く。曩者《さきの》一夜にして邂逅し、心緒纏綿す。幽冥の相隔たるを識ると雖も、實に魚水の同歡を盡し、將に百年以て偕老せんと謂《おも》うべし。豈に一夕にして悲酸するとは期せんや。月窟駿鸞の姝、巫山行雨の娘、地は黯黯として歸ること莫く、天漠漠として望み難し。入りては言わず惚恍たり、出でては逝かず蒼茫たり。靈幃に對して掩泣し、瓊漿を酌みて增傷す。音容の窈窕たるを感じ、言語の琅琅たるを想う。嗚虖哀しいかな。爾の性は聰慧にして、爾の氣は精詳たり。三魂縱《たと》い散ずとも、一靈の何ぞ亡びんや。應に降臨して庭を陟《すす》み、或いは薰藁して傍に在り。死生の異なること有ると雖も、庶わくば些章に感ずる有らんことを。

【注】

・西施…春秋時代の越の美人。越王句踐が吳王夫差に獻じ、吳王は西施の色香に迷って國を滅ぼしたといわれる。
・淑眞…宋の朱淑眞。自稱幽棲居士。若くしてさとく、讀書を好む。市井の民家に嫁し、志を得ず、そのため憂怨の詩が多い。
・鯉庭…子が親の教えをうけるところ。『論語』季氏「子嘗獨立、鯉趨而過庭」
・獨處…配偶者がなく一人でいること。『詩經』國風　唐風　葛生「豫美亡此、誰與獨居」
・邂逅…思いがけず出會う。『詩經』國風　鄭風　野有蔓草「有美一人、淸揚婉兮、邂逅相遇、適我願兮」
・幽冥…あの世、黃泉の國。白居易・祭弟文「豈幽冥道殊、莫有拘礙、將精爽遷散、杳無覺知」
・魚水…君臣、夫婦の契りの深いこと。劉備と諸葛亮の故事による。（『三國志』卷三十五　蜀書五　諸葛亮傳第五）
・駿鸞…美しいもののたとえ。『剪燈新話』滕穆醉遊聚景園記「自能返倩女之芳魂、玉匣駿鸞之扇」
・巫山行雨…高唐賦「旦爲朝雲、暮爲行雨」（三十八頁「高唐」の注を參照）
・蒼茫…廣くはてのない樣子。潘岳・哀永逝文「視天日兮蒼茫、面邑里兮蕭散」
・增傷…悲しみを增す。『楚辭』九章　抽思「心鬱鬱之憂思兮、獨永嘆乎增傷」

・音容…聲と姿。白居易・長恨歌「含情凝睇謝君王、一別音容兩渺茫」
・三魂…人の體には三魂七魄があり、三魂は天にかえり、七魄のうちの六つは地に、一つは體を守ることをいう。
（『抱朴子』地眞）

【譯】
思うに、あなたの魂は生まれたときには穏やかで美しく、成長しては清らかだった。あなたの容貌は西施にもひとしく、詩賦の才能は淑眞よりも高い。深閨の中にいて出でず、常に父母の教えを守っていた。そうして戰亂の中でも操は守ったけれども、倭寇にあって命を落としてしまった。魂だけは蓬の生えた草野にひとりかくれ住み、花と月の美しいことに對して心を痛めている。春風に腸がちぎれるほど悲しみ、ほととぎすが血を吐くように鳴くのをきいても心をいためる。秋の霜にきもは張り裂け、秋扇の縁遠いことを歎いていた。先日、我々は一夜にして出逢い、心を通わせあった。この世とあの世に距離があるとはいえ、水を得た魚のように、深く歡びをつくして、百年も共白髮となってそいとげようと思ったのだ。どうして一晩にして悲しい別れの時が來ると知っていただろうか。月の國の美しい仙女、巫山行雨の神女よ。地は眞っ暗で行くことができず、天は果てしなくみわたすことも難しい。ともに暮らしては、ものをいわずとも恍惚とした氣持ちになり、ともに過ごした生活から出て行ったとはいっても、死んだわけではなく、あとはただ蒼茫としているが、永遠に別れたわけではない。靈堂の帳に向き合っては面を掩って號泣し、美しい酒を酌んでも悲しみが増すばかり。その聲と姿が奧深いことを感じ、あなたの語る言葉の美しいことを想う。なんと哀しいことか。あなたの人柄はさとく賢く、こころはこまやかである。三魂はたとえ天にかえったとしても、一靈は身體に殘り、どうして亡びることがあろうか。魂は、ある時はまさに下界に降臨して庭をあるき、あるときは姿はみえないけれど傍らにいる。あの世とこの世のへだたりはありますが、この私の哀悼の辭を、どうかあなたも感じてくださいますように。

【本文】

後極其情哀。盡賣田舍。追薦再三夕。女於空中唱曰。蒙君薦拔。已於他國爲男子矣。雖隔幽冥。寔深感佩。君當復修淨業。同脱輪廻。生後不復婚嫁。入智異山採藥。不知所終。

【校勘】

○舍…手澤本「沓」　○夕…手澤本「歹」　○冥…手澤本「明」　○終…手澤本「終云」

【書き下し】

後其の情哀を極め、盡く田舍を賣り、追薦すること再三夕。女空中に唱て曰く、君の薦拔を蒙り、已に他國に於て男子となる。幽冥を隔つと雖も、寔に深く感佩す。君當に復た淨業を修めて、同に輪廻を脱するべし、と。生後復た婚嫁せず、智異山に入りて藥を採る。終わる所を知らず。

【注】

・已於他國爲男子矣…轉女成男のことをいうか。女身は障重く、成佛せんとするときはその身を男子に轉じて成佛することをいう。

・智異山…金剛山、漢拏山とともに三神山の一つ。山麓には多數の寺院がある。（『新増東國輿地勝覽』卷之三十九　南原

都護府　山川）

【譯】

悲しみ悼んだ後、娘の田畑と屋敷を賣って、娘の追善を三晩した。すると空中に娘の聲がした。

「あなた様の供養のおかげで、私は他國に男子となって生まれかわることができました。たとえ冥界と人間界と、距離をへだてても、あなたの恩愛に深く感じ、いつまでも忘れることはないでしょう。あなた様もどうか善行をお修めになって、ともに輪廻より脱することができますように」

梁生はその後も二度と妻を娶ることはなく、智異山に入って薬草をとって暮らした。彼がその後どうなったかはわからない。

李生窺墻傳

【本文】

松都有李生者。居駱駝橋之側。年十八。風韻清邁。天資英秀。常詣國學。讀詩路傍。善竹里有巨室處子崔氏。年可十五六。態度艶麗。工於刺繍。而長於詩賦。世稱。風流李氏子。窈窕崔家娘。才色若可餐。可以療飢腸。李生嘗挾冊詣學。常過崔氏之家北墻外。垂楊裊裊。數十株環列。李生憩於其下。一日。窺墻內。名花盛開。蜂鳥爭喧。傍有小樓。隱映於花叢之閒。珠簾半掩。羅幃低垂。有一美人。倦繡停針。支頤而吟曰。

【校勘】

○詩…手澤本「(+書)」　○態…承本「熊」　○掩…手澤本「捲」

【書き下し】

松都に李生なる者有り。駱駝橋の側に居す。年十八なり。風韻清邁にして、天資英秀なり。常に國學に詣りて、詩を路傍に讀む。善竹里に巨室の處子崔氏有り。年十五、六ばかり。態度艷麗にして、刺繡に工なり。而も詩賦に長ず。世に稱せらる。風流たる李氏が子、窈窕たる崔家が娘、才色若し餐《くら》うべくんば、以て飢腸を療《いや》すべし、と。李生嘗て冊を挾み學に詣るに、常に崔氏の家の北墻の外を過ぐ。垂楊裊裊として、數十株環《めぐ》り列なる。李生其の下に憩う。一日、墻の内を窺うに、名花盛んに開き、蜂鳥爭い喧し。傍に小樓有り。花叢の間に隱映す。珠簾半ば掩い、羅幃低く垂る。一美人有り。繡に倦《つか》れ針を停め、頤を支えて吟じて曰く。

【注】

・松都…現在の朝鮮民主主義人民共和國の開城市。(『新增東國輿地勝覽』巻之四　開城府上)

・駱駝橋…槖駝橋のことであろう。

・國學…朝鮮時代の成均館を別に國學という。『朝鮮世祖實錄』十二・四年四月辛巳「兼判通禮門李中允、成均館大司成李承召輪對…(略)…承召以書、啓曰、大學、賢士之關、風敎所先、唐太宗增廣生員、至三千二百、今國學所養、纔二百、臣計二百生一年之費、九百六十石、是於國家經費九牛一毛耳」成均館は朝鮮時代、儒學の教誨に關することを司る官衙のことをいう。

・善竹里…善竹橋の附近。駱駝橋から國學に行く途中にある。

【譯】

松都に李生というものがいた。駱駝橋のそばに住んでおり、年は十八歳。彼の風采は淸らかですぐれており、生まれつき秀でた才能の持ち主であった。いつも國學に行き、路傍で詩をよんでいた。(駱駝橋から國學に行く途中にある)善竹里には、大家の娘である崔氏がいた。年は十五、六歳ぐらいで、その姿はきわだって美しかった。刺繡が上手で、しかも詩賦にもたけていた。世の人々は彼ら二人を稱して、風流な李氏の男子、美しい崔氏の娘、もし才能や美貌を食することができるなら、（その才能や美貌で）飢えた腹をいやすことができるだろうと言った。李生は脇に書物をかかえて國學に行くとき、いつも崔氏の家の北側の墻の外を通って行っていた。そこはしだれ楊が風にゆれ、數十株が墻のまわりをとりかこんで連なっていた。李生はその楊の下で休んでいたことがあった。ある日、李生は墻の内側を垣間見た。そこは美しい花が咲きみだれ、蜂や鳥がきそうように喧しく鳴いていた。傍らには小さな建物があり、花々の間から見え隠れしていた。珠の簾で半分ほどおおい、薄物のとばりが低くたれ下がっている。そこに美人が一人、刺繡に疲れて針をやすめ、ほおづえをついて、うたを吟じていうには。

【本文】

獨倚紗窻刺繡遲。百花叢裏囀黃鸝。
無端暗結東風怨。不語停針有所思。
路上誰家白面郎。青衿大帶映垂楊。
何方可化堂中燕。低掠珠簾斜度墻。

【校勘】

○獨倚…手澤本「晩」　○裏…承本・明本「裏」、手澤本「裡」　○黃鸝…手澤本「黃鸝（＋於）」

○映…手澤本「暎」 ○方…手澤本「妨（＋女）」

【書き下し】

獨り紗窗に倚りて刺繡遲し。百花叢裏 囀るは黃鸝《り》。
端《はし》なくも暗に東風の怨を結び、語らず針を停めて所思有り。

路上 誰が家の白面郎。靑衿大帶 垂楊に映ゆ。
何れか方に堂中の燕と化し、低く珠簾を掠めて斜に墻を度るべし。

【注】

・無端…思いもよらず。李商隱・爲有「爲有雲屛無限嬌、鳳城寒盡怕春宵、無端嫁得金龜壻、辜負香衾事早朝」
・東風怨…東風恨。春がきたことに恨みをいだく。黃庚・暮春三首之三「十分花鳥東風恨、半在詩中半酒中」
・靑衿…學生のこと。『詩經』國風 鄭風 子衿「靑靑子衿、悠悠我心」

【譯】

一人窗邊にもたれかかり、刺繡はちっともすすまない。
花の咲き亂れるなかで、鶯がさえずっている。
思わず、春風が吹いているのに良いことに惠まれない恨みをひそかにいだき
何も言わずに刺繡の針を止めて物思いにふけっている。

路上にいるのはどちらの書生さんでしょう。
青い襟と大帯が柳の緑に映えて鮮やかだこと。
いつか堂中の燕となって、
低く飛んで簾をかすめ、この墻をこえて會いに來てくださるでしょうか。

【本文】
生聞之不勝技癢。然其門戸高峻。庭闈深邃。但怏怏而去。還時。以白紙一幅。作詩三首。繫瓦礫。投之曰。

【書き下し】
生之を聞きて技癢に勝えず。然れども其の門戸の高峻にして、庭闈は深邃たり。但だ怏怏として去るのみ。還る時、白紙一幅を以て、詩三首を作し、瓦礫に繫ぎて、之を投じて曰く。

【注】
・技癢…技療。技藝を持ってはいるが、機會がなくてその腕前を試すことができずにもどかしく感じること。『文選』巻第九　潘安仁・射雉賦「屛發布而累息、徒心煩而技懩」
・怏怏…滿足せず、鬱々として樂しまない樣子。王昌齡・大梁途中作「怏怏步長道、客行渺無端」

【譯】

李生は娘の詩を聞いて、自分の詩の腕前を發揮したくなったのだが、家の門は高くけわしくそびえ、部屋は深く奥まっていた。李生はただ悶々として立ち去るしかなかった。立ち去るときに詩を三首つくり、白い紙に書き付けて瓦礫に結び付け、家の中にほうり投げた。その詩にはこうあった。

【本文】

巫山六六霧重回。半露尖峯紫翠堆。
惱却襄王孤枕夢。肯爲雲雨下陽臺。

相如欲挑卓文君。多少情懷已十分。
紅粉墻頭桃李艶。隨風何處落繽紛。

好因緣邪惡因緣。空把愁腸日抵年。
二十八字媒已就。藍橋何日遇神仙。

【校勘】

○粉…承本「紛」　○紛…承本「粉」　○邪…手澤本「是」

【書き下し】

巫山六六　霧重《かさな》り回る。半ば尖峯を露し紫翠堆《うずたか》し。
惱却す　襄王孤枕の夢。肯て雲雨と爲りて陽臺に下らん。
相如　卓文君に挑まんと欲す。多少の情懷　已に十分。
紅粉　墻頭　桃李艶《なまめか》し。風に隨いて何れの處にか落ちて繽紛たり。
好因緣か惡因緣か。空しく愁腸を把りて日は年に抵《あた》る。
二十八字　媒已に就る。藍橋何れの日にか神仙に遇わん。

【注】

・巫山・雲雨・陽臺…楚の襄王の父である懷王が高唐觀で神女と契った故事。巫山雲雨は男女合歡をさす。『文選』巻第十九　宋玉・高唐賦「旦爲朝雲、暮爲行雨」

・六六…巫山三十六峰。現在は青城・天倉峰をいう。天倉峰は三十六峰あり、前十八峰を陽といい、後十八峰を陰という。神仙が住むとされていた。（『讀史方輿紀要』巻六十六　四川）

・紫翠…山色の形容。杜牧・早春閣下寓直蕭九舍人亦直内署因寄書懷四韻「千峯横紫翠、雙闕凭欄干」

・相如欲挑卓文君…司馬相如と卓文君の故事。司馬相如が卓王孫（卓文君の父）の家に至り、琴をひいて卓文君をそそのかした。それで卓文君と司馬相如は結ばれた。『史記』巻百十七　司馬相如列傳第五十七「是時卓王孫有女文君新寡、好音、故相如繆與令相重、而以琴心挑之。…（略）…文君夜亡奔相如、相如乃與馳歸」

・紅粉…紅とおしろい。轉じて美人の喩え。孟浩然・春情「青樓曉日珠簾映、紅粉春妝寶鏡催」
・墻頭…塀、圍いの上端。于鵠・題美人「秦女窺人不解羞、攀花趁蝶出墻頭」
・繽紛…花などの亂れ散る樣子。陶潛・桃花源記「落英繽紛」、李山甫・惜花「一年今爛熳、幾日便繽紛」
・好因緣…陶穀が南唐の江南へ使したとき、韓熙載が妓女の秦弱蘭に命じて、陶穀に近づかせた。しかし陶穀はよろこび、風光好という詞を作って秦弱蘭に與えた。これを李後主の宴で弱蘭に歌わせたところ、陶穀は大いにはじてその日北に歸ったという。『南唐近事』風光好「好因緣惡因緣、只得郵亭一夜眠、別神仙、琵琶撥盡相思調、知音少、待得鸞膠繼續絃、是何年」、『剪燈新話』秋香亭記「好因緣是惡因緣、只怨干戈不怨天」
・愁腸…憂えて氣がふさぐ。傅玄・雲歌「青雲徘徊、爲我愁腸」

【譯】

巫山の三十六峰では、霧が重なるようにしてたちこめている。
尖った峯がわずかにあらわれ、山はうずたかくそびえている。
襄王の一人寢の夢を想い、
雲となり、雨となって陽臺にふりそそぎましょう。

司馬相如は琴をもって卓文君をそそのかそうとした。

あふれんばかりの想いはもう十分。

おしろいをつけた美人の姿は垣の向こうに見え、その姿は桃李のようにあでやかで美しい。

風に吹かれるままに、この美しい花はどこかにひらひらと飛び落ちてしまうだろうか。

この縁は好因縁でしょうか、それとも惡因縁でしょうか。
いたずらに憂い、一日は一年に感じられる。
二十八字のこの詩がすでに我々の媒をしてくれた。
いつになったら藍橋で神仙のようなあなたにであえるのでしょう。

【本文】

崔氏命侍婢香兒往見之。卽李生詩也。披讀再三。心自喜之。以片簡又書八字。投之曰。將子無疑。昏以爲期。生如其言。乘昏而往。忽見。桃花一枝過墻。而有搖裊之影。往視之則以鞦韆絨索。繫竹兜下垂。生攀緣而踰。會月上東山。花影在地。淸香可愛。生意謂。已入仙境。心雖竊喜而情密事祕。毛髮盡竪。回眄左右。女已在花叢裏。與香兒折花相戴。鋪罽僻地。見生微笑。口占二句。先唱曰。

　桃李枝閒花富貴。鴛鴦枕上月嬋娟。

生續吟曰。

　他時漏洩春消息。風雨無情亦可憐。

【校勘】

○婢…手澤本「兒」　○卽…手澤本「則」　○如…手澤本「聞」　○有搖…手澤本「垂」
○裏…承本・明本「裹」、手澤本「裡」　○見…手澤本「見（＋女）」　○漏洩…手澤本「洩漏」

【書き下し】

崔氏 侍婢香兒に命じて往きて之を見さしむ。即ち李生が詩なり。披《ひら》き讀むこと再三、心自から之を喜ぶ。片箇を以て又た八字を書き、之を投じて曰く、将《ねが》わくは子疑うこと無れ。昏《ゆうべ》に以て期と爲さん、と。生其の言の如く、昏に乘じて往く。忽ち見る、桃花一枝の墻を過ぎて、搖曳の影有るを。往きて之を視れば則ち鞦韆絨索を以て竹兜に繫ぎて下垂す。生攀縁して踰ゆ。會《たま》ま月東山に上り、花影地に在り、淸香愛づべし。生意謂えらく、已に仙境に入る、と。心竊に喜ぶと雖も情密にして事祕めたり。毛髪盡く竪つ。左右を回り眄《めぐ》《み》れば、女已に花叢の裏に在り。香兒と與に花を折りて相戴き、罽を地を僻けて鋪く。生を見て微笑し、二句を口占す。先に唱いて曰く。

　桃李の枝閒　花富貴。鴛鴦の枕上　月嬋娟たり。

生續けて吟じて曰く。

　他時漏洩す春の消息。風雨情無きも亦た憐れむべし。

【注】

・鞦韆…ぶらんこ。『剪燈新話句解』聯芳樓記「以鞦韆絨索、垂一竹兜、墜於其前」

・他時漏洩春消息…『剪燈新話』聯芳樓記「他時泄漏春消息」

【譯】

崔氏は侍婢の香兒に、何が投げ込まれたのか、行って見てくるように命じた。それはまさしく李生の書いた詩であった。崔氏はひらいて二度も三度も詩をよみ、心は自然と喜んだ。そして紙のきれはしに八字を記して、また外に投げた。その紙には「どうかあなた様はお疑いになられませんように。日暮れに會う約束をいたしましょう」と書いてあった。李生は崔氏の言うとおり、日暮れになって崔氏のもとへ行った。崔氏の家の垣のむこうに忽然と、桃の花一枝と何か揺れているものが見えた。近づいてそれをみると、ぶらんこの紐に竹かごをつるして垂れているのだった。李生はその紐をつかって、垣をよじのぼって越えていった。ちょうどそのとき月は東山にのぼり、花の影が地面に落ちて、花の清らかな香りはなんともいとおしかった。李生は、すでに仙境に入ってしまったのかと思った。心中、ひそかに喜んだが、このあつい情と逢瀬は祕密である。李生は喜びで全身の毛が逆立った。ふと左右を振り返れば、崔氏の娘はすでに花叢の中にいた。侍女の香兒とともに花をつんで頭にかぶり、少し離れたところに敷物をしいていた。李生を見て微笑し、二句の詩を口ずさんだ。娘が先に歌っていうには。

　桃李の枝の閒から花がいっぱいに咲き亂れているのがみえ、
　二人の枕のほとりを照らす月が美しい。

李生がそれに續けて歌った。

　いつかこの春の宵のことがもれたとき、
　情容赦なくふりそそぐお叱りがあるかと思うと、心配になります。

【本文】

女變色而言曰。本欲與君終奉箕箒永結歡娛。郎何言之若是遽也。妾雖女類。心意泰然。丈夫意氣。肯作此語乎。他日閨中事。洩親庭譴責妾。以身當之。香兒可於房中齎酒果以進。兒如命而往。四座寂寥。闃無人聲。生問曰。此是何處。女曰。此是北園中小樓下也。父母以我一女。情鍾甚篤。別構此樓于芙蓉池畔。方春時。名花盛開。欲使我從侍兒遨遊耳。親闈之居。閨閤深邃。雖笑語啞咿。亦不能卒爾相聞也。

女酌綠蟻一巵勸生。口占古風一篇曰。

【校勘】

○永結歡…手澤本「約百年之」 ○郎何言之…手澤本「郎（+子）何爲」 ○遽…手澤本 なし

○譴…手澤本「見」 ○以身…手澤本「身以」 ○鍾…明本「鐘」 ○閤…手澤本「閣」

【書き下し】

女色を變えて言いて曰く。本と君と終には箕箒を奉じ永く歡娯を結ばんと欲す。郎何ぞ言うことの是の若く遽《にわ》かなる。妾 女の類と雖も、心意泰然として、丈夫の意氣なり。肯て此の語を作さんや。他日閨中の事、親庭に洩れ妾を譴責せば、身を以て之に當たらん。香兒 房中に酒果を齎て以て進むべし、と。兒命の如く往く。四座寂寥として聞として人の聲無し。生問いて曰く。此れは是れ何れの處ぞ、と。女の曰く。此れは是れ北園の中の小樓の下なり。父母我れ一女なるを以て、情鍾甚だ篤し。別に此の樓を芙蓉池の畔に構う。春の時に方りて、名花盛んに開けば、我をして侍兒を從わせ遨遊せしめんと欲するのみ。親闈の居、閨閤深く邃《おくぶか》し。笑語啞咿すると雖も、亦た卒爾として相聞くこと能わず、と。女綠蟻一巵《し》を酌みて生に勸む。古風一篇を口占して曰く。

【注】

・箕箒…妻となることの謙稱。「奉箕箒」に同じ。『後漢書』巻八十四 列女傳 曹世叔妻「年十有四、執箕箒於曹氏」

・情鍾…人情が集まる。「鍾」は集まる。『晉書』巻四十三　列傳第十三　王衍傳「…衍曰、聖人忘情、最下不及於情、然則情之所鍾、正在我輩」（『世說新語』傷逝第十七には王戎につくる。）

・淥蟻…酒のこと。『文選』巻第二十六　謝玄暉・在郡臥病呈沈尙書「嘉魴聊可薦、淥蟻方獨持」

【譯】

娘は顏色を變えて言った。

「私はもともとあなた様に妻としてお仕えし、ながく歡びをともにしたいと思っておりましたのに、どうしてあなたは急にそんなことをいうのです。私は女であるとはいっても、心は泰然としていてひろく、男まさりの意氣があります。どうしてそんなことをおっしゃるのです。後日、この情事が兩親に知れ、父母が私を責めるようなことがあったとしても、私は身をもって父母と向きあうつもりです。さあ香兒や、部屋に酒と食べ物を持ってきてこの方にお勸めしなさい」

香兒は娘の命令どおりに行った。まわりは寂しく靜かで、話し聲も聞こえなかった。李生がたずねて言った。

「ここはどこですか」

娘が言った。

「ここは北園の小樓の下でございます。父母は私が一人娘ということで、ことのほか情をもって可愛がって下さり、私のために、別に芙蓉池のほとりにこの樓を建ててくださいました。ちょうど春の季節になって花々が盛んにひらけば、それはまるで、私に侍兒を從わせて遊ばせようとしているかのようです。兩親の居る部屋は奥深くにありますから、笑い聲をたててもすぐに聞こえることはないでしょう」

娘はさかずきにいっぱい酒をくんで、李生にすすめた。そして古風一篇を口ずさんで言うには。

【本文】

曲闌下壓芙蓉池。池上花叢人共語。
香霧霏霏春融融。製出新詞歌白紵。
月轉花陰入氍毹。共挽長條落紅雨。
風攬清香香襲衣。賈女初踏春陽舞。
羅衫輕拂海棠枝。驚起花閒宿鸚鵡。

【校勘】

○闌…手澤本「欄」　○歌…手澤本「(＋歌)」　○共…手澤本「(＋共)」　○棠…手澤本「堂」

【書き下し】

曲闌の下　芙蓉池を壓す。池上の花叢　人　共に語る。
香霧霏霏として春融融たり。新詞を製し出して白紵を歌う。
月　花陰に轉じて　入りて氍《く》毹《ゆ》たり。共に長條を挽きて紅雨を落とす。
風　清香を攬《みだ》して　香　衣を襲う。賈女初めて踏む春陽の舞。

羅衫輕く拂う　海棠の枝。　驚起す　花間　鸂鶒を宿す。

【注】

・融融…のどかなさま。杜牧之・阿房宮賦「歌臺暖響、春光融融」
・白紵…樂府、呉の舞曲の名。
・長條…長い枝。蘇軾・月夜與客飲酒杏花下詩「花間置酒清香發、爭挽長條落香雪」
・紅雨…紅い花の散るのをいう。李賀・將進酒「況是青春日將暮、桃花亂落如紅雨」
・賈女…晉の賈充の娘、賈午のこと。「偸賈香」の注（百十二頁）を參照。
・驚起…驚きたつ。杜牧・入茶山下題水口草市絕句詩「驚起鴛鴦豈無恨、一雙飛去卻回頭」

【譯】


曲がった欄干の下には芙蓉池、欄干はまるで池を押さえつけるかのようにはりだしている。

池の上には花の群れ、人は共に語り合う。

花の上には深く霧がたちこめ、春はなんとのどかなことよ。

新しい詞を作って、白紵の調べでうたいましょう。

月は花陰にかくれ、月影に照らされた花はまるで絨毯のよう。

あなたと共に長い枝をひいて、紅い花びらを散らせましょう。

風が清い香りをかきみだし、その亂された香りは衣にしみつく。

あの賈女は初めて春の舞を舞うように美しい。

うすぎぬの袖で海棠の枝を輕くなでると
ああ驚いた、花の閒に鸚鵡がいたのね。

【本文】

生卽和之曰。

誤入桃源花爛熳。多少情懷不能語。
翠鬟雙綰金釵低。楚楚春衫裁綠紵。
東風初折竝蔕花。莫使繁枝戰風雨。
飄飄仙袂影婆娑。叢桂陰中素娥舞。
勝事未了愁必隨。莫製新詞教鸚鵡。

【校勘】

○袂…手澤本「袂」　○娑…明本「婆」　○必…手澤本「多」

【書き下し】

生卽ち之に和して曰く。

誤りて桃源に入れば花爛熳たり。多少の情懷 語すること能わず。

翠鬟　雙綰　金釵低《た》る。楚楚たる春衫　緑紵《ちょ》を裁つ。
東風初めて折《ひら》く竝蔕の花。繁枝をして風雨を戦わしむること莫れ。
飄飄たる仙袂　影婆娑たり。叢桂陰中　素娥舞う。
勝事未だ了らず　愁い必ず隨う。新詞を製して鸚鵡に教えること莫れ。

【注】
・楚楚…あざやかなさま。『詩經』國風　曹風　蜉蝣「蜉蝣之羽、衣裳楚楚」
・竝蔕花…竝蔕蓮。一つの蔕に二つの花がさく蓮。男女の合歡、あるいは夫婦の恩愛をたとえる。皇甫松・竹枝・三「芙蓉竝蔕一心蓮、花侵槅子眼應穿」
・仙袂…仙人の衣の袂。白居易・長恨歌「風吹仙袂飄飄擧、猶似霓裳羽衣舞」
・婆娑…舞うすがた。『詩經』國風　陳風　東門之枌「子仲之子、婆娑其下」
・素娥…姮娥のこと。

【譯】
李生がすぐさま唱和していうには、
誤って桃源郷に入ってみれば、花は爛漫。
このあふれる想いは言葉にすることができない。
美しいみどりの髪で結ったあげまきに、金のかんざしが垂れ下がるようにささり
鮮やかな春の衣は、緑の麻を裁ってつくったもの。

春風が吹いてはじめて竝蔕の花が開く。

繁った枝が強い春風に吹かれて、ガサガサと無粋な音をたてることがないように。

仙人の衣の袂は風に吹かれて舞い上がり、まるで踊っているかのよう。

叢桂の陰では嫦娥が舞い踊っている。

すばらしいことはまだ終わっていないというのに、終わった後の愁いというものは必ずある。

いたずらにこのすぐれたひと時のことを詞に作って、おしゃべりな鸚鵡に教えることのないように。


【本文】

飲罷女謂生曰。今日之事。必非少緣。郎須尾我。以遂情欵。言訖女從北窓入。生隨之。樓梯在房中。緣梯而昇。果其樓也。文房几案。極其濟楚。一壁展煙江疊嶂圖。幽篁古木圖。皆名畫也。題詩其上。詩不知何人所作。

【校勘】

○飲…手澤本「吟」　○以…手澤本「而」　○而…手澤本　なし　○作…手澤本「作（＋也）」

【書き下し】

飲み罷りて女生に謂いて曰く。今日の事、必ず少縁に非ず。郎須く我に尾《つる》みて、以て情欵を遂《と》ぐべし、と。言い訖り

て女 北窓從り入る。生之に隨う。樓梯房中に在り。梯に緣りて昇る。果して其の樓なり。文房几案、其の濟楚を極む。一壁 煙江疊嶂の圖、幽篁古木の圖を展ぶ。皆名畫なり。詩を其の上に題す。詩何れの人の作る所かを知らず。

【譯】

酒を飲みおわって、娘は李生に言った。

「今日のことは、きっと深い縁があってのことです。どうか私のあとについて來てくださいませ。共に歡びを遂げましょう」

そう言いおわって、娘は北側の窓から中へ入っていった。李生も娘に從って入っていった。梯子は部屋の中にあり、娘と李生は梯子をつたってのぼっていった。果たしてそこが先ほど言っていた小樓であった。紙、筆、硯、墨などの文房具や机は美しく整っていた。一つの壁に煙江疊嶂の圖、幽篁古木の圖がかけてあった。みな名畫であって、繪の上には詩を題して書いてあった。その詩は誰がつくったものかということは分からなかった。

【本文】

其一曰。

何人筆端有餘力。寫此江心千疊山。
壯哉方壺三萬丈。半出縹緲烟雲閒。
遠勢微茫幾百里。近見崒嵂青螺鬟。

滄波淼淼浮遠空。日暮遙望愁鄉關。
對此令人意蕭索。疑泛湘江風雨灣。

【校勘】
○其…手澤本 なし ○峯…手澤本「山」 ○淼…手澤本 なし ○望愁…手澤本「見故」 ○關…手澤本「(＋關)」

【書き下し】
其の一に曰く。
何れの人の筆端 餘力有るか。此の江心 千疊の山を寫す。
壯なるかな方壺三萬丈。半ば出づ 縹緲烟雲の間。
遠勢 微茫 幾く百里ぞ。近く見る 峯巒たる青螺鬟。
滄波 淼淼として遠空に浮かぶ。日暮れて遙かに望む 愁鄉關。
此に對して人をして意 蕭索たらしむ。疑らくは湘江風雨の灣に泛ぶかと。

【注】
・千疊山…山などの幾重にも重なり合ってそびえていること。蘇軾・書王定國所藏煙江疊嶂圖「江上愁心千疊山、浮空積翠如雲烟」
・方壺…傳說中の神山の名。渤海の東にあって、神仙が住むという五島中の一つ。他の四島は岱輿、員嶠、瀛洲、蓬

萊という。（『列子』湯問第五）

・青螺鬟…青螺髻（せいらけい）。青い山をほとけの螺髪にみたてていう。はるかに見える青い山。蘇軾・寶山新開徑「回觀佛國靑螺髻、踏遍仙人碧玉壺」

・蕭索…物寂しいさま。江淹・恨賦「秋日蕭索、浮雲無光」

【譯】

一つめの詩にはこうあった。

どこの人の筆だろう、この人の運筆には力が感ぜられる。

川の眞ん中に千疊の山を描いている。

仙山方壺三萬丈の壯大な姿は

遠く遙かな雲の閒から見え隱れしている。

遠くからその姿をみれば、かすかで幾百里も離れているように見えるが

近くで見ると、高く險しく、靑くそびえ立つ姿をしている。

靑々とした波はかなたの空にまで浮かび

まるで日が暮れて、遙かに故鄕のほうを望んで愁いをいだくような思いだ。

このような繪は人の氣持ちを寂しくさせる。

みているだけで、あたかも風雨にさらされた湘江の入り江に浮かんでいるかのような氣分になる。

【本文】

其二曰。

幽篁蕭颯如有聲。古木偃蹇如有情。
狂根盤屈惹莓苔。老幹夭矯排風雷。
胸中自有造化窟。妙處豈與傍人說。
韋偃與可已爲鬼。漏洩天機知有幾。
晴窻嗒然淡相對。愛看幻墨神三昧。

【校勘】

○排…明本「棑」 ○幻…手澤本「紆」

【書き下し】

其の二に曰く。

幽篁蕭颯として聲有るが如し。古木偃蹇として情有るが如し。
狂根盤屈として莓苔《ばいたい》を惹き、老幹夭矯《ようきよう》として風雷を排《しりぞ》く。
胸中 自から造化の窟有り。妙處 豈に傍人と說かんや。
韋偃 與可 已に鬼と爲る。天機を漏洩して幾か有ることを知る。
晴窻 嗒然として淡く相對す。愛し看る幻墨神三昧。

【注】

・造化窟…造化は自然の意。杜甫・畫鶻行「乃知畫師妙、巧刮造化窟、寫此神俊姿、充君眼中物」

・妙處…すぐれたところ。いうにいわれぬ味のあるところ。妙處不傳…妙處は言語によって傳えることはできず、自ら體得すべきものである。

・韋偃…唐、京兆の人。蜀に寓居す。畫をよくし、なかでも馬を畫くのにすぐれていた。（『唐朝名畫錄』）

・與可…文同の字。梓州梓潼の人。宋代の畫家で、竹や山水畫をよくした。自ら笑笑先生と號した。（『宋書』巻四百四十三　列傳第二百二　文苑五）

・漏洩天機…天の祕密をもらす。唐の御史であった姚生の子と二人の甥は、壯年まで愚鈍であった。そこへ織女・婺女・須女の三人が天から下りてきて、この三人の妻となって、立派になるよう導いた。この三人の娘がいることは口外してはならなかったのを、姚生の責めに負けてその祕密をもらしてしまい、三人の男は再びもとの愚鈍な男となってしまった故事。（『太平廣記』巻第六十五　姚生）

【譯】

二つめの詩にはこうあった。

竹やぶは靜かで物しずかで、かすかに竹の葉がふれあい
古木は高くそびえ立ち、どこか風情をもっているかのようだ。
狂根は曲がりくねって苔むし、
老いた幹は屈曲して、風や雷をもよせつけぬような氣配。
わが胸中にもこのような自然の窟が自ずからあり、

このすばらしい氣持ちはどうして人と説くことができようか。
韋偃も與可ももう亡くなって、鬼籍の人となってしまった。
天の機がもれて、どれほどの時間が經ったかを知らされることだ。
晴れわたった窓、我を忘れて、淡然とした心でこの繪と向かい合い、
うっとりと墨繪三昧にふけるのだ。

【本文】

一壁貼四時景。各四首。亦不知其何人所作。其筆則摹松雪眞字。體極精妍。其一幅曰。

芙蓉帳暖香如縷。窓外霏霏紅杏雨。
樓頭殘夢五更鍾。百舌啼在辛夷塢。
燕子日長閉閤深。懶來無語停金針。
花底雙雙蛺蝶飛。爭趂落花庭院陰。

【校勘】

○殘…手澤本「孱」 ○閉…明本「閨」

【書き下し】

一壁四時の景を貼す。各四首。亦た其れ何れの人の作る所かを知らず。其の筆は則ち松雪が眞字を摹《うつ》す。體極めて精妍《せいけん》なり。其の一幅に曰く。

芙蓉帳暖にして 香 縷《いと》の如し。窓外霏霏たり紅杏の雨。
樓頭 殘夢 五更の鍾。百舌啼きて辛夷塢に在り。
燕子日長くして閤を閉じて深し。懶來りて語無く金針を停む。
花底 雙雙として蛺蝶《きょうちょう》飛ぶ。爭《いか》でか落花庭院の陰を趁《お》う。

【注】

・四時…春夏秋冬の四季。
・松雪…元、趙孟頫の號。『元史』巻百七十二　列傳第五十九　趙孟頫傳
・殘夢…目がさめてなお續く夢心地。
・燕子…燕子樓のことか。女子の居るところをいう。蘇軾・永遇樂「燕子樓空、佳人何在、空鎖樓中燕」

【譯】

片側の壁には、四季の風景を描いたものが貼ってあった。それもまた、誰が描いたものであるかは分からなかった。しかし、その筆勢は松雪の楷書體を眞似たもので、まことに華やかで麗しかった。その一幅目にはこうあった。

蓮の花の帳の中は暖かく、香は糸のようにくゆっている。

窗の外には紅杏の雨が激しく降っている。
樓の上でまどろんでいると、夜明けを告げる鐘がなり、
百舌は鳴いて辛夷塢にとまっている。

娘は奥深いねやにいて、春になって日が長くなっても門を閉じている。
物憂くて話す言葉もなく、刺繡する金の針をとめて、ひたすらもの思いにふける。
花のもとで一對のアゲハチョウがとぶ。
どうしてまた、花の散ってしまった庭の影を追うこともあるまいに。

【本文】

嫩寒輕透綠羅裳。空對春風暗斷腸。
脉脉此情誰料得。百花叢裏舞鴛鴦。
春色深藏黃四家。深紅淺綠映窗紗。
一庭芳草春心苦。輕揭珠簾看落花。

【校勘】

○輕…手澤本「(＋輕)」　○裏…承本・明本「裹」、手澤本「裡」

【書き下し】

嫩寒《どんかん》輕く透る綠羅の裳。空しく春風に對して暗に腸を斷つ。
脉脉たる此の情　誰れか料り得ん。百花叢の裏《うち》　鴛鴦舞う。

春色深く藏す黃四が家。深紅淺綠　窗紗に映ず。
一庭の芳草　春心苦《ねんごろ》なり。輕く珠簾を揭げて落花を看る。

【注】

・脉脉…情思が心の中に強く波うち動いているさま。孫覿・梅詩「脉脉含情無一語、水邊籬落立多時」
・黃四家…黃四娘家。杜甫・江畔獨步尋花七絕之六「黃四娘家花滿蹊、千朵萬朵壓枝低、留連戲蝶時時舞、自在嬌鶯恰恰啼」黃四娘は村里の老婦。

【譯】

春の薄寒さは綠のもすそを輕くとおりぬけ、
私はむなしく春風に對し、ひそかに腸を斷つような思いだ。
脉々としたこの悲しみ、愁える想いを、誰がはかることができるだろう。

そういう私の氣持ちとは裏腹に、様々な花が咲き亂れる中に鴛鴦が舞っている。
春は村の老婦のところにもみちている。
深く鮮やかな紅、淺緑が窓に映えて美しい。
庭には芳しい草、春のもの想いは苦しく、
輕く珠の御簾を上げて散りゆく花をながめやる。

【本文】

其二幅曰。

小麥初胎乳燕斜。南園開遍石榴花。
綠窗兒女幷刀響。擬試紅裙剪紫霞。
黃梅時節雨廉纖。鷺囀槐陰燕入簾。
又是一年風景老。楝花零落笋生尖。

【校勘】

○兒…明本「工」 ○幷…手澤本「剪」 ○響…明本「饗」 ○老…手澤本「好」 ○楝…承本、明本、手澤本「棟」

【書き下し】

其の二幅に曰く。

小麦初めて胎《はら》みて乳燕斜めなり。南園開きて遍《あまね》し石榴花。

綠窓の兒女　幷刀の響。紅裙を試さんと擬して紫霞を剪る。

黃梅の時節　雨廉纖たり。鶯は槐《かい》陰に囀り燕は簾に入る。

又た是れ一年　風景老いたり。楝花零落し　筍《しゅんせん》尖を生ず。

【注】

・乳燕…燕のヒナ。

・綠窓…緑色の薄絹をはった窓。女子の居室を指す。李紳・鶯鶯歌「綠窗嬌女字鶯鶯、金雀婭鬟年十七」

・幷刀…昔、幷州で作られた剪刀。鋭利なことで知られる。幷州刀。幷州剪。杜甫・戲題王宰畫山水圖歌「焉得幷州快剪刀、剪取吳淞半江水」

・楝花…おうち（梅檀）の花。王安石・鍾山晩步「小雨輕風落楝花、細紅如雪點平沙」

【譯】

二幅めにはこうあった。

小麦は初めて穂をつけ、その上を幼い燕が斜めに飛び交っている。

南園は石榴の花がいっぱいに咲いている。

綠なす窓の傍では、娘の并刀の響き。
紅の裙を作るように仙界の紫霞のようなうすぎぬを剪る。
黄梅の季節に雨はそぼ降り
鶯は槐の樹の陰でさえずって、燕は簾の中に入ってくる。
ああ、また一年が過ぎたなあ、この毎年見ている風景もすっかり老いてしまった。
おりから春の楝花は枯れ落ち、笋が土の中から顔を出しはじめている。

【本文】

手拈青杏打鶯兒。風過南軒日影遲。
荷葉已香池水滿。碧波深處浴鸂鶒。
藤床筠簟浪波紋。屏畫瀟湘一抹雲。
懶慢不堪醒午夢。半窗斜日欲西曛。

【書き下し】

手づから青杏を拈して鶯兒を打つ。風過ぎて南軒日影遲し。

荷葉已に香しく 池水滿つ。碧波 深き處 浴するは鸕鷀《ろじ》。

藤床筠簟 浪波の紋。屛畫瀟湘 一抹の雲。

懶慢として午夢《ぼう》を醒ますに堪えず。半窓の斜日 西曛ならんと欲す。

【注】

・靑杏…未熟な杏の實。蘇軾・蝶戀歌「花褪殘紅靑杏小、燕子飛時、綠水人家繞」

・瀟湘…瀟水と湘水。湖南省洞庭湖の南。零陵で合する。

・西曛…たそがれの日の光。李咸用・依韻修睦上人山居十首之七「閒憑竹軒游子過。替他愁見日西曛」

【譯】

未熟な杏の實を手でとり、戲れに鶯の雛にひょいと投げつける。

風がさらりと通り過ぎ、南側の軒に日の光はまだ殘っている。

はすの花はすでにひらいて香りたつようで、池の水はいっぱいにたたえられている。

澄んだ水の深いところでは鵜が水浴びをしている。

籐の寢臺や竹の筵には波模樣。

屛風には瀟湘に一抹の雲が描かれている。

懶慢として晝寢の夢を無理にさますにはしのびず、

半ばあけた窓から入ってくる斜日は、もう黄昏の光になろうとしている。

【本文】

其三幅曰。

秋風策策秋露凝。秋月娟娟秋水碧。

一聲二聲鴻鴈歸。更聽金井梧桐葉。

床下百虫鳴唧唧。床上佳人珠涙滴。

良人萬里事征戰。今夜玉門關月白。

【校勘】

○策策…承本「筞筞」　○娟娟…手澤本「涓涓」　○歸…手澤本「啼」　○關…手澤本「明」

【書き下し】

其の三幅に曰く。

秋風策策として秋露凝る。秋月娟娟として秋水碧なり。

一聲二聲　鴻鴈歸る。更に聽く金井梧桐の葉。

床下の百虫　鳴くこと喞喞《しょくしょく》たり。床上の佳人　珠涙滴る。
良人萬里征戰を事とす。今夜　玉門關月白し。

【注】
・策策…木の葉の落ちる聲の形容。韓愈・秋懷詩十一首之一「窗前兩好樹、衆葉光薿薿、秋風一披拂、策策鳴不已」
・鴻鴈…秋にくる候鳥の名前。鴻と鴈。
・喞喞…鳥または虫の鳴き聲。歐陽脩・秋聲賦「但聞四壁蟲聲喞喞、如助餘之嘆息」
・玉門關…甘肅省敦煌縣の西におかれた關所。西域に通ずる重要な關門。李白・子夜吳歌其三「長安一片月、萬戸擣衣聲、秋風吹不盡、總是玉關情、何日平胡虜、良人罷遠征」

【譯】

三幅目にはこうあった。

　秋風はさらさらと木の葉を落とし、冷ややかな露がおりている。

　秋の月は明るく、水は澄みきって美しいみどりいろ。

　一聲、二聲と雁が鳴いて、ねぐらへ歸ってゆく。

　雁の聲を聞くだけでも寂しいというのに、さらに秋の冷ややかな井戸端の梧桐の葉が音をたてて響く。

　家の床下で多くの虫がしきりに鳴いている。

　中では床上の佳人が、珠のような涙をしきりに落とす。

夫は遠く萬里を離れたところに戰にいった。
今夜、あの人のいる玉門關の月は、ここよりもいっそう白いでしょうね。

【本文】

新衣欲製剪刀冷。低喚丫兒呼熨斗。
熨斗火銷全未省。細撥秦箏又搔首。

小池荷盡芭蕉黃。鴛鴦瓦上粘新霜。
舊愁新恨不能禁。况聞蟋蟀鳴洞房。

【校勘】

○刀…手澤本「燈」　○全…手澤本「毋」　○省…手澤本「者」

【書き下し】

新衣製せんと欲するも剪刀冷たし。低く丫兒を喚びて熨斗を呼ぶ。
熨斗火銷えて全く未だ省せず。細かに秦箏を撥いて又た首を搔く。

小池荷盡きて芭蕉黃なり。鴛鴦の瓦上　新霜を粘す。
舊愁新恨　禁《た》えること能わず。況んや蟋蟀の洞房に鳴くを聞くをや。

【注】
・搔首…頭をかく。心の落ち着かないときの動作。また、愁いあるときの動作。『詩經』國風　邶風　靜女「愛而不見、搔首踟躕」、白居易・九日登巴臺「臨觴一搔首、坐客亦徘徊」
・舊愁…古くからの愁い。徐鉉・和方泰州見寄「逐客悽悽重入京、舊愁新恨兩難勝」、『剪燈新話』翠翠傳「一鄉鬪動戰鋒、舊愁新恨幾重重」
・蟋蟀…こおろぎ。

【譯】

新しい衣を仕立てようとしたのだけれど、剪刀は冷たく
小さな聲で侍女に熨斗を持ってくるようにいいつけた。

しかし熨斗の火はきえていて、全く役に立たない。

だからこまやかに秦箏を彈いてはみるけれど思うようにならず、また物憂げに頭を搔く。


小さい池では蓮の花が枯れてなくなり、芭蕉も黃色くなって秋も深まった。

鴛鴦の瓦のうえには冷たく霜がおりている。

古くからの愁いも、新しい恨みもこらえることができないのに

まして部屋で蟋蟀が鳴いているのを聞けば、この切ない氣持ちはなおさらこらえ切れないでしょう。

【本文】

其四幅曰。

一枝梅影向窓横。風緊西廊月色明。
爐火未銷金筯撥。旋呼丫髻換茶鐺。
林葉頻驚半夜霜。回風飄雪入長廊。
無端一夜相思夢。都在氷河古戰場。

【校勘】

○曰…手澤本「云」　○筯…明本「筋」　○髻…手澤本「鬟」　○飄…手澤本「縹」

【書き下し】

其の四幅に曰く。

一枝の梅影　窓に向かいて横たう。風　西廊に緊《きび》しく月色明なり。
爐火未だ銷《き》えず金筯《ちょ》撥う。旋《やや》丫髻《けい》を呼びて茶鐺に換う。

林葉頻りに驚く半夜の霜。回風飄雪 長廊に入る。
端無くも一夜相思う夢。都《すべ》て冰河の古戰場に在り。

【注】
・梅影…梅の花のかすかな影。汪藻・點絳脣「新月娟娟、夜寒江靜山銜斗、起來搔首、梅影横窗瘦」

【譯】
一枝の梅花の影が窓に横たわっている。
冷たい冬の風は西廊に冷ややかにふきつけ、月影はあきらかで美しい。
いろりの火はまだ消えずに殘っているので、金の火箸で火をはねて
少ししてから侍女を呼び、茶釜を上にのせる。
林の葉は夜半の霜にしきりに驚くように音をたて
つむじ風が雪を巻き上げて長い廊下に入り込んでくる。
思いもよらず一夜、あなたを想う夢を見たけれど
思えば霜も雪も、すべてあなたがいる氷河の古戰場にあるものばかりでしたね。

【本文】

滿窓紅日似春溫。愁鎖眉峯著睡痕。
膽瓶小梅腮半吐。含羞不語綉雙鴛。
剪剪霜風掠北林。寒烏啼月正關心。
燈前爲有思人涙。滴在穿絲小挫針。

【校勘】

○眉…明本「眉」　○烏…明本「鳥」　○關…手澤本　なし　○滴在…手澤本「滴（+自）在」　○挫…手澤本「掛」

【書き下し】

滿窓の紅日　春の溫かなるに似たり。愁　眉峯を鎖して睡痕著く。
膽瓶の小梅　腮半ば吐く。羞を含みて語らず雙鴛を綉す。
剪剪たる霜風　北林を掠む。寒烏月に啼きて正に心に關《あずか》る。
燈前　人を思う涙有るが爲に、滴て穿絲の小挫針に在り。

【注】

・膽瓶…瓶の一種。長頸大腹で膽をかけた形をしたもの。
・剪剪…風のうすらさむいさま。韓偓・夜深詩「惻惻輕寒翦翦風、小梅飄雪杏花紅」
・小挫針…挫鍼治繲で衣を縫い、衣を洗う意。『莊子』人閒世第四「挫鍼治繲、足以餬口」

【譯】

窓いっぱいにあかく輝く太陽がさしこみ、まるで春が來たような暖かさ。
愁いのために眉をひそめたあとが、あたかも寝ぐせがついたようになっている。
膽瓶にさしてある小梅は、頰のようなつぼみを半分ほどひらき
春の訪れを感じながら、私は恥じらい、もくもくとつがいの鴛鴦の刺繡をする。

刺すような冷たい風が北林をかすめて吹きつける。
カラスは月に向かってなき、あの人のことが心にかかる。
燈のまえであの人を想うと涙がこぼれ、
涙はしたたって縫い物をしている針のうえに落ちる。

【本文】

一傍別有小室一區。帳褥衾枕。亦甚整麗。帳外爇麝臍燃蘭膏。熒煌映徹。恍如白晝。生與女極其情歡。遂留數日。一日。生謂女曰。先聖有言。父母在遊必有方。而今我定省已過三日。親必倚閭而望。非人子之道也。女惻然而頷之。踰垣而遣之。生自是以後。無夕而不往。

【校勘】

○爇…明本「熱」　○而…手澤本　なし　○惻…明本「則」　○頷…手澤本「感」

【書き下し】

一傍別に小室一區有り。帳褥衾枕、亦た甚だ整麗なり。帳外に麝臍《せい》を爇《や》き蘭膏を燃す。熒煌《けいこう》映徹、恍として白晝の如し。生と女と其の情歡を極む。遂に留まること數日。一日、生女に謂いて曰く。先聖言えること有り、父母在すときは遊ぶこと必ず方有り、而今《いま》我定省已に三日を過ぐ。親必ず閭に倚りて望まん。人子の道に非ず、と。女惻然として之を頷《ふく》む。垣を踰えて之を遣わす。生是れ自り以後、夕として往かずということ無し。

【注】

・蘭膏…蘭をねりあわせた油。『楚辭』宋玉・招魂「蘭膏明燭、華容備些」
・父母在遊必有方…父母が生きている間は遠出をせず、遠出をするときは必ず行き先を父母に知らせてからいくべきである。『論語』里仁第四「子曰、父母在、不遠游、游必有方」

・定省…子供が親によくつかえ、晩は寝具の世話をし、朝は機嫌をうかがうこと。『禮記』曲禮上第一「凡爲人子之禮、冬溫而夏凊、昏定而晨省、在醜夷不爭」
・倚閭…父母が子の歸りを待ちわびる。楊炯・從甥梁錡墓誌銘「望吾子者、空懷倚閭之嘆、嗟餘弟者、獨有亡琴之悲」

【譯】

かたわらに、小さな部屋が一つあった。帳や寝具もとても立派であった。帳の外では麝臍をたいて、香を入れた油をともしていた。部屋は明かりに照らされて光り輝き、うっとりとして、まったく眞書のようであった。李生は娘と深くよろこびを共にした。かくて李生はここに三日閒留まったのだった。ある日、李生が娘に言った。

「先聖の言葉に『父母が生きていれば、遠出をするにも必ず行き先を知らせてから行くべきだ』というではありませんか。今、私は毎日の兩親へのご挨拶を三日もしていません。父母はきっと私の歸るのを待ちわびているでしょう。それは子が盡くすべき孝道ではありません」

娘は悲しそうに頷いて、垣をこえて李生を家へ歸した。そして李生はこの日以後、夕方になれば必ず崔氏の娘の所へ行った。


【本文】

一夕。李生之父問曰。汝朝出而暮還者。將以學先聖仁義之格言。昏出而曉還。當爲何事。必作輕薄子踰垣墻折樹檀耳。事如彰露。人皆謂我教子之不嚴。而如其女。定是高門右族。則必以爾之狂狡。穢彼門戶。獲戾人家。其事不小。速去嶺南。率奴隷監農。勿得復還。卽於翌日謫送蔚州。

【校勘】

○折樹檀…手澤本　なし　○以…手澤本「作」

【書き下し】

一夕、李生の父問いて曰く。汝朝に出でて暮に還る者は、將に以て先聖仁義の格言を學ばんとす。昏べに出でて曉に還る。當に何事をか爲すべき、必ず輕薄子と作りて垣墻を踰えて樹檀を折るのみ。事如し彰《あらわ》し露《あらわ》れば、人皆な我を子を教うることの嚴ならずと譴《せ》め、如しくは其の女、定めて是れ高門右族ならば、則ち必ず爾が狂狡を以て、彼の門戶を穢して、戾《つみ》を人家に獲ん。其の事小ならず。速やかに嶺南に去りて、奴隷を率いて農を監しめ、復た還ることを得ること勿れ、と。卽ち翌日に於て謫して蔚《うつ》州に送る。

【注】

・樹檀…木の名。まゆみ。柔らかで強い。『詩經』國風　鄭風　將仲子「將仲子兮、無踰我園、無折我樹檀」（戀人の頻繁な來訪に心を惱ます娘の歌）

・嶺南・蔚州…嶺南道は高麗時代、地方行政區域である十道のひとつ。竹嶺を基準として、南側地域の名稱。蔚州（現在の蔚山）もこの地域に入る。

【譯】

ある日の夕方、李生の父が李生にたずねていった。

「朝に出かけて暮れに歸るのは、先聖の仁義のおしえを學ぶ者であろうに、お前は暮れに出かけて、明け方に歸って來る。絶對に何かしでかしているに違いあるまい。きっと輕薄子となって他所様の家の垣根をこえ、あのやわらかで強いまゆみの木さえも折ってしまうようなことをしているんだろう。そのことがもし公になったら、人々はみな、私が子の教育を嚴しくしなかったからだと責めるだろう。あるいは相手の女性が身分の高い兩班であったら、お前の亂行で、その女性の家門を穢すことになるだろう。それは決して些事ではない。お前はいますぐに嶺南に行って、奴婢たちをつれて農業をさせ、二度と歸ってきてはならないぞ」

そこで李生は次の日、父親に罪をとがめられて、蔚州に行かされたのだった。

【本文】

女毎夕於花園待之。數月不還。女意其得病。命香兒密問於李生之鄰[1]。鄰[2]人曰。李郎得罪於家君去嶺南。已數月矣。女聞之臥疾在床。輾轉不起。水漿不入於口。言語支離。肌膚憔悴。父母恠之。問其病狀。喑喑不言。搜其箱篋。得李生前日唱和詩。擊節驚訝曰。幾乎失我女子矣。

【校勘】

○夕於…手澤本「夕（＋出）於」　○還…手澤本「返」　○鄰1・2…手澤本「隣」　○郎…手澤本「生」

○於…手澤本　なし　○已…手澤本「(+今日)已」　○漿…明本「醬」　○離…手澤本「雉」　○言…手澤本「語」

【書き下し】

女夕毎に花園に於て之を待つ。數月還らず。女意うに其れ病を得たりと。香兒に命じて密かに李生が鄰に問わしむ。鄰人の曰く。李郎罪を家君に得て嶺南に去る。已に數月なり、と。女之を聞きて疾に臥して床に在り。輾轉として起きず。水漿口に入らず。言語支離し、肌膚憔悴す。父母之を恠《あやし》みて、其の病狀を問う。喑喑として言わず。其の箱《そう》篋《きょう》を搜して、李生前日唱和の詩を得る。節を擊ちて驚き訝《いぶか》りて曰く。幾乎《ほとんど》我が女子を失わん、と。

【注】

・擊節…ふしをとる。『文選』巻第四　京都中　左太沖　蜀都賦「巴姫彈弦、漢女擊節」

【譯】

崔氏の娘は、夕方になると花園で李生が來るのを待っていた。しかし、數ヶ月しても李生が再びやって來ることはなかった。娘は李生が病氣になったのだと思い、香兒に命じてひそかに李生の鄰人にたずねさせた。その鄰人は言った。

「李のぼっちゃんでしたら、お父上に罰を受けて嶺南に行ってしまいました。もう數ヶ月たちましたよ」

娘はその話をきいて病氣になり、寝ついてしまった。寝返りを打つばかりで起き上がれず、飲み物すら口にできない。話す言葉は支離滅裂として、すっかり痩せ衰えてしまった。父母はこんな娘の様子を見ていぶかしく思い、娘が寝ついている床までやってきて娘に問うた。娘は默りこくって言おうとしない。父母は箱の中に、以前娘と李生が唱和しあった詩をみつけて、なるほどと思い、ようやく合點がいった。兩親は驚いたようすで言った。
「もう少しで娘をなくしてしまうところだった」

【本文】

問曰。李生誰耶。至是女不復隱。細語在咽中。告父母曰。父親母親。鞠育恩深。不能相匿。竊念男女相感。人情至重。是以標梅迨吉咏於周南。咸腓之凶。戒於義易。自將蒲柳之質。不念桑落之詩。行露沾衣。竊被傍人之嗤。絲蘿托木。已作娼兒之行。罪已貫盈累及門戶。然而彼狡童兮。一偸賈香。千生喬怨。以眇眇之弱軀。忍悄悄之獨處。情念日深。沉痾日篤。濵於死地。將化窮鬼。

【校勘】

○桑…手澤本「霜」　○詩…手澤本「時」　○娼…明本「媢」、手澤本「倡」　○狡…手澤本「狂」
○千…手澤本「平」

【書き下し】

問いて曰く。李生は誰ぞや、と。是に至りて女復た隱さず。細に語りて咽の中に在り。父母に告げて曰く。父親母親、鞠育《きくいく》恩深し。相匿す能わず。竊かに念うに男女相感ず。人情至って重し。是れ以て標梅吉《よき》に迨《およ》ぶは周南に咏し、腓に咸するの凶は、義易に戒む。自ら蒲柳の質を將て、桑落の詩を念わず。行《みち》の露衣を沾《ぬら》す。竊かに傍人に之れ嗤《あざむ》かる、絲蘿《しら》木に托《たの》む。已に娼兒の行を作す。罪已に貫き盈《み》ちて累 門戸に及ぶ。然も彼の狡童《こうどう》、一たび賈香を偸み、千たび喬怨を生ず。眇眇の弱軀を以て、悄悄の獨處を忍ぶ。情念日に深く、沉痾《しんあ》日に篤し。死地に瀕《ちか》し。將に窮鬼と化せんとす。

【注】

・鞠育…やしない育てる。『詩經』谷風之什　小雅　蓼莪「父兮生我、母兮鞠我、拊我畜我、長我育我」

・標梅・迨吉…婚期のきたこと。良い時期を失うな。『詩經』國風　召南　摽有梅「摽有梅、其實七兮、求我庶士、迨其吉兮」

・咏於周南…周南は『詩經』國風の篇名。周南で『詩經』をさす。

・咸腓之凶…咸腓…足のこむらに感ずる。動き進めば凶、動かず靜かにいれば吉の意。『周易』艮下兌上「六二、咸其腓、凶、居吉」

・桑落…桑の葉が落ちる。秋の末をいう。女も年をとればおしまい。散々苦勞した擧句に捨てられた女の歌。『詩經』國風　衞風　氓「桑之落矣、其黃而隕、自我徂爾、三歲食貧」

・行露沾衣…道上の露。『詩經』國風　召南　行露「厭浥行露、豈不夙夜、謂行多露」

・絲蘿托木…絲蘿はつるくさ。女蘿が木にまとわりつく。婚姻のたとえ。『文選』卷第二十九　古詩十九首・其八「冉冉孤生竹、結根泰山阿、與君爲新婚、兎絲附女蘿」

・貫盈…罪惡でいっぱいであること。『書經』泰誓上「商罪貫盈、天命誅之」

・狡童…いろおとこ。『詩經』國風　鄭風　狡童「彼狡童兮、不與我言兮」

・偸賈香…男女が互いに情をかわすこと。晉の賈充の娘である賈午が、賈充の属官であった韓壽に惚れた。ある日、賈充が武帝から賜った珍しい香のかおりを韓壽が衣からただよわせているのに賈充が氣づき、韓壽と賈午が密通していたことが露見したという故事。（『晉書』巻四十　列傳第十　賈謐傳、『世説新語』惑溺第三十五）

・喬怨…『剪燈新話』牡丹燈記の女幽靈符麗卿の供述に「一靈未泯、燈前月下、逢五百年歡喜冤家（體は朽ちても靈は滅びず、燈の前、月の下に、前世の因縁ある背の君にめぐりあい…）」とある。「冤家」は仇、恨めしいほどの情人、また宿縁をいう。ここでの「喬怨」は「せっかく結んだ喬生との縁」ととるべきであろう。（なお括弧内の譯は『剪燈新話』飯塚朗譯（東洋文庫四八　平凡社　一九六五年　八月初版第一刷、一九九七年六月初版第一四刷發行）による）

・悄悄…憂いなやむさま。『詩經』國風　邶風　柏舟「憂心悄悄、慍于羣小」

・沈痾…重病。なかなか治らない病。鮑照・自礪山東望震澤「以此藉沈痾、棲迹別人羣」

【譯】

そこで娘に問うた。

「李生とは誰のことだね」

ここまでくると娘ももはや隠そうとはせず、いきさつをすっかり話したのだが、涙で言葉にならなかった。娘は父母に言った。

「お父様、お母様。お二人が私を育てて下さったご恩は深く、私ももう隠しておくことはできません。じっと考えて思いますに、男女が出會って心を動かすというのは、人の心のうごきとして、きわめて大切なことです。結婚の時期を逃すなということは『詩經』にもありますし、足のこむらに感ずるときに動けば凶であることは、『易經』に戒めてあります。私は自分の體が弱く、桑落の詩のようにあの人に捨てられるとも考えず、露で衣を濡らすようなはしたないことをして、ひそかに他人のあざ笑うところとなりました。か細い女の身としては、男性をたよるほかありません。もう私は淫女の行爲をしてしまい、その罪は満ち満ちて、わが家門にまで害をおよぼすことになりました。しかもあの憎らしいお方のために賈午のようにひとたび香をぬすんで、千たびあの方との深いご縁を結んだのです。私はちいさな體で、ひとり耐え忍んでおりました。しかしこの想いは日に日に深くなり、病は日に日に重くなりました。今、死の際にあって、幽靈のような姿になろうとしています。

【本文】

父母如從我願。終保餘生。倘違情欸。斃而有已。當與李生重遊黄壤之下。誓不登他門也。於是父母已知其志。不復問病。且警且誘。以寛其心。復修媒妁之禮。問于李家。李氏問崔家門戶優劣曰。吾家豚犬。雖年少風狂。學問精通。身彩似人。所冀捷龍頭於異日。占鳳鳴於他年。不願速求婚媾也。

【校勘】

○犬…手澤本「兒」

【書き下し】

父母如し我が願いに從わば、終に餘生を保たん。倘し情欸に違わば、斃《たお》れて已むこと有らん。當に李生と重ねて黄壤の下に遊ぶべし。誓いて他門に登らず、と。是に於て父母已に其の志を知りて、復た病を問わず。且つ警《いま》しめ且つ誘《いざな》いて、以て其の心を寛くす。復た媒妁の禮を修めて、李家に問う。李氏 崔家の門戶の優劣を問いて曰く、吾が家の豚犬は、年少風狂と雖も、學問精通し、身彩人に似れり。冀《こいねが》う所は龍頭を異日に捷し、鳳鳴を他年に占わしむ。速やかに婚媾を求めんことを願わざるなり、と。

【注】

・黃壤…あの世。黄泉。白居易・題故元少尹集後二首之一「黃壤詎知我、白頭徒憶君」
・誓不登他門…他家には嫁にいかない。『剪燈新話』翠翠傳「誓不登他門也」
・豚犬…不肖の子。己の子の謙稱。豚兒。『舊五代史』巻二十七　唐書三　莊宗紀第一「梁祖聞其敗也、既懼而歎曰、生子當如是、李氏不亡矣、吾家諸子乃豚犬爾」
・龍頭…科擧で文科の壯元をさす語。
・占鳳鳴於他年…鳳鳴朝陽。『詩經』大雅　生民之什　巻阿「鳳皇鳴矣、于彼高岡、梧桐生矣、于彼朝陽」のち賢才が時を得て世に出でる意。『世說新語』賞譽第八「君兄弟龍躍雲津、顧彥先鳳鳴朝陽」
・婚媾…夫婦の約束を結ぶ。婚は新しい緣組。媾は親族との緣組。結婚。『周易』屯「六四、乘馬班如、求婚媾往、吉无不利」

【譯】

もしお父様、お母様が私の願いをかなえてくださるのならば、きっと私は生きのびることができるでしょう。もしも願いがかなわなければ、このまま死んでしまうかもしれません。そのときは李生さまと、再びあの世で樂しみを分ち合いたいと思います。私は他家には嫁ぎません」

ここまできて父母はようやく娘の想いを知り、病氣のことについてはもう聞かなかった。父母は娘を勵まし、またうまく言い含めて、病氣となってしまうほど凝り固まった娘の心をゆるやかにしてやった。

また崔氏の家では禮をもって媒酌人を通じ、李生の家に結婚の意志を問うた。李生の家では崔氏の家柄を問うて言った。

「我が家の息子は不肖の子とは申せ、年は若く、風體は粗野ではありますが、學問には精通しており、身體は人並みでございます。息子が科擧に壯元で合格し、いつか名をとどろかせる日が來ることを望むばかり。こちらでは、そんなに急いで結婚をするということは考えておりません」

【本文】

媒者以言返告。崔氏復遣曰。一時朋伴。皆稱。令嗣才華邁人。今雖蟠屈。豈是池中之物。宜速定嘉會之晨。以合二姓之好。媒者又以其言。返告李生之父曰。吾亦自少。把卌窮經。年老無成。奴僕逋逃。親戚寡助。生涯踈闊。家計伶俜。而况巨家大族。豈以一介寒儒。留意爲贅郎乎。是必好事者。過譽吾家。以誣高門也。

【校勘】

○嘉…手澤本「佳」 ○父曰…手澤本「父(+父)曰」 ○介…承本・明本「人」 ○譽…手澤本「言」

【書き下し】

媒者言を以て返り告ぐ。崔氏復た遣わして曰く。一時の朋伴、皆稱す、令嗣才華人に邁《す》ぎたり。今蟠屈《はんくつ》すと雖も、豈に是れ池中の物ならんや、と。宜しく速やかに嘉會の晨《とき》を定めて、以て二姓の好を合わすべし、と。媒者又た其の言を以て、返りて李生が父に告ぐ。曰く、吾れも亦た少かりし自り、冊を把り經を窮む。年老いて成すこと無し。奴僕逋逃し、親戚助け寡し。生涯踈闊にして、家計伶俜《れいへい》す。況んや巨家大族をや。豈に一介の寒儒を以て、意を留めて贅郎と爲さんや。是れ必ず事を好む者、吾が家を過譽して、以て高門を誣《けが》さん、と。

【注】

・池中之物…非池中物…龍は池中に老い朽ちてしまうものではない。英雄は久しく屈するものではなく、時を得れば勢いに乘じて必ず大成する喩え。（『呉志』巻九　周瑜傳）
・合二姓之好…夫の家と妻の家とのよしみ。二姓の間に親しい關係をつくる。『禮記』昏義第四十四「昏禮者、將合二姓之好、上以事宗廟、而下以繼後世也。故君子重之」、『剪燈新話』聯芳樓記「仍命媒氏、通二姓之好」
・贅郎…贅はむこ、入り婿の意。

【譯】

媒酌人は李家の言を崔氏に告げた。それを聞いた崔氏は、また人をやってこう言った。
「周圍の者がみな言っております。ご子息の才能は特に秀でております。たとえ今は民間に屈しているとしても、このまま世に出でずに池の中で老いて終わってしまうということがどうしてありましょうか。どうか今すぐにでも喜びの會を設け、兩家の好を通じましょうぞ」

媒の者はまた李家に戻って來て、李生の父にこのことを傳えた。李生の父はこう言った。

「私も若いころから書物を讀み、經籍を研究してきました。しかし、年老いても、何事もなしとげたことはない。召使たちは逃げ、親戚でも助けてくれる人はいない。私の生涯は寂しく、暮らし向きもすっかり落ちぶれてしまった。ましてそちらのようなお金持ちのお方なら、なおさらのこと、どうして一介の貧乏學者をつかまえて、意を留めて入り婿になどにしましょうか。きっと好事家は我が家を過度に褒めたたえ、そちらの大きな家の方をけがすにちがいありません」


【本文】

媒又告崔家。崔家曰。納采之禮。裝束之事。吾盡辦矣。宜差穀旦。以定花燭之期。媒者又返告之李家。至是稍回其意。卽遣人召生問之。生喜不自勝。乃作詩曰。

　破鏡重圓會有時。天津烏鵲助佳期。

　從今月老纏繩去。莫向東風怨子規。


【校勘】
○裝…承本・明治本「裝」　○束…手澤本「速」　○吾…手澤本「吾（＋家）」　○鏡…明本「鐘」
○烏…手澤本「鳥」

【書き下し】

媒又た崔家に告ぐ。崔家曰く。納采の禮、裝束の事、吾れ盡く辦せん。宜しく穀旦を差《えら》んで、以て花燭の期を定むべし、と。媒者又た返りて之を李家に告ぐ。是に至りて稍く其の意を回らす。即ち人を遣わして生を召して之を問わしむに、生喜びて自ら勝えず。乃ち詩を作りて曰く。

　破鏡重ねて圓なり　會《たまたま》時有り。天津の烏鵲、佳期を助く。

　今從り月老纏繩し去る。東風に向いて子規を怨むること莫れ。


【注】
・納采之禮…周代、結婚六禮の第一。媒介によって話がまとまると、男家から贈り物をして女家が受納すること。
　『禮記』昏義第四十四「是以昏禮、納采、問名、納吉、納徵、請期、皆主人筵几於廟、而拜迎於門外」
・穀旦…良い朝。吉日。『詩經』國風　陳風　東門之枌「穀旦于差、南方之原」
・花燭之期…花燭は結婚の宴、結婚の儀式。徐陵・走筆戲書應令「今宵花燭淚、非是夜迎人」
・破鏡…一旦別れた夫婦が再び舊にかえるたとえ。徐徳言と樂昌の故事。（唐・孟棨『本事詩』情感第一）
・月老・纏繩…月下老人。縁結びの神。（『續幽怪錄』巻四　定婚店）

【譯】
媒の者が、また李家の言葉を崔家に傳えた。崔家の方では
「納采の禮についてや、婚禮衣裝のことはこちらで整えましょう。それでは吉日を選んで結婚の日取りを決めましょう」

媒の者はまた李生の家に戻って、崔氏の言を傳えた。それでようやく結婚を考えはじめたのだった。そこで人をやって李生に問うた。李生は喜びにたえず、詩をつくって言った。

割れた鏡が今ちょうど再び重なりあい、
天の河の鵲はこのよき出會いを助けてくれる。
これから月下老人は、私とあの人を紅い紐でしっかりと繫いで去っていった。
そうしてくれたのだから、東風にむかってほととぎすのことを恨む必要はもうなくなりましたね。

【本文】

女聞之病亦稍愈。又作詩曰。

惡因緣是好因緣。盟語終須到底圓。
共輓鹿車何日是。倩人扶起理花鈿。

【校勘】

○好…手澤本「(+好)」

【書き下し】

女之を聞きて病亦た稍く愈ゆ。又た詩を作りて曰く。

悪因縁は是れ好因縁。盟語終りて須く到る底《ところ》に圓なるべし。

共に鹿車《ろくしゃ》を輓く何れの日か是《ぜ》なる、人を倩《やと》いて扶け起こして花鈿を理《おさ》む。


【注】
・鹿車…挽鹿車。夫人の徳をたたえていう。後漢の鮑宣の妻である桓少君の故事。夫の鮑宣が贅澤を好まなかったため、持ってきた衣装などを全て家に送りかえし、夫とともに鹿車をひいて鄉里に歸って母を拜し、婦道をよくおさめたので、皆がこれを褒め稱えた。(『後漢書』巻八十四　列女傳　鮑宣妻)
・扶起…たすけ起こす。抱き起こす。白居易・長恨歌「侍兒扶起嬌無力、始是新承恩澤時」

【譯】

娘は李生のこの言葉を聞くと安心し、病もようやく癒えてきた。そこで娘も詩をつくって言うには。

悪因縁かと思ったら好因縁だったのね。

誓いの言葉をかわし、私たちは一つになりましょう。

ともに鹿車をひくのはいつの日になるでしょうか。

人を呼んで寝ついていた身をおこしてもらい、花簪をさしなおす。

【本文】

於是擇吉日。遂定婚禮而續其弦焉。自同牢之後。夫婦愛而敬之。相待如賓。雖鴻光鮑桓。不足言其節義也。生翌年捷高科。登顯仕。聲價聞于朝著。

【校勘】

○弦…明本「絃」、手澤本「(十斷)弦」　○仕…手澤本　なし

【書き下し】

是に於て吉日を擇びて、遂に婚禮を定めて其の弦を續く。牢《ひとや》を同じくして自りの後、夫婦愛して之を敬す。相い待つこと賓の如し。鴻光鮑桓と雖も、其の節義を言うに足らざるなり。生翌年高科を捷にし、顯仕に登る。聲價朝著に聞こゆ。

【注】

・續弦…再び妻を娶る。琴瑟を夫婦の關係にたとえた語。王僧孺・爲姫人自傷「斷弦猶可續、心去最難留」

・同牢…新しく夫婦となったものがともに食事する一種の儀式。『漢書』巻九十九下　王莽傳下「…莽親迎於前殿兩階間、成同牢之禮于上西堂」

・鴻光…梁鴻と孟光のこと。後漢の孟光が梁鴻の高節であるのを慕い、その妻になった故事。(『後漢書』巻八十三　逸民列傳　梁鴻傳)

・鮑桓…前漢の鮑宣と桓少君。「鹿車」の注（百二十一頁）を参照。
・高科…科擧の高第。
・登顯仕…榮達して要路にあること。高官をいう。歐陽脩・相州晝錦堂記「自公少時、已擢高科、登顯仕」
・朝著…朝班。群臣が帝王に朝見するときの配列。

【譯】

そして吉日を選んで婚禮の日を定め、ついに李生と崔氏の娘は夫婦として結ばれたのだった。夫婦の生活が始まって後も、互いをとても愛し、敬いあって、賓客をむかえるように丁重に對したのだった。そのさまはたとえ鴻光、鮑桓といえども、その節義をいうには足りないほどであろう。李生はその次の年、優秀な成績で科擧に合格し、高い官職についた。その評判は朝廷にも知れ渡ったのだった。


【本文】

辛丑年。紅賊據京城。王移福州。賊焚蕩室廬。臠炙人畜。夫婦親戚。不能相保。東奔西竄。各自逃生。生挈家。隱匿窮崖。有一賊。拔劒而逐生。奔走得脫。女爲賊所虜。欲逼之。女大罵曰。虎鬼殺啗。我寧死葬於豺狼之腹中。安能作狗彘之匹乎。賊怒殺而剮之。生竄于荒野。僅保餘軀。

【校勘】

○臠…手澤本「醢」　○生…手澤本　なし　○虜…手澤本「擄」　○鬼…手澤本「兒」　○彘…明本「彘」

【書き下し】

辛丑年、紅賊京城に據る。王福州に移る。賊室廬を焚蕩し、人畜を臠《れん》炙す。夫婦親戚、相い保つこと能わず、東に奔り、西に竄れて、各の自ら生を逃る。生家を挈《たち》て、窮崖に隱匿す。一賊有り、劍を抜きて生を逐《お》う。奔走して脫ることを得たり。女 賊の爲に虜にせらる。之を逼《せま》らんと欲するに、女大いに罵りて曰く。虎鬼殺め啗《く》らえ。我寧ろ死して豺狼《さいろう》の腹中に葬られなんとも、安ぞ能く狗彘《こうてい》の匹と作らんや、と。賊怒りて殺して之を剮く。生荒野に竄《のが》れて、僅かに餘軀を保つ。

【注】

・辛丑年。紅賊據京城。王移福州…辛丑年は一三六一年（高麗・恭愍王十年）。紅巾賊は一三五九年と六一年の二回にわたって高麗に侵入した。（『高麗史』巻第三十九　世家巻第四十　恭愍王二「十二月壬辰王至福州以鄭世雲爲惣兵官賜教書遣之」）

・豺狼…やまいぬと狼。貪欲なもの、また猛悪で殘酷なもののたとえ。『春秋左氏傳』閔公元年「戎狄豺狼、不可厭也」

・狗彘…犬と豚。いやしいことのたとえ。品性の劣った人。

【譯】

辛丑の年、紅巾賊が都城を占據した。國王は福州に移り、紅巾賊たちは家々を燒き、人や獸の肉をきりきざんで、燒き盡くした。夫婦や親類といえども、ともに無事でいられるはずはなく、東西に走り、逃げ隠れて、生命を保つのがやっとだった。李生は家を捨てて、窮崖に身を隱した。紅巾賊の一人が、刀を拔いて李生を追いかけたが、李生はなんとか走って逃げおおせたのだった。一方、崔氏の娘は紅巾賊に捕らわれた。賊が娘を手にかけようとしたとき、娘は大いに賊を罵って言った。

「この畜生どもめ！　いっそのこと私を喰らっておしまい！　お前たちのような卑しい者の手に落ちるくらいなら、いっそ喰われて、やまいぬや狼の腹の中に葬られたほうがましだわ！」

賊は怒って崔氏の娘を殺し、その身をバラバラにしてしまった。李生はというと、荒野に逃れ、なんとかいのちをつないでいた。

【本文】

聞賊已滅。遂尋父母舊居。其家已爲兵火所焚。又至女家。廊廡荒凉。鼠喞鳥喧。悲不自勝。登于小樓。抆涙長噓。奄至日暮。塊然獨坐。佇思前遊。宛如一夢。將及二更。月色微吐光照屋梁。漸聞廊下有跫然之音。自遠而近。至則崔氏也。生雖知已死。愛之甚篤。不復疑訝。遽問曰。避於何處。全其軀命。女執生手。慟哭一聲。乃敍情曰。妾本良族。幼承庭訓。工刺繡裁縫之事。學詩書仁義之方。但識閨門之治。豈解境外之修。然而一窺紅杏之墻。自獻碧海之珠。花前一笑。恩結平生。帳裏重遘。情愈百年。言至於此。悲慚曷勝。將謂。偕老而歸居。

【校勘】

○于小…手澤本 なし ○扠…手澤本「收」 ○噓…手澤本「噓（+不已）」 ○疑…手澤本 なし

○慟…手澤本「痛」 ○裏…承本・明本「裏」、手澤本「裡」

【書き下し】

賊已に滅ぶを聞きて、遂に父母の舊居を尋ぬ。其の家已に兵火の爲めに焚《やか》る。又た女の家に至る。廊廡荒涼として、鼠喞し鳥喧し。悲しみに自ら勝えず、小樓に登りて、涙を扠《ぬぐ》いて長く噓す。奄《たちま》ち日暮に至る。塊然として獨り坐す。佇みて前遊を思えば、宛も一夢の如し。將に二更に及ばんとす。月色微《かすか》に光を吐きて屋梁を照らす。漸く廊下跫然の音有りて遠き自りして近づくを聞く。至るときは則ち崔氏なり。生已に死すと知ると雖も、之を愛すること甚だ篤し。復た疑い訝らず。遽《にわ》かに問いて曰く。何れの處にか避けて、其の軀命を全くするか、と。女 生が手を執りて、慟哭一聲す。乃ち情を敍べて曰く。妾本と良族なり。幼にして庭訓を承け、刺繡裁縫の事を工にし、詩書仁義の方を學ぶ。但だ閨門の治を識る。豈に境外の修を解せんや。然れども一たび紅杏の墻を窺いて、自ら碧海の珠を獻ず。花前に一たび笑い、恩 平生を結ぶ。帳裏に重ねて遘《あ》いて、情百年に愈えたり。言《こと》此に至る。悲慚曷《なん》ぞ勝《た》えん。將て謂えらく、偕に老いて居に歸らんと。

【注】

・長噓…長く息をはきだす。『剪燈新話』華亭逢故人記「華髮衝冠感二毛、西風涼透鷫鸘袍、仰天不敢長噓氣、化作虹霓萬丈高」

・二更…午後十時。

・庭訓…家庭の教え。家人に對する教訓。孔子の子、鯉が趨って庭を過ぎたとき、孔子が呼び止めて詩や禮を學ぶべきことを教えた故事。（『論語』季氏）

・詩書仁義之方…詩書の道。詩經・書經の道。聖賢の教え。

・閨門…部屋のうち。家庭内。『禮記』仲尼燕居第二十八「是故以之居處有禮、故長幼辯也。以之閨門之內有禮、故三族和也」、『孝經』閨門章第十九「子曰、閨門之內、具禮矣乎」

【譯】

紅巾賊がすべて滅びたことを聞き、李生はようやく父母の舊居をたずねていった。しかし、父母の家はすでに兵火によって焼かれていた。また、妻である崔氏の家を訪ねた。立派だった廊下も荒れはてて、ねずみや鳥がうるさくないているだけであった。李生は悲しみに堪えられず、以前二人が情をかわした小樓にのぼり、涙をふいてため息をついていた。そうしていると、たちまち日暮れになった。李生は一人でそこにたたずんでいた。崔氏の娘とかわした以前の歡びを思い出せば、そのときのことはさながらひと時の夢のようであった。ちょうど二更になろうとしたとき、月はかすかに輝き、屋根の梁を照らし出した。廊下から、次第に遠くの方から人が近づいてくる足音をきいた。こちらにやってきたその人は、なんと妻である崔氏の娘であった。李生は妻がすでに死んでしまったということを知ってはいたものの、李生は妻をことのほか情厚く愛しみ、怪しまなかった。ふと李生は妻に問うた。

「無事だったのは、一體どこに逃げていたのだね」

妻は李生の手をとって、慟哭して心のたけを述べた。

「私はもともと兩班の娘です。幼いときから家庭で教育を受け、刺繡や裁縫、聖賢の教えをなどを習ってまいりました。ただ、家庭内での法にしたがってきたまでです。どうして家庭以外の法を知ることがありましょうか。しかも、いちど紅杏の墻をのぞいて、みずからあなた様に碧海の珠のようなこの身を差し上げたのです。花の前でふたり笑いあって、一生をあなたと共にすることになりました。帳のうちであなたに出會い、かわしたこの情は百年に勝るとも劣りません。ここまで言うてくると、悲しみと恥ずかしさにどうして堪えることができましょう。ともに老いて、家に戻ろうと思っていました。

【本文】

豈意横折而顚溝。終不委身於豺虎。自取磔肉於泥沙。固天性之自然。匪人情之可忍。却恨。一別於窮崖。竟作分飛之匹鳥。家亡親沒。傷殢魄之無依。義重命輕。幸殘軀之免辱。誰怜寸寸之灰心。徒結斷斷之腐腸。骨骸暴野。肝膽塗地。細料昔時之歡娯。適爲當日之愁冤。

【校勘】

○沙…手澤本「身」　○亡…手澤本「止」　○傷殢…手澤本「竟」　○日…手澤本「(十日)」

【書き下し】

豈に意わんや横に折れて溝《みぞ》に顚せんとは。終に身を豺虎に委ねず、自ら肉を泥沙に磔《さ》くことを取る。固《まこと》に天性の自然、人情の忍ぶべきに匪ず。却て恨む、一たび窮崖に別れて、竟に分れ飛ぶ匹鳥と作ることを。家亡び親沒す。殢魄の依ること無きことを傷む。義重く命輕し。殘軀の辱を免れんことを幸《こいねが》う。誰か寸寸の灰心を怜れみて、徒に斷斷の腐腸を結び、骨骸野に暴し、肝膽地に塗《まみ》る。細かに昔時の歡娯を料りて、適《まさ》に當日の愁寃を爲す。

【注】

・寸寸…ずたずたに『晉書』巻六十七　郄超傳「超取視、寸寸毀裂」

・灰心…灰心は意氣消沈する意。ここでは灰身（身を灰にする、死をいう）のことか。『魏志』巻二十五　高堂隆傳「臣雖灰身破族、猶生之年也」

【譯】

どうして途中でよこしまに折れて、深い溝にはまり込んでしまうと知っていたでしょうか。私はついに紅巾賊どもにこの身をゆだねることをせず、自ら身を引き裂かれて、泥にまみれる方を選んだのです。その行爲を選んだことは、もともと天が私に與えた運命であるとはいえ、人間として耐えられることではありませんでした。かえって崖であなたと別れ、まるで離れ離れになったおしどりのようになったことが恨めしく思われました。今、家は滅び、親も亡くなりました。この世に殘っている魂のよるべがないことをいたましく思います。義は重く、命は輕い。この殘された死體が辱められていないことを願うのみです。誰かこの切り刻まれた身を憐れと思って、この千千に引き裂かれ、朽ちてゆく身體を集めてはくれないでしょうか。今、骨は野にさらされ、身は泥にまみれています。細やかに昔の歡びをかわしたことを思いだせば、今日のような境遇はまったく恨めしいばかりです。

【本文】

今則鄒律已吹於幽谷。倩女再返於陽閒。蓬萊一紀之約綢繆。聚窟三生之香芬郁。重契闊於此時。期不負乎前盟。如或不忘。終以爲好。李郎其許之乎。生喜且感曰。固所願也。相與欵曲抒情。言及家產。被寇掠有無。

【校勘】

○喜…手澤本　なし

【書き下し】

今は則ち鄒律已に幽谷に吹き、倩女再び陽閒に返る。蓬萊一紀の約 綢繆たり。聚窟三生の香 芬郁《ふんいく》たり。契闊を此の時に重ね、前盟に負《そむ》かざることを期す。如し忘れざること或らば、終に以て好《よしみ》と爲せん。李郎其れ之を許さんか、と。生喜びて且《は》た感じて曰く、固に願う所なり、と。相與に欵曲して情を抒《の》ぶ。言《こと》家產に及ぶ。寇に掠めらること有りや無しや、と。

【注】

・鄒律…戰國、齊の鄒衍の吹いた律。よく暖氣を招來するという。（『列子』湯問第五）

・蓬萊一紀之約…玄宗と楊貴妃の故事。陳鴻・長恨歌傳「由此一念、又不得居此。復墮下界、且結後緣、或爲天、或爲人、決再相見、好合如舊」

・綢繆…連綿として絶えない。すきまなくつらなる。『文選』巻第十五　志中　張平子　思玄賦「倚招搖攝提以低佪剹流兮、察二紀五緯之綢繆遹皇」
・三生…現在・過去・未來。
・契闊…約束する。『梁書』巻二十六　列傳第二十　蕭琛傳「上答曰、雖云早契闊、乃自非同志、勿談興運初、且道狂奴異」
・欵曲…うちとけてまじわる。うちとけてねんごろになる。『剪燈新話』秋香亭記「終欲一致欵曲於女、以導達其情」

【譯】

今はもう幽谷に春を呼び寄せる鄒律は響きわたり、私もこの世に戻ってまいりました。蓬萊の地であなたと結んだ約束は連綿と續き、聚窟三生の香は芬郁と香っている。あの約束を今再び繰り返し、どうか以前の誓いにそむかれませんよう望みます。もしあの誓いをお忘れでないのなら、それで私たちの愛の證といたしましょう。あなたさまはそれで承知してくださいますでしょうか」

李生は喜び、そのうえ妻の心に感じいって言った。

「まったく私の願っていたところです」

二人は歡びをともにして、思いのたけを述べあった。そのうち財産の話に及んだ。

「財産は紅巾賊に奪われたのでしょうか」

【本文】

女曰。一分不失。埋於某山某谷也。又問。兩家父母骸骨安在。女曰。暴棄某處。敍情罷同寢。極歡如昔。明日與生俱往尋瘞處。果得金銀數錠。及財物若干。又得收拾兩家父母骸骨。貿金賣財。各合葬於五冠山之麓。封樹祭獻。皆盡其禮。其後生亦不求仕宦。與崔氏居焉。

【校勘】

○分…手澤本「分（+物）」　○敍…承本「叙」　○罷…手澤本「（+而）罷」　○昔…手澤本「昔（+時）」

○往…手澤本「往（+家父母）」　○貿…手澤本「賣」　○賣…手澤本「買」

【書き下し】

女の曰く。一分も失わず。某の山の某の谷に埋む、と。又た問う、兩家の父母の骸骨安《いづく》にか在るや、と。女の曰く。某の處に暴し棄つ。情を敍べ罷て同く寢ぬ。歡を極むること昔の如し。明日生と倶に往きて瘞《うず》む處を尋ぬ。果して金銀數錠及び財物若干《そこはく》を得たり。又た兩家父母の骸骨を收め拾うことを得たり。金を貿《あきな》い財を賣りて、各の五冠山の麓に合せ葬る。封樹祭獻、皆其の禮を盡す。其の後、生亦た仕官を求めず、崔氏と居れり。

【注】

・五冠山…京畿道長湍府、開城の東方にある。山頂に五つの小峯があり、まるく冠のようにとりかこんでいることから五冠山と名づく。（『新増東國輿地勝覽』巻之十二　長湍都護府）

・封樹…土を高く盛って墳となし、墓のしるしとして樹を植える。士以上の葬禮をいう。(『禮記』王制第五)

【譯】

妻は言った。

「少しも失っておりません。某山の某谷に埋めてあります」

李生は再び問うた。

「我々の父母の遺骨はどこにあるのですか」

妻は言った。

「某所に野ざらしになっております」

このように思いのたけをのべあって、話し終えてから床について、昔のように歡びを共にしたのだった。次の日、娘と李生は連れ立って、財産が埋めてある所に行った。そこには金銀數錠と、いくらかの寶物が出てきた。また兩家の父母の遺骨を拾い集めた。掘り出した金や寶物などを賣って、五冠山の麓に合葬した。封樹し、おまつりをして、葬儀の禮をとどこおりなく終えた。その後、李生は仕官することを望まず、妻とだけ過ごしていた。

【本文】

幹僕之逃生者。亦自來赴。生自是以後。懶於人事。雖親戚賔客賀弔。杜門不出。常與崔氏。或酬或和。琴瑟偕和。荏苒數年。一夕。女謂生曰。三遇佳期。世事蹉跎。歡娯不厭。哀別遽至。遂嗚咽數聲。生驚問曰。何故至此。

【校勘】

○幹…手澤本「婢」

【書き下し】

幹僕の生を逃る者も、亦た自ら來り赴く。生是自り以後、人事に懶し、親戚賓客賀し弔すと雖も、門を杜《と》じて出でず。常に崔氏と、或いは酬し或いは和し、琴瑟偕に和し、荏苒たること數年。一夕、女生に謂いて曰く。三たび佳期に遇う、世事蹉跎す。歡娯厭わず、哀別遽《にわ》かに至る、と。遂に嗚咽數聲す。生驚き問いて曰く。何の故にか此に至るか、と。

【注】

・杜門…門をふさぎ閉じる。訪問者を絶つ。『國語』晉語一「狐突杜門不出」
・佳期…良き人と會う日。良い約束の日。『楚辭』九歌　湘夫人「登白蘋兮騁望、與佳期兮夕張」
・蹉跎…つまづき、行きなやむさま。謝朓・和王長史臥病「日與歲眇邈、歸恨積蹉跎」

【譯】

召使のうちで逃げおおせた者たちも、李生のもとに戻ってきた。李生はこれ以後、俗世の人間關係にはかまわなくなった。親戚や客人がお祝いや弔問に訪れても、門を閉ざして外に出なかった。いつも妻の崔氏と詩をやりとりし、唱和しあい、あるときは琴瑟を奏でたりして、ゆっくりと數年を過ごした。ある夜、妻は李生に言った。

「三度もよろこびの日を得て、私は世の出來事にはすっかり無關心でしたね。あなたとの樂しみにつかれたわけではないのですが、悲しいかな、とうとうお別れのときが來てしまいました」

妻は泣きじゃくった。李生は驚いて娘に問うた。

「ではお前はどうして再びここにあらわれたのかね」

【本文】

女曰。冥數不可躱也。天帝以妾與生緣分未斷。又無罪障。假以幻體。與生暫割愁腸。非久留人世。以惑陽人。命婢兒進酒。歌玉樓春一闋。以侑生。歌曰。

【校勘】

○冥…手澤本「至是」　○暫…手澤本「論」

【書き下し】

女の曰く。冥數躱《かわ》すべからず。天帝妾と生と緣分未だ斷たず、又た罪障無きを以て、假に幻體を以て、生と暫《あからさま》に愁腸を割く。久しく人世に留まりて、以て陽人を惑わすに非ず、と。婢兒に命じて酒を進め、玉樓春一闋を歌いて、以て生に侑む。歌いて曰く。

【注】

・玉樓春…詞牌の名前。

【譯】

妻は言った。

「運命というものは避けられないものです。天帝は私とあなた様の因縁をまだ斷ち切ってはおらず、また私にとががないということで、わたしはこうして假の姿をもってあらわれることができました。そして、あなた様としばしの間、愁いに満ちて結ぼれた心を解きあったのです。長くこの世に留まって、生きている人を惑わせようとしたのではありません」

そこで侍女に命じて、李生に酒をすすめた。また玉樓春の歌を歌って、酒のともとした。その歌にいうには。

【本文】

干戈満目交揮處。玉碎花飛鴛失侶。
殘骸狼籍竟誰埋。血汚遊魂無與語。
高唐一下巫山女。破鏡重分心慘楚。
從茲一別兩茫茫。天上人間音信阻。

【校勘】

○籍…明本「藉」　○鏡…明本「鐘」

【書き下し】

干戈満目　交わり揮う處。玉砕け花飛びて　鴛　侶を失う。
殘骸狼籍たり　竟に誰れか埋めん。血汚遊魂　與に語る無し。
高唐一たび下る巫山の女。破鏡重ねて分る　心　慘楚たり。
茲従り一別　兩ながら茫茫。天上人間　音信阻《へだ》たる。

【注】

・玉砕…玉が砕ける。庾信・哀江南賦「荆山鵲飛而玉碎、隋岸蚍生而珠死」、李賀・箜篌引「崑山玉碎鳳凰叫、芙蓉泣露香蘭笑」また、美しいものが不幸にあうたとえ。のち、女子が死ぬたとえとなる。

・血汚遊魂…血が屍を汚し、魂はさまよう。杜甫・哀江頭「明眸皓齒今何在、血汚游魂歸不得」

【譯】

激しい戰いで盾や矛がぶつかり合う所では
玉は砕け、花は散り、仲の良い鴛鴦はそのつがいを失う。
後に殘ったうち捨てられたこの身を、最後には誰が土にかえして埋めてくれるのでしょう。
血が屍を汚し、魂はさまよって、一體誰と語り合いましょうか。

高唐觀からひとたび巫山の娘が降りてしまえば
せっかく合わせた鏡も再びわかれることになり、心は痛ましく
これよりひとたび、天上世界と人間世界とにわかれれば
あなたのたよりも途絶えてしまうことでしょう。

【本文】

毎歌一聲。飲泣數下。殆不成腔。生亦悽惋不已。曰。寧與娘子同入九泉。豈可無聊獨保殘生。向者傷亂之後。親戚僮僕。各相亂離。亡親骸骨。狼籍原野。儻非娘子。誰能奠埋。古人云。生事之以禮。死葬之以禮。盡在娘子。天性之純孝。人情之篤厚也。

【校勘】

〇下…手澤本「行」　〇聊…明本「聊」

【書き下し】

歌う一聲毎に、飲泣數《しばし》ば下る。殆ど腔を成さず。生も亦た悽惋として已まず。曰く。寧ろ娘子と同に九泉に入らん。豈に聊《たのもしげ》無く獨り殘生を保つべけんや。向者《むかし》傷亂の後、親戚僮僕、各の相亂離し、亡親の骸骨、原野に狼籍たり。儻《も》し娘子に非ずんば、誰か能く奠《まつ》り埋めん。古人の云く。生くるときは之に事うるに禮を以てし、死するときは之を

葬るに禮を以てす、と。尽《ことごと》く娘子に在り。天性の純孝、人情の篤厚なり。

【注】

・生事之以禮死葬之以禮…生きていても死んでしまったあとでも、身分相應の禮節で父母に對することが孝道である。『論語』爲政第二「子曰、生事之以禮、死葬之以禮、祭之以禮」

・純孝…孝心のあついこと。この上ない孝行者。『春秋左氏傳』隱公元年「君子曰、潁孝叔純孝也、愛其母、施及莊公」

【譯】

一聲一聲歌うごとに、涙で聲にならなかった。李生もまた悲しみとつらさでいっぱいだった。そして妻に言った。「このまま生きているよりも、あなたとともに黄泉の國へ行きたい。どうして樂しみもなく殘りの人生を生きてゆくことができましょうか。昔、紅巾賊の亂が起こった時、親類、召使たちは離散し、今は亡き父母の遺骨は原野にさらされていました。もしあなたがいなければ、誰がおまつりをして埋葬をしたでしょうか。古人の言葉に『生きていても死んだ後でも、身分相應の禮節で父母に對することが孝道である』というのがありますが、それは全てあなたのことです。あなたの孝行心は天性のもので、まったく人の情にあつい方です。

【本文】

感激無已。自愧可勝。願娘子淹留人世。百年之後。同作塵土。女曰。李郎之壽。剩有餘紀。妾已載鬼籙。不能久視。若固眷戀人間。違犯條令。非唯罪我。兼亦累及於君。但妾之遺骸。散於某處。倘若垂恩。勿暴風日。相視泣下數行。云。李郎珍重。言訖漸滅。了無踪迹。

【校勘】

○自…手澤本　なし　○李…手澤本「季」　○遺…手澤本　なし　○日…手澤本「雨」　○數行…手澤本　なし

【書き下し】

感激已むこと無く、自ら勝《た》うべくして愧ず。願わくは娘子人世に淹留して、百年の後、同く塵土と作らん、と。女の曰く。李郎の壽、剩《あま》つさえ餘紀有り。妾已に鬼籙に載す。久しく視ること能わず。若し固《まこと》に人間に眷戀せしかば、條令を違い犯す。唯だ我を罪するのみに非ず。兼ねて亦た累《わずら》い君に及ばん。但だ妾の遺骸、某處に散ず。倘若《も》し恩を垂れば、風日に暴すこと勿れ、と。相視て泣《なみだ》下ること數行。云く。李郎珍重、と。言い訖りて漸く滅して、了《つい》に踪迹《しょうせき》無し。

【注】

・眷戀…思い慕う心。心に思っていつも忘れない。『晉書』卷七十三　列傳第四十三　庾亮傳「哀悲眷戀、不敢違距」

・珍重…人に體を大切にすることをすすめる語。別れる時のあいさつ語。さようなら。お大事に。劉禹錫・劉駙馬水

亭避暑「盡日逍遙避煩暑、再三珍重主人翁」

【譯】

この感激は止められません。こらえ切れず、ただ恥じ入るばかりです。どうかあなたがこの世に長く留まって、百年のちに私とともに土にかえってくださるよう望みます」

妻は言った。

「あなた様の壽命はまだ殘っております。しかし私はすでに冥界の帳簿に名前が載ってしまいました。これからは永久にお會いすることはできません。もし私が人間にいつまでも想いを寄せていたなら、冥界の規則を破ることになります。しかも私だけが罰せられるのではなく、あなた様にまで禍がおよぶことになります。ただ私の遺骸は某所にうち捨てられております。もしもあなた様が私を憐れと思って下さるならば、その遺骸を風や日にさらして放っておくことはなさらないでください」

妻は李生をみつめて、ぽろぽろと涙をこぼして言った。

「あなた、どうかいつまでもお元氣で」

そう言い終わると、だんだんと姿が見えなくなり、とうとう跡形もなく消えてしまった。

【本文】

生拾骨附葬于親墓傍。既葬。生亦以追念之。故得病數月而卒。聞者。莫不傷歎而慕其義焉。

【書き下し】

生骨を拾いて親墓の傍に附し葬る。既に葬いて、生亦た以て追て之を念う。故に病を得て數月して卒す。聞く者、傷歎して其の義を慕わざる莫し。

【注】

・附葬…同じ穴に埋める。合葬。『漢書』巻十一　哀帝紀「附葬之禮、自周興焉」

【譯】

李生は妻の遺骨を拾い集めて、兩親の墓に合葬した。弔いが全て終わり、李生はまた妻のことばかりを思い煩っていた。それで李生は病氣になり、數ケ月して亡くなった。その話を聞けば皆、悼み嘆いて、彼らの義理がたいことを慕わないものはなかった。

醉遊浮碧亭記

【本文】

平壤古朝鮮國也。周武王克商訪箕子。陳洪範九疇之法。武王封于此地。而不臣也。其勝地則錦繡山。鳳凰臺。綾羅島。騏驎窟。朝天石。楸南墟。皆古跡。而永明寺浮碧亭其一也。永明寺卽東明王九梯宮也。在郭外東北廿里。俯瞰長江。遠矚平原。一望無際。眞勝境也。畫舸商舶。晩泊于大同門外之柳磯。留則必泝流而上。縱觀于此。極歡而旋。亭之南有鍊石層梯。左曰靑雲梯。右曰白雲梯。刻之于石。立華柱以爲好事者玩。

【書き下し】

平壤は古の朝鮮國なり。周の武王商に克ちて箕子を訪れて、洪範九疇の法を陳《つら》ぬ。武王此の地に封じて、臣とせざるなり。其の勝地は則ち錦繡山、鳳凰臺、綾羅島、騏驎窟、朝天石、楸南墟、皆な古跡なり。而して永明寺の浮碧亭其の一なり。永明寺は卽ち東明王の九梯宮なり。郭外東北廿里に在り。俯して長江を瞰《み》、遠く平原を矚る。一望際まり無し。眞の勝境なり。畫舸《がか》商舶、晩に大同門外の柳磯に泊る。留るときは則ち必ず流れに泝《さかのぼ》りて上り、此に縱觀して、歓を極めて旋《めぐ》る。亭の南に錬石の層梯有り。左を青雲梯と曰い、右を白雲梯と曰う。之を石に刻み、華柱を立てて以て好事の者の玩と爲す。

【注】

・平壌…高句麗の故都。現在の朝鮮民主主義人民共和國の首都。
・周武王…周王朝をたてた初代の王。殷をやぶって天下統一を果たす。
・箕子…殷の人。紂の諸父。名は胥餘。箕に封ぜられたから箕子という。紂をいさめてきかれず佯狂して奴となる。周の武王が殷に克つと箕子を迎えて天地の大法を問うた。箕子は王のために洪範をのべた。王はこれを朝鮮に封じて臣とはしなかった。後、周に朝する途中、殷の故墟を過ぎたとき麦秀歌を作った。平壌に箕子陵がある。（『史記』巻三）
・洪範九疇之法…天帝が禹に與えた天下の九種の大法。周の武王が箕子を訪れて、その法をたずねたという。（『書經』洪範）
・錦繡山…平壤府北五里にある鎮山。
・鳳凰臺…多景樓の西、平壤府の西十里にある。三山二水の勝。
・綾羅島…周圍が十二里あり、白銀灘（平壤府東北四里）の北。
・騏驎窟…九梯宮内にある。浮碧樓の下で東明王が麒麟馬を育てていた。後、東明王がその麒麟馬にのって窟に入り、ここから朝天石を使って昇天したという。その馬の跡が今も石の上にあるといわれる。
・朝天石…騏驎窟の南、長慶門外の江中にあり、潮がひくとその姿をあらわす。
・楸南墟…酒巖寺の後山。

・永明寺…錦繡山浮碧樓の西、騏驎窟の上にある。
・浮碧亭…乙密臺（錦繡山頂）の下、永明寺の東にある。三九三年に建てられ、一六一四年に再建された。永明寺と付属した建物であったため、當初は「永明樓」と呼ばれていたが、十二世紀になって「浮碧樓」と呼ばれるようになった。現在も平壤市にある。すぐれた建築技術と美しい眺めで、朝鮮三大樓の一つとなっており、「浮碧翫月」は平壤八景の一つとされている。
・東明王…高句麗の始祖とされる傳說上の人物。東明聖王ともいう。
・九梯宮…東明王の宮殿。昔は永明寺内にあった。（『三國志』高句麗長壽王）
・大同門…九四七年重建。一〇一一年に戰火によって燒かれ、現在の建物は一六三五年に再建され、一八五二年以降補修を繰り返してきたものである。大同江に面しており、平壤城で最も重要な門であった。
・青雲梯・白雲梯…青雲橋・白雲橋のことか。ともに九梯宮基内にある。東明王時代のもの。
・華柱…花飾りをつけた柱。

【譯】

平壤は古の朝鮮國である。周の武王が商を滅ぼし、箕子を訪れて洪範九疇の法をきいた。武王は箕子を朝鮮の地に封じて、家臣とはしなかった。平壤の名所は錦繡山、鳳凰臺、綾羅島、騏驎窟、朝天石、楸南墟で、みな舊跡である。そして永明寺の浮碧亭もその一つである。永明寺は東明王の九梯宮であって、城外の東北二十里にある。浮碧亭からは大同江を見下ろし、遠く平原を見渡すことができる。ひとたび望めば、その眺めは限りなく、ここは全く絶景であった。いろどりを施した船や商船は、夜には大同門外の柳磯に停泊していた。船が停泊するときには、必ず遡上して、皆ここで景色を見渡し、充分に樂しんでいくのだった。浮碧亭の南に、錬石の層梯があった。左を青雲梯といい、右を白雲梯といった。この梯の名を石に刻み、それを柱にして建てて、風流を好む人士たちに賞されるところとなっていた。

【本文】

天順初。松京有富室洪生年少。美姿容有風度。又善屬文。値仲秋望。與同伴抱布貿絲于箕城。泊舟艤岸。城中名娼。皆出闉闍。而目成焉。城中有故友李生。設宴以慰生。酣醉回舟。夜涼無寐。忽憶張繼楓橋夜泊之詩。不勝清興。乘小艇。載月打槳而上。期興盡而返至。則浮碧亭下也。

【校勘】

○酣…承本「䤈」

【書き下し】

天順の初め、松京に富室洪生年少なるもの有り。姿容美《うるわ》しく風度有り。又た善く文を屬す。仲秋の望に値《あた》りて、同伴と布《たから》を抱き絲を箕城に貿《か》う。舟を泊て岸に艤《ふなよそお》いす。城中の名娼、皆闉闍《いんと》を出でて、目成す。城中に故友李生というもの有り。宴を設けて以て生を慰す。酣醉して舟を回らす。夜涼しくして寐ること無く、忽ち張繼が楓橋夜泊の詩を憶いて、清興に勝えず、小艇に乗り、月を載せ槳《かじ》を打ちて上る。興盡きて返り至らんと期すれば則ち浮碧亭の下なり。

【注】

・天順…明・英宗一四五七〜六四（李朝世祖三〜十）年。

・松京…松都のこと。現在の朝鮮民主主義人民共和國の開城市。

・富室…金持ち。富豪。『剪燈新話』聯芳樓記「吳郡富室、有姓薛者」

・仲秋望…仲秋は秋三ケ月の中の月。陰暦八月。望は毎月十五日。

・抱布貿絲…貨幣をかかえて絹糸を買いに來る。女性を誘惑に來るの意。『詩經』國風　衞風　氓「氓之蚩蚩、抱布貿絲、匪來貿絲、來卽我謀」

・箕城…朝鮮平壤の異稱。商の箕子が此處にいて朝鮮を治めたと言い傳えられるからいう。

・闉闍…城外のやぐらをいう。『詩經』國風　鄭風　出其東門「出其闉闍、有女如荼」

・目成…秋波を送る。色目を使ってくる。『楚辭』九歌　少司命「滿堂兮美人、忽獨與餘兮目成」、『剪燈新話句解』渭塘奇遇記「生亦留神注意、彼此目成久之」

・張繼…唐・襄州の人。字は懿孫。天寶十二（七五三）年、進士に及第。（『唐才子傳』卷第三）

・楓橋夜泊之詩…楓橋は江蘇省吳縣（蘇州）閶門外の水路にかけた橋のこと。張繼が旅の途中ここで船中泊したときの作。「月落烏啼霜滿天、江楓漁火對愁眠、姑蘇城外寒山寺、夜半鐘聲到客船」

【譯】

天順年間のはじめのこと。松京に、富家の洪生という若者がいた。容貌が美しく、態度にも氣品があって、文章も上手かった。八月十五日に、友人と箕城に女性を誘惑にきたのだった。船を泊めて岸につなぐと、城中の妓女たちが市里を出でて、秋波を送ってくる。城中には古い友人の李生というものがおり、宴を設けて洪生をねぎらってくれた。

半ば酔いがまわってきたころ舟をめぐらした。夜は涼しかったけれども眠れず、洪生は突然張繼の楓橋夜泊の詩をおもいだした。その清らかな趣きにたえられず、洪生は小さな舟に乗った。月が空にかかり、舟をこいで上っていった。興もさめ、もとの所に戻ろうと思ったのだが、ふと氣付くと浮碧亭の下まで來ていたのだった。

【本文】

繫纜蘆叢。躡梯而登。憑軒一望。朗吟清嘯。時月色如海。波光如練。鴈叫汀沙。鶴警松露。凜然如登清虚紫府也。顧視故都。烟籠粉堞。浪打孤城。有麥秀殷墟之歎。乃作詩六首曰。

【書き下し】

纜《ともづな》を蘆の叢に繫ぎて、梯《かけはし》を躡《のぼ》りて登る。軒に憑りて一望、朗吟清嘯す。時に月色海の如し、波光練の如し。鴈 汀沙に叫《さけ》び、鶴 松露に警《いまし》む。凜然として清虚紫府に登るが如し。故都を顧視すれば、烟 粉堞を籠め、浪 孤城を打つ。麥秀殷墟の歎有り。乃ち詩六首を作りて曰く。

【注】

・清嘯…清らかな聲を長く曳いて歌うこと。『晉書』巻六十二　列傳第三十二　劉琨傳「在晉陽、嘗爲胡騎所圍數重、城中窘迫無計、琨乃乘月登樓清嘯、賊聞之、皆悽然長歎、中夜奏胡笳、賊又流涕歔欷、有懷土之切。向曉復吹之、賊竝棄圍而走」

・粉堞…白亞のひめがき。駱賓王・晩泊江鎭「夜烏喧粉堞、宿雁下蘆洲」
・麥秀殷墟之歎…麥秀歌。故國の頽廢するさまを見ておこる嘆息感慨。『史記』巻三十八・宋微子世家第八に殷の箕子の作った麥秀歌の句がある。「麥秀漸漸兮、禾黍油油、彼狡僮兮、不與我好兮」

【譯】

ともづなを葦の叢につないで、梯をのぼって浮碧亭の上に登った。手すりに寄りかかって一望し、清らかな聲で長く歌をうたった。その時、月の色は海の色のように、波の光は練り絹のように輝いていた。雁は砂濱で叫び、鶴は露をおいた松のそばで注意を促すようにするどく鳴いていた。まるで月宮か仙界に來たようであった。故都の方を顧みてみれば、もやが白いひめがきを包みこみ、波が孤城に打ちつけていた。故國が頽廢した愁いをもって、詩六首をつくっていうには。

【本文】

不堪吟上浿江亭。嗚咽江流腸斷聲。
故國已鎖龍虎氣。荒城猶帶鳳凰形。
汀沙月白迷歸鴈。庭草烟收點露螢。
風景蕭條人事換。寒山寺裏聽鍾鳴。

帝宮秋草冷凄凄。回磴雲遮徑轉迷。
妓館故基荒薺合。女墻殘月夜烏啼。
風流勝事成塵土。寂寞空城蔓蒺藜。
唯有江波依舊咽。滔滔流向海門西。

【校勘】

○裹…明本「裹」

【書き下し】

吟じて涓江亭に上るに堪えず。嗚咽として江流る腸斷《た》う聲。
故國 已に鎖《とざ》す龍虎の氣。荒城 猶お帶ぶ鳳凰の形。
汀沙月白くして歸鴈に迷う。庭草烟收りて露螢に點す。
風景蕭條として人事換《かえ》る。寒山寺の裏《うち》、鍾の鳴るを聽く。

帝宮の秋草 冷して凄凄。回磴雲遮りて徑轉《うた》た迷う。
妓館の故基 荒薺合《あわ》す。女墻の殘月 夜烏啼く。
風流の勝事 塵土と成る。寂寞たる空城 蒺藜蔓《はびこ》る。
唯だ江波のみ舊に依りて咽《むせ》ぶ有り。滔滔として流れて海門の西に向かう。

【注】

・浿江…大同江のこと。平壌城の東を流れる。

・龍虎氣…王氣、天子氣。天子氣は帝王の頭上に現れる瑞氣で、帝王が出生または活動している地方にこの氣があらわれる。『史記』巻七　項羽本紀「范增說項羽曰、沛公居山東時、貧於財貨、好美姬、今入關、財物無所取、婦女無所幸、此其志不在小。吾令人望其氣、皆爲龍虎、成五采、此天子氣也」

・蕭條…物靜かなさま。ものさびしいさま。

蕭條景…物寂しい景色。岑參・至大梁却寄匡城主人「仲秋蕭條景、拔剌飛鵝鶬」

・寒山寺…江蘇省吳縣（蘇州）の城西の楓橋鎭にある寺。張繼・楓橋夜泊の注（百四十七頁）を参照。

・故基…建物の跡。陳規・過驪山「豐鎬無由問故基、三章止見黍離詩」

・荒薺合…荒れてツタがからまる。許渾・凌歊臺詩「行殿有基荒薺合、寢園無主野棠開」

・殘月…有明の月。夜明け方の月。高適・夜別韋司士「高館張燈酒復淸、夜鐘殘月雁歸聲」

・蒺藜…はまびし。海濱の砂地に生じ、地をはって蔓生する。

【譯】

歌を吟じながら浿江のあずまやに上るにはしのびず
悲しみに腸が引き裂かれて、泣き叫ぶように江は流れる。
故國にはもうすでに天子の氣はないけれど
荒れた城はいまだなお、鳳凰の形を殘している。
砂濱では月が白く輝き、ねぐらへ歸ろうとしている雁は迷う。

庭では霧が收まって、草に螢のような露がおりている。
景色はものさびしく、世の中は移り變わってゆく
寒山寺のなかで、鐘が鳴るのをきいている。

昔は榮えて草など生えるはずのない宮殿に草が生え、今は冷たく荒れ果ててしまった。
めぐっている石疊の道を雲が遮り、ますます道に迷うばかり。
立派だった妓館の跡にもツタがからまって昔の面影をとどめず
城のひめがきの上には夜明けの月がかかり、鳥が鳴いている。
趣のあるよい出來事はすでに空しく土にかえり
寂しく、荒れ果てた城には、ツタが絡まり生えている。
ただ江の波だけは、昔と變わらず泣くような音をたてて
河口の西に向かって、滔滔と流れてゆく。

【本文】

浿江之水碧於藍。千古興亡恨不堪。
金井水枯垂薜茘。石壇苔蝕擁楩楠。
異鄕風月詩千首。故國情懷酒半酣。

月白倚軒眠不得。夜深香桂落毿毿。
中秋月色正嬋娟。一望孤城一悵然。
箕子廟庭喬木老。檀君祠壁女蘿縁。
英雄寂寞今何在。草樹依稀問幾年。
唯有昔時端正月。清光流彩照衣邊。

【書き下し】

浿江の水藍よりも碧にして、千古の興亡 恨み堪えず。
金井水枯れて薜茘《へいれい》垂れり。石壇苔蝕して檉楠《ていなん》擁す。
異郷の風月 詩千首。故國の情懐 酒半酣《かん》。
月白く軒に倚りて眠ることを得ず。夜深くして香桂落ちて毿毿《さんさん》たり。

中秋の月色 正に嬋娟。一たび孤城を望み一に悵然。
箕子が廟庭 喬木老いたり。檀君が祠壁 女蘿縁《はえ》り。
英雄寂寞として今何くにか在り。草樹依稀たり 問う幾年ぞ。
唯だ昔時端正の月のみ有り、清光流彩 衣邊を照らす。

【注】

・薜茘…まさきのかずら。
・毿毵…散亂しているようす。蘇軾・過嶺二首之二「誰遣山雞忽驚起、半巖花雨落毿毵」
・箕子廟…箕子祠か。平壌城内にある。
・喬木…高く枝がなく、影の少ない木。老樹。『詩經』國風　周南　漢廣「南有喬木」
・檀君祠…箕子祠の傍にあり。東明王祠とともにあり、檀君祠が西、東明王祠が東にある。李朝世祖十一（一四六五）年始めて置く。
・依稀…わずか、少しばかり。黃滔・祭陳先輩「謹以依稀蔬果、一二精誠、顒冥符於肸蠁、申永訣於幽明」
・端正月…八月十五夜の月をいう。端正は月の圓滿なこと。

【譯】

浿江の水は藍よりも青く、
千古の昔からの興亡の恨みは絶えない。
井戸は水も涸れて蔓が垂れ下がり
石壇は苔むして、楩楠がその周りを圍むように生えている。
異郷の美しい景色を眺めてたくさんの詩をつくり
故鄕を思う心に酒の宴はたけなわとなる。
月は白く、私は手すりによりかかって眠れず
深夜、桂の花は落ちて、花びらがあちこちに散らばっている。

中秋の月の色は清く美しく
荒れはてた城をみやれば、悵然とした思いがあるだけだ。
箕子の廟の喬木は老いてたよりなげに朽ち果て、
檀君のほこらには蔓草が絡まり生えている。
あの時の英雄はすっかりなりをしずめて、今はどこにいるのだろう。
わずかに生え殘っている草樹が、一體どれくらいの時間が過ぎてしまったのかと問うているようだ。
ただ昔と同じ滿月だけが空にかかり
美しく淸らかな月の光が、衣の裾をてらしている。

【本文】

月出東山烏鵲飛。夜深寒露襲人衣。
千年文物衣冠盡。萬古山河城郭非。
聖帝朝天今不返。閑談落世竟誰依。
金轝麟馬無行迹。輦路草荒僧獨歸。
庭草秋寒玉露凋。靑雲橋對白雲橋。
隋家士卒隨鳴瀨。帝子精靈化怨蜩。

馳道煙埋香輦絶。行宮松偃暮鍾搖。
登高作賦誰同賞。月白風清興未消。

【校勘】

○鍾…明本「鐘」

【書き下し】

月 東山より出でて烏鵲飛ぶ。夜深くして寒露人衣を襲う。
千年の文物 衣冠盡く。萬古の山河 城郭に非ず。
聖帝天に朝して今返らず。閑談世に落つ竟に誰か依らん。
金輦 麟馬 行迹無し。輦路草荒れて僧獨り歸る。

庭草秋寒くして玉露凋《しぼ》む。青雲橋は白雲橋に對す。
隋家の士卒 鳴瀬《らい》に隨《したが》い、帝子の精靈 怨蜩《ちょう》と化す。
馳道煙埋て香輦《れん》絶う。行宮松偃《たおれ》て暮鍾搖《うご》く。
高みに登りて賦を作りて誰か同じく賞せん。月白く風清くして興未だ消せず。

【注】

・寒露…冷たい露。郭璞・遊仙詩「寒露拂陵苕、女蘿辭松柏」
・朝天…天帝に拝謁する。
・閑談…閑譚。物靜かに話す。韋莊・邊上逢薛秀才話舊「前年同醉武陵亭、絕倒閑譚坐到明」
・輦路…天子の御車の通る道。輦道。
・馳道…君王の御車が通るための道路。
・香輦…天子の御車。崔塗・過繡嶺宮「苑路暗迷香輦絕、繚垣秋斷草煙深」
・行宮…行宮見月傷心色…行宮で月を見ると、當時遊宴を照らした色とは異なり、今は却って心を傷ましめる色となり、凄愴を感ずる。白居易・長恨歌「蜀江水碧蜀山靑、聖主朝朝暮暮情、行宮見月傷心色、夜雨聞鈴腸斷聲」
・登高作賦…君子は高山に登れば必ず詩を賦し、懷抱を發揮するという。『漢書』巻三十　藝文志「不歌而誦謂之賦、登高能賦、可以爲大夫」

【譯】

月は東山より出で、かささぎは飛び立ち
夜は深まり、冷たい露が衣にまでおよぶ。
千年のあいだの文物や衣冠は失われ
山河は變わらず萬古の生命を保っているけれど、人間が築いた城郭はもう無くなってしまった。
東明王は麒麟に乗って、天帝に拝謁に行って歸らず
物靜かに語るということもこの世から消え、こうなってはもう誰を頼りにしてよいものか。

金の轡や立派な馬が通った跡は、今はもうなく
輦道は草がぼうぼうになって荒れ果て、その道を僧侶が一人、歸ってゆく。

秋庭の草についている玉のような露もしぼみ
青雲橋は白雲橋とならびあっている。
高麗に攻め入った强き隋の兵士たちは江に落ちて滅び
帝子の魂は怨蜩となった。
以前、天子は砂煙をたてこの道を通っていたのに、今ではその通行はとだえ
行宮の松は倒れて、夕暮れの鐘だけが鳴っている。
高い所に登って賦をつくるが、一體誰がともにめでてくれるであろうか。
月は白く、風は淸らかで、この無常へのそこはかとない興趣はまだ消えずにいる。

【本文】
生吟罷撫掌起舞踟蹰。每吟一句。歔欷數聲。雖無扣舷吹簫。唱和之樂。中情感慨。足以舞幽壑之潛蛟。泣孤舟之嫠婦也。吟盡欲返。夜已三更矣。忽有跫音。自西而至者。生意謂寺僧聞聲。驚訝而來。坐以待之。見則一美娥也。丫鬟隨侍左右。一執玉柄拂。一執輕羅扇。威儀整齊。狀如貴家處子。生下階而避之于墻隙。以觀其所爲。

【書き下し】

生吟じ罷りて掌を撫でて起舞踟《ち》蹰《ちゅ》す。一句を吟ずる毎に、歔欷數聲。舷を扣き簫を吹く無しと雖も、唱和の樂、中情感慨す。以て幽壑《かく》の潛蛟《こう》を舞し、孤舟の嫠《り》婦を泣かしむるに足れり。吟じ盡して返らんと欲す。夜已に三更。忽ち跫音の西自りして至る者有り。生意謂えらく寺僧聲を聞きて、驚き訝りて來る、と。坐して以て之を待つ。見れば則ち一美娥なり。丫鬟左右に隨い侍り。一《ひとり》は玉柄の拂を執り、一《ひとり》は輕羅の扇を執る。威儀整齊、狀は貴家の處子の如し。生階より下りて之を墻隙《しょうげき》に避く。以て其の所爲《しわざ》を觀る。

【注】

・踟蹰…ためらい、しり込みするさま。足が前へ進まず足踏みする。『詩經』國風　邶風　靜女「愛而不見、搔首踟蹰」
・扣舷…船端を叩く。またその音。蘇軾・赤壁賦「扣舷而歌之…（略）…客有吹洞簫者、倚歌而和之」
・舞幽壑之潛蛟泣孤舟之嫠婦…奥深い谷に潛む蛟をも舞わせ、ぽつりと浮かぶ小船の中の寡婦をも泣かせるだろう。蘇軾・赤壁賦「舞幽壑之潛蛟、泣孤舟之嫠婦」
・三更…現在の午前零時から二時。

【譯】

洪生は吟じおわると、手を叩いて立ち上がって舞い、足踏みをした。一句を吟じるたびに、すすり泣き、船端を叩いていた。歌に合わせてふえを吹く人がいないといっても、唱和する樂しみはおのずからあって、心のうちに深い想いにふけることがあった。それは奥深い谷に潛む龍をも舞わしめ、ぽつんと浮かぶ小船の中の寡婦をも泣かせるにも充分である。詩を吟じつくして戻ろうとした時、すでに三更であった。突然西のほうから足音がし、こちらにやって來る者がいた。洪生は、寺の僧が自分の歌聲をきいて驚き、怪しんでこちらにやってきたのだと思った。そこで洪生はその場に座って、人が近づいて來るのを待った。近づいてきた人を見てみると、なんとそれは麗しき女性で、あげまきに結った侍女を左右に従えていた。侍女の一人は玉柄拂を持ち、一人は輕羅扇を持っていた。その姿は全く整って美しく、どこか立派な家の貴族の娘のようであった。洪生は下におりてきて、生垣の隙間に身を避けて、女の樣子をじっと見ていた。

【本文】

娥倚于南軒。看月微吟。風流態度。儼然有序。侍兒捧雲錦茵席以進。改容就坐。琅然言曰。此間有哦詩者。今在何處。我非花月之妖。步蓮之姝。幸値今夕長空萬里。天闊雲收。冰輪飛而銀河淡。桂子落而瓊樓寒。一觴一咏。暢敍幽情。如此良夜何。生一恐一喜。踟蹰不已。作小謦咳聲。侍兒尋聲而來請曰。主母奉邀生。蹴踖而進。且拜且跪。娥亦不之甚敬。但曰。子亦登此。

【書き下し】

娥南軒に倚りて、月を看て微吟す。風流態度、儼然として序有り。侍兒の雲錦茵席を捧げて以て進む。容を改めて坐に就く。琅然として言いて曰く。此の間詩を哦する者有り。今何れの處にか在れり。我花月の妖、步蓮の妹に非ず。幸いに今夕長空萬里、天闊く雲收まり、冰輪飛びて銀河淡く、桂子落ちて瓊樓寒きに値りて、一觴一咏、幽情を暢《の》べ敍し、此の良夜を如何せん、と。生一たび恐れ一たび喜びて、跼蹐して已まず。小聲咳の聲を作す。侍兒聲を尋ねて來り請いて曰く。主母生を邀え奉る、と。跼蹐して進み、且つ拜し且つ跪く。娥亦た之を甚だしくは敬せず。但だ曰く。子も亦た此に登れ、と。

【注】

・有序…身を正しくする意。『周易』艮「六五、艮其輔、言有序、悔亡」
・花月之妖…唐の武三思の側室、素娥をいう。實は花月の妖怪であるという。（『甘澤謠』）
・瓊樓寒…瓊樓玉宇は神話中の月宮の中にある樓閣。蘇軾・水調歌頭「我欲乘風歸去、又恐瓊樓玉宇、高處不勝寒」
・一觴一咏、暢敍幽情…一杯の酒に一首の詩をよみ、心のうちをのべあう。王羲之・蘭亭序「雖無絲竹管絃之盛、一觴一咏、亦足以暢敍幽情」
・跼蹐…恭敬なつつしみ深い様子。『論語』鄕黨「君在、跼蹐如也」

【譯】

その美女は南の軒に寄りかかり、月を見て、かすかな聲でうたを歌いだした。その風流なすがたはおごそかで、身を正していた。侍女が錦の飾りをつけたしきものを捧げもって來た。女は改まって席につき、玉の鳴るような美しい聲で言った。

「このあたりで詩を歌っていた方がいたのだけれど、今はどちらにいらっしゃるのでしょう。私は花月の妖怪でも、蓮の花の上を歩くような幽靈でもありません。幸い今宵は空も晴れわたり、雲もなく、美しい月も出て、天の河は淡くひろがっています。桂の實は落ち、天宮の樓は寒いけれども、一杯の酒に一首の詩をよみ、心のうちをのべて、この良き夜をどうしましょうか」

洪生はこの言葉をきいて、恐れたりまた喜んだりしたが、ためらって足踏みするだけだった。そこで小さく咳拂いをした。侍女がその聲をききつけて、洪生のいるほうにやってきて、請うて言った。

「奥様があなたさまをお迎えしたいとおっしゃっています」

洪生はおそれつつしんで進み出て、拜禮し、ひざまづいた。女はそれほどには洪生を尊敬した態度を見せず、ただこう言った。

「あなた様もどうぞこちらにお登りあそばせ」


【本文】

侍兒以短屛乍掩。只半面相看。從容言曰。子之所吟者何語也。爲我陳之。生一一以誦。娥笑曰。子亦可與言詩者也。卽命侍兒。進酒一行。殽饌不似人間。試啖。堅硬莫吃。酒又苦不能啜。娥莞爾曰。俗士那知白玉醴紅虬脯乎。命侍兒云。汝速去神護寺。乞僧飯少許來。兒承命而往。須臾[1]得來。卽飯也。又無下飯。又命侍兒曰。汝去酒巖乞饌來。須臾[2]得鯉炙而來。生啗之。啗訖。娥已依生詩。以和其意。寫於桂箋。使侍兒投于生前。其詩曰。

【校勘】

○云…明本「曰」　○臾1・2…承本・明本「曳」

【書き下し】

侍兒短屛を以て乍《たちま》ち掩う。只半面にして相看る。從容として言いて曰く。子が吟ずる所の者は何の語ぞや。我が爲に之を陳べよ、と。生一一に以て誦す。娥笑いて曰く。子も亦た與に詩を言うべき者なり、と。卽ち侍兒に命じて、酒を進むること一行。殽饌《こうせん》人間に似ず。試みに啖《くら》う。堅硬にして吃すること莫し。酒又苦くして啜《すす》ること能わず。娥莞爾として曰く。俗士那ぞ白玉の醴《れい》、紅虬《きゆう》の脯を知らんや、と。侍兒に命じて云く。汝速かに神護寺に去きて、僧飯少許《すこしばかり》を乞い來れ、と。兒命を承けて往く。須臾にして來ることを得る。卽ち飯なり。又た下飯無し。又た侍兒に命じて曰く。汝酒巖に去きて饌を乞い來れ、と。須臾にして鯉炙を得て來る。生之を啗《くら》う。啗《くら》い訖りて、娥已に生が詩に依りて、以て其の意を和して、桂箋に寫し、侍兒をして生が前に投ぜしむ。其の詩に曰く。

【注】

・子亦可與言詩者也…あなたこそ本當に詩の話せる者だ。『論語』學而篇第一「子貢曰、詩云、如切如磋、如琢如磨、其斯之謂與。子曰。賜也。始可與言詩已矣、告諸往而知來者」
・莞爾…にっこり笑う。微笑するさま。『論語』陽貨第十七「夫子莞爾而笑曰、割雞焉用牛刀」
・神護寺…蒼觀山（蒼光山）にあった寺。蒼觀山は平壤の西南にあり。
・酒巖…平壤府東北十里にある。岩間より酒が流れていたと傳えられることから、酒巖と名づいた。また酒巖寺がその傍にあった。

【譯】

侍女が短い屛風をもってきて、そのついたてで女をかくした。女は顔を半分だけ出して、洪生と對面した。女はゆったりとした様子で言った。

「先ほどあなたは何を詠んでいらっしゃったのでしょうか。どうか私のためにもう一度、教えてくださいませんか」

洪生はさっきの詩を一つ一つ詠んでいった。すると女は笑って言った。

「あなたは詩について語り合うことができるひとのようですね」

女は侍女に命じて酒を一杯すすめた。そこに出された酒肴は、およそ人間界のものではなかった。洪生が試しにと口に入れてみたのだが、とてもかたくて食べられなかった。酒もまた苦くて飲むことができなかった。女は微笑んで言った。

「俗人がどうして白玉の酒や紅虬の干し肉がわかりましょうか」

そこで侍女に命じて言った。

「今すぐに神護寺に行って、お寺のご飯を少しいただいてらっしゃい」

侍女は命令をうけて行き、しばらくして戻ってきた。ご飯だけでおかずがなかったので、女はまた侍女に命じて言った。

「酒巖に行って、飲み物と食べ物をもらって來なさい」

しばらくして鯉のあぶったものをもらって歸ってきた。洪生はそれを食べた。食べおわって、女は洪生のつくった詩に合わせて唱和し、桂箋に書いて、侍女に洪生の前にもっていかせた。その詩にいうには。

【本文】

東亭今夜月明多。清話其如感慨何。
樹色依俙青盖展。江流瀲灔練裙拖。
光陰忽盡若飛鳥。世事屢驚如逝波。
此夕情懷誰了得。數聲鍾磬出煙蘿。

故城南望浿江分。水碧沙明叫鴈群。
麟駕不來龍已去。鳳吹曾斷土爲墳。
晴嵐欲雨詩圓就。野寺無人酒半醺。
忍看銅駝沒荊棘。千年蹤跡化浮雲。

【校勘】

○俙…承本・明本「稀」　○瀲灔…明本「瀲々」　○嵐…寛本「風」

【書き下し】

東亭今夜　月明多し。清話其れ感慨を如何せん。
樹色依俙として青盖展《の》ぶ。江流瀲灔《れんえん》として練裙拖《ひ》く。

光陰忽ち盡く飛鳥の若し。世事屢ば驚く逝波の如し。
此の夕 情懷誰か了《はか》り得ん。數聲の鍾磬《けい》煙蘿に出づ。
故城南《みなみのかた》望めば湞江分る。水 碧りに 沙 明にして 鴈群叫ぶ。
麟駕して來らず 龍已に去る。鳳吹曾て斷ちて 土は墳と爲る。
晴嵐雨ならんと欲す。詩圓《まどか》に就《な》る。野寺人無くして酒半ば醺《くん》す。
忍びて看る 銅駝の荊棘《きょく》に沒するを。千年の蹤跡 浮雲に化す。

【注】

・依俙…かすかに。まぎらわしいほどよく似ている。『魏書』第五十九 列傳第四十七 劉昶傳「故令班鏡九流、清一朝軌、使千載之後、我得髣像唐虞、卿等依稀元、凱」
・青盖…王の車に用いる青色の覆い。青色の覆いのある車。皇太子、皇子、又は王の乘用としたもの。『後漢書』志第二十九 輿服上「皇太子、皇子皆安車、朱班輪、青蓋」
・瀲灔…波が日に映じてきらめくさま。陸游・稽山行「重樓與曲檻、瀲灔浮湖光」
・逝波…逝波。水のように月日の流れることを比喩したもの。杜甫・少年行二首之二「黃衫年少來宜數、不見堂前東逝波」
・鳳吹…簫などの美稱。『文選』卷第四十三 孔徳璋・北山移文「聞鳳吹於洛浦、値薪歌於延瀨、固亦有焉」
・晴嵐…晴れた日に山に出る霧。
・荊棘銅駝…宮殿などが破壊されて、銅製の駱駝がいばらの中に埋もれるのを歎く。晉の索靖が國の滅亡をなげいた

故事。『晉書』巻六十　列傳第三十　索靖傳「靖有先識遠量、知天下將亂、指洛陽宮門銅駝歎曰、會見汝在荊棘中耳」

【譯】

今宵、あずまやに明るく照らす月の光
俗を離れたこの清い話の感動をどうしよう。
樹木の茂ったその色は、王の乗る車の覆いにも似て
川の流れは月の光にかがやいて、白絹の裙をしいたよう。
時間は飛ぶ鳥のようにあっという間に過ぎてゆき
世の中のことは、波のようにすばやく移ろいゆくことに驚く。
今宵、私のこのおもいを誰が知り得るでしょうか
もやにけぶった蔦の間から、數聲の鍾と磬の音が聞こえてくる。

城跡から南を望めば、浿江が分かれているのが見える。
川の水は碧で、砂は明るく照らし出され、雁の群れが叫んでいる。
麒麟は再びこの地にやってこず、東明王はすでにこの世を去り
簫はすでに折られて吹けずにとだえ、土は墓となった。
晴れた日の山に霧がたちこめ雨のようになって、詩はできあがり
荒れ野の寺に人はなく、私は半ば酒に酔う。

國が荒廢した悲しみをしのびつつ、いばらに埋もれた銅製の駱駝を見つけた。
千年の昔のできごとは浮雲のようにはかないものだ。

【本文】

草根咽咽泣寒螿。一上高亭思渺茫。
斷雨殘雲傷往事。落花流水感時光。
波添秋氣潮聲壯。樓蘸江心月色凉。
此是昔年文物地。荒城蕀樹惱人腸。

錦繡山前錦繡堆。江楓掩映古城隈。
丁東何處秋砧苦。欸乃一聲漁艇回。
老樹倚巖緣薜荔。斷碑横草惹莓苔。
凭欄無語傷前事。月色波聲揔是哀。

【校勘】

○揔…承本・明本「惚」

【書き下し】

草根咽咽《えつえつ》として寒螿泣く。一たび高亭に上りて思 渺《びょう》茫。
斷雨 殘雲 往事を傷ましめ、落花 流水 時光を感ず。
波 秋氣を添えて潮聲壯んなり。樓 江心を蘸《ひた》して月色涼し。
此れは是れ昔年文物の地。荒城踈樹 人腸を惱ます。

錦繡山の前 錦繡堆《うずたか》し。江楓《ふう》 掩映《えん》す 古城の隈。
丁東 何れの處か秋砧《ちん》苦《くるし》き。欸乃 一聲 漁艇回《かえ》る。
老樹巖に倚りて薜荔緣えり。斷碑 草に横りて苺苔を惹く。
欄に凭れて語無く前事を傷む。月色 波聲 摠《すべ》て是れ哀し。

【注】

・寒螿…ひぐらし。
・斷雨殘雲…殢雨尤雲は男女の愛情をいう。斷雨殘雲はその逆で、恩愛が途絶え、喜びを續けていくことができないことの比喩。
・丁東…トントンと叩く音。溫庭筠・織綿詞「丁東細漏侵瓊瑟、影轉高梧月初出」
・秋砧…秋うつ砧の音。王維・送從弟蕃遊淮南「江城下楓葉、淮上聞秋砧」
・欸乃…櫓をこぐ音。柳宗元・漁翁「煙銷日出不見人、欸乃一聲山水綠」

【譯】

草の根のあたりでは、むせび泣くような音をたててヒグラシがなく。
ひとたび高いあずまやに上り、思いは遙か。
昔のよろこびは途絶えて心をいため
散りゆく花、流れゆく水に時の流れを感じる。
河の波は秋の氣配をただよわせて、さかんに波音をたてて流れ
樓は河面にうつり、月の色は清くすがすがしい。
ここは古に榮えた都。
今は荒れ果てた城跡やまばらな樹々が人の心を傷ましめる。

錦繡山の前には錦のような紅葉がつもるようにして重なり
河のほとりの楓の木から古城が見え隱れしている。
トントンと、どこからか聞こえてくる衣を打つ砧の音は面白くなく
ぎいことと櫓をこぐ音がして、漁船がかえって行く。
老木は力なく巖によりかかって蔦がからまり、
壞れた石碑は草むらによこたわって苔むしてしまった。
欄干にもたれてものも言わずに、昔のことを思い返せば
明るく照らす月の色も、波の音も、みないたましく感じるのだ。

【本文】

幾介踈星點玉京。銀河清淺月分明。
方知好事皆虛事。難卜他生遇此生。
醽醁一樽宜取醉。風塵三尺莫嬰情。
英雄萬古成塵土。世上空餘身後名。

夜如何其夜向闌。女墻殘月正團團。
君今自是兩塵隔。遇我却賭千日歡。
江上瓊樓人欲散。階前玉樹露初溥。
欲知此後相逢處。桃熟蓬丘碧海乾。

【校勘】

○介踈…明本「个踈」、諸本は「介」につくるが明治本に従って「个」に改む。

【書き下し】

幾个《いくつかの》踈星　玉京に點する。銀河清淺　月分明たり。
方に知る　好事皆な虛事なることを。卜しめ難し　他の生　此の生に遇うことを。

醽醁《れいりよく》 一樽 宜しく醉を取るべし。 風塵三尺 情に嬰《かか》ること莫し。
英雄 萬古 塵土と成る。 世上 空しく餘す身後の名。

夜如何ぞや其の夜闌《たけなわ》なるに向とす。 女墻の殘月 正に團團たり。
君今自ら是れ兩塵隔たる。 我に遇いて却て賭す千日の歡。
江上の瓊樓 人散ぜんと欲す。 階前の玉樹 露初めて溥《しげ》し。
此の後、相い逢う處を知らんと欲す。 桃 蓬丘に熟して碧海乾かん。

【注】

・玉京…帝都のこと。孟郊・長安旅情「玉京十二樓、峨峨倚青翠」

・他生遇此生…來世・現世。李商隱・馬嵬詩之二「海外徒聞更九州、他生未卜此生休」（次の未來生のどこで生まれ變わり、どこで逢瀬を重ねるかまだわからぬうちに、この現實での人世はおしまいになった）李商隱のこの詩も、もとは陳鴻の長恨歌傳を典據とするものである。「萬福寺樗蒲記」蓬島當時之約の注（十八頁）を參照。

・兩塵隔…道家では一世、一代を塵という。南唐・沈汾『續仙傳』「丁約謂韋子威曰、郎君得道、尚隔兩塵。子威問其故。答曰、儒謂之世、釋謂之却、道謂之塵」

・碧海…傳說中の海名。『海內十洲記』「扶桑在東海之東岸、岸直陸行、登岸一萬里、東復有碧海」

【譯】

いくつかのまばらな星が都の上にかかったことだろう。

天の川は清く淺く、月はくっきりと明るい。
このよき樂しみごとは、結局はみなそらごとであるということを知る。
未來で今生のように出逢うかどうかはわからない。
ならば美酒一樽、今宵は酔おうではないか。
塵が三尺積もって、塵まみれになろうとも氣にかけることなどない。
英雄ですらこの流れる時間の中ではすでに塵土となり
今はただ、むなしく死後に名を殘すのみである。

この夜をどうしよう。宴はまさに闌になろうとしている。
ひめがきにかかる夜明けの月は、まさに滿月。
あなたは自分で二人の間に隔てをつくっている。
ところが私に出逢い、千日の歡びを選んだ。
河の上の樓閣では人々が歸ろうとし、
きざはしの前の玉樹には、露がたくさんおりたばかり。
この後、私たちがふたたび出會う所が知りたいのでしょう。
桃は蓬萊山に熟しています。碧海は乾いて、蓬萊山に歩いていけることでしょう。

【本文】

生得詩且喜。猶恐其返也。欲以談話留之。問曰。不敢問姓氏族譜。娥噫而答曰。弱質殷王之裔。箕氏之女。我先祖實封于此。禮樂典刑。悉遵湯訓。以八條敎民。文物鮮華。千有餘年。一旦天步艱難。灾患奄至。先考敗績匹夫之手。遂失宗社。衛瞞乘時竊其寶位。而朝鮮之業墜矣。弱質顚蹶狼狽。欲守貞節。待死而已。忽有神人。撫我曰。

【校勘】

○狽…承本・明本「籍」

【書き下し】

生詩を得て且つ喜ぶ。猶お恐る其の返るを。談話を以て之を留めんと欲す。問いて曰く。敢て姓氏族譜を問わざらんや、と。娥噫して答えて曰く。弱質 殷王の裔にして、箕氏の女なり。我が先祖實に此に封ぜらる。禮樂典刑、悉く湯訓に遵《したが》う。八條を以て民を敎う。文物鮮華、千有餘年。一旦天步艱難にして、灾患奄《たちま》ち至る。先考匹夫の手に敗績して、遂に宗社を失う。衛瞞時に乘じて其の寶位を竊う。朝鮮の業墜ちん。弱質顚蹶《けつ》狼狽して貞節を守らんと欲す。死を待つのみ。忽《たちま》ち神人有り。我を撫して曰く。

【注】

・湯…湯王。殷王朝の開祖。

・八條教民…箕子が制定した八箇條の禁法。『漢書』巻二十八下　地理志「殷道衰、箕子去之朝鮮、教其民以禮義…（略）…相殺以當時償殺、相傷以穀償、相盜者男沒入爲其家奴、女子爲婢、欲自贖者、人五十萬…」、『後漢書』巻八十五　東夷列傳　濊傳「昔武王封箕子於朝鮮、箕子教以禮義田蠶、又制八條之教」

・天歩囏難…囏難は艱難。天の運行に支障のあること。轉じて、時運が悲運で艱難の多いこと。『詩經』小雅　白華「天歩艱難、之子不猶」

・先考…なくなった父。『禮記』曲禮下第二「生曰父、曰母、曰妻。死曰考、曰妣、曰嬪」

・衞瞞…衞滿、秦、燕の人。秦末、兵を起こして朝鮮を撃破し、國王箕準（箕子朝鮮最後の王・準王）をおいやり、自立して王となり、王險城（樂浪郡・浿水の東にあり）に都し、再傳して孫右渠に至り、漢の武帝に滅ぼされる。（『後漢書』巻八十五　東夷列傳、『魏志』巻三十）

・寶位…帝位をさす。『周易』繫辭下「聖人之大寶曰位、何以守位、曰仁」

【譯】

洪生は女の詩を得て喜んだ。それでも洪生は女が歸ってしまうことを恐れ、話をして女を引きとめようとした。洪生は女に問うて言った。

「なんとしても姓氏、素性をお尋ねしたい」

女は嘆息して言った。

「私は殷王の末裔で、箕子の娘なのです。私の先祖はもともとこの平壤の地に封ぜられました。國家の制度はすべて湯王の教えにならい、八か條の法を制定して、民を教え導きました。國は長い間、華やかに榮えたのですが、にわかに悲運に見舞われ、今は亡き父は、卑しい者によって大敗し、ついに國土と國家をうしなってしまいました。衞瞞は時に乗じて朝鮮國王の位を狙い、とうとう朝鮮は他人のものとなったのです。私はつまづきうろたえながらも　女子の貞節を守ろうとして、ただ死を待つだけの身でした。そこへ突然神人が現れ、私を慰めて言ったのです。

【本文】

我亦此國之鼻祖也。享國之後。入于海島爲仙。不死者已數千年。汝能隨我紫府玄都。逍遙娯樂乎。餘曰。諾。遂提携引我。至于所居。作別館以待之。餌我以玄洲不死之藥。服之累日。忽覺身輕氣健。磔磔然如有換骨焉。自是以後。逍遙九垓。儻佯六合。洞天福地。十洲三島。無不遊覽。一日秋天晃朗。玉宇澄明。月色如水。仰視蟾桂。飄然有遐擧之志。遂登月窟。入廣寒清虚之府。拜嫦娥於水晶宮裏。嫦娥以我貞靜能文。誘我曰。下土仙境。雖云福地。皆是風塵。豈如履青冥驂白鸞。挹清香於丹桂。服寒光於碧落。遨遊玉京。游泳銀河之勝也。

【校勘】

○佯…承本「住」　○島…承本「鳥」　○裏…承本・明本「裹」

【書き下し】

我は亦た此の國の鼻祖なり。享《きょう》國の後、海島に入りて仙と爲る。死なざるもの已に數千年。汝能く我に紫府玄都に隨いて、逍遙娯樂せんか、と。餘が曰く、諾、と。遂に提携して我を引きて、所居に至る。別館を作りて以て之を待す。我に餌するに玄洲不死の藥を以てす。之を服すること累日。忽ち身輕く氣健なることを覺ゆ。礫礫《たくたく》然として骨を換ること有るが如し。是れ自り以後、九垓に逍遙し、六合に儻佯《よう》す。洞天福地、十洲三島、遊覽せざるということ無し。一日秋天晃朗にして、玉宇澄明なり。月色水の如し。仰ぎて蟾桂《せんけい》を視て、飄然として遐《はるか》に擧るの志有り。遂に月窟に登りて、廣寒清虚の府に入りて、嫦娥を水晶宮裏に拜す。嫦娥の我が貞靜にして文を能くするを以て、我を誘いて曰く。下土の仙境、福地と云うと雖も、皆是れ風塵なり。豈に青冥を履みて白鸞を驂《そえうま》にし、清香を丹桂に挹《ひ》き、寒光を碧落に服し、玉京に遨遊し、銀河に游泳するの勝れるに如かんや、と。

【注】

・享國…國王として國を保つ、また君王在位の年數。『書經』無逸「肆中宗之享國、七十有五年」

・玄洲…北海にある島の名。『海内十洲記』「玄洲在北海中、戌亥之地、方七千二百里、去南岸三十六萬里、上有大玄都…」

・礫礫然…骨の音。『剪燈新話句解』太虚司法傳「大異方苦其長、不能自立、即願身矮一尺、群鬼又驅至石床上、如按麪之狀、極力一捺、骨節礫礫有聲、乃擁之起、果一尺矣」

・換骨…仙酒や金丹をのんで仙骨にかえること。（『太平廣記』巻第二十　王可交）

・九垓…天の果て、地の果て。九重の天下。『漢書』巻五十七下　司馬相如傳「上暢九垓、下泝八埏」（『文選』巻四十八　司馬相如　封禪文）

・六合…天地四方。天下。『莊子』齊物論第二「六合之外、聖人存而不論。六合之內、聖人論而不議」

・洞天福地…名山勝境の奥深くにあって、永生を得た神仙たちが安樂にすんでいると信じられたところ。十大洞天、三十六小洞天、七十二福地の合稱。（『雲笈七籤』巻二十七）

・十洲三島…傳說中の神仙が居住するというところ。仙境をいう。十洲は祖洲、瀛洲、玄洲、炎洲、長洲、元洲、流洲、生洲、鳳麟洲、聚窟洲、三島は蓬萊、方丈、瀛洲をいう。（『海内十洲記』）
・蟾桂…月宮にいるヒキガエルと桂。轉じて月をさす。李賀・巫山高「古祠近月蟾桂寒、椒花墮紅濕雲閒」
・廣寒清虛之府…唐の玄宗が八月十五日に道士らと空に上り、月中で遊んでいるときに大きな宮殿を見た。そこに掛かっていたたてふだには「廣寒清虛之府」とあった。月宮殿の意。（柳宗元『龍城錄』明皇夢游廣寒宮）
・下土…下界の大地。『詩經』國風　邶風　日月「日居月諸、照臨下土」
・白鸞…白色の鸞。白鸞車は仙人の乘る白鸞を駕した車。『海錄碎事』巻五　衣冠服用部　車門「道經太眞丈人登白鸞之車」
・丹桂…月中にあるという傳說の桂。また月をさす。
・碧落…天。蒼天。
・遨遊…遊ぶ。蘇軾・赤壁賦「挾飛仙遨遊、抱明月而長終」

【譯】

『私はこの國の始祖である。讓位して後、海島に入って仙人となった。そこでは不死となったものは、もう數千年も生きている。おまえさんも私について、仙宮に行き、自適して樂しむのはどうだね』といったので、私は『はい』と承諾したのでした。そこで神人は私の手をとって導いてゆき、仙宮にたどりつきました。そこでまた別に建物をたてて、私をもてなしてくださいました。神人は私に仙宮の不死の藥を與えて食べさせました。これを毎日服用すると、身が輕くなり、氣が充實してくるのがわかりました。骨も、ポキポキと音がして、仙骨にかわっていくようでした。それから後、天の果て、地の果てまで逍遙し、天下を渡り歩きました。天下の名山勝境はおろか仙境までも、遊覧しないところはありませんでした。ある晴れた秋の夜、樓は明るく美しく、月は水のように澄んでいました。私は月を見上げて、ふと天上に上がりたいと思う心を持ったのです。そこで月窟に行き、月宮に入って、水晶宮のうちで嫦娥さまに拝謁したのです。嫦娥さまは私がしとやかで節があり、文章も上手だと言って、私にこのようにすすめられたのです。『下界の仙境は、仙境といってもみな風塵のように儚く消え去ってしまうものです。どうして白鸞車にのって青空を驅け上がり、月で月桂の香りをかぎ、天上で月光をあび、天界であそんで銀河で遊泳する樂しみに勝れるというのでしょう』

【本文】

卽命爲香案。侍兒周旋左右。其樂不可勝言。忽於今宵作鄉井念。下顧蜉蝣。臨睨故鄉。物是人非。皓月掩烟塵之色。白露洗塊蘇之累。辭下淸霄。冉冉一降。拜于祖墓。又欲一玩江亭以暢情懷。適逢文士。一喜一赧。輒依瓊琚之章。敢展駑鈍之筆。非敢能言。聊以敍情耳。生再拜稽首曰。

【校勘】

○可勝…承本・明本「勝可」　○玩…明本「玧」　○敍…寬本「釵」

【書き下し】

卽ち命じて香案を爲《おさ》めしむ。侍兒左右に周旋す。其の樂しみ言うべきに勝えず。忽ち今宵に於て鄉井の念を作す。下りて蜉蝣を顧み、臨みて故郷を睨《み》る。物は是れ人に非ず。皓《こう》月烟塵の色に掩い、白露塊蘇の累を洗う。辭して清霄を下りて、冉冉として一たび降りて、祖墓を拜す。又た一たび江亭に玩《あそ》びて以て情懐を暢《の》べんと欲す。適《たま》ま文士に逢いて、一たびは喜び一たびは赧ず。輒ち瓊琚の章に依りて、敢て駑鈍の筆を展ぶ。敢て能言するに非ず。聊か以て情を敍ぶるのみ、と。生 再拜稽首して曰く。

【注】

・香案…仙界で香案を司る吏のことか。元稹・以州宅誇於樂天「我是香案吏、謫降居猶得住蓬萊」
・鄕井念…ふるさとを思う心。唐彥謙・緋桃「盡日更無鄕井念、此時何必見秦人」
・蜉蝣…かげろう。夏秋の間に出でて、朝生まれて暮れに死ぬという。人生の儚いことにたとえる。
・烟塵…兵馬の行きかうためにたつ塵やけむり。戰亂をいう。白居易・長恨歌「九重城闕煙塵生、千乘萬騎西南行」
・塊蘇…土くれとたきぎ（のような建物）。『列子』周穆王第三「王俯而見之、其宮榭、若累塊積蘇焉」（穆王が下界をのぞき見ると、自分の住んでいた宮殿は土くれの積み重ねか、塵の山のように見えた）
・瓊琚…よい贈り物をして好を通じる。『詩經』國風　衞風　木瓜「投我以木瓜、報之以瓊琚、匪報也、永以爲好也」

【譯】

そこで私に香案を管理するよう言いつけました。侍女たちがその周りを踊り、その樂しさは言葉にできないほどでした。しかし、今宵突然鄕愁の念をおこし、下界におりて、儚い世界である私の故郷をみおろしたのです。物は人間ではないはずなのに、あたかも人の心をうつすかの如き現象をみせ、明月は戰亂の土けむりにおおわれ、白露が土くれの積み重ねか、たきぎの山のような建物を洗い流すかのようでした。私はこの澄んだ天空を辭して下界に舞い降り、祖先の墓にまいりました。そしてこの江亭にやってきて、心のうちをのべようと思っていました。そこでたまたま文人のあなた様に出逢い、嬉しくもあり、はずかしくもあったのです。永く好みを通じるために、つまらない文ではありますがさし上げたいと思います。けして色々ともの申すつもりはありません。ただ少しばかりの心のうちを申し上げたいだけです」

洪生は再拝して、禮をして言った。

【本文】

下土愚昧。甘與草木同腐。豈意與王孫天女。敢望唱和乎。生卽於席前。一覽而記。又俯伏曰。愚昧宿障深厚。不能大嚼仙羞。何幸粗知字畫。稍解雲謠。眞一奇事也。四美難具。請復以江亭秋夜翫月爲題。押四十韻。敎我佳人頷之。濡筆一揮。雲煙相軋。走書卽賦曰。

【書き下し】

下土の愚昧、草木と同じく腐ることに甘んず。豈に意わんや王孫天女と、敢て唱和を望まんとは、と。生卽ち席前に於て、一覽して記す。又た俯伏して曰く。愚昧宿障深く厚し。大いに仙羞を嚼むこと能わず。何の幸あってか粗《ほ》ぼ字畫を知る。稍《ようや》く雲謠を解す。眞に一奇事なり。四美具え難し。請うらくは復た江亭秋夜に月を翫《めで》るを以て題と爲して、四十韻を押す。我が佳人をして之を頷《がん》ぜしめん、と。筆を濡らして一たび揮いて、雲煙相軋《あつ》す。書を走して卽ち賦して曰く。

【注】

・仙羞…仙界の飲食物。

・雲謠…穆天子が西王母のために瑤池の上で酒をささげ、西王母が穆天子のために歌った歌のこと。歌の始まりが「白雲在天、山陵自出」のため「白雲瑤」という。略して「雲瑤」という。(『穆天子傳』巻三)

・四美…良い時、美しい風景、景色をめでる心、樂しい事。謝靈運・擬魏太子鄴中集詩序「天下良辰美景、賞心樂事、四者難幷」

・雲煙…書畫の筆勢の躍動する形容。杜甫・飲中八仙歌「張旭三杯草聖傳、脱帽露頂王公前、揮毫落紙如雲煙」

【譯】

「下界の愚かな私めは、草木と同じように朽ちていくことが當たり前だと思っていたものを、どうして王孫の天女と詩を唱和することを願わないわけがありましょうか」

洪生はその席で少し考えてから詩を記した。そしてひれ伏して言った。

「この愚かな私めは、前世からの罪が深く重く、とても仙界の食べものさえもこなすことができません。どういうわけか文字を知っていたので、少しばかりあなた樣の歌を理解することができるのです。まったくすばらしいことです。今は四美をそなえることは難しいですけれど、どうかまたこの『秋夜の江亭で月をめでる』という題で四十韻の詩をつくり、あなたを頷かせたいと思います」

洪生は筆を墨にぬらして、さらさらと踊るような筆勢で、音もさせずになめらかに筆を運んだ。賦を作って、走り書きしていうには。

【本文】

月白江亭夜。長空玉露流。
清光蘸河漢。灝氣被梧楸。
皎潔三千界。嬋娟十二樓。
纖雲無半點。輕颯拭雙眸。
瀲灩隨流水。依俙送去舟。
能窺蓬戸隙。偏映荻花洲。
似聽霓裳奏。如看玉斧修。
蚌珠胚貝闕。犀暈倒閤浮。

【校勘】

○俙…承本・明本「稀」

【書き下し】

月は白し江亭の夜。長空　玉露流る。
清光　河漢を蘸《ひた》す。灝《こう》氣　梧楸に被る。
皎潔たり三千界。嬋娟たり十二樓。
纖雲　半點無し。輕颯　雙眸を拭う。

瀲灎 流水に随い、依俙として去舟を送る。
能く蓬戸の隙を窺い、偏に荻花洲を映す。
霓裳の奏ずるを聴くに似れり。玉斧の修するを看るが如し。
蚌《ぼう》珠貝闕《ばいけつ》に胚し、犀暈閻浮を倒す。

【注】

・三千界…三千大千世界。須彌山を中心として、七山八海を交互にめぐらし、更に鐵圍山を以て外郭となし、これを一小千世界と稱し、この一小世界を一千合わせたものを中千世界とし、中千世界を一千合わせたものを大千世界という。ありとあらゆる世界。數限りない世界。

・十二樓…十二の高樓。神話傳說中の仙人のいるところ。『史記』巻十二 孝武本紀第十二「方士有言、黃帝時爲五城十二樓、以候神人於執期、命曰迎年」

・蓬戸…よもぎで編んで作った戸。貧者の門。『禮記』儒行「儒有一畝之宮、環堵之室、篳門圭竇、蓬戸甕牖」、『莊子』讓王「原憲居魯、環堵之室、茨以生草、蓬戸不完」

・荻花洲…荻の花の茂っている洲。

・霓裳…舞曲の名。もと婆羅門曲で、唐時、西域地方に傳來していて、開元中（七一三～四一）、西涼の節度使・楊敬忠が玄宗に獻じたものを、玄宗が改作、潤色して霓裳羽衣と名づけたという。一説に玄宗が道士羅公遠に伴われて月宮に入り、聞くところの樂をうつしたものともいわれる。

・玉斧修…玉斧修月。唐太和中、鄭仁本のいとこが嵩山に遊び、道に迷ったところ、襆を枕にして眠っている人をみた。そこでその人に道を尋ねた。きみは月が七寶でできていることを知っているか。月の形勢は丸に似ており、その影は日によって發光されることが多い。凹處は常に八萬二千戸の人數が修理をしており、自分もその一人であると言い、斧やのみを見せてくれたという。(『酉陽雜俎』天呎)

・貝闕…河伯のいる龍宮水府をさす。貝でかざった城闕。『楚辭』九歌　河伯「魚鱗屋兮龍堂、紫貝闕兮朱宮」

・犀暈…傳說中の海獸。その角は塵をよけると考えられ、座席においたり、婦人の簪にしたりする。却塵犀ともいう。(『述異記』上)

・閻浮…閻浮提。意譯して穢という。我々の住むこの世。

【譯】

今宵、江亭に月は白く輝き、大空に玉の露のような星が流れる。

その淸らかな光は、天の川をひたし、天地の氣はたちこめて梧楸にかかっている。

白くけがれなき三千世界、仙人の居するという美しき十二の高樓。

空には雲ひとつなく、風が輕くふいて二つのまなこをなでてゆく。

きらめく波は河水にしたがい、去りゆく舟を見送っているようにみえ

よもぎの戸の隙閒から伺い見ると、ただ荻の花の茂る洲をうつしている。

霓裳羽衣の曲をかなでているのを聽くようであり、玉斧で月を修するのを見ているようだ。

眞珠は仙宮で育まれ、塵を拂うという辟塵犀の角で穢れのこの世界をうち倒す。

【本文】

願與知微翫。常從公遠游。
芒寒驚魏鵲。影射喘吳牛。
隱隱靑山郭。團團碧海陬。
共君開鑰匙。乘興上簾鉤。
李子停盃日。吳生斫桂秋。
素屛光粲爛。紈幄細雕鎪。
寶鏡磨初掛。冰輪駕不留。
金波何穆穆。銀漏正悠悠。

【書き下し】

願くは知微と翫《あそ》ばんことを。常に公遠に従いて游ぶ。
芒寒 魏鵲《じやく》を驚かし、影射 吳牛を喘す。
隱隱たり靑山の郭。團團たり碧海の陬《すう》。
君と共に鑰匙《やくし》を開く。興に乘じて簾鉤《こう》に上る。
李子 盃を停むる日。吳生 桂を斫《き》る秋。
素屛 光りて粲爛。紈幄《かんあく》 細かに雕 鎪《ちようしゆう》。
寶鏡 磨きて初めて掛く。冰輪 駕して留まらず。

金波　何ぞ穆穆たる。銀漏　正に悠悠たり。

【注】

・知微…唐の道士、趙知微。衡山の人。
・公遠…唐の道士、羅公遠。玄宗を月宮に案内した逸話がある。（『太平廣記』巻二十二　羅公遠）
・魏鵲…驚き飛び立つ烏鵲。曹操・短歌行「月明星稀、烏鵲南飛、繞樹三匝、何枝可依」
・影射…月光。
・呉牛…呉牛喘月。呉の地の牛は暑いことをおそれ、月をみても太陽と思って喘ぐ。（『世説新語』言語第二、『太平御覧』巻四）
・簾鉤…すだれかけ。簾を巻いてかけておくもの。王昌齢・青樓怨「腸斷關山不解說、依依殘月下簾鉤」
・李子停盃日…李白・把酒問月「靑天有月來幾時、我今停盃一問之」
・呉生斫桂秋…呉剛。漢・西河の人。神仙術をならったが、過失により月に流され、桂の木を切らされているという故事。（『酉陽雑俎』天咫）
・寶鏡…日月のたとえ。
・金波…月の光。つきかげ。月光。『漢書』巻二十二　禮樂志・郊祀歌・天門「月穆穆以金波、日華燿以宣明」
・銀漏…金でかざった水時計。

【譯】

願わくば知微と月をめで、公遠について月宮に遊びに行きたいものだ。

この寒さは魏鵲を驚かせ、月光は呉の牛をあえがせるほど明るい。

青山の端はぼんやりとして、まるく碧い海をとりかこむ。

あなたとともに鍵を開き、清らかな興に乗じて簾かけのような月に上る。

李白は酒を飲む手を止め、呉生は桂の木を切る秋の日。

白絹の屛風は光り輝き、白ぎぬのとばりには細やかな彫刻がほどこしてある。

太陽は輝いてはじめて空にかかり、月は空にのぼってはまたたく間にしずんでゆく。

月の光はなんとゆったりしたことか。金で飾った水時計が、ゆっくりと時をきざんでゆく。


【本文】


拔劍娭螟斫。張羅娩兎罦。

天衢新雨霽。石逕淡煙收。

檻壓千章木。階臨萬丈湫。

關河誰失路。鄕國幸逢儔。

桃李相投報。罍觴可獻酬。

好詩爭刻燭。美酒剩添籌。

爐爆烏銀片。鐺飜蟹眼漚。

龍涎飛睡鴨。瓊液滿瓔甌。

【書き下し】

劔を抜きて妖蟆斫《き》る。羅を張りて⿰夋兔《しゅん》罦《ふ》す。
天衢の新雨 霽れ、石逕の淡煙 收まる。
檻は千章の木を壓し、階は萬丈湫《しゅう》に臨む。
關河 誰か路を失うも、鄉國 幸に儔《ちゅう》に遇う。
桃李 相い投じ報ゆ。罍觴 獻酬すべし。
好詩 爭いて燭を刻み、美酒 剩《あま》つさえ籌《ちゅう》を添う。
爐には烏銀片を爆《や》き、鐺《とう》には蟹眼《かいがん》の漚《おう》を翻す。
龍涎 睡鴨飛ばし、瓊《けい》液 甖甌《えいおう》に滿つ。

【注】

・妖蟆…蝦蟆。傳說中の月中蟾蜍、または月のこと。盧仝・月蝕詩「臣心有鐵一寸、可刳妖蟆癡腸」
・天衢…天の道。天道。
・刻燭…蠟燭にきだを刻んで時間を驗する。『南史』巻五十九　王僧孺傳「竟陵王子良嘗夜集學士、刻燭爲詩、四韻者則刻一寸、以此爲率」
・添籌…海屋籌添。宋・蘇軾『東坡志林』三老語「嘗有三老人相遇、或問之年、…（略）…一人曰『海水變桑田時、吾輒下一籌、爾來吾籌已滿十間屋』」もとは長壽の意味。
・烏銀…炭の異名。
・蟹眼…湯の沸き立つ時、小さい泡が立つ程度のことをいう。泡が蟹の目に似るからいう。

・龍涎…マッコウクジラの病胃の分泌物。高級香料。

・瘻甌…木のふしこぶでつくった盃のことか。

【譯】


剣を抜いて娭蟆をきり、網をはって兎をつかまえる。

山にかかっている高いところの空に今雨は晴れて、石疊の小道にかすみは晴れた。

欄干の下には多くの木々があり、きざはしは深い池の前にある。

邊境の地で誰かが道をうしなったが、幸にもふるさとで朋友に出會うことができた。

桃と李を互いに與えあうように、酒盃をやりとりしよう。

良い詩をやりとりしていると、時をたつのも忘れさせ、そのうえ美酒は長壽のおもいをそえてくれる。

爐では炭をやき、鼎には湯が沸いてぶくぶくと泡を飛ばす。

睡鴨の香爐からは龍涎香の煙が流れ出で、美酒は盃にあふれる。


【本文】


鳴鶴孤松警。啼螿四壁愁。

胡床殷庾話。晉渚謝袁遊。

彷彿荒城在。蕭森草樹稠。

青楓搖湛湛。黃葦冷颼颼。
仙境乹坤闊。塵閒甲子遒。
故宮禾黍穗。野廟梓桑樛。
芳臭遺殘碣。興亡問泛鷗。
纖阿常仄滿。累塊幾蜉蝣。

【校勘】
○警…明本「驚」　○庾…明本「瘦」　○乹…承本・明本「乾」

【書き下し】
鳴鶴　孤松に警す。啼螿《しょう》　四壁に愁う。
胡床　殷庾が話。晉渚《しょ》　謝袁が遊。
彷彿として荒城在り。蕭森として草樹稠《しげ》し。
青楓　搖れて湛湛《たんたん》。黃葦《い》　冷して颼《しゅう》颼《しゅう》。
仙境乹坤闊し、　塵閒甲子遒《すみや》かなり。
故宮禾黍《かしょ》穗あり。　野廟梓《し》桑樛《つい》ゆ。
芳臭殘碣《けつ》に遺《のこ》り、　興亡泛《はん》鷗に問う。
纖阿　常に仄《そく》滿。　累塊幾《ほとん》ど蜉蝣す。

【注】

・鳴鶴…なく鶴。『周易』中孚「鳴鶴在陰、其子和之」

・禾黍…イネときび。『詩經』國風　王風　黍離「黍離、閔宗周也。周大夫行役至於宗周、過故宗病、宮室盡爲禾黍」

もと王都だったところが、すっかり黍畑となってしまったことを悲しんだ歌。

・泛鷗…浮かぶ鷗。ただよって定まらないたとえ。

・纖阿…月の御者。『史記』巻百十七　司馬相如傳「陽子驂乘、纖阿爲御」

【譯】

鶴は悲しげに孤松にむかって鳴き、四壁にはかなしげに蟬がなく。

胡床に坐り、殷庾の話や、晉渚の謝遠が遊んだ話をする。

昔華やかであったまちも荒れ果て、そのあとにはもの寂しく、草木がひっそり茂っているだけだ。

風に吹かれて青葉の楓は湛湛と搖れ、黃葦は冷たくなっている。

天上界の天地は廣々として、人間界の年月はすみやかに過ぎるばかり。

華やかなりし宮殿には稻や黍が生え、野廟には梓桑が生えて荒れ放題。

當時の華やかさは碑に刻まれてのこっているだけで、昔年の興亡のさまを泛鷗に問うてみる。

月はいつもまるく、土くれのようにちっぽけな、はかないこの世を照らしている。

【本文】

行殿爲僧舍。前王葬虎丘。
螢燐隔幔小。鬼火傍林幽。
吊古多垂涙。傷今自買憂。
檀君餘木覓。箕邑只溝婁。
窟有騏驎跡。原逢肅愼鏃。
蘭香還紫府。織女駕蒼虬。
文士停花筆。仙娥罷坎堠。
曲終人欲散。風靜櫓聲柔。

【校勘】

○吊…承本・明本「弔」

【書き下し】

行殿僧舍と爲り、前王虎丘に葬る。
螢燐幔《ばん》を隔てて小さきに、鬼火林に傍《そ》いて幽なり。
古を吊して多く涙を垂し、今を傷みて自《みずか》ら憂いを買う。
檀君は木覓に餘り、箕邑は只だ溝婁。

窟に騏驎の跡有り。原　肅愼が鍭《こう》に逢う。
蘭香紫府に還り、織女蒼虬《きゅう》に駕す。
文士花筆を停め、仙娥坎堠を罷む。
曲終わりて人散ぜんと欲す。風靜にして櫓聲柔なり。

【注】

・前王葬虎丘…虎丘は山名。一名、海湧山。闔廬（春秋・吳の王）をここに葬ると、三日にして白虎がこの上に座したゆえに虎丘と名づく。江蘇省吳縣の西北。唐のとき太祖の諱を避けて武丘と改めたが、舊に復した。蘇州の勝地。（『越絕書』卷第二　越絕外傳記吳地傳第三）
・買憂…心配を求める。求めて心配する。孟郊・觀種樹「胡爲好奇者、無事自買憂」
・木覓…木覓山。府東四里にあり。
・溝婁…古代高句麗國の城名。『魏志』卷三十　高句麗傳「溝婁者、句麗名城也」
・騏驎跡…騏驎窟の注參照。
・肅愼鍭…春秋戰國時代、北夷の一種。また息愼・稷愼・靺鞨ともいった。周の武王が殷に勝ったのち、道を未開の地まで通じ、各々その地方の產物を朝貢させ、その威德が遠國をも來朝させたことを示す。肅愼氏は矢じりを獻上した。（『國語』魯語下）
・蘭香還紫府…仙女である杜蘭香と張碩の故事。（『搜神記』卷一「杜蘭香」）
・坎堠…樂器の名前。箜篌。空侯。

【譯】


行宮は寺となり、一世を風靡した前王の闔廬は虎丘に葬られ、その華やかなあともない。

螢の火はとばりのむこうで小さく輝き、たましいは林のそばに、かすかに浮かんでいる。

昔を悲しんでは多く涙を流し、今を傷んでは自ら憂いをよんでいる。

以前は榮えた檀君ののこる木覓山、箕子のみやこの溝婁。

東明王がのって天に旅立った麒麟の足跡が洞窟に残り、原野には肅愼の矢が落ちており、昔の威徳を偲ばせる。

杜蘭香は仙界に歸り、織女は青い龍にのって空にかえる。

文人は筆をおき、仙娥は坎堠をひくのをやめる。

美しい調べはついにおわり、人はみな歸ろうとしている。風は靜かに吹き、櫓を動かす音だけがやわらかに聞こえてくる。


【本文】

寫訖。擲筆淩空而逝。莫測所之。將歸。使侍兒傳命曰。帝命有嚴。將驂白鸞。淸話未盡。愴我中情。俄而回飆捲地。吹倒生座。掠詩而去。亦不知所之。蓋不使異話傳播人閒也。生惺然而立。藐爾而思。似夢非夢。似眞非眞。倚闌注想。盡記其語。因念奇遇。而未盡情欵。乃追懷以吟曰。

【書き下し】

寫し訖りて、筆を擲ちて空を凌《しの》ぎて逝く。之く所を測ること莫し。將に歸らんとするとき、侍兒をして命を傳えしめて曰く。帝命嚴有り。將《は》た白鸞を駿にす。淸話未だ盡きず、我が中情を愴む、と。俄にして回飆《しゅう》地を捲き、吹きて生が座を倒す。詩を掠めて去る。亦た之く所を知らず。蓋し異話を人閒に傳播せしめざらんとするなり。生惺然として立つ。藐爾《ばくじ》として思う。夢に似て夢に非ず。眞に似て眞に非ず。闌に倚りて注想して、盡く其の語を記す。因りて奇遇を念いて、未だ情欵を盡さず。乃ち追懷して以て吟じて曰く。

【注】

・惺然…精神の明らかなさま。『剪燈新話』三山福地志「自實食訖、惺然明悟」

【譯】

書きおわると筆を置き、空をこえてかえっていった。その行き先は、どこであるかわからなかった。女がちょうど空に歸ろうとしていたとき、侍女に傳言を賴んでいった。

「天帝の命令は嚴しいのです。私は白鸞をそえうまにして天に歸ります。淸らかな樂しいお話はつきないのに、心から殘念に思っています」

突然、つむじ風が地をまき上げて吹き、洪生が坐っていた座をひっくり返し、書いた詩を掠め取っていってしまった。そしてその紙の行方はわからなかった。思うに、この仙女との不思議な物語が人閒界に傳わるのを止めようとしたのだろう。洪生は惺然と悟って立ち上がり、はるか想いをめぐらせた。夢のようでいて夢ではなく、眞のようで眞ではなかったかと。欄干にもたれかかり、今までのできごとに想いを馳せながら、女とのやりとりを全て記した。そして女と出あえた奇妙な縁を思った。まだ樂しみをつくしてはいないことを思い、そこで女と出あったことを追想して吟じていうには。

【本文】

雲雨陽臺一夢閒。何年重見玉簫環。

江波縱是無情物。嗚咽哀鳴下別灣。

【書き下し】

雲雨陽臺一夢の閒。何れの年か重ねて見ん 玉簫環。

江波縱《たと》い是れ無情の物なるも、嗚咽哀鳴して別灣を下る。

【注】

・哀鳴…悲しみなく。鳥の悲しい鳴き聲。『詩經』小雅　鴻鴈之什　鴻鴈「鴻鴈于飛、哀鳴嗷嗷」

【譯】

高唐觀の雲雨、陽臺でのひと時の夢。

いつか再び出逢えるでしょうか。

江の波は情のないはずのものであるけれど
今はまるで泣くように、あなたと別れたあの灣に流れてゆく。

【本文】

吟訖。四盼山寺鍾鳴。水村鷄唱。月隱城西。明星嘒嘒。但聽鼠啾于庭。虫鳴于座。悄然而悲。肅然而恐。愴乎其不可留也。返而登舟。怏怏鬱鬱。抵于故岸。同伴競問曰。昨宵托宿甚處。生紿曰。昨夜把竿乘月。至長慶門外。朝天石畔。欲釣錦鱗。會夜涼水寒。不得一鮒。何恨如之。同伴亦不之疑也。

【書き下し】

吟じ訖りて、四盼《しべん》すれば山寺鍾鳴り、水村鷄唱う。月城西に隱れ、明星嘒嘒《けいけい》たり。但だ鼠の庭に啾し、虫座に鳴くを聽くのみ。悄然として悲しみ、肅《しゅく》然として恐る。愴乎として其れ留るべからざるなり。返りて舟に登る。怏怏鬱鬱として、故岸に抵《いた》る。同伴競い問いて曰く。昨宵宿を甚《いず》れの處にか托《つ》く、と。生紿《あざむ》いて曰く。昨夜竿を把りて月に乘じて、長慶門外、朝天石の畔に至る。錦鱗を釣らんと欲するも、夜涼しく水寒きに會いて、一鮒《ふ》をも得ず。何の恨みか之に如《しか》ん、と。同伴亦た之を疑わざるなり。

【注】

・嘒嘒…星の光が小さく、明るく輝いていることの形容。

・悄然…うれい悲しむさま。ものさびしいさま。白居易・長恨歌「夕殿螢飛思悄然、孤燈挑盡未成眠」
・怏怏…うらむさま。不満で樂しまぬさま。不服のさま。
・長慶門…平壌城内城の東北にある門。
・錦鱗…錦鱗魚。鱖魚。當時平壌地方でとれた魚。

【譯】

吟じ終わって四方をみわたすと、山寺の鐘がなり、村里では鶏がないていた。月は城の西にかくれ、明けの明星は小さく輝いていた。鼠は庭でなき、虫が座敷で鳴いているのが聞こえるだけだった。洪生は愁い悲しみ、また恐ろしくもあってその場にじっととどまることができなかった。洪生は舟にもどり、愁いにみちて、鬱々としつつ、もといた岸にたどりついた。友人たちが先を争って洪生にきいてきた。

「昨日の晩はどこに宿をとったんだい」

洪生は嘘をついていった。

「昨日は月夜に乗じて、竿を持って、長慶門の外の朝天石のほとりに行ったんだよ。錦鱗魚を釣ろうと思ったのだが、夜は涼しいし、水も冷たかったので、鮒一匹も釣れなかった。これほどばかばかしいことはないよ」

友人たちはこの言を信じて疑わなかった。

【本文】

其後生念娥。得勞瘵尫羸之疾。先抵于家。精神恍惚。言語無常。展轉在床。久而不愈。生一日夢見淡妝美人。來告曰。主母奏于上皇。上皇惜其才。使隷河鼓幕下爲從事。上帝敕汝。其可避乎。生驚覺。命家人沐浴。更衣焚香。掃地鋪席于庭。支頤暫臥。奄然而逝。卽九月望日也。殯之數日。顏色不變。人以爲遇仙屍解云。

【校勘】

○鋪…明本「舗」

【書き下し】

其の後　生娥を念いて、勞瘵尫羸《るい》の疾を得たり。先ず家に抵《いた》る。精神恍惚として、言語常無し。展轉として床に在り。久しくして愈えず。生一日夢に淡妝美人を見る。來りて告げて曰く。主母上皇に奏す。上皇其の才を惜しむ。河鼓幕下に隷して從事爲らしむ。上帝汝に敕《みことのり》す。其れ避くべけんや、と。生驚き覺めん。家人に命じて沐浴し、衣を更《か》え香を焚き、地を掃《はら》い席を庭に鋪く。頤を支えて暫く臥して、奄然として逝く。卽ち九月望日なり。之を殯すること數日。顏色變らず。人以て仙に遇いて屍解すと爲すと云う。

【注】

・勞瘵…肺病。勞咳の異稱。

・河鼓…牽牛星。
・奄然…にわかなさま。『後漢書』巻二十六　侯覇傳「未及爵命、奄然而終。嗚呼哀哉」
・屍解…神仙の死をいう。仙術を心得たものが身體をのこして魂魄だけ抜け去る術。神仙の化去すること。

【譯】


その後、洪生は女を想うあまり、肺を患いやせ衰えてしまった。まず家に歸りついたのだが、精神は朦朧として、おかしなことばかりいう有様。床についてはごろごろと寝返りをうつばかりで、病は長い間治らなかった。ある日洪生は淡く着飾った美人の夢を見た。その美人が夢のなかでこう言った。

「ご主人様が天帝にあなた様のことを上奏されました。天帝はあなた様の才能を非常に惜しまれ、牽牛星の幕下に属させて従事とせよ、と命を下されました。これは辭退することができません」

洪生は驚いて夢からさめた。それから家の者に命じて、沐浴し、衣を着替え、香をたきしめて、周りを掃除した。そして庭に敷物をしいて、座席をととのえた。あごを支えて瞑想し、しばらく臥したかとおもうと、急に死んでしまった。その日はちょうど九月十五日であった。洪生をかりもがりして數日たったが、顔色は變わらず、生きているようであった。人々は洪生が神仙にであったため、自身も屍解して仙となったのだと言った。

南炎浮州志

【本文】

成化初。慶州有朴生者。以儒業自勉。常補大學館不得登。一試常怏怏有憾。而意氣高邁。見勢不屈。人以爲驕俠。然對人接話。淳愿愨厚。一鄕稱之。生嘗疑浮屠巫覡鬼神之說。猶豫未決。旣而質之中庸。參之易辭。自負不疑。而以淳厚。故與浮屠交。如韓之顚。柳之巽者。不過二三人。浮屠亦以文士交。如遠之宗雷。遁之王謝。爲莫逆友。一日因浮屠問天堂地獄之說。復疑云。天地一陰陽耳。那有天地之外更有天地。必詖辭也。問之浮屠。浮屠亦不能決答。而以罪福響應之說答之。生亦不能心服也。常著一理論。以自警。蓋不爲他岐所惑。其略曰。

【書き下し】

成化の初め、慶州に朴生という者有り。儒業を以て自ら勉む。常《かつ》て大學館に補せらるるも登ることを得ず。一たび試《もちい》られて常に怏怏として憾《うら》むること有り。而れども意氣高邁なり。勢を見て屈せず。人以て驕俠と爲す。然れども人に對して話を接す。淳愿愨《かく》厚なり。一鄕之を稱す。生嘗て浮屠 巫覡《げき》 鬼神の說を疑いて、猶豫して未だ決せず。既にして之を中庸に質《ただ》し、之を易辭に參じて、自負して疑わず。而れども淳厚を以ての故に浮屠と交わる。韓が顚、柳が巽《そん》の如き者、二三人に過ぎず。浮屠も亦た文士と以《とも》に交わること、遠が宗雷、遁が王謝の如し。莫逆の友と爲す。一日浮屠に因りて天堂地獄の說を問う。復た疑いて云く、天地一に陰陽のみ。那《なん》ぞ天地有るの外、更に天地有らん。必ず詖《ひ》辭なり、と。之を浮屠に問うに、浮屠も亦た決し答うること能わず。罪福響《ひびき》のごときに應ずるの說を以て之に答う。生亦た心服すること能わざるなり。常に一理論を著して、以て自ら警《いまし》む。蓋し他岐の爲に惑わされず。其の略に曰く。

【注】

・成化…一四六五（李朝世祖十一）～一四八七（李朝成祖十八）年。
・慶州…新羅の古都。もとは雞林といったが高麗太祖十八（九三五）年に慶州とした。
・大學館…朝鮮時代の成均館の別稱。
・浮屠…佛をいう。佛陀。
・巫覡…女みこと男みこ。『周禮』春官・家宗人「凡以神仕者」
・鬼神…天地創造の神。造化玄妙の理『中庸』「子曰、鬼神之德、其盛矣乎」
・中庸…『禮記』の篇名。中庸の道を述べる。（『禮記』中庸）
・易辭…易の繫辭篇。
・韓之顚…韓愈と大顚。大顚は唐の僧。姓は楊氏。初め羅浮山に居り、後潮陽の靈山に居る。韓愈と往來する。（韓愈・與孟尙書書）「潮州時有一老僧、號大顚、頗聰明識道理」韓愈（七六六～八二四）、字は退之。貞元八（七九二）年進士に及第。唐宋八家の一人で古文復興をとなえた。

・柳之巽…柳宗元と重巽。柳宗元（七七三〜八一九）、字は子厚。貞元九（七九三）年進士に及第。韓愈とともに韓柳と並び稱される。古文運動の功勞者で唐宋八家の一人。重巽は唐の僧。湘西から叔父中丞の所に赴くとき、柳宗元が序をつくって贈ったという。（『佛祖歴代通載』巻第十五）

・遠之宗雷…南朝・慧遠と宋炳、雷次宗。慧遠（三三四〜四一七）、雁門樓煩の人。道安の門下。廬山の東林寺に住し、念佛結社をつくる。六經、老莊に精通した。宋炳、字は少文。南陽涅陽の人。山水を好み遠遊を愛し、衡山に隠棲する。雷次宗（三八六〜四四八）、字は仲倫。わかくして廬山に入り慧遠に學ぶ。三禮、毛詩にあかるかった。

・遁之王謝…支遁と王羲之・謝安。支遁は晉の高僧。字は道林。老莊に通じ、隷書をよくした。王羲之は東晉の琅邪臨沂（山東省）の人。字は逸少。詩書に長じる。蘭亭集序が有名。永和九年、會稽山の蘭亭に謝安など當時の名士をまねいて宴をひらいた。謝安、字は安石。行書をよくする。

・莫逆友…互いに逆らうことのない親友。互いに意氣の投合した友。『莊子』大宗師「四人相視而笑、莫逆于心、遂相與爲友」

・詖辭…かたよった言葉。『孟子』公孫丑上「詖辭知其所蔽」

【譯】

成化年間の初め、慶州に朴生というものがいた。儒學に勵み、かつては大學館に入學が許可されていたにもかかわらず、科擧には受からなかった。いちどは官職についたのだが、いつも滿足せず、けれども志は高くもっていた。勢力のあるものにも屈さなかったので、人々は朴生のその態度を驕り高ぶった生意氣な者だといっていた。しかし話をしてみれば、朴生は人の話をよく聞き、素朴で愼み深く誠實な人柄であった。村の者は朴生をほめたたえた。朴生は以前、僧侶や巫女、鬼神の話を疑い、どの說がもっとも正しいか決めかねていた。そこで、中庸を參考にし、易の繫辭傳を參考にして、儒家としての自分の立場をあきらかにして儒教がすぐれていると自負していた。しかしおだやかな性格であったので、それで僧侶とは交流をもっていた。昔、韓愈と大顚、柳宗元と重巽のように僧侶と交わって親密な關係を築いた文士はわずか二、三人ほどであった。僧侶のほうもまた文人と交流をもち、慧遠と雷次宗・宋炳、支遁と王羲之・謝安のような深い交わりをもった。それと同じように朴生と僧侶も、互いに意氣投合した數少ない親密な友人となったのであった。ある日、朴生は僧に天堂地獄のことについて問い、また迷いをもって聞いた。

「世界は一つで陰陽だけがある。どうしてこの世界の外に別の世界があろうか。それはきっといつわりであろう」

このことを僧にたずねてみたのだが、僧も心を決めかねて答えられなかった。ただ

「罪福は音が響いて返ってくるようなものだよ」

といって答えた。朴生は心から信ずることができなかった。そこでいつも彼は自分の理論をもって自分を戒め、他のものに惑わされなかった。その大略によるとこうである。

【本文】

常聞。天下之理一而已矣。一者何。無二致也。理者何。性而已矣。性者何。天之所命也。天以陰陽五行。化生萬物。氣以成形。理亦賦焉。所謂理者。於日用事物上。各有條理。語父子則極其親。語君臣則極其義。以至夫婦長幼。莫不各有當行之路。是則所謂道。而理之具於吾心者也。循其理則無適而不安。逆其理而拂性則菑逮。窮理盡性。究此者也。格物致知。格此者也。蓋人之生。莫不有是心。亦莫不具是性。而天下之物。亦莫不有是理。以心之虛靈。循性之固然。卽物而窮理。因事而推源。以求至乎其極。則天

下之理。無不著現明顯。而理之至極者。莫不森於方寸之內矣。以是而推之。天下國家。無不包括。無不該合。參諸天地而不悖。質諸鬼神而不惑。歷之古今而不墜。儒者之事。止於此而已矣。天下豈有二理哉。彼異端之說。吾不足信也。

【書き下し】

常《かつ》て聞く、天下の理一のみ。一は何ぞ、二致無し。理は何ぞ、性のみなり。性は何ぞ、天の命ずる所なり。天陰陽五行を以て、萬物を化生す。氣以て形を成し、理亦た賦《くば》る。所謂理は、日用事物の上に於て、各の條理有り。父子を語るときは則ち其の親を極む。君臣を語るときは則ち其の義を極む。以て夫婦長幼に至るまで、各の當に行うべきの路有らざるということ莫し。是れ則ち所謂道にして、理の吾が心に具うる者なり。其の理に循うときは則ち適《ゆ》くとして安からずということ無し。其の理に逆いて性に拂《もと》るときは則ち菑《わざわい》逮《いた》る。理を窮めて性を盡すとは、此を究むる者なり。物を格し知を致すとは、此に格《いた》る者なり。蓋し人の生、是の心有らざるということ莫し。亦た是の性を具えざるということ莫し。而して天下の物、亦た是の理有らざるということ莫し。心の虚靈を以て、性の固然に循い、物に卽して理を窮め、事に因りて源を推し、以て其の極に至ることを求むるときは、則ち天下の理、著現明顯ならずということ無し。而して理の至極なる者、方寸の內に森たらずということ莫し。是を以て之を推すに、天下國家、包括せざる無く、該合せざる無し。諸《これ》を天地に參《まじ》えて悖《もと》らず、諸《これ》を鬼神に質《ただ》して惑わず、之を古今に歴《れき》して墜ちず。儒者の事、此に止むのみ。天下豈に二理有らんや。彼の異端の說、吾信ずるに足らざるなり、と。

【注】

・二致…二つの旨趣。

・化生…天地、陰陽、または男女の精が合して一つとなり、そこから新しいものが生まれ出ること。『周易』繫辭下「男女構精、萬物化生」、『淮南子』泰族訓「化生萬物」

・格物…格物致知。大學の八條目の格物と致知。事物の理をきわめること。

・虛靈…虛靈不昧。私心なく靈妙で一切わからないところがない。虛は空で寂然として動かないこと。靈は神で感じて遂げ通じること。心の體用を形容した語。

・參諸天地而不悖。質諸鬼神而不惑…『中庸』「建諸天地而不悖、質諸鬼神而無疑」（君子が王者として道をしく方法は、誠をきわめて廣大な天地の道に照らしてもそむくことがなく、鬼神にあかしをとってもやましいことがない）

【譯】

「以前このようにきいた。天下の理は一つである。一つとは何か、二つとないことである。理とはどういうことか。それは性だけである。性とは何か。天が命ずる所である。天は陰陽五行によって萬物を生成する。氣をもちいて形をつくり、理がさずけられる。いわゆる理とは、日用の事物の上にあって、それぞれすじ道がある。父子をいうときは親を最上とし、君臣のことをいうときは義を最上とする。そして夫婦長幼に至るまで、それぞれ行うべき道が必ずある。それがすなわち道であって、理が心にそなわっている者である。その理に從うときは、何事も穩やかにすすんでゆくが、理に逆らって性にそむく時は災いが及ぶ。理をつきつめて性をつくすというのは、それをきわめる者である。物をいたし、知をいたす、すなわち事物の理をきわめ知識を深くするというのはここにいたる者のことである。そもそも人の生に是の心があり、また是の性を必ずもっている。であるから、天下の事物にも必ず是の理がある。心の虛靈をもって、性の本來のままの姿にしたがい、事物そのものについて考え求めるときは、すなわち天下の理が必ず明らかになるのである。そして理をつきつめたものは、きっと心の内にさかんに思うことだろう。是をもってこれをおしはかってみるに、天下の國家が一つにならないことはなく、みな必ず一つになるものである。このような道理は天地の道理にもとることもなく、鬼神に問いただしてみても何も惑うべきものはない。古今の歴史の眞實から外れることもない。儒者のことは全てこの中に含まれている。どうして天下に二つの道理があろうはずがない。彼の異端の説というものは、全く信ずるに足りぬものである」

【本文】

一日。於所居室中。夜挑燈讀易。攴枕假寢。忽到一國。乃洋海中一島嶼也。其地無草木沙礫。所履非銅則鐵也。晝則烈焰亘天。大地融冶。夜則凄風自西砭人肌骨。吒波不勝。又有鐵崖如城。緣于海濵。只有一鐵門宏壯。關鍵甚固。守門者。喙牙獰惡。執戈鎚以防外物。其中居民。以鐵爲室。晝則焦爛。夜則凍裂。唯朝暮蠢蠢。似有笑語之狀。而亦不甚苦也。生驚愕逡巡。守門者喚之。生遑遽不能違命。踧踖而進。守門者。竪戈而問曰。子何如人也。

【校勘】

○喙…承本「啄」　○裂…承本・明本「烈」

【書き下し】

一日、居る所の室中に於て、夜燈を挑《かか》げ易を讀む。枕を支え假寢して、忽ち一國に到る。乃ち洋海の中の一島嶼《しょ》なり。其の地草木沙礫無し、履む所銅に非ざれば則ち鐵なり。晝は則ち烈焰天に亘《わた》り、大地融治す。夜は則ち凄風西自りして人の肌骨に砭《いしばり》す。吒《た》波するに勝えず。又た鐵崖城の如くなる有り。海濵に緣り、只だ一鐵門の宏壯なる有り。關鍵甚だ固し。門を守る者、喙牙《かいが》獰《どう》惡なり。戈鎚《かつい》を執りて以て外物を防ぐ。其の中の居民、鐵を以て室と爲し、晝は則ち焦爛し、夜は則ち凍裂す。唯だ朝暮蠢蠢《しゅんしゅん》として、笑語の狀《かたち》に有りて亦た甚だしくは苦からざるに似たり。生驚愕して逡巡す。守門の者之を喚ぶ。生逡遽《こうきょ》として命に違うこと能わず。跼踏して進む。守門の者、戈を竪《たて》にして問いて曰く、子は何如なる人か、と。

【譯】

ある日の夜のこと、部屋で明かりをつけて易を讀んでいた。枕にもたれて假寢していると、突然一國についた。そこは海の中の一島であった。島には草も木も砂もなく、地面は銅ではなく鐵である。晝間ははげしい炎が天まで燃え盛り、鐵の大地は溶けてしまう。夜ははげしい風が西から吹いてきて、人の骨までつきささるほどの寒さである。慨嘆するにたえなかった。また鐵の崖が城のようになっているものがあった。濱邊にそっていて、廣くて立派な鐵の門が一つあり、しっかりと鍵で閉められていた。門を守るものは口が大きく獰猛で、矛と鎚をもって外からの侵入を防いでいた。城内の住民は鐵の家に住み、晝は熱さでやけただれ、夜は冷たい風によって凍り裂ける。しかし朝の早い時間と夕暮には人がなんとなく動いて樂しげに笑いあっている姿が、それほど苦しいようには見えなかった。朴生が驚き尻込みしていると、門番が朴生を呼んだ。朴生はひどくあわてて、その命令にたがうことができず、恐れつつしんで前にすすんだ。門番が戈をまっすぐたてて、朴生に問うて言った。

「お前は何者か」

【本文】

生慄且答曰。某國某土某一介迂儒。干冒靈官。罪當寬宥。法當矜恕。拜伏再三。且謝搪揬。守門者曰。爲儒者。當逢威不屈。何磐折之如是。吾儕欲見識理君子久矣。我王亦欲見如君者。以一語傳白于東方。少坐。吾將告子于王。言訖趨蹌而入。俄然出語曰。王欲延子於便殿。子當以訏言對。不可以威厲譁。使我國人民得聞大道之要。有黑衣白衣二童。手把文卷而出。一黑質靑字。一白質朱字。張于生之左右。以示之。生見朱字。有名姓曰。現住某國朴某。今生無罪當不爲此國民。

【書き下し】

生慄き且つ答えて曰く、某國の某土の某一介の迂儒《うじゅ》なり。靈官を干《おか》し冒《おか》す。罪當に寬宥すべし。法當に矜恕《きょうじょ》すべし、と。拜伏再三、且つ搪揬《とうとつ》を謝す。守門の者曰く、儒たる者、當に威に逢いて屈せざるべし、何ぞ磐折《けいせつ》すること是の如くなるか。吾が儕《ともがら》理を識る君子を見んと欲すること久し。我が王も亦た君が如き者を見んと欲す。一語を以て東方に傳え白《もう》さん。少《しば》らく坐せよ。吾れ將に子を王に告げんとす、と。言い訖りて趨蹌して入る。俄然として語を出して曰く、王の子を便殿に延《ひ》かんと欲す。子當に訏《く》言を以て對うべし。威厲を以て譁むべからず。我が國の人民をして大道の要を聞くことを得しめよ、と。黑衣白衣の二童有り。手に文卷を把りて出ず。一つは黑質靑字、一つは白質朱字なり。生の左右に張りて、以て之を示す。生朱字を見るに名姓有りて曰く、現に某國に住する朴某、今生罪無し、當に此國の民爲らざるべし、と。

【注】

・迂儒…世に通じないつまらぬ學者。迂遠な學者。
・磬折…磬のように折れ曲がって敬禮する。『禮記』曲禮下第二「立則磬折垂佩」
・趨蹌…巧にはしるさま。『詩經』齊風・猗嗟「巧趨蹌兮、射則藏兮」
・便殿…正殿に對して別殿をいう。休息のために設けられた御殿。
・訐言…はばかることなくいうこと。直言。

【譯】


朴生は恐れおののいて答えて言った。

「某國某土の某儒生でございます。仙界の方に大變失禮をいたしました。この罪、どうかお許しくださって、罰をお與え下さいませんように」

と何度もひれ伏して無禮をわびた。門番は言った。

「儒を學ぶものは強いものに會っても屈服すべきではありません。どうしてあなたはこのように平伏するのでしょう。私の仲間は道理を知る君子に長い間會いたがっていました。そしてこちらの王もあなたのような人に會いたがっておられました。あなたが來たということを東方に傳えましょう。しばらくの間、座してお待ち下さい。私が王にあなたのことをお知らせしようと思います」

と言いおわって、走って城内に入っていった。そしてまた急に言った。

「王様があなたを別殿にお招きしたいとおっしゃっています。あなた様はどうか直言をもってお答え下さいますように。王の威厳の前に、おそれることのございませんように。どうかわが國の人民に大道の要を聞く機會をおさずけください」

黒衣と白衣の二人の童子がおり、手に巻物をもって出てきた。巻物の一つは黒地に青字、一つは白地に朱字で何かが書いてあり、朴生の左右にそれを廣げて示した。朴生が朱字のほうを見ると、自分の姓名と、「現在某國に居住の朴某という者、今生において罪はなく、この國の民ではない」と書いてあった。

【本文】

生問曰。示不肖以文卷何也。童曰。黑質者惡簿也。白質者善簿也。在善簿者。王當以聘士禮迎之。在惡簿者。雖不加罪。以民隸例勅之。王若見生。禮當詳悉。言訖持簿而入。須臾飆輪寶車。上施蓮座。嬌童彩女。執拂擎蓋。武隷邏卒。揮戈喝道。生擧首望之。前有鐵城三重。宮闕嶔峩。在金山之下。火炎漲天。融融勃勃。顧視道傍人物於火燄中。履洋銅融鐵。如蹋濘泥。生之前路。可數十步許。如砥而無流金烈火。盖神力所變爾。至王城。四門豁開。池臺樓觀。一如人間。有二美姝。出拜扶携而入。王戴通天之冠。束文玉之帶。秉珪下階而迎生。俯伏在地。不能仰視。

【書き下し】

生問いて曰く、不肖に示すに文卷を以てするは何ぞや、と。童が曰く、黑質は惡簿なり。白質は善簿なり。善簿に在る者は、王當に聘士の禮を以て之を迎うべし。惡簿に在る者は、罪を加えざると雖も、民隷の例を以て之を勅す。王若し生を見れば、禮當に詳悉なるべし、と。言い訖りて簿を持して入る。須臾にして飆《ひょう》輪の寶車、上に蓮座を施き、嬌童彩女、拂を執り蓋を擎《ささ》う。武隷邏《ら》卒《そつ》、戈を揮い道を喝す。生首を擧げて之を望むに、前に鐵城三重有り。宮闕嶔《きん》峩《が》として、金山の下に在り。火炎天に漲《みなぎ》り、融融勃勃たり。道傍の人物を火燄の中に顧視するに、洋銅融鐵を履み、濘泥《ねいでい》を蹈《ふ》むが如し。生が前路、數十歩許り、砥《といし》の如くにして流金烈火無し。蓋し神力の所變のみ。王城に至るに、四門豁開す。池臺樓觀、一に人閒の如し。二《ふたり》の美姝有り。出でて拜して扶携して入る。王 通天の冠を戴き、文玉の帶を束《つか》ゆ。珪《けい》を秉《と》り階を下りて生を迎う。俯伏して地に在り。仰ぎ視ること能わず。

【注】

・聘士…朝廷に仕えていない隠士を禮をもってむかえる。
・流金…流金鑠石。金をとかし石をとかす。酷熱のたとえ。『楚辭』招魂「十日代出、流金鑠石些」
・通天之冠…冠の名。天子が輿中において常に服する冠。

【譯】


朴生が問うて言った。

「この私めになぜ巻物をお見せになったのでしょうか」

童子が言った。

「黒地のものは惡簿で、白地のものは善簿です。善簿に名があるものには君子の禮をもって迎え、惡簿に名があるものは、罪を加えないといっても、平民の例でもってこれをいましめるのです。もし王様があなた様にお會いになられたなら、きっと禮をつくしてお迎えすることでしょう」

そう言って、帳簿をもって入っていった。しばらくして飆輪の寶車があらわれた。上には蓮座をしき、みめよい子供や美しい女が拂子を持ち、また天蓋をかかげもっていた。お付きの武人や兵士たちは戈をふるって先拂いをしていた。朴生が頭をあげて見てみると、前に三重の鐵の城があった。金山のふもとに宮殿は高くけわしくそびえており、炎が天にまでみなぎっていた。炎は上方に盛んに燃え上がり、光り輝いている。道傍の人々を炎の中にかえりみてみれば、銅が滿ち溢れ、熔けた鐵を泥のように踏んでいた。ただ朴生の前の道數十歩ほどは、砥石のようにかたく、熔けて流れる金や、はげしい炎がなかった。神の力によって變じたものなのであろう。朴生が王城につくと、四つの門が大きく開いた。池にのぞんだ樓臺や高大な宮殿は、まったく人間の世界と同じようであった。そこへ二人の美女が出てきて、朴生に拜禮し、手をたずさえて建物の中に入っていった。王は通天の冠をいただき、文玉の帶をしめ、珪をもち、階を下りてきて朴生を迎えた。朴生は地にひれ伏して、王を仰ぎ見ることができなかった。

【本文】

王曰。土地殊異。不相統攝。而識理君子。豈可以威勢屈其躬也。挽袖而登殿上。別施一床。卽玉欄金床也。坐定。王呼侍者進茶。生側目視之。茶則融銅。果則鐵丸也。生且驚且懼。而不能避。以觀其所爲進於前。則香茗佳果。馨香芬郁。薰于一殿。茶罷。王語生曰。士不識此地乎。所謂炎浮洲也。宮之北山。卽沃焦山也。此洲在天之南。故曰。南炎浮洲。炎浮者。炎火赫赫。常浮大虛。故稱之云耳。我名燄摩。言爲燄所摩也。爲此土君師已萬餘載矣。壽久而靈。心之所之。無不神通。志之所欲。無不適意。蒼頡作字。送吾民以哭之。瞿曇成佛。遣吾徒以護之。至於三五周孔。則以道自衞。吾不能側足於其間也。

【校勘】

○自…承本「白」

【書き下し】

王の曰く、土地殊に異なり。相い統攝《せつ》せず。而も理を識る君子、豈に威勢を以て其の躬《からだ》を屈すべけんや、と。袖を挽《ひ》いて殿上に登り、別に一床を施す。卽ち玉欄金床なり。坐定りて、王　侍者を呼びて茶を進む。生目を側《そば》めて之を視れば、茶は則ち融銅、果は則ち鐵丸なり。生且つ驚き且つ懼れ、避くること能わず。以て其の爲めに前に進む所を觀れば、則ち香茗《めい》佳果なり。馨香芬郁、一殿に薫す。茶罷みて、王　生に語りて曰く、士此の地を識らざるや。所謂炎浮洲なり。宮の北山は、卽ち沃焦《よく》山なり。此の洲　天の南に在り。故に南炎浮洲と曰う。炎浮は、炎火赫赫《かくかく》として、常に大虛に浮かぶ。故に之を稱して云うのみ。我が名は燄摩、言《いうこころ》は燄の爲めに摩すらるなり。此の土の君師爲ること已に萬餘載。壽久しくして靈なり。心の之く所、神通せざる無く、志の欲する所、意に適せざる無し。蒼頡字を作りて、吾が民に送りて以て之を哭せしむ。瞿曇佛と成りて、吾が徒を遣わして以て之を護せしむ。三五周孔に至りては、則ち道を以て自ら衞《まも》る。吾足を其の間に側《そばだつ》ること能わず、と。

【注】

・側目…伏目になって正視しないこと。おそれなどでまともに見ないこと。
・炎浮洲…穢洲。須彌山の南方にある大洲の名。

・沃焦（山）…海底にある石の名。下に無間地獄があり、その火氣で悉く水を竭くしてしまうという。
・赫赫…さかんなさま。『詩經』大雅　蕩之什　雲漢「旱既太甚、則不可沮、赫赫炎炎、云我無所」
・大虛…大空。天空。
・君師…天子を稱す。朱熹『大學』章句序「則天必命之以爲億兆之君師、使之治而敎之」
・蒼頡作字。送吾民以哭之…蒼頡がはじめて文字をつくると、天は粟の雨を降らせ、鬼は夜哭きしたという故事による。蒼頡は倉頡とも書く。上古、黃帝のときの左史。生まれながらにして神聖で四目があり、鳥獸のあとを見、類を體し、形を象って字を制した。漢書藝文志は蒼頡につくる。『淮南子』本經訓「昔者蒼頡作書、而天雨粟、鬼夜哭」
・瞿曇…釋迦如來をいう。
・三五周孔…三皇五帝は中國古代の傳說上の帝王。周孔は周公旦と孔子。

【譯】

王が言った。

「この地は他とは別世界なので、他の地と同じようにすべ治めることはない。しかも道理をしる君子が、どうして力のあるものに體を屈してひざまづいてよいものか」

王は朴生の手をひいて殿上にのぼり、別に、新たに座席をもうけた。それは玉で飾られた金の座席であった。座席につくと王は侍者を呼んで、朴生に茶をすすめた。朴生が橫目で見やると、茶というのは熔けた銅、菓子は鐵丸であった。朴生は驚き、また恐ろしくてこれを遠慮することができなかった。しかし朴生の前に出されたものを見ると、とても香りの良いお茶と、美味しい果實で、そのかぐわしい香りは建物中にひろがった。茶を飲みおわって、王は朴生に言った。
「貴君はこの地をご存知でしょうか。ここはいわゆる炎浮洲というところです。宮殿の北側の山は沃焦山。この炎浮洲は天の南にあるから南炎浮洲というのです。炎浮というのは炎が盛んに燃えあがって、いつも天空に浮かんでいるためにいうのです。私の名は燄摩、燄摩という言葉の意味は、炎を天にとどかせるという意です。この地の天子となって、もうすでに萬餘歳がすぎました。命長くして、靈妙な力をそなえ、何でも意のままになるのです。蒼頡が文字を作り出してわが民にもたらし、それでわが民をなかせ、釋迦が佛となったとき、わが民をつかわして佛を守らせ、三皇五帝や周公、孔子についてはそれぞれそれなりの道理をもっていたので、それで自らを守っている。ゆえに私がわざわざ足をつっこんで手助けすることもありませんでした」

【本文】

生問曰。周孔瞿曇。何如人也。王曰。周孔中華文物中之聖也。瞿曇西域姦兇中之聖也。文物雖明。人性駁粹。周孔率之。姦兇雖昧。氣有利鈍。瞿曇警之。周孔之敎。以正去邪。瞿曇之法。設邪去邪。以正去邪。故其言正直。以邪去邪。故其言荒誕。正直故君子易從。荒誕故小人易信。其極致則皆使君子小人終歸於正理。未嘗惑世誣民。以異道悞之也。生又問曰。鬼神之說乃何。王曰。鬼者陰之靈。神者陽之靈。蓋造化之迹。而二氣之良能也。生則曰人物。死則曰鬼神。而其理則未嘗異也。

【書き下し】

生問いて曰く、周孔瞿曇、何如なる人か、と。王の曰く、周孔は中華文物の中の聖なり。文物明なりと雖も、人の性駁《ばく》粋なりと。周孔之を率ゆ。姦兇昧《くら》しと雖も、氣 利鈍に有り。瞿曇は西域姦兇の中の聖なり。瞿曇之を警《いまし》む。周孔の教、正を以て邪を去る。瞿曇の法、邪を設け邪を去る。正を以て邪を去る。故に其の言正直なり。邪を以て邪を去る。故に其の言荒誕なり。正直なる故に君子從い易し。荒誕なる故に小人信じ易し。其の極致は則ち皆君子小人をして終に正理に歸せしめ、未だ嘗て世を惑わし民を誣《あざむ》き、異道を以て之を悞《あやま》らざらしむるなり、と。生又た問いて曰く、鬼神の說乃ち何《いか》ん、と。王の曰く、鬼は陰の靈なり。神は陽の靈なり。蓋し造化の迹にして二氣の良能なり。生しては則ち人物と曰い、死しては則ち鬼神と曰う。而も其の理は則ち未だ嘗て異ならず、と。

【注】

・姦兇…惡賢く凶惡な人。
・利鈍…鋭いことと鈍いこと。
・二氣…二氣感應。陰陽の二つの氣が互いに相感應しあうこと。『周易』咸「柔上而剛下、二氣感應以相與」
・良能…修習によらず自然によくする能力のこと。『孟子』盡心上「孟子曰、人之所不學而能者、其良能也」

【譯】

朴生が問うて言った。
「周公、孔子、釋迦とはどのような人ですか」
王が言った。

「周公、孔子は中國文化の中の聖人です。釋迦は西域の野蠻な國の中の聖人です。中國の文物がすぐれているといっても、人の本性はよく誤るものです。だから周公と孔子はこの愚かな者たちを統率したのです。西域の野蠻な國の者は凶惡で道理にくらいけれど、その氣風は利を求めるのにある。だから釋迦はこれをいましめたのです。周孔の教えは、正義を前面に押し出して邪を去らしめんとするものであって、釋迦の教えは、邪惡を示して、それで邪惡を取り去ろうとするものなのです。正を以って邪を去らしめんとするということは、正しくまっすぐなもので、邪を以って邪を去らしめんとすることは、それ故に荒唐無稽であるといわれるのです。周公の説はまっすぐであるゆえに、教養ある君子が従いやすく、釋迦の説は荒唐無稽であるがゆえに、小人が信じやすい。しかしそれらの教えの極地は、君子、小人みなを正しい道に立ちかえらせることで、それで世を惑わしたり、民を欺いたり、異道によって民を誤った道にすすめたことはありません」

朴生がまた問うて言った。

「鬼神の説はどうでしょうか」

王が言った。

「鬼とは陰の靈で、神は陽の靈なのです。そもそも鬼も神も、ものを生み出すときに殘る痕跡で、陰・陽二氣のはたらきそのものです。生きている間は人というが、死んでからは鬼神という。そのうえ、その道理はいまだかつて昔から異なったことはありません」

【本文】

生曰。世有祭祀鬼神之禮。且祭祀之鬼神與造化之鬼神異乎。曰。不異也。士豈不見乎。先儒云。鬼神無形無聲。然物之終始。無非陰陽合散之所爲。且祭天地所以謹陰陽之造化也。祀山川所以報氣化之升降也。享祖考所以報本。祀六神所以免禍。皆使人致其敬也。非有形質以妄加禍福於人間。特人焄蒿悽愴。洋洋如在耳。孔子所謂敬鬼神而遠之。正謂此也。生曰。世有厲氣妖魅害人惑物。此亦當言鬼神乎。王曰。鬼者屈也。神者伸也。屈而伸者。造化之神也。屈而不伸者。乃鬱結之妖也。合造化故與陰陽終始而無跡。滯鬱結故混人物寃懟而有形。山之妖曰魈。水之怪曰魖。水石之怪曰龍罔象。木石之怪曰夔魍魎。害物曰厲。惱物曰魔。依物曰妖。惑物曰魅。皆鬼也。陰陽不測之謂神。卽神也。神者妙用之謂也。鬼者歸根之謂也。天人一理。顯微無閒。歸根曰靜。復命曰常。終始造化。而有不可知其造化之跡。是卽所謂道也。故曰。鬼神之德。其盛矣乎。

【校勘】

○魅…承本・明本「魅」

【書き下し】

生が曰く、世に鬼神を祭祀するの禮有り。且つ祭祀の鬼神と造化の鬼神と異なるか、と。曰く、異ならず。士豈に見ざるや。先儒の云く、鬼神は形無く聲無し。然れども物の終始、陰陽合散の所爲《しわざ》に非ずということ無し。且つ天地を祭るは陰陽の造化を謹む所以なり。山川を祀るは氣化の升降を報いる所以なり。祖考を享するは本を報いる所以なり。六神を祀るは禍を免る所以なり。皆な人をして其の敬を致さしむ。形質有りて以て妄りに禍福を人間に加うるに非ず。特《た》だ人のみ、焄蒿悽愴として、洋洋として在るが如くなるのみ。孔子の所謂鬼神を敬して之を遠ざくとは、正に此れを謂うなり、と。生が曰く、世に厲《れい》氣妖魅の人を害し物を惑わす有り。此れも亦た當に鬼神と言うべしや、と。王の曰く、鬼は屈なり。神は伸なり。屈して伸るは、造化の神なり。屈して伸びざるは、乃ち鬱結の妖なり。造化を合す故に陰陽と終始して跡無し。鬱結を滞《のこ》す故に人物に混して冤懟《えんたい》して形有り。山の妖は魈《しょう》と曰い、水の怪は魊《よく》と曰い、水石の怪は龍罔象と曰い、木石の怪は夔《き》魍魎と曰い、物を害するは厲と曰い、物を悩ますは魔と曰い、物に依るは妖と曰い、物を惑わすは魅《み》と曰う。皆鬼なり。陰陽測らざる、之を神と謂う。即ち神なり。神は妙用の謂《いい》なり。鬼は帰根の謂《いい》なり。天人一理、顯微にして閒無し。歸根は靜と曰い、復命は常と曰う。終始造化して、其の造化の跡を知るべからざる有り。是れ即ち所謂道なり。故に曰う、鬼神の德、其れ盛んなるかな、と。

【注】

・氣化…陰陽の氣の變化。
・升降…盛んになることと衰えること。
・祖考…遠祖。(『禮記』祭法)
・六神…六つの尊び祭るべきもの。六宗。諸說あり。
・焄蒿悽愴…焄蒿は氣の蒸し出るさま。悽愴は精神がぞくぞくするさま。共に鬼神の形容。『禮記』第二十四　祭義「其氣發揚于上、爲昭明。焄蒿悽愴、此百物之精也。神之著也」
・敬鬼神而遠之…『論語』雍也第六「敬鬼神而遠之、可謂知矣」

・顕微無閒…あらわれていることとかすかなことの閒には何等の區別もない。程頤・易傳序「體用一源、顯微無閒」
・歸根・復命…歸根は根本にかえる、本原にかえること。復命は賦性にかえる、萬物がその賦性にたちかえることを常、すなわち恒常の眞理という。『老子』「致虚極、守靜篤、萬物竝作、吾以觀其復、夫物藝藝、各復歸其根、歸根曰靜、是謂復命、復命曰常、知常曰明」
・鬼神之德…『中庸』「子曰、鬼神之爲德、其盛矣乎」

【譯】


朴生が言った。

「世の中には鬼神をお祭りする時の禮があります。また祀られた鬼神と天地運行の中において造られた鬼神とは違うものなのでしょうか」

王が言った。

「異なるものではありません。あなたは知っているでしょう。先聖の言葉にこうあるではありませんか。鬼神は形もなく聲もない。しかし一切のものは、陰と陽が合して散ずることによって成り立つものだ。天地をまつるということは、陰陽が萬物を創造化育するのをうやまっているからである。山川をまつるのは、陰陽の氣が變化して、盛んになったり衰えたりして萬物の生活が保障されているのに報謝するためである。亡くなった先祖をまつるのは、祖先にその恩を報謝するためである。六神をまつるのは、わざわいを免れるためである。これらは全て人に敬虔な心を捧げさせるものです。なので、鬼神は姿かたちを持っていて、みだりに人閒界に禍福を與えるものではありません。ただ人閒の方だけが勝手にぞっとしたり、あたかも鬼神がいっぱいに存在するが如く思うだけのことなのです。孔子が鬼神を敬してこれを遠ざく、といったのはまさにこのことを言ったのです」

朴生が言った。

「世の中には悪鬼妖怪が人に害を与え、惑わすことがあります。これも鬼神というべきなのでしょうか」

王が言った。

「鬼とは屈で、神は伸なのです。屈していたものが伸びるのは造化の神で、屈したままで伸びないものは、つまり鬱結した妖なのです。鬼神は一切の創造神と合し、陰陽ともいっしょになり、無に帰するゆえに跡がないのです。鬱結したものが滞り、それゆえ人や物の間にまぎれて、恨みが形となってあらわれるのです。山の妖を魈といい、水の怪を魊といい、水石の怪を龍罔象、木石の怪を夔魍魎、物を害するものを厲、物をわずらわせるものを魔、物にとりつくものを妖、物を惑わせるものを魅といいます。これらは皆鬼なのです。陰陽がおしはかれないものを神という。それがすなわち神なのです。神とは妙なるはたらきのことで鬼とは根源にかえることなのです。天と人との間に無一絶對の道理があって、見えるものと見えないものの間には何の區別もないのです。根源たる道にかえることを靜といい、萬物が天性にたちかえることを常というのです。一切のものは造化であって、しかも造化の跡を知ることができないものがあるが、それがいわゆる『道』なのです。ですから、鬼神のはたらきとはまことに盛大であるというのです」

【本文】

生又問曰。僕嘗聞於爲佛者之徒。有曰。天上有天堂快樂處。地下有地獄苦楚處。列冥府十王。鞠十八獄囚。有諸。且人死七日之後。供佛設齋。以薦其魂。祀王燒錢。以贖其罪。姦暴之人。王可寬宥否。王驚愕曰。是非吾所聞。古人云。一陰一陽之謂道。一闢一闔之謂變。生生之謂易。無妄之謂誠。夫如是則豈有乾坤之外復有乾坤。天地之外。更有天地乎。如王者萬民所歸之名也。三代以上。億兆之主。皆曰王。而無稱異名。如夫子修春秋。立百王不易之大法。尊周室曰天王。則王者之名不可加也。至秦滅六國。一四海。自以爲德兼三皇。功高五帝。乃改王號曰皇帝。當是時。僭竊稱王者頗多。如魏梁荆楚之君是已。自是以後。王者之名分紛如也。文武成康之尊號。已墜地矣。且流俗無知。以人情相濫不足道。至於神道則尚嚴。安有一域之內。王者如是其多哉。士豈不聞。天無二日。國無二王乎。其語不足信也。至於設齋薦魂。祀王燒錢。吾不覺其所爲也。士試詳其世俗之矯妄。

【校勘】

○冥…明本「名」　○室…承本「空」　○王…明本「之」

【書き下し】

生又た問いて曰く、僕嘗て佛を爲する者の徒に聞き、曰《かた》ること有り。天上に天堂快樂の處有り。地下に地獄苦楚の處有り。冥府十王を列し、十八の獄囚を鞫《きく》す、と。諸《これ》有りや、且つ人死して七日の後、佛を供し齋を設けて、以て其の魂に薦め、王を祀りて錢を燒き、以て其の罪を贖《あがな》わば、姦暴の人、王寛宥すべきや否や、と。王驚き愕《あわ》て曰く、是れ吾が聞ゆる所に非ず。古人の云く、一陰一陽之を道と謂う。一闢《いちびやく》一闔《いちこう》之を變と謂う。生生之を易と謂う。無妄之を誠と謂う。夫れ是の如くなるときは則ち豈に乾坤の外に復た乾坤有り、天地の外、更に天地有ること有らんや。王の如きは萬民の歸する所の名なり。三代以上、億兆の主は、皆王と曰う。異名を稱すること無し。夫子《ふうし》春秋を修し、百王不易の大法を立て、周室を尊びて天王と曰うが如きは、則ち王者の名加うべからざるなり。秦六國を滅し、四海を一にし、自ら以て德は三皇を兼ね、功は五帝より高しと爲すに至りて、乃ち王號を改めて皇帝と曰う。是の時に當りて、僣竊《せんせつ》して王と稱する者、頗る多し。魏梁荊楚の君の如きは是れのみ。是自り以後、王者の名分紛如たり。文武成康の尊號、已に地に墜ちん。且つ流俗無知にして、人情相い濫《みだ》るを以て道うに足らず。神道に至りては則ち尙お嚴なり。安んぞ一域の内に、王者の是の如く其れ多きこと有らんや。士豈に聞かざるや、天に二日無く、國に二王無し、と。其の語信ずるに足らざるなり。齋を設け魂に薦め、王を祀るに錢を燒くに至りては、吾れ其の所爲を覺《さと》らず。士試みに其の世俗の矯妄を詳らかにせよ、と。

【注】

・十王…地獄で死者の生前の罪業の輕重を訊す十人の神。
・一陰一陽之謂道…天地間にある陰と陽の二氣。また或は陰となり或は陽となる。『周易』繫辭上「一陰一陽之謂道」
・一闔一闢之謂變…或は閉じ、或はひらく。『周易』繫辭上「一闔一闢、謂之變」
・生生之謂易…萬物が互いに生ずるさま。『周易』繫辭上「生生之謂易」
・無妄之謂誠…無妄は易六十四卦の一つ、眞實でいつわりがない象。
・春秋…孔子が魯國の記錄について筆刪したもの。隱公から哀公までの事跡について述べる。五經の一。
・立百王不易之大法…百王之則とは多くの王がのっとり守るべき法。『宋書』卷十四　志第四　禮一「仲尼以大聖之才、祖述堯、舜、範章文、武、制作春秋、論究人事、以貫百王之則、故於三微之月、每月稱王、以明三正迭相爲首」
・秦滅六國~乃改王號皇帝…前二二一年に秦が、韓・趙・魏・楚・燕・齊の六國をほろぼし天下を統一した。またそれまでの王號をやめ皇帝という稱號をたて、始皇帝となった。（『史記』卷六秦始皇本紀）

・僭竊…分に過ぎて高位高官をむさぼりぬすむ。
・僭竊稱王者頗多。如魏梁荊楚之君是已…前二〇九年に陳勝・吳廣が反亂をおこし、荊の地で自立した。國號を張楚とし、陳勝は自らを楚王と稱した。この反亂がきっかけとなり各地でも反亂があいついだ。武臣は趙王、魏咎は魏王、田儋は齊王と稱し、秦に反抗してそれぞれ各地で王と名のって自立したことを指すか。(『史記』巻六秦始皇本紀)
・文武…周の文王と武王。『書經』冏命「昔在文武、聰明齊聖、小大之臣、咸懷忠良」
・成康…周の成王と康王。『詩經』周頌・執競「不顯成康、上帝是皇」
・流俗…世俗の惡い慣わし。また、世俗。
・天無二日。國無二王…『禮記』曾子問第七「孔子曰、天無二日、土無二王」
・矯妄…いつわり、でたらめ。『剪燈新話』三山福地志「怪其言辭矯妄、負德若此」

【譯】

朴生はまた問うて言った。

「私が以前、佛教をする者にたずねた時、その人はこう言っていました。天上に心地よい天堂があって、地下には苦しい地獄がある。冥界の十王がならび、十八の獄囚を取り調べて、正すのである、と。これらは本當にあるのでしょうか。しかも人が死んでから七日後、佛を祀り、齋舍をもうけて、亡くなった人のために追善供養をし、冥府の十王をおまつりして、紙錢を燒いて罪をつぐなえば、凶暴な行いの惡い人でも、閻魔王樣はお許しになるのでしょうか」

閻魔王は驚き、あわてていった。

「それは私が聞いていることと異なります。古人がいうに、あるいは陰となり、あるいは陽となって無窮の變化を繰り返すはたらきを道という。ひとたびはとじ、ひとたびは闢く、これを變という。一陰一陽の道を具現し、生じ生じて無窮にやすむことのないはたらきを易という。無妄とは誠のことをいう。このようであれば、どうして乾坤の外にまた乾坤があり、天地の外にまた別の天地があるということがありましょうか。王というのは萬民が歸依するという意の名であり、三代以上、億兆の主はみな王といい、他の名前を呼ぶことはないのです。孔子が春秋を編纂し、歴代の帝王が不易の大法をたて、周の王室を尊んで天王というようなものには、王者の名を加えるものではありません。秦が六國を滅ぼして天下を統一したとき、自ら徳は三皇をあわせ、その功績は五帝よりも高いとして、王の號をあらためて皇帝といい、このとき身分をわきまえず王となのる者が大變多かったのです。魏梁の魏王や荊楚の楚王のようなものはすなわちこの輩なのです。これより以後、王者という名とその王者がつくすべき本分が亂れたのです。周の文王と武王、成王と康王の尊い呼び名も地におちるでしょう。しかも世俗の人々は愚かで、心亂れて道にそむくのですから、言うに及ばないことです。それが神の道となればなおのこと、きびしいのです。どうして一つの國のなかに王を名乗る者がこんなに多いのでしょうか。あなたは知っているでしょう。孔子が『天に二日なく、國に二人の王はいない』といったのを。その言葉は信ずるに足りないものなのです。齋を設けて魂を追善供養し、十王をまつるのに紙錢を燒くということにいたっては、どうしてそんなことをするのか私はわかりません。どうかあなたが試しに世の中のいつわり、でたらめな習慣をここで詳しく述べてみてください」

【本文】

生退席敷袵而陳曰。世俗當父母死亡。七七之日。若尊若卑。不顧喪葬之禮。專以追薦爲務。富者糜費過度。炫燿人聽。貧者至於賣田貿宅。貸錢賖穀。鏤紙爲旛。剪綵爲花。招衆髠爲福田。立壞像爲導師。唱唄諷誦。鳥鳴鼠啣。曾無意謂。爲喪者。携妻率兒。援類呼朋。男女混雜。矢溺狼籍。使淨土變爲穢溷。寂場變爲閙市。而又招所謂十王者。備饌以祭之。燒錢以贖之。爲十王者。當不顧禮義。縱貪而濫受之乎。當考其法度。循憲而重罰之乎。此不肖所以憤悱而不敢忍言也。請爲不肖辨之。

【書き下し】

生席を退き衽《じん》を敷きて陳べて曰く、世俗父母死亡に當りて、七七の日、若しくは尊若くは卑、喪葬の禮を顧みず、専ら追薦を以て務めと爲す。富者は糜《び》費過度、人の聽《きく》を炫燿す。貧者は田を賣り宅を貿《う》り、錢を貸《か》り穀に賖《おぎの》るに至る。紙を鏤《ちりば》めて旛と爲し、綵《さい》を剪りて花と爲し、衆髠《こん》を招きて福田と爲し、壞像を立てて導師と爲し、唱唄諷《ふ》誦《じゅ》、鳥鳴き鼠啣き、曾て意謂無し。喪を爲す者は、妻を携え兒を率い、類を援《ひ》き朋を呼び、男女混雜して、矢《し》溺狼籍たり。淨土をして變じて穢溷《わいこん》と爲し、寂場をして變じて閙《どう》市と爲さしむ。而して又た所謂十王という者を招きて、饌を備えて以て之を祭り、錢を燒きて以て之を贖う。十王たる者、當に禮義を顧みず、縱に貪りて濫りに之を受くべけんや。當に其の法度を考え、憲に循て重く之を罰すべきをや。此れ不肖が憤悱して敢て言うに忍びざる所以なり。請うらくは不肖が爲に之を辨ぜよ、と。

【注】

・追薦…祖先または亡き人の冥福を祈って其の善事、善徳を慕い、追想すること。
・衆髠…多くの僧。

・福田…比丘に供養すれば世の福徳を生ずること、田の物を生ずるが如きものであるという意。
・諷誦…經文を聲を上げて讀むこと。『大無量壽經』「受演經法、諷誦持說」
・曾無…〜さえもない。『史記』魏公子列傳「今吾且死、而侯生曾無一言半辭送我、我豈有所失哉」
・意謂…意義。意味。
・寂場…寂滅道場。寂滅は涅槃〔Nirvana〕の譯語。涅槃に入る場。
・憤悱…いきどおりもだえる。
　不憤不啓、不悱不發…憤りの心を發し、自らもだえるのでなければひらき教えない。憤發の精神のないものには之を導きひらくことをしない。憤は心に理解し得ないでもだえること、悱は心に悟るところがありながらこれを言おうとしていい表しえないでもだえること。『論語』述而「子曰、不憤不啓、不悱不發、擧一隅、不以三隅反、則不復也」

【譯】

朴生は席を退いて袖を床につけ、ひれ伏して言った。

「俗世間では父母が亡くなって七七の日、身分の高低にかかわらず、喪葬のときの禮を顧みず、ひたすら追善供養をするのが殘されたもののつとめとなっています。富裕なものは莫大な費用をついやし、人々の見方をまどわせ、貧しいものは田畑を賣り、家を賣って金を借りて穀物を買うに至るのです。紙を飾って旛として、あやぎぬを切って花をつくり、多くの僧を招いて供養し、壊れた像を立てて導師とし、歌うように聲を上げて經をよむ。そして荒れ果てた庭に鳥がなき、鼠がなく。そんなことに意味すらありません。葬式を出すものは、妻を連れ、子を連れて、なかまをひきい、朋友を呼んで男女の區別なくまじりあい、そのさわぎは度を越した亂れようです。それは淨土を穢土にせしめ、寂滅道場を騒がしい市のように變えてしまう。そしてまた、いわゆる冥府の十王という者を招き、食物をそなえておまつりし、紙錢をやいて罪をまぬがれようと祈るのです。十王たるものは、禮儀というものをかえりみずに思いのままにこの供養をやたらに受けてよいものでしょうか。十王は規律を考え、法にのっとって、その人に重い罰を與えるべきでしょう。これは私がいきどおって、聲にも出していえない事柄なのです。どうか私のためにこの道理をときあかしてください」

【本文】

王曰。噫哉。至於此極也。且人之生也。天命之以性。地養之以生。君治之以法。師敎之以道。親育之以恩。由是五典有序。三綱不紊。順之則祥。逆之則殃。祥與殃在人世受之耳。至於死則精氣已散。升降還源。那有復留於幽冥之內哉。且寃懟之魂。橫夭之鬼。不得其死。莫宣其氣。嗸嗸於戰場黃沙之域。啾啾於負命啣寃之家者。閒或有之。或托巫以致歆。或依人以辨懟。雖精神未散於當時。畢竟當歸於無朕。豈有假形於冥地。以受犴獄乎。此格物君子。所當斟酌也。至於齋佛祀王之事。則尤誕矣。且齋者潔淨之義。所以齊[1]不齊[2]而致其齊[3]也。佛者淸淨之稱。王者尊嚴之號。求車求金。貶於春秋。用金用綃。始於漢魏。那有以淸淨之神而享世人供養。以王者之尊而受罪人賄賂。以幽冥之鬼而縱世閒刑罰乎。此亦窮理之士。所當商略也。

【校勘】
○世…明本「生」 ○㘅…明本「喞」 ○齊（1〜3）…承本・明本「齋」

【書き下し】
王の曰く、噫《いい》かな。此の極に至れり。且つ人の生するや、天之に命ずるに性を以てし、地之を養うに生を以てす。君之を治むるに法を以てし、師之を教うるに道を以てし、親之を育するに恩を以てす。是に由りて五典序有り、三綱紊《みだ》れず。之に順《したが》うときは則ち祥《さいわい》にして、之に逆らうときは則ち殃《わざわい》あり。祥と殃とは人世之を受くるに在るのみ。死に至りては則ち精氣已に散じて、升降して源に還る。那《なん》ぞ復た幽冥の内に留まること有らんや。且つ寃懟の魂、横夭の鬼、其の死を得ず、其の氣を宣ぶること莫し。戰場黃沙の域に嗸嗸《ごうごう》とし、負命㘅《かん》寃の家に啾啾《しゅうしゅう》たる者も、閒《まま》或いは之有り。或いは巫に托して以て欵を致し、或いは人に依りて以て懟を辨す。精神未だ當時に散せずと雖も、畢竟當に無朕に歸すべし。豈に形を冥地に假りて、以て犴獄《がんごく》を受くること有らんや。此れ格物君子の當に斟酌《しんしゃく》すべき所なり。佛を齋し王を祀るの事に至りては、則ち尤も誕《いつわり》なり。且つ齋は潔淨の義なり。齊《ととの》わざるを齊えて其の齊うるを致す所以なり。佛は清淨の稱なり。王は尊嚴の號なり。車を求め金を求むるは、春秋を貶《おとしい》れ、金を用い綃《しょう》を用いるは、漢魏に始まる。那《なん》ぞ清淨の神を以て世人の供養を享《う》け、王者の尊を以て罪人の賄賂を受け、幽冥の鬼を以て世閒の刑罰を縱にすること有らんや。此れ亦た窮理の士の、當に商略すべき所なり、と。

【注】
・五典…古代の五種の倫理道德。『書經』堯典「愼徽五典、五典克從」、孔傳「五典、五常之教。父義、母慈、兄友、弟恭、子孝」、蔡沈集傳「五典、五常也。父子有親、君臣有義、夫婦有別、長幼有序、朋友有信、是也」五常は

昔の五種の倫理道徳觀をさす。すなわち父義、母慈、兄友、弟恭、子孝のこと。
・三綱…三綱五常。封建社會で提唱していた主要な道德の規範。『論語』爲政「周因於夏禮」、何晏集解引、漢馬融曰「所因謂三綱五常也」
・嗸嗸…かまびすしく呼ぶ聲。また、愁える聲。
・啾啾…亡靈が哭する聲。杜甫　兵車行「新鬼煩寃舊鬼哭、天陰雨濕聲啾啾」
・無眹…きざしのないこと。無形無象。『莊子』應帝王篇第七「體盡無窮、而遊無眹」
・斟酌…かんがえる、心にかける。
・齊不齊而致其齊…整わない心を整えて、整一の心境にいたる。『禮記』祭統「齊不齊以致齊者也」

【譯】

王が言った。

「ああ、いいことをお聞きになる。そもそも人の生きるとかいうことについては、天は天性というものを與え、地は生きる場所を與えるのです。君子はこれを法で治め、師は道を教え、親は恩をもって育てるのです。であるから五典には正しい秩序が保たれ、三綱が亂れずにある。三綱五典に從えば幸がおとずれ、それに逆らえばわざわいがあるのです。幸いとわざわいとは、人が生きている間に人世でのみこれを受けるものです。人が死んでは精氣が散じ、魂が天に上り魄が地におりて、根源にかえる。どうして魂があの世にとどまっていることがありましょうか。しかも恨みをもった魂や夭逝した鬼は、本當に死ぬということができず、たましいが根源にかえることができないのです。黄沙の舞う戰場で叫び、天命にそむき恨みをふくむ家で叫ぶものも、おりおりに巫女にのりうつってはなげきを訴え、またあるいは人にのりうつって恨みをのべるのも、まあよくあることなのです。精神はまだなくなっていないけれども、つまりは無の世界に歸結するものなのです。どうして形骸を冥界にかりて、犴獄の苦しみを受けることがありましょうか。これは格物致知を知る、すなわち道理と知をきわめた君子ならわかっているはずのことです。佛をまつり、十王をまつるということにいたっては、全くのでたらめです。しかも齊というのは潔淨という意なのです。齊の意は、ととのわないものをととのえ、整一の心境にいたる、ということからきているのです。佛というのは清淨なるものに與えられる名であり、王とは尊嚴ということをいいあらわすものなのです。車を求め、金をかけるのは春秋時代からあることで、金や綃を葬儀に用いるのは漢魏に始まる。どうして清淨たる精神をもつ者が俗人の供養を受け、王者たる尊嚴をもつ者が罪人からの賄賂を受け、冥界の幽靈が、世に及ぼす刑罰を自由に與えることがありましょうか。それは道理をきわめようとする者がよくよく考えなければいけないことなのです」

【本文】

生又問曰。輪回不已。死此生彼之義。可聞否。曰。精靈未散則似有輪回。然久則散而消耗矣。生曰。王何故居此異域而爲王者乎。曰。我在世盡忠於王。發憤討賊。乃誓曰。死當爲厲鬼以殺賊。餘願未殄。而忠誠不滅。故托此惡鄉爲君長。今居此地而仰我者。皆前世弑逆姦兇之徒。托生於此而爲我所制。將格其非心者也。然非正直無私。不能一日爲君長於此地也。寡人聞。子正直抗志。在世不屈。眞達人也。而不得一奮其志於當世。使荊璞棄於塵野。明月沉于重淵。不遇良匠。誰知至寶。豈不惜哉。餘亦時運已盡。將捐弓劒。子亦命數已窮。當瘞蓬藁。司牧此邦。非子而誰。乃開宴極歡。問生以三韓興亡之跡。生一一陳之。至高麗創業之由。王歎傷再三曰。有國者。不可以暴劫民。民雖若瞿瞿以從。內懷悖逆。積日至月。

則堅冰之禍起矣。有德者。不可以力進位。天雖不諄諄以語。示以行事。自始至終。而上帝之命嚴矣。蓋國者民之國。命者天之命也。天命已去。民心已離。則雖欲保身。將何爲哉。

【校勘】

○聞…承本・明本「問」　○曰我…承本「我曰」　○私…承本「私」

【書き下し】

生又た問いて曰く、輪回已まず、此に死し彼《かしこ》に生まるるの義、聞くべきや否や、と。曰く、精靈未だ散ぜざれば則ち輪回有るに似たり。然れども久しきときは則ち散じて消耗す、と。生が曰く、王何の故にか此の異域に居りて王者たるや、と。曰く、我世に在りて忠を王に盡し、憤を發して賊を討たんと。乃ち誓いて曰く、死しては當に厲《れい》鬼と爲りて以て賊を殺すべし、と。餘願未だ殄《た》たずして、忠誠滅せず。故に此の惡鄕に托して君長と爲る。今此の地に居りて我を仰ぐ者は、皆前世弑逆《しいぎゃく》姦兇の徒、生を此に托して我が爲に制せられ、將に其の非心を格《ただ》さんとする者なり。然も正直にして無私に非ざれば、一日も此の地に君長爲ること能わざるなり。寡人聞くならく、子正直にして志を抗《あ》げ、世に在りて屈さず、眞に達人なり。而も一たび其の志を當世に奮うを得ず、荊璞《けいはく》をして塵野に棄て、明月をして重淵に沈ましむ。良匠に遇わずんば、誰か至寶を知らん。豈に惜まざらんや。餘亦た時運已に盡きぬ。將に弓劍を捐《す》てんと。子も亦た命數已に窮る。當に蓬藁に瘞《うず》むべし。此の邦に司牧たる、子に非ずして誰ぞや、と。乃ち宴を開き歡を極む。生に問いて三韓興亡の跡を以てす。生一一に之を陳ぶ。高麗業を創むるの由に至る。王歎傷再三して曰く、國を有《たも》つ者、暴を以て民を劫《おびやか》すべからず。民瞿瞿として以て從うが若しと雖も、内に悖逆を懷き、日を積み月に至りては、則ち堅冰の禍起る。有德の者は、力を以て位を進むべからず。天諄諄として以て語らずと雖も、示すに行事を以てして、始め自り終りに至りて、上帝の命嚴なり。蓋し國は民の國にして、命は天の命なり。天命已に去り、民心已に離れれば、則ち身を保たんと欲すと雖も、將《は》た何をか爲せんや、と。

【注】

・輪回…衆生が地獄、餓鬼、畜生、修羅、人閒、天上の六道に迷いの生死をかさねて車輪のめぐってきわまりないようなことをいう。
・精靈…死者のたましい。
・發憤…心を奮い起こすこと。『論語』述而第七「發憤忘食、樂以忘憂」
・托生…死んだ後も靈魂が世閒を轉々とすること。
・非心…まちがった心。『書經』冏命「繩愆糾謬、格其非心、俾克紹先烈」
・抗志…志を高尚にする。また、はりあふれる志。六韜・文韜・上賢「士有抗志高節、以爲氣勢、外交諸侯、不重其主者、傷王之威」
・荊璞…荊山から產する璞。轉じて美質あるもの。また賢良なもののたとえ。
・重淵…深淵。『莊子』列御寇篇第三十二「夫千金之珠、必在九重之淵、而驪龍頷下」
・時運…古人の迷信で、人の一生の吉凶のめぐりあわせはひとしく、運命によって決まっている。（『漢書』王莽傳下）
・捐弓劍…弓劍遠。人の死をいう。黃帝が龍にのって昇天するとき、弓をおとしたことによる。（『漢書』卷第二十五上郊祀志、『剪燈新話』天臺訪隱錄「度皇晏駕弓劍遠、賈相出師笳鼓驚」）
・司牧…百姓を撫養する。また、人民を治める役人の長。

・三韓…前漢の初めごろから朝鮮南部に據って國を建てた馬韓、辰韓、辯韓の総稱。
・高麗創業之由…弓裔が後高句麗を建國（九〇一年）し、九一一年に國號を泰封と改めた。しかし暴君となり、部下の王建（高麗の太祖）に倒された。
・瞿瞿…驚きあわてて、不安なようす。『周易』震「震索索、見瞿瞿」、『禮記』玉藻「視容瞿瞿梅梅」
・堅氷之禍…物事は些細なことがつもり重なって大事に至ることをいう。
履霜堅氷至…霜をふむは九月、堅氷は十一月、禍害が微から漸くあらわれて、深きに至るたとえ。『周易』坤「初六、履霜堅氷至」

【譯】


朴生がまた問うて言った。

「輪廻はやまず、ここで死んで彼の地に再び生まれるということはお聞きになられましたか」

閻魔王が言った。

「魂がまだ散じなければ、輪廻というものはあるようだ。しかし、死んで時間がたてば魂も散じてなくなってしまう」

朴生は言った。

「閻魔王さまはどうしてこのような異境で王の位についておられるのでしょうか」

閻魔王が言った。

「私が人の世にいたときは王に忠誠をつくし、心をふるいおこして敵を討とうとしました。そこで誓いをたてて言ったのです。もし私が死んでも、悪鬼となって必ず敵を倒そうと。その誓いは守りきれなかったけれども、忠誠心は滅びることはありませんでした。なので、この惡鄕に身を寄せて、ここの君長となったのです。今、この地にいるもので、私を仰ぐものはみな前世においての逆賊、凶悪な人であって、この地に生まれて私に制裁を加えられて、邪心を正そうという者たちなのです。しかも正直で眞直ぐな私心のない者でなければ、一日たりともこの地で王をつとめることはできません。私が聞いたところによると、あなた様は眞っすぐで高い志をもって、世の中に居ても大勢に屈することなく、まさに道理に通じた達人であると言えましょう。しかも、一度もその高い志をこの世の中にふるうことができなかったというではありませんか。それは賢人を塵野に棄て、空にかかるはずの明るい月を深い淵に沈めてしまうようなものです。腕のたつ職人に遇わなければ、誰が至寶だと知りえましょうか。まったく惜しいことです。私の運命もすでに盡きて、もう弓をおいて昇天しようとしています。あなたの現世での命ももうすぐ盡きて、荒れた草むらにうずめられることでしょう。この國で王となるのは、あなたでなくして誰がなりましょう」

そこで宴をひらいて、思う存分歡をつくした。閻魔王が朴生に、三韓の興亡の事跡についてたずね、朴生はひとつひとつ詳しく述べた。高麗建國の由來の段になって、王は何度もいたみ、悲しんで言った。

「國を治める者は、暴力で民をおびやかしてはなりません。民はおどろき不安になって、従っているようにみえても、心の中では反逆の心を抱き、日月を重ねていくにつれていつか大事にいたるのです。徳のある者は、力で自らの地位をすすめてはなりません。天は、何も言わないけれども、事實をもって教えしめすのです。何から何まで上帝の命は嚴格なのです。およそ國家というものは、民のための國家であって、命とはすなわち上帝の命のことなのです。天命がすでに盡き、民心がすでに離れてしまっていては、身を保とうとしたところで何をしても仕方がないのです」

【本文】

又復敍歷代帝王。崇異道致妖祥之事。王便蹙頞曰。民謳謌而水旱至者。是天使人主重以戒謹也。民怨咨而祥瑞現者。是妖媚人主。益以驕縱也。且歷代帝王致瑞之日。民其按堵乎。呼寃乎。曰。姦臣蠭起。大亂屢作。而上之人脅威爲善以釣名。其能安乎。王良久歎曰。子之言是也。宴畢王欲禪位于生。乃手制曰。炎洲之域。實是瘴厲之鄕。禹跡之所不到。穆駿之所未窮。彤雲蔽日。毒霧障天。渴飮赫赫之洋銅。飢餐烘烘之融鐵。非夜叉羅刹。無以措其足。魑魅魍魎。莫能肆其氣。火城千里。鐵嶽萬重。民俗强悍。非正直無以辯其姦。地勢凹隆。非神威不可施其化。洛爾東國某。正直無私。剛毅有斷。著含章之質。有發蒙之才。顯榮雖蔑於身前。綱紀實在於身後。兆民永賴。非子而誰。宜導德齊禮。冀納民於至善。躬行心得。庶躋世於雍熙。體天立極。法堯禪舜。豫其作賓。嗚呼欽哉。生奉詔周旋再拜而出。王復勑臣民致賀。以儲君禮送之。又勑生曰。


【校勘】
○頞…明本「額」　○脅…明本「脅」。朝鮮本「貧」。「脅」に改む。　○到…明本「至」　○洛…承本「咨」
○私…承本「私」　○民…承本「氏」

【書き下し】

又た復た歴代の帝王、異道を崇《うやま》い妖祥を致すの事を敍ぶ。王便ち頞を蹙《しわ》めて曰く、民謳謌して水旱至るは、是れ天人主をして重く以て戒謹せしむなり。民怨咨《し》して祥瑞現わるは、是れ人主を妖媚して、益《ます》ます以て驕縱ならしむなり。且つ歴代帝王瑞を致すの日、民其れ堵を按するか、寃を呼ぶか、と。曰く、姦臣蠭起して、大亂屢ば作る。而して上の人脅威を善と爲して以て名を釣る。其れ能く安《やすか》らんや、と。王良《やや》久しくして歎じて曰く、子が言是なり、と。宴畢りて王位を生に禪《ゆず》らんと欲す。乃ち手づから制して曰く、炎洲の域、實に是れ瘴厲《れい》の鄉なり。禹跡の到らざる所、穆駿の未だ窮めざる所、彤《たん》雲日を蔽い、毒霧天を障《おお》う。渴けば赫赫《かくかく》の洋銅を飲み、飢えれば烘烘《こうこう》の融鐵を餐う。夜叉羅刹に非ざれば、以て其の足を措《お》くこと無し。魑魅魍魎も、能く其の氣を肆《の》ぶること莫し。火城千里、鐵獄萬重、民俗强悍なり。正直に非ざれば以て其の姦を辯ずること無し。地勢凹隆、神威に非ざれば其の化を施すべからず。洛《ああ》爾東國の某、正直にして私無く、剛毅にして斷ること有り。含章の質を著わし、發蒙の才有り。顯榮身前に蔑《な》しと雖も、綱紀實に身後に在り。兆民永く賴る、子に非ずして誰ぞや。宜しく導德齊禮して、民を至善に納れるを冀《こいねが》い、躬行心得して、世を雍熙に躋《せい》するを庶うべし。天に體し極を立て、堯に法《のっと》り舜に禪《ゆず》る。豫其れ賓作《た》らん。嗚呼欽《つつし》めや、と。生詔を奉りて周旋再拜して出ず。王復た臣民に勅して賀を致し、儲《ちょ》君の禮を以て之を送る。又た生に勅して曰く。

【注】

・蹙頞…鼻すじにしわを寄せる。うれえるさま。『孟子』梁惠王章句下「舉疾首蹙頞」
・謳謌…德をたたえてうたう。『孟子』萬章章句上「謳歌者、不謳歌堯之子、而謳歌舜」
・按堵…居所に安んずる。安堵。『漢書』巻一上　高帝紀「餘悉除去秦法、吏民皆按堵如故」
・釣名…自分の名をうろうとする人。『管子』法法第十六「釣名之人、無賢士焉、釣利之君、無王主焉」
・穆駿…周穆王の八駿馬。周穆王は周第五代の王。昭王の子。名は滿、諡は穆、世に穆天子という。即位の時、年已に五十、八駿馬を得、西に巡狩し、樂しんで歸ることを忘れていたが、四方の諸侯、爭訟質正するところなく、皆徐に歸し、之に來朝するもの三十六國に至ったので、王は恐れて長驅して歸り、楚人をして徐をうたしめ、徐子は彭城に走って死し、王は呂侯に命じて呂刑をつくって、四方につげしめた。（『史記』巻五　秦本紀第五、『穆天子傳』參照）

・夜叉…地上または空中に住し、人を害するが正しい佛法を守護する惡鬼。
・羅刹…暴惡、可畏の義。惡鬼の通名。また羅刹婆、羅刹男、羅叉婆といい、女を羅刹女、羅叉婆という。
・剛毅…心が強く屈しない。（『禮記』樂記）
　剛毅木訥…心がつよく態度の質樸なこと。心が強くしっかりしていて、しかも飾り氣がないこと。『論語』子路第十三「子曰、剛毅木訥近仁」
・含章之質…美を内に含む。内に德を藏する。章は美。『周易』坤「含章可貞」、『魏志』管寧傳「含章素質、冰絜淵淸」
・綱紀…國家を治める大法と細則をいう。
・兆民…天下の多くの民。衆庶、萬民。『書經』呂刑「一人有慶、兆民賴之、其寧惟永」
・至善…事理當然の極。『大學』「大學之道、在明明德、在親民、在止於至善」
・體天…天命による。
・立極…帝位に登り、國政をとる。
・法堯禪舜…堯は舜に、舜は禹に帝位を讓って各々帝となった。『莊子』秋水「昔者、堯舜讓而帝之噲讓而絕」
・儲君…皇太子。東宮。

【譯】

そしてまた、歷代の帝王が異道を尊んで、わざわいをもたらしたことを話した。閻魔王ははなすじに皺をよせ、憂えて言った。

「民が天子をたたえているのに水害や日照になるのは、天が君主を重くいましめているからです。民がうらみ嘆いているのに、祥瑞が現れるのは、君主を不眞面目にさせ、ますますおごり、ほしいままにさせるのです。まして歴代の帝王が瑞をなした日、果たして國民は安堵していたのでしょうか、それとも恨みを抱いていたのでしょうか。」

「奸臣が蜂起して、しばしば大亂が起きていました。なので、君主は民をおびやかしおどすことを善として、それで自分を名君としていたのです。そんなことで世の中を良くすることができましょうか」

閻魔王はしばらくしてから嘆いて言った。

「あなたの言うとおりです」

宴會が終わって、閻魔王は王位を朴生に讓ろうとした。そこで朴生はみずからそれを制止して言った。

「この炎につつまれた地域は、まったく瘴厲のさとなのです。ここは聖帝である禹の威徳もいたらず、穆王の駿馬もまだここには來ていません。赤い雲が日を遮り、毒氣を含んだ霧が天を覆いつくす。喉が渇けば煮えたぎったあふれる銅を飲み、お腹がすいたら眞っ赤な融鐵を喰らう。夜叉や羅刹でなければ、この地に身をおくことはできません。魑魅魍魎ですらもその氣をほしいままにすることができないのです。火城は千里、鐵獄は萬重にもつらなり、ここの民は強く荒々しい。もし正直な心を持つ者でなければ、ここの邪まな者たちをおさめることができません。またここの地勢は險しく、神の威徳をもってしなければ、全土に教化をほどこすことができないのです。東國の某は正直であって、私心なく、心が強く、おもいきって正しくさばくことのできる人物なのです。身の内に徳を藏し、蒙昧を開く才をもっている。榮耀榮華は生前に殘しておけないとはいっても、そのもつ眞理は死後にも殘るのです。多くの民が長くよりどころとする人物は、あなたの他に誰がいるというのでしょう。どうか民に徳を教え、禮をただし、願わくば民を至善の道にひきいれ、善を實踐し、心に得て、願わくば天下をよくおさめて下さいますように。天命を受けて王位につき、堯が舜に帝位を譲ったように、私もあなたに王位を譲って、私は賓となりましょう。どうかつつしんでお受け下さい」

朴生は詔をたまわってくるりとまわり、再拝して出て行った。閻魔王はまた、臣下の者や民に詔して、この慶事を傳え、皇太子の禮で朴生を送り出した。また王は朴生に詔して言った。

【本文】

不久當還。勞此一行所陳之語。傳播人間。一掃荒唐。生又再拜致謝曰。敢不對揚休命之萬一。既出門挽車者。蹉趺覆轍。生仆地驚起而覺。乃一夢也。開目視之。書册抛床。燈花明滅。生感訝良久。自念將死日。以處置家事爲懷。數月有疾。料必不起。却醫巫而逝、其將化之夕。夢神人告於四鄰曰。汝鄰家某公。將爲閻羅王者云。

【書き下し】

久しからずして當に還るべし。此の一行陳ぶるの語を勞して、人間に傳播せしめ、一に荒唐を掃え、と。生又た再拜して謝を致して曰く、敢て休命の萬が一を對揚せざらんや、と。既に門を出ずるとき車を挽く者、蹉趺して轍に覆す。生地に仆し驚起して覺めん。乃ち一夢なり。目を開きて之を視れば、書册床に抛ち、燈花明滅す。生感訝すること良久し。自ら念う將に死せんとする日、家事を處置するを以て懷と爲す。數月にして疾有り。料るに必ず起たず。醫巫を却《しりぞけ》て逝く。其の將に化せんとするの夕べ、夢らく神人四鄰に告げて曰く、汝が鄰家の某公、將に閻羅王者と爲すと云う。

【注】

・荒唐…言說によりどころがなく、とりとめがない。でたらめなことをいう。（『莊子』天下）『剪燈餘話』長安夜行錄「眞魂萬古抱悲傷、煩公一掃荒唐論」

・對揚休命…君命に答え、其の意を民衆にむかって宣揚する。對は答える意。『書經』說命下「敢對揚天子之休命」

【譯】

「またすぐに戻ってきなさい。ここで言っていたことを人間界に傳えて、今までのでたらめを一掃するように」

朴生は再拜して言った。

「必ず君命にこたえて、萬民にのこさずその意を傳えます」

門を出る時に車をひく者がつまづいて、車が覆った。朴生は地に倒れて、驚いて眼が覺めた。それはひと時の夢であった。眼を開いてあたりを見れば、書物は床に散らばり、燈火はちらちらと搖れていた。朴生はしばらくの間、感じ入り、また訝っていた。そして自分が死ぬ日までに、家の中の始末をつけておこうと思った。數ケ月して病にかかった。きっと再び起き上がることはないと思い、医者や巫女のする處置を斷って死んだ。ちょうど亡くなる時の夕べ、神人が夢の中で、近鄰の人々に

「お前の鄰家の某公は閻魔大王になるであろう」

と言ったのだった。

龍宮赴宴録

【本文】

松都有天磨山。其山高插而峭秀。故曰天磨山。中有龍湫。名曰瓢淵。窄而深。不知其幾丈。溢而爲瀑。可百餘丈。景槩清麗。遊僧過客。必於此而觀覽焉。夙著異靈。載諸傳記。國家歳時。以牲牢祀之。前朝有韓生者。少而能文。著於朝廷。以文士稱之。嘗於所居室。日晩宴坐。忽有靑衫幞頭郎官二人。從空而下。俯伏於庭曰。瓢淵神龍奉邀。生愕然變色曰。神人路隔。安能相及。且水府汗漫。波浪相囓。安可利往。二人曰。有駿足在門。願勿辭也。遂鞠躬挽袂出門。果有驄馬金鞍玉勒。盖黃羅帕而有翼者也。從者皆紅巾抹額。而錦袴者十餘人。扶生上馬。幢蓋前導。妓樂後隨。二人執笏從之。其馬緣空而飛。但見足下煙雲苒惹。不見地之在下也。

【書き下し】

松都に天磨山有り。其の山高く插して峭《そび》え秀でたり。故に天磨山と曰う。中に龍湫有り。名づけて瓢淵と曰う。窄《すぼ》めて深し。其れ幾丈なるかを知らず。溢れて瀑となる。百餘丈ばかり。景槩《がい》清麗なり。遊僧過客、必ず此に於て觀覽す。

夙《つと》に異靈を著し、諸傳記に載す。國家歳時、牲牢を以て之を祀る。前朝に韓生という者有り。少くして文を能くす。朝廷に著れ、文士を以て之を稱す。嘗て居る所の室に於て、日晩宴坐せり。忽ち青衫幞頭の郎官二人有り。空從り下る。庭に俯伏して曰く、瓢淵の神龍、邀《むか》え奉る、と。生愕然として色を變えて曰く、神人路隔たれり、安ぞ能く相及《いた》る。且つ水府汗漫にして、波浪相齧む。安ぞ往くに利あるべけんや、と。二人の曰く、駿足門に在る有り。願くは辭すること勿れ、と。遂に鞠躬して袂を挽きて門を出づ。果して驄馬金鞍玉勒有り。黃羅帕を蓋《おお》いて翼有る者なり。從者皆紅巾額を抹す。錦袴の者十餘人、生を扶けて馬に上せ、幢《とう》蓋前に導きて、妓樂後えに隨う。二人笏を執りて之に從う。其の馬空に緣りて飛ぶ。但だ足下煙雲の苒惹《ぜんじゃく》なるを見るのみ。地の下に在るを見ざるなり。

【注】

・松都…今の開城市。
・天磨山…松岳の北にある。天をさすように高くそびえているから天磨山という。
・龍湫…切り立った崖にある瀧の下の深い淵を龍湫という。
・鞠躬…身をかがめて敬いつつしむ。(『儀禮』聘禮)
・挽袂…拱手の禮をする。兩手を胸のところで合わせて敬意を表する。

【譯】

松都には天磨山という山がある。天磨山は高く、天をさすようにそびえて美しいので、天磨山というのである。天磨山の中には龍湫があり、瓢淵とよばれている。せまくて深く、どれくらいの深さなのかわからず、それがあふれて瀧となってしぶきを上げている。その高さは百餘丈あり、そこの景色は淸らかで美しい。行脚の僧も旅人も必ずここで景色を眺めてゆく。この瓢淵は以前より不思議な靈驗をあらわしており、色々な傳記にもその靈驗が記してある。國家の歳時でおまつりをするときには、供え物を用意してこの瀧をまつるのである。前朝に韓という書生がおり、若くして文章に秀でていた。朝廷でもその名は高く、文士と賞賛されていた。以前、住んでいた部屋で日暮に休息していたところ、急に青衫をきて頭巾をかぶった郎官が二人、空からおりてきた。郎官は庭にひれ伏して言った。

「瓢淵の神龍さまより、あなたをお迎えにあがりました」

韓生は驚いて顔色を變えて言った。

「神と人とは道を異にするものでございます。どうしてこのようなところにいらっしゃったのでしょうか。しかも水神の居ははるか深い水の中にあって、波が行く手を阻んでいます。どうやって行くというのでしょう。」

郎官二人が言った。

「駿馬が門のところにおります。どうかお斷りになられませんように」

かくして、身をかがめてつつしみ、拱手の禮をして門を出た。そこには金の鞍をのせ、玉のくつわをつけたあおうまがいた。黃色のうすぎぬをかぶせた、翼のある馬であった。從者はみな紅巾を頭にかぶっており、錦の袴をきた者が十餘人ほどいて、韓生を助けて馬に乘せ、はたぼこと朱のかさをさきがけとして、その後ろに音樂を奏でる樂隊がつき從った。二人の郎官は笏をもってこれにつき從った。馬は空を驅け出した。ただ足下には雲や煙がさかんにうずまいているのが見えるだけで、下に地面があるのは見えなかった。

【本文】

頃刻閒。已至於宮門之外。下馬而立。守門者。皆着彭蜞鰲鱉之甲。矛戟森然。眼眶可寸許。見生皆低頭交拜。鋪床請憩。似有預待。二人趨入報之。俄而靑童二人。拱手引入。生舒步而進。仰視宮門。榜曰含仁之門。生纔入門。神王戴切雲冠。佩劔秉簡而下延之。上階升殿請坐。卽水晶宮白玉床也。

【校勘】

○着…承本・明本「著」　○佤…明本「低」

【書き下し】

頃刻の閒、已に宮門の外に至り、馬より下りて立つ。門を守る者、皆彭蜞鰲鱉《ごうべつ》の甲を着て、矛戟森然たり。眼眶《きょう》寸許ばかりなる。生を見て皆頭を佤《た》れて交も拜す。床を鋪きて憩わんことを請う。預待すること有るに似れり。二人趨《はし》て入りて之を報ず。俄にして靑童二人、拱手して引きて入る。生舒歩して進む。仰ぎて宮門を視る。榜に曰く含仁の門と。生纔に門に入る。神王切雲の冠を戴き、劔を佩び簡を秉《と》りて下りて之を延《ひ》く。階を上り殿に升りて坐せんことを請う。卽ち水晶の宮 白玉の床なり。

【注】

・彭蜞…蟹の一種。蟹に似て小さい。『剪燈新話』太虛司法傳「團欒如巨蟹焉、衆又笑辱之、呼爲彭蜞怪」

・切雲冠…冠の名。冠がそびえて雲にも届く形容。『楚辭』九章　涉江「冠切雲之崔嵬」

【譯】

しばらくしてから、宮門の外に着き、馬から下りて立ち止まった。宮門を守る者はみな彭蜞鰲鱉の甲をきて、矛や戟は森のように竝び立っており、甲のあいだから眼がわずかにみえているだけだった。韓生を見ると、みな頭を下げてかわるがわるお辭儀をした。敷物をしき、韓生にそこで休むようすすめた。あらかじめ韓生を待っていたかのようであった。二人が走ってきて知らせると、にわかに仙童が二人、拱手の禮をして韓生の手をとって内に入っていった。韓生はゆっくりしずかに歩いて進んでいった。宮門を仰いで見上げると、「含仁の門」と扁額がかかげてあった。韓生はついに門を入っていった。神王は切雲の冠を頭に戴き、劍を腰におびて簡を手に持って下りてきて、韓生を招じ入れた。階をのぼって殿上にあがり、座るよう言った。そこはすなわち水晶の宮、白玉の床であった。

【本文】

生屈伏固辭曰。下土愚人。甘與草木同腐。安得干冒神威。濫承寵接。神王曰。久望令聞。仰屈尊儀。幸毋見訝。遂揮手揖坐。生三讓而登。神王南向。踞七寶華床。生西向而坐。坐未定。閽者傳言曰。賓至。王又出門迎接。見有三人。著紅袍乘綵輦。威儀侍從。儼若王者。王又延之殿上。生隱於牖下。欲竢其定而請謁。王勸三人東向。揖坐而告曰。適有文士在陽界。奉邀。諸君勿相疑也。

【校勘】

○冒…明本「冐」

【書き下し】

生屈伏して固辭して曰く、下土の愚人、草木と同に腐ることに甘ず。安ぞ神威を干冒して、濫りに寵接を承ることを得ん、と。神王の曰く、久しく令聞を望み、仰ぎて尊儀を屈す。幸《ねが》わくは訝かるること毋れ、と。遂に手を揮いて坐を揖《ゆう》す。生三たび讓りて登る。神王南に向い、七寶の華床に踞す。生西に向いて坐る。坐未だ定まらず。閽者《こんじゃ》言を傳えて曰く、賓至る、と。王又た門を出て迎接す。見るに三人有り。紅袍を著《き》て綵輦《れん》に乗り、威儀侍從、儼として王者の若し。王又た之を殿上に延《ひ》く。生牖《ゆう》下に隱れ、其の定れるを竢《ま》ちて謁を請わんことを欲す。王三人に勸めて東に向わしむ。坐を揖《すす》めて告げて曰く。適《たま》ま文士の陽界に在る有り。邀《むか》え奉る。諸君相い疑うこと勿れ、と。

【注】

・寵接…うやまい、まじわる。『白虎通』鄉射「寵接禮交」
・令聞…良いほまれ。『詩經』大雅　文王之什　文王「亹亹文王、令聞不已」
・威儀…帝王或いは大臣の儀仗、從者。

【譯】

韓生は床に伏して、固辭して言った。

「私は下界の愚人、草や木と同じように朽ちてゆくことが當たり前だと思っております。どうして神の威光を犯し、むやみやたらに神と交わることができましょうか」

神王は言った。

「私は長い間あなたの令名をお伺いしており、ここにこうしてあなたを敬い慕って禮を盡くしているのです。どうかあやしまれませんように」

そうして手ずから示して席をすすめた。韓生は三度辭退してから席についた。神王は南を向いて、七寶の華床にすわり、韓生は西を向いてすわることになった。まだ座につかない閒に、門番がことづててきた。

「お客様がいらっしゃいました」

神王はまた門を出て客を迎えた。見てみると、客は三人いた。紅袍をきて綵輦に乘り、從者がそれにつきしたがって、嚴かなようすはまるで王のようであった。神王は彼らを殿上に招じた。韓生はまどの下に身をひそめて、彼らの座が定まるのを待って、拜謁したい旨を申し出た。神王は三人を東に向いて坐るようすすめ、言った。

「偶然にも高名な文士が人閒界におりまして、今日ここにお迎えしたのです。あなた方はどうかあやしまれませんように」


【本文】

命左右引入。生趍進禮拜。諸人皆俛首答拜。生讓座曰。尊神貴重。僕乃一介寒儒。敢當高座。固辭。諸人曰。陰陽路殊。不相統攝。而神王威重。鑑人惟明。子必人閒文章鉅公。神王是命。請勿拒也。神王曰。坐。三人一時就座。生乃跼蹐。而登跪於席邊。神王曰。安座。坐定行茶一巡。神王告曰。寡人止有一女。已加冠笄。將欲適人。而弊居僻陋。無迎待之館。花燭之房。今欲別構一閣。命名佳會。工匠已集。木石咸具。而所乏者上梁文耳。

【校勘】

○左…明本「在」 ○蹐…承本「踏」

【書き下し】

左右に命じて引きて入る。生趍《はし》り進みて禮拜す。諸人皆俛首して答拜す。生座を讓りて曰く、尊神貴重なり。僕は乃ち一介の寒儒、敢て高座に當らんや、と固辭す。諸人の曰く、陰陽路殊にして、相統攝せず。而れども神王威重にして、人を鑑みること惟れ明なり。子は必ず人間文章の鉅公ならん。神王是れ命ず。請うらくは、拒むこと勿れ、と。神王の曰く、坐せよ、と。三人一時に座に就く。生乃ち跼蹐《きよくせき》して、登りて席邊に跪く。神王の曰く、安坐せよ、と。坐定まりて行茶一たび巡る。神王告げて曰く、寡人止《た》だ一女有り。已に冠笄《けい》を加え、將に人に適《とつが》んと欲す。弊居僻陋にして、迎待の館、花燭の房無し。今別に一閣を構えて、名を佳會と命《なず》けんと欲す。工匠已に集まり、木石咸な具われり。而れども乏《たりな》き所の者は上梁の文のみ。

【注】

・鉅公…大人物。尊者の通稱。李賀・高軒過詩「云是東京才子、文章鉅公」

・跼蹐…つつしみおそれてせぐくまり、抜き足で歩く。『詩經』小雅　節南之什　正月「謂天蓋高、不敢不局、謂地蓋厚、不敢不蹐」

・冠笄…冠は男子が二十歳にして元服する禮、笄は女子が十五歳にしてこうがいをする禮。成人となる儀式。『禮記』樂記第十九「昏姻冠笄、所以別男女也」

・花燭之房…洞房花燭。結婚式の夜。婚姻。『剪燈新話』翠翠傳「洞房花燭十分春、汗沾胡蝶粉、身惹塵香塵」

・上梁文…上棟式の祝文。六朝にはじまる。文は駢語を用い、末に詩を付し、上下東西南北の六章からなる。

【譯】

從者に命じ、三人を連れて入ってきた。韓生がすみやかにすすんでやってきて、三人に禮拜した。みな頭を下げて、韓生の禮にこたえて拜禮した。韓生は座をしりぞいて言った。

「私は一介の寒儒でございます。どうしてあなた方と同じ座に坐ることができましょうか」

と固辭した。みなは言った。

「陰陽の路というのは異なっており、本來はともにすべおさめないものです。しかし神王は威嚴があり、人を見る眼はすぐれています。あなたはきっと人間界の文章の大人でありましょう。だから神王がお命じになったのです。どうかお斷りになられませんように」

神王が言った。

「お座り下さい」

三人は一緒に座についた。韓生は身をかがめて、そっと拔き足で座にのぼり、しきもののそばにかしこまって坐った。

また神王が言った。

「どうぞ樂にお座り下さい」

皆が席について、茶がひととおり配られた。そこで神王が皆に言った。

「私には娘が一人おります。もうすでに成人しており、他所に嫁ごうとしております。私の家は僻陋で、客をもてなす建物も、新婚夫婦の部屋もございません。そこで今別に一つ建物を建て、それに佳會と名づけたく思います。大工たちはすでに集まっており、建物を建てるための木や石はすべて整っているのですが、無いのはそのときに捧げる棟上げ文だけなのです」

【本文】

側聞。秀才名著三韓。才冠百家。故特遠招。幸爲寡人製之。言未既有二丫童。一捧碧玉之硯。湘竹之管。一捧冰綃一丈。跪進於前。生俛伏而起。染翰立成。雲煙相糺。其詞曰。

【校勘】

○翰…承本・明本「翰」、朝鮮本は「輸」につくる。「翰」に改む。

【書き下し】

側《ほのか》に聞く、秀才 名は三韓に著しく、才は百家に冠《こうむ》れり。故に特に遠く招く。幸《ねが》わくは寡人が爲に之を製せよ、と。言未だ既《つ》きざるに二《ふたり》の丫童有り。一《ひとり》は碧玉の硯、湘竹の管を捧げ、一《ひとり》は冰綃《しょう》一丈を捧げて、跪きて前に進む。生俛《ふ》伏《ふく》して起ち、翰《ふで》を染めて立《ただ》ちに成る。雲煙相糺《みだ》る。其の詞に曰く。

【注】

・湘竹之管…班竹の異稱。湘妃が涙をそそいで斑紋をなしたという。

・雲煙…書畫の筆勢の躍動する形容。

【譯】
すぐれたあなたの名は三韓にあらわれ、その才能は多くの者の上にたっているということは存じあげております。ゆえに遠くよりこちらにお招きしたのです。どうか私のために上棟文をつくってください」

と言い終わらないうちに、二人のあげまきに結った子供がやってきた。一人は碧玉の硯、一人は湘竹の筆をささげもち、もう一人は薄い白ぎぬ一丈をささげもって、屈んで前にすすんできた。韓生はうつむきながら立ち上がり、筆を墨に染めて、たちどころに上棟文を草した。その筆勢は雲や煙のようになめらかであった。その詞にはこうあった。

【本文】
切以。堪輿之內。龍神最靈。人物之閒。配匹至重。既有潤物之功。可無衍福之基。是以關雎好逑。所以著萬化之始。飛龍利見。亦以象靈變之迹。是用新構阿房。昭揭盛號。集蜃鼉而作力。聚寶貝以爲材。竪水晶珊瑚之柱。掛龍骨琅玕之梁。珠簾捲而山靄蒨葱。玉戸開而洞雲繚繞。宜室宜家。享胡福於萬年。鼓瑟鼓琴。毓金枝於億世。用資風雲之變。永補造化之功。在天在淵。蘇下民之渴望。或潛或躍。祐上帝之仁心。騰翥快於乾坤。威德洽乎遐邇。玄龜赤鯉。踊躍而助唱。木怪山魈。次第而來賀。宜作短歌用揭雕梁。

抛梁東。紫翠岧嶤撐碧空。一夜雷聲喧繞澗。蒼崖萬仞珠玲瓏。

抛梁西。徑轉巖廻山鳥啼。湛湛深湫知幾丈。一泓春水似玻瓈。

抛梁南。十里松杉横翠嵐。誰識神宮宏且壯。碧琉璃底影相涵。

抛梁北。曉日初升潭鏡碧。素練横空三百丈。飜疑天上銀河落。

抛梁上。手捫白虹遊莽蒼。渤海扶桑千萬里。顧視人寰如一掌。

抛梁下。可惜春疇飛野馬。願将一滴靈源水。四海便作甘雨灑。

伏願。營室之後。合巹之晨。萬福咸臻。千祥畢至。瑤宮玉殿。挾卿雲之靉靆。鳳枕鴦衾。聳歡聲之騰沸。不顯其德。以赫厥靈。


【校勘】
○睢…承本・明本「睢」 ○蒨…承本・明本「靑」 ○岧嶢…承本「宕嶢」 ○徑…承本・明本「征」
○靆…承本・明本「⿰雲建」

【書き下し】

切に以《おもん》みるに、堪輿《かんよ》の内、龍神最靈なり。人物の閒、配匹至りて重し。既に物を潤すの功有り。福を衍《し》くるの基い無かるべけんや。是を以て關睢好逑、萬化の始を著す所以なり、飛龍利見も、亦た以て靈變の迹を象《かたど》る。是を用て新たに阿房を構え、昭《あきら》かに盛號を掲ぐ。蜃鼉《しんた》を集めて力と作し、寶貝を聚めて以て材と爲す。水晶珊瑚の柱を竪てて、龍骨琅玕《ろうかん》の梁を掛く。珠簾捲きて山靄蒨葱《せんそう》たり、玉戸開きて洞雲繚繞す。室に宜しく家に宜しく、胡福を萬年に享く。瑟を鼓し琴を鼓して、金枝を億世に毓《いく》す。用て風雲の變を資《たす》け、永く造化の功を補う。天に在り淵に在りて、下民の渇望を蘇し、或いは潛り或いは躍りて上帝の仁心を祐《たす》く。騰翥《とうしょ》乾坤に快く、威德遐邇《かじ》に洽《あまね》し。玄龜赤鯉、踊躍して唱を助《そ》え、木怪山魈《しょう》、次第して來り賀す。宜しく短歌を作りて用て雕梁に掲ぐべし。

梁東に抛す、紫翠岧嶢《ちょうぎょう》として碧空を撐《ささ》え、一夜雷聲喧しくして澗《たに》を繞《めぐ》る。蒼崖萬仞《じん》 珠玲瓏たり。

梁西に抛す、徑轉《みちめぐ》り巖《いわお》廻りて山鳥啼く。湛湛たる深湫 幾く丈をか知らん。一泓《おう》の春水玻瓈に似たり。

梁南に抛す、十里の松杉 翠嵐横《よこ》たう。誰か識らん 神宮宏にして且つ壮なるを。碧琉璃の底《もと》 影相涵《ひた》す。

梁北に抛す、曉日初めて升て潭鏡碧なり。素練空に横《よこたわ》る三百丈。飜《ひるがえ》りて疑う 天上銀河の落つるかと。

梁上に抛す、手に白虹を捫《も》ちて莽蒼《もうそう》に遊ぶ。渤海扶桑 千萬里。人寰を顧視すれば一掌の如し。

梁下に抛す、惜しむべし春疇野馬飛ぶ。願わくは一滴靈源の水を將て、四海便ち甘雨の灑《そそ》ぐことを作さんことを。

伏して願う、營室の後、合巹の晨、萬福咸な臻《いた》り、千祥畢《ことごと》く至りて、瑤宮玉殿、卿雲の靉靆《あいたい》を挾み、鳳枕鴦衾、歡聲の騰沸を聳《そびや》かし、不《おおい》に其の德を顯し、以て厥《そ》の靈を赫《かがや》かさんことを。


【注】

・關雎…『詩經』周南の篇名。淑女を得て助けとなさんことを思って作る。夫婦の道が行われて家庭がよく修まるたとえ。(『詩經』周南・關雎)
・飛龍利見…『周易』乾「飛龍在天、利見大人」(この王位の大人をみるの意)のち、君主を利見という。
・蜃鼉…蜃はおおはまぐり、鼉はわにの類。
・宜室宜家…『詩經』桃夭「桃之夭夭、灼灼其華、之子于歸、宜其室家」
・鼓瑟鼓琴…『詩經』小雅　鹿鳴「我有嘉賓、鼓瑟鼓琴、鼓瑟鼓琴」
・胡福…大いなる幸い。『儀禮』士冠禮「眉壽萬年、永受胡福」
・金枝…金枝玉葉。帝室の一族、帝王の子孫の貴稱。

・在天在淵…『詩經』大雅　旱麓「鳶飛戾天、魚躍于淵」
・或潛或躍…『詩經』小雅　鴻鴈之什「魚潛在淵、或在于渚…（略）…魚在于渚、或潛在淵」
・紫翠…山色の形容。杜牧・早春閣下寓直蕭九舍人亦直內署因寄書懷詩「千峯橫紫翠、雙闕凭欄干」
・一泓…一たまりの深く清い水。白居易・酬微之誇鏡湖「一泓鏡水誰能羨、自有胸中萬頃湖」
・翠嵐…樹木の青いさま。
・潭鏡…水が平らかで、鏡のような淵。皇甫冉・雜言無錫惠山寺流泉歌「作潭鏡兮澄寺內、泛巖花兮到人間」
・扶桑…東海中にある神木。兩樹同根。生じて相依倚するから扶という。日の出るところといわれる。（『海內十洲記』）
・人寰…人の住むところ。人境に同じ。白居易・長恨歌「廻頭下望人寰處、不見長安見塵霧」
・春疇…謝朓・三日侍宴詩「祓穢河滸張樂春疇」、范雲詩「開渠納秋水相土播春疇」
・野馬…かげろう。遊氣をいう。春の發陽の氣の空にみえるもの。
・甘雨…時を得た雨。萬物を潤養する雨。（『爾雅』釋天）
・不顯其德…不は丕に通ず。『詩經』周頌　淸廟「不顯不承、無射於人斯」

【譯】

思うに、天地のうちでは龍神が最も靈驗があり、人間の世界では配匹というものが最も重い。すでにものにめぐみを與えるといういさおしがある以上、幸せをひろくおし廣げる基なるものがあってしかるべきである。それで、かの梁にみさごを彫りたるは、あらゆるものの萬物變化のはじめをあらわすものであり、飛龍の姿が彫ってあるのもまた、大きな靈驗の變化の跡を象徵している。そこで新たに宮殿をかまえ、あきらかに佳會の額をかかげる。

蜃鼉を集めて勞働力とし、寳貝を集めて建材とする。水晶や珊瑚の柱をたてて、龍骨や玉で梁をかける。珠の簾を上げれば、山のもやは青みどりにけぶり、玉の戸をあければ洞雲はうずまき、たなびいていることだろう。嫁ぐ娘は婚家になじみ、大いなる幸を萬年に渡って受けることだろう。瑟を鼓し、琴を鼓して、帝王の子孫はいつまでも續き、風や雲のように目まぐるしく變わる世の中を助けて、ながく自然の創造を補う。この喜びごとは世の人の渇望をいやし、あるいは上帝の仁心を助ける。とびあがっては天地に快く、その威德は遠近にひろくゆきわたっている。玄龜や赤鯉が喜んでうたを添え、木怪山魈が順に次々とやってきては祝いを述べる。そこで短い詩歌を作って雕梁にかかげよう。

梁東にこの詩をかかげ申し上げる。紫けぶる山は高くそびえ、蒼空をささえているかのよう。一夜にして雷聲はかまびすしく谷をめぐりひびき、珠はこけの生えた高くけわしい崖に鳴り響く。

梁西にこの詩をかかげ申し上げる。山の徑はうねってめぐり、巖もまたごつごつとめぐって、山鳥が鳴いている。深く澄んだこの池は、一體どれほどの深さがあるのだろう。一たまりの春の水は玻瓈のように清く澄んでいる。

梁南にこの詩をかかげ申し上げる。青々とした松と杉の木はながく横たわるようにはえている。神の宮が廣大で立派であることを誰が知っているだろう。みどりの瑠璃色の水の底に、その姿がゆらめいている。

梁北にこの詩をかかげ申し上げる。あさひが初めてのぼり、鏡のように平らかな水面は碧にかがやく。白いねり絹のような天の河が空に長く横たわり、そのひるがえる姿をみては、銀河が降ってきたのではないかと疑う。

梁上にこの詩をかかげ申し上げる。手に白虹の劍をもって、青々とした草野に遊ぶ。渤海の扶桑は千萬里。ここから人境をかえりみれば、まるで手のひらのように小さい。

梁下にこの詩をかかげ申し上げる。春の疇にかげろうがゆらめいているのをめでる。

願わくは一滴の靈源の水のような龍王の威德をもって天下を潤養せんことを。伏して願わくば、落成の後に婚禮のときをむかえられ、萬福、千祥みなここにいたり、玉でつくったこの宮殿に慶雲がたなびき、あでやかな鳳凰の枕に、鴛鴦のしとねにはよろこびの聲が沸きあがり、大いにその德をあらわし、その不思議な功德までもかがやきますように。

【本文】

書畢進呈。神王大喜。乃命三神。傳閱三神。皆唶唶歎賞。於是神王開潤筆宴。生跪曰。尊神畢集。不敢問諱。神王曰。秀才陽人。固不知矣。一祖江神。二洛河神。三碧瀾神也。餘欲與秀才光伴。故邀爾。酒進樂作有蛾眉十餘輩。搖翠袖戴瓊花。相進相退。舞而歌碧潭之曲。曰。

【書き下し】

書き畢りて進呈す。神王大いに喜ぶ。乃ち三神を命じ、三神に傳閱せしむ。皆唶唶《さくさく》として歎賞す。是に於て神王潤筆の宴を開く。生跪きて曰く、尊神畢《ことごと》く集る。敢て諱を問わざらんや、と。神王の曰く。秀才は陽人、固《もと》より知らず。一《ひとり》は祖江神、二《ふたり》は洛河神、三は碧瀾神なり。餘《わ》れ秀才と光伴せんことを欲す。故に邀《むか》うるのみ、と。酒進み樂作《おこ》りて蛾眉十餘輩有り。翠袖を搖らし瓊花を戴きて、相進み相退き、舞いて碧潭の曲を歌う。曰く。

【注】

・潤筆…揮毫料。潤筆之資…『剪燈新話』水宮慶會錄「以玻瓈盤、盛照夜之珠十、通天之犀二、爲潤筆之資」

・祖江神…祖江は河の名。漢江と臨津江が合流する地點から月串面北部地域に流れる河。
・洛河神…洛河。現在ソウル市を流れる漢江のこと。
・碧瀾神…碧瀾渡。渡しの名。京畿道開豐郡西面の禮成江下流にあった。

【譯】


詩を書き終えて、龍王にささげた。龍王は大いに喜び、三神をよんでかわるがわる傳えよませた。神たちは皆、わいわいと言いながら詩をほめたたえた。そこで龍王は上梁文のお禮の宴をひらいた。韓生はひざまづいて言った。

「尊い神々がみなここに集まっていらっしゃるのに、どうしてお名前をきかずにいられましょうか」

龍王が言った。

「この文士は人間界の者で、もともと貴殿たちの名を知らぬのです。一人は祖江神、二人目は洛河神、三人目は碧瀾神といいます。わたしはあなたと一獻ご相伴したいと思い、ここにお迎えしたのです」

酒が進み音樂が鳴って、蛾眉の美女が十人ほどやってきた。そでをゆらし、頭には花をいただき、前に行ったり後ろに行ったりして踊りながら碧潭の曲を歌った。その詩にはこうあった。


【本文】


青山兮蒼蒼。碧潭兮汪汪。

飛澗兮泱泱。接天上之銀潢。

若有人兮波中央。振環珮兮琳琅。
威炎赫兮煌煌。羌氣宇兮軒昂。
擇吉日兮辰良。占鳳鳴之鏘鏘。
有翼兮華堂。有祚兮靈長。
招文士兮製短章。歌盛化兮舉脩梁。
酌桂酒兮飛羽觴。輕燕回兮踏春陽。
獸口噴兮瑞香。豕腹沸兮瓊漿。
擊魚鼓兮郎當。吹龍笛兮趨蹌。
神儼然而在床。仰至德兮不可忘。

【書き下し】

青山蒼蒼たり。碧潭汪汪《おうおう》たり。
飛澗泱泱《おうおう》として、天上の銀潢《こう》に接す。
若《か》くのごとき人有り 波の中央に。環珮《はい》を振いて琳琅たり。
威炎赫《かく》として煌煌たり。羌《ああ》氣宇軒昂す。
吉日辰《しん》良を擇びて、鳳鳴の鏘鏘《しょうしょう》たるを占う。
翼のごとき華堂有り、祚のごとき靈長有り。
文士を招きて短章を製せしめ、盛化を歌いて脩梁に擧ぐ。

桂酒を酌みて羽觴を飛ばし、輕燕回《めぐ》りて春陽を踏む。
獸口瑞香を噴《は》き、豕《し》腹瓊漿を沸す。
魚鼓を撃ちて郎當たり。龍笛を吹きて趨蹌たり。
神儼然として床に在《いま》す。至德を仰ぎて忘るべからず。

【注】

・泱泱…流れのさかんなさま。『詩經』小雅　甫田之什　瞻彼洛矣「瞻彼洛矣、維水泱泱」
・環珮…おびだま。佩玉。『禮記』經解「行步則有環珮之聲、升車則有鸞和之音」
・琳琅…玉が觸れて鳴る音。
・氣宇軒昂…人柄・風格・氣概が不凡なさま。
・辰良…よい日。吉日。『楚辭』九歌　東皇太一「吉日兮辰良、穆將愉兮上皇」
・鳳鳴…鳳鳴朝陽。鳳凰が山の東になく。天下太平の瑞祥。（『詩經』大雅・卷阿）
・靈長…幸福の長く續くこと。『晉書』卷九十八　列傳第六十八　王敦傳「賴嗣君英略、晉祚靈長」
・盛化…盛んな敎化・感化。董仲舒『春秋繁露』正貫「聲響盛化運於物、散入於理、德在天地、神明休集、竝行而不竭、盈於四海而訟詠」
・豕腹…豚の腹のようにふくらんだ鼎。
・趨蹌…音樂の拍子やリズム、テンポ。

【譯】


山は青々と繁り、みどりの淵は深く水をたたえている。

飛び散る河の水は盛んに、まるで銀河にとどくよう。

波のなかに人ありて、おび玉をゆらして朗々と音をたてる。

はげしい炎は明るく盛んにかがやいて、ああ王の威徳はなんと高いことよ。

良き日、良き時刻をえらび、鳳凰が聲高く鳴いて天下泰平の日を占う。

翼をひろげたような美しき堂があり、幸のとこしえに續くことをしめすよう。

ここに文士を招いて棟上げの短い文をつくらせ、盛んな德化を贊嘆してこの長い梁にささげる。

桂酒を酌んで盃をまわすのは、輕やかに燕が春の日差しの中を舞うようだ。

けものの形をした香爐の口からはかぐわしい香がただよい、豕腹で玉の汁を沸かす。

魚鼓を打って朗々と響かせ、龍笛をふいて拍子をとる。

今神はおごそかに座についていらっしゃる。我々はその最上の德を敬って尊び、忘れることはありません。


【本文】

舞竟復有總角十餘輩。左執籥右執翿。相旋相顧。而歌回風之曲曰。

【書き下し】

舞い竟りて復た總角十餘輩有り。左に籥を執り、右に翿を執る。相旋《めぐ》り相顧みて、回風の曲を歌う。曰く。


【注】
・左執籥右執翿…左手にはふえを持ち、右手にははねをにぎって舞を舞う。『詩經』邶風・簡兮「左手執籥、右手秉翟」

【譯】

舞いが終わって、またあげまきに結った者が十餘人やってきた。左手には籥をもち、右手には翿をもって、くるくるとめぐりながら踊り、回風の曲を歌った。その曲にいうには。


【本文】

若有人兮山之阿。披薜茘兮帯女蘿。

日將暮兮清波。生細紋兮如羅。

風飄飄兮鬢鬖髿。雲冉冉兮衣婆娑。

周旋兮委蛇。巧笑兮相過。

捐余褋兮鳴渦。解余環兮寒沙。

露浥兮庭莎。煙瞑兮嶔峩。
望遠峯之嵾嵯。若江上之青螺。
跣撃兮銅羅。酔舞兮傞傞。
有酒兮如沱。有肉兮如坡。
賓既酔兮顏酡。製新曲兮酣歌。
或相扶兮相拖。或相拍兮相呵。
撃玉壺兮歓無何。清興闌兮哀情多。

【校勘】

○飄飄…明本「瓢瓢」

【書き下し】

若《か》くのごとき人有り山の阿《くま》に。薜茘を披《ひら》きて女蘿を帯ぶ。
日将に暮れんとして清波、細紋を生じて羅の如し。
風飄飄として鬖髿《さんしゃ》たり。雲冉冉として衣婆娑す。
周旋委蛇して、巧笑して相過ぐる。
余が褋を鳴渦に捐《す》てて、余が環を寒沙に解く。
露庭莎を浥《うるお》し、煙り嶔峩《きんが》に瞑し。

遠峯の嵾嵯《しんさ》たるを望めば、江上の青螺の若し。
䟽《あら》く銅羅を撃ちて、酔いて舞うこと傞傞《ささ》たり。
酒有り沱の如く、肉有り坡の如し。
賓既に酔いて顔《かんばせ》酡す。新曲を製して酣歌《かんか》す。
或いは相扶《よ》りて相拖《ひ》き、或いは相拍ちて相呵《か》す。
玉壺を撃ちて飲むこと何《いくばく》もなし、淸興闌にして哀情多し。

【注】

・委蛇…落ち着いてあせらないさま。ゆったりしているさま。
・巧笑…にっこりわらう。『詩經』衞風　碩人「巧笑倩兮、美目盼兮」
・捐餘褋兮鳴渦…『楚辭』九歌　湘夫人の「捐餘袂兮江中、遺餘褋兮澧浦（私の袷肌着を江中に投げ、私の褋を澧浦の水に落としこみ、遠く離れているあの人に贈ろう）」による。
・解環…解珮。帯につけた装身具をはずす。漢・劉向『列仙傳』江妃二女「江妃二女者、不知何所人也、出遊於江漢之湄、逢鄭交甫、見而悦之、不知其神人也、謂其僕曰、我欲下請其佩…（略）…、遂手解佩與交甫」
・傞傞…止まない意。酔っていつまでも舞うさま。『詩經』小雅　甫田之什　賓之初筵「側弁之俄、屢舞傞傞」
・哀情…かなしい心。漢武帝・秋風辭「歡樂極兮哀情多、少壯幾時兮奈老何」

【譯】

山に人あり。薜茘をきて女蘿をおびている。

日はもう暮れようとして水面の清い波が、細かな波紋をたてて薄絹のような模様を描く。

風がひゅうと吹いて髮が亂れ、雲はゆっくりとたなびき、衣は舞を舞うようにひるがえる。

女は舞い、ゆったりとめぐり、にっこり笑いながらすれ違う。

私のひとえを鳴渦になげてあの人に贈ろう。私のおびだまを冷たい砂の上にほどいてあの人に贈ろう。

露は庭莎を濡らし、もやは高く險しい山にくらくかかっている。

遠くの高く險しい峯をのぞめば、それははるか江の上に浮かぶ青い山のようである。

銅鑼打ち鳴らし、醉い亂れては舞いつづける。

酒はあふれるがごと、肉はおかをなすかのよう。

客は醉いて顏みだれ、新しい曲を作って飲み歌う。

互いに寄り添うては離れ、拍子をとって手を打っては聲をかける。

美しい酒壺を叩きながら飲んでいるとそんなに時間がたったとも思わないのに、早くも淸らかな宴はたけなわとなって、かえって哀しい氣持ちがあふれてくる。


【本文】


舞竟神王喜抃。洗爵捧觥。致於生前。自吹玉龍之笛。歌水龍吟一闋。以盡歡娛之情。其詞曰。

　管絃聲裏傳觴。瑞麟口噴靑龍腦。

橫吹片玉。一聲天上。碧雲如掃。

響激濤曲。飜風月景。閑人老悵。
光陰似箭。風流若夢。歡娛又。生煩惱。
西嶺綵嵐初散。喜東峯。冰盤凝灝。
擧杯爲問。靑天明月。幾看醜好。
酒滿金罍。人頽玉岫。誰人推倒。
爲佳賓脫盡。十載雲泥。壹欝快。登蒼昊。

【校勘】

○裏…承本・明本「褁」　○響激濤曲…明本「響激波濤曲」

【書き下し】

舞い竟りて神王喜び抃《う》ちて、爵《さかずき》を洗い觥《こう》を捧げて、生が前に致す。自ら玉龍の笛を吹き、水龍吟一闋を歌いて、以て歡娛の情を盡す。其の詞に曰く。

　管絃聲裏　觴を傳う。瑞麟の口　靑龍腦を噴く。
　横ざまに片玉を吹く。一聲天上、碧雲掃《はら》うが如し。
　響く　激濤の曲、飜る　風月の景。閑人老悵す。
　光陰箭に似たり。風流夢の若し。歡娛又た、煩惱を生ず。
　西嶺綵嵐　初めて散り、喜ぶ　東峯、冰盤の凝灝《こう》たることを。

杯を擧げて問いを爲す。青天明月、幾たびか醜好を看る。

酒金罍に滿ち、人 玉岫《しゅう》を頽《くず》す。誰人か推倒せん。

佳賓の爲に脫盡す、十載の雲泥。壹鬱として快く、蒼昊《こう》に登らん。


【注】

・洗爵…さかずきをあらう。『詩經』大雅 行葦「或獻或酢、洗爵奠斝」
・水龍吟…詞牌の名。
・光陰似箭…光陰如箭…歲月は經過するが、速やかで且つ再び歸っては來ないことを矢にたとえて言う。李益・游子吟「君看白日馳、何異弦上箭」、黃庭堅・次韻子瞻和王子立風雨敗書屋有感詩「師儒竝世難、日月過箭疾」
・氷盤…月をさす。
・壹欝…氣がふさがる。憂いおもう。また陰陽の二氣が交合するようす。王符・潛夫論・本訓「陰陽有禮、實生兩儀、天地壹欝、萬物化湆」

【譯】


舞いが終わって、龍王は喜んで手を叩き、盃をあらって大きなつのさかずきを韓生の前に差し出した。龍王は自ら玉龍の笛をふいて、水龍吟一闋を歌って、よろこびの氣持ちを表した。その詞にはこうあった。

管弦のかなでる中でさかずきをとばし、麒麟の口からはかぐわしい龍腦香の香煙がくゆっている。

横ざまに玉龍の笛を吹けば、天上にその音色はまるで雲を散らすかのように響きわたる。

この響き渡る激波の曲は、美しい風景のなかに飜り、閑人は、月日は矢のように速く過ぎ去って二度とかえらないことを憂う。

風流な喜びごとも夢のように儚く、喜びや樂しみは新たな煩惱を生む。

西の峯の山氣が散じて、東の峯に寒々とした月が大きくあざやかに出ていることを喜ぶ。

さかずきを擧げ、お尋ね申す。青天の明月は、この世の醜さと美しさをどれほど見たのか。

今、酒は金の杯に滿ち滿ちて、人のこのうるわしき岫にくずれるあれば、誰が推し倒したというのだろうか。

賓客のために俗世の汚らわしさをはらいのけ、陰陽の二氣交わりて、ともに蒼空にのぼってゆく。


【本文】

歌竟顧謂左右曰。此間伎戲不類人閒。爾等爲嘉賓呈之。有一人。自稱郭介士。擧足横行。進而告曰。僕巖中隱士。沙穴幽人。八月風淸。輸芒東海之濱。九天雲散。含光南井之傍。中黃外圓。被堅執銳。常支解以入鼎。縱摩頂而利人。滋味風流。可解壯士之顏。形模郭索。終貽婦人之笑。趙倫雖惡於水中。錢昆常思於外郡。死入畢吏部之手。神依韓晉公之筆。且逢場而作戲。宜弄脚以周旋。卽於席前。負甲執戈。噴沫瞪視。回瞳搖肢。蹣跚趍蹌。進前退後。作八風之舞。其類數十。折旋俯伏。一時中節。乃作歌曰。

【校勘】

○昆…承本・明本「毘」

【書き下し】
歌い竟りて顧みて左右に謂いて曰く、此の間伎戲人間に類せず。爾等嘉賓《ひん》の爲めに之を呈せよ、と。一人有り。自ら郭介士と稱す。足を擧げて横に行く。進みて告げて曰く、僕は巖中の隱士、沙穴の幽人なり。八月風清くして、芒《ぼう》を東海の濱に輸《うつ》し、九天雲散じて、光を南井の傍に含む。中黃に外圓にして、堅きを被り銳を執る。常に支解して以て鼎に入り、縱に頂を摩《さす》りて人を利す。滋味風流、壯士の顏を解くべし。形模郭索として、終に婦人の笑を貽《のこ》す。趙倫水中に惡むと雖も、錢昆常に外郡を思う。死して畢吏部が手に入り、神 韓晉公が筆に依る。且つ場に逢いて戲を作す。宜しく脚を弄して以て周旋すべし、と。卽ち席前に於て、甲を負いて戈《ほこ》を執り、沫《あわ》を噴きて瞪《とう》視し、瞳を回らし肢《えだ》を搖らし、蹣跚《まんさん》趍蹌《しゅそう》とす。前に進み後ろに退き、八風の舞を作す。其の類數十。折旋俯伏して、一時に節に中《あ》てる。乃ち歌を作りて曰く。

【注】
・輸芒…傳說によると、蟹は八月に稻が實るころ、腹中にある稻芒を海神にささげるという。段成式『酉陽雜俎』鱗介篇「蟹、八月腹中有芒、芒眞稻芒也、長寸許、向東輸與海神、未輸不可食」
・南井…南方にある星の名。そのそばに巨蟹星がある。
・摩頂…墨子の兼愛說で、深く人を愛して己を顧みないこと。頭の先からすり減らして踵にまでおよぶこと。全身をすり減らすこと。『孟子』盡心上「孟子曰、楊子取爲我、拔一毛而利天下、不爲也、墨子兼愛、摩頂放踵、利天下爲之」
・郭索…蟹のがさがさと行く形容。また蟹の異名。轉じて心の定まらぬさま。足の多いさまにいう。
・趙倫雖惡於水中…趙王倫（高祖宣帝の第九子、『晉書』卷二十九に本傳あり）が、奸臣孫秀を信用し、解系兄弟（字は少連、濟南著の人。弟は結、字は叔蓮。）と争った。その結果解系は趙王倫に憎まれた。そのため趙王倫は水中にいる蟹（解〔系〕と同音）すらも憎んだ故事。（『晉書』巻六十　列傳第三十　解系傳）

・錢昆常思於外郡…錢昆は宋の餘杭の人。（『宋史』巻三百十七、『東都事略』巻四十八　錢昆傳）

・畢吏部…畢卓のこと。字は茂世、新蔡鮦陽の人。太興（三一八〜三二一）の末に吏部郎となる。ゆえに畢吏部という。「右手に酒盃、左手に蟹のはさみをもって、酒船の中に泳いでおれば、一生を満足して終われよう」と言った故事。なお『世説新語』任誕では「酒船」を「酒池」につくる。（『晉書』巻四十九　列傳第十九　畢卓傳）

・韓晉公之筆…韓滉。字は太沖。韓休の子。（『舊唐書』巻百二十九に本傳あり）

・八風之舞…唐の祝欽明が行った舞の名。八風の名に借りて淫醜の態をそなえたもの。（『資治通鑑』唐紀）

・中節…節にあたる。規律にかなう。

【譯】

歌いおわって、振り返って左右のものに言った。

「ここでの藝や芝居は人間界のものとは違います。お前たちはこの賓客のために何か見せて差し上げなさい」

すると一人が出てきた。自ら郭介子と名のり、足をあげて横に歩き、前に進み出てきて言った。

「私は巖の中に棲む隱士、沙穴の幽人でございます。風の清い八月に、芒を東海の海神に捧げ、空の雲がすべてはれて、南井の傍らでかがやいておるものです。中は黃色く外はまるく、堅い殼をかぶり、はさみをもっています。いつも四肢を切り離して鼎の中で煮られ、氣のむくままに身を捧げて人に利益を與えるのです。その風流な味で壯士の顔をほころばせ、形はがさがさとしていて、どうしてもご婦人方の笑いをかってしまう。趙王倫は水中の私を憎んだけれど、錢昆は常に外郡を思い、死んでは畢卓に食われ、私の精神は韓晉公が筆でかきあらわしてくれる。またいまこの場を得て、少しく戯れてみましょう」
客の席前で甲を負って戈をもち、泡を吹いてぎょろぎょろと眼をまわし腕を搖らして、すばやく動いた。前に行ったり後ろにさがったりして、八風の舞を舞った。仲間が數十匹ほど出て來て、ぐるぐるとまわったり伏したりして、規則正しく拍手に合わせて舞った。そこで歌をつくって言うには。

【本文】

依江海以穴處兮。吐氣宇與虎爭。
身九尺而入貢。類十種而多名。
喜神王之嘉會。羌頓足而橫行。
愛淵潛以獨處。驚江浦之燈光。
匪酬恩而泣珠。非報仇而橫槍。
嗟濠梁之巨族。笑我謂我無腸。
然可比於君子。德充腹而內黃。
美在中而暢四支兮。螯流玉而凝香。
羌今夕兮何夕。赴瑤池之霞觴。
神矯首而載歌。賓旣醉而彷徨。

黃金殿兮白玉床。傳巨觥兮咽絲簧。
弄君山三管之奇聲。飽仙府九盌之神漿。
山鬼趠兮翺翔。水族跳兮騰驤。
山有榛兮濕有苓。懷美人兮不能忘。

【校勘】

○玉…承本「王」

【書き下し】

江海に依りて以て穴處《けっしょ》す。氣宇を吐きて虎と爭う。
身九尺にして貢に入る。類十種にして名多し。
神王の嘉會を喜び、羌《ああ》足を頓《そばだ》てず横に行く。
淵潛を愛して以て獨り處り、江浦の燈光に驚く。
恩を酬いて珠を泣《なみだ》すに匪ず、仇を報いて槍《やり》を横るに非ず。
嗟濠梁《ああごうりょう》の巨族、我を笑いて我を腸《はらわた》無しと謂う。
然も君子に比すべし。德の腹に充つるがごとく內黃たり。
美の中に在りて四支を暢《の》ぶ。鰲《ごう》の玉を流すがごとく凝香たり。
羌《ああ》今夕何の夕べぞ。瑤池の霞觴《しょう》に赴く。

神首を矯《あ》げて載《すなわ》ち歌う。賓《ひん》既に酔いて彷徨たり。
黄金の殿 白玉の床。巨觥《こう》を傳えて絲簧《こう》に咽《むせ》ぶ。
君山三管の奇聲を弄し、仙府九盌《わん》の神漿に飽く。
山鬼趠《とう》として翺翔し、水族跳ねて騰驤《じょう》す。
山に榛《はしばみ》有り 濕《さわ》に苓《れい》有り。美人を懷《おも》いて忘ること能わず。

【注】

・頓足…足をばたばたする。足踏みする。じだんだを踏む。潘尼・鱉賦「或延首以鶴顧、或頓足而鷹距」

・泣珠…涙のたま。また珠のような涙を流す。又、泣いて目から珠をだすこと。
泣而出珠…左太冲・吳都賦「淵客慷慨而泣珠」涙がおちて珠となる。他『博物志』『述異記』にも記述あり。

・濠梁…梁の名。安徽省鳳陽縣の東北、東濠水に在り、また濠水に架した橋。（『莊子』秋水）

・無腸…無腸公子。蟹の異名。（本草・蟹）「釋名、螃蟹、郭索、横行介士、無腸公子、時珍曰、以其外骨則曰、介士、以其內空則曰、無腸」、『抱朴子』登涉「山中辰日稱雨師者龍也、稱河伯者魚也、稱無腸公子者蟹也」

・四支…兩手兩足。
暢於四支發於事業…道德を内に抱く時には、それが自ら四體動作の上にあらわれ、更にその事業の上にあらわれる。『周易』坤「君子黃中通理、正位居體、美在其中、而暢於四支、發於事業、美之至也」

・凝香…美しさをたとえていう。李白 樂府 清平調三首之二「一枝穠艷露凝香。雲雨巫山枉斷腸」

・瑤池…神仙のいるところ。崑崙山にあり。古、穆天子がここで西王母にあったという。（『列子』周穆王）

・君山…君山老父。傳說中、君山で笛を吹く老仙人。（唐・谷神子『博異志』呂鄉筠）

・山有榛兮濕有苓…『詩經』邶風・簡兮「山有榛、隰有令、云誰之思、西方美人、彼美人兮、西方之人兮」による。

【譯】


河や海のそばに住み、氣を吐いて虎と爭う。

身のたけ九尺になれば龍王のもとにお仕えし、わが仲間は十種からあり、呼び名も多い。

神王様との、このよき宴に出るのを喜び、ああ、足をばたばたさせずに横向きにあゆむ。

深い淵を好んで一人居て、水際の明かりにふと驚く。

恩返しにと、涙をこぼして珠を出すのではなく、あだを報いようと槍を横にするのではない。

濠水のほとりにいる巨族は私のことを笑って、腸のないやつだという。

しかし、君子と比べても差し支えはあるまい。德が腹中に滿ちているかのごとくに內は黃色い。

德が滿ちているので、その美は四肢の上にも現れ、螯は流玉のごとくに美しい。

ああ、今宵はなんとよき夕べか。神仙のいるこの場所で、仙人の酒宴にあった。

龍神は首をあげて歌い、客はもう酒に醉ってふらふらと酩酊している。

黃金の殿、白玉の床。大きな杯をまわし、音樂をききつつ酒を飮む。

君山の老人は笛をかなで、仙界の酒も充分にいただいた。

山鬼は踊りはねて、水族は高くとびはねる。

山には榛が生え、澤には苓がそれぞれあるべき所に生えている。心に思うよきお方を忘れることはありません。

【本文】

於是左旋右折殿後奔前。滿座皆輾轉失笑。戲畢又有一人。自稱玄先生。曳尾延頸。吐氣凝眸。進而告曰。僕著叢隱者。蓮葉遊人。洛水負文。已旌神禹之功。清江被網。曾著元君之策。縦刳腸以利人。恐脫殼之難堪。山節藻稅。殼爲臧公之珍。石腸玄甲。胸吐壯士之氣。盧敖踞我於海上。毛寶放我於江中。生爲嘉世之珍。死作靈道之寶。宜張口而呵呻。聊以舒千年藏六之胸懷。卽於席前吐氣。裊裊如縷。長百餘尺。吸之則無迹。或縮頸藏肢。或引項搖頭。俄而進蹈安徐。作九功之舞。獨進獨退。乃作歌曰。

【校勘】

○稅…朝鮮本・承本・明治本すべて「稅」に作る。誤字。「梲」に改む。○聊…明本「聊」

【書き下し】

是に於て左に旋り右に折《くじ》き、後ろえに殿として前に奔り、滿座皆輾轉として失笑す。戲れ畢りて又た一人有り。自ら玄先生と稱す。尾を曳き頸を延べ、氣を吐き眸を凝らし、進みて告げて曰く、僕著《し》叢《そう》の隱者、蓮葉の遊人なり。洛水に文を負い、已に神禹の功を旌《あらわ》す。清江に網を被りて、曾て元君が策に著わる。縦い腸を刳《さ》きて以て人を利するとも、恐くは脫殼は之れ堪え難し。山節藻梲《せつ》にして、殼は臧《ぞう》公の珍と爲る。石腸玄甲にして、胸は壯士の氣を吐く。盧敖《ごう》我に海上に踞し、毛寶我を江中に放たしむ。生きて嘉世の珍と爲り、死して靈道の寶と作る。宜しく口を張りて呵呻《かしん》すべし。聊《いささ》か以て千年藏六の胸懷を舒《の》べん、と。卽ち席前に於て氣を吐く。裊裊として縷の如し。長さ百餘尺、之を吸えば則ち迹無し。或いは頸を縮め肢を藏して、或いは項を引き頭を搖らす。俄にして進蹈安徐にして、九功の舞を作し、獨り進み獨り退きて、乃ち歌を作りて曰く。

【注】

・玄先生…玄武。北方の神。水の神。東方の青龍、南方の朱雀、西方の白虎とともに四神という。その形は龜蛇の合體であるといい、また龜ともいう。

・吐氣…元氣（生命力）を吐く。『淮南子』天文訓「天道曰圓、地道曰方、方者主幽、圓者主明、明者、吐氣者、是故火曰外景、幽者、含氣者也、是故水曰內景」

・蓮葉…はすの葉。『史記』巻百二十八　龜策列傳「餘至江南、觀其行事、問其長老、云龜千歲乃遊蓮葉之上、蓍百莖共一根」

・洛水負文…「洛書」を背負う。「河圖・洛書」は周易と洪範九疇との根元となる圖書で、古の讖、數理の祖となるもの。「河圖」は伏犧の時、黃河から出た龍馬の背に書いてあったという圖、「洛書」は禹が洪水を治めたとき、洛水から出た神龜の背にあったという文。『周易』繫辭上「河出圖、洛出書、聖人則之」、『書經』洪範「天乃錫禹洪範九疇、彝倫攸敍（孔傳曰）天與禹、洛出書、神龜負文而出、列於背有數至於九、禹遂因第之、以成九類、常道所以次敍」

・清江…清江使。宋の元君が夜中に夢をみた。髪を振り亂した人物が、屋敷の隅の小門から中をのぞきこんで言った。「清江の神のつかいで黃河の河伯のところに行く途中、漁師の餘且という者の網にかかった」と。そこでこれを占ってみると、神龜であった。元君は龜を殺し、その甲羅で占いをしたが、吉凶が外れたことは一度もなかったという故事。（『莊子』外物篇）

・山節…柱のますぐみに山の形を刻する。

山節藻梲…杜頭のますがたに山を畫き、梁上の短柱に藻の圖をえがくこと。古、天子宗廟の飾、轉じて立派な住居。『論語』公冶長「臧文仲居蔡、山節藻梲、何如其知也」

・臧公…臧文仲。臧文仲は國君しかもてない占いに使う龜卜の甲を所藏し、梁の上の短い柱に藻を描いて、天子でなければできないことをしたという。

・石腸…堅固で容易に動かない心。堅い意にとって石という。范成大・惜交賦「雖君子之石腸兮、固將狗乎市虎」

・壯士…意氣盛んで、勇敢な人。勇士。『戰國策』燕巻第九 王喜「風蕭蕭兮易水寒。壯士一去兮不復歸」

・盧敖踞我於海上…盧敖は秦の人。博士となる。難を避けて盧山にかくれ、仙人、若士に遇い、後仙去す。『淮南子』道應訓では、盧敖ではなく、盧敖が出會った人物が龜の甲に腰をおろしてはまぐりを食べていた。

・毛寶放我於江中…毛寶は晉、陽武の人。字は碩貞。王敦の臨湘令となり、敦、卒して溫嶠の平南參軍となる。毛寶の龜…晉の毛寶の部下の軍人が、白龜を買って江中に放った。後、敗軍のさい、江に赴いたものは皆沈溺したのに、彼の軍人は鎧を着て水中に投じたが、石の上に落ちたようにおぼえて視れば、昔日放った龜の上で、助けられて東岸に送り届けられたという。（『琅琊代醉編』巻三十八、『晉書』巻八十一 列傳第五十一 毛寶傳）

・千年藏六之胸懷…藏六は龜の異稱。頭尾兩手兩足を甲の中にひきいれて藏するからいう。陳陶・詩「從來道生一况伴龜藏六」、蘇軾・詩「得如虎挾乙失若龜藏六」（『雜阿含經』）

・進蹈…舞うときの禮儀の一種。『宋史』巻百二十七 志第八十 樂二「文舞者服進賢冠、左執籥、右秉翟、分八佾、二工執纛引前、衣冠同之、舞者進蹈安徐、進一歩則兩兩相顧揖、三歩三揖、四歩爲三辭之容、是爲一成」

・九功之舞…唐の貞觀の時の舞の名。三大舞の一。（『唐書』禮樂志）

【譯】

そこで左にまわったり、右に折れまがったりしながら、また後ろに下がったり、前にすすんだりした。座にいるものはそれを見て、皆思わずころげまわって笑った。

蟹の出しものが終わり、また一人がやってきた。自ら玄先生と名のった。尾をひき首をのばして、氣を吐いて瞳をこらし、前に進んできて言った。

「私は蓍叢に棲む隱者、蓮葉の上に遊ぶものでございます。禹が洪水をおさめたときに、洛水より背に文を背負ってあらわれて、禹の功勞をほめたたえ、清江で漁師につかまり、元君のために吉凶を占いました。たとえ腸を割いて人に利益を與えたとしても、殼をとられることは耐え難いことなのです。そのとられた甲は臧文仲の藏するところとなったのです。石の腸に玄い甲を持ち、胸は壯士の氣を吐く。盧敖は北海に遊んだときに私にひざまづき、毛寶は私を江に放させた。私は生きている時は世の珍しいものとされ、死んでは神祕的な、不思議な寶とされています。口をはって大聲で歌いましょう。しばらくこの千年の龜の胸のうちを述べましょう」

そこで一座の前で氣を吐いた。それはゆらゆらとゆれて、細長い糸のようだった。その長さは百餘尺で、吸えば跡形もなく消える。また首をちぢめて、肢を體の中におさめたり、くびをひいて頭を搖らしたりした。禮儀正しく靜かに前にすすみでて、九功の舞を一人で舞った。一人で前後にうごきながら、歌をつくって言うには。

【本文】

依山澤以介處兮。愛呼吸而長生。

生千歲而五聚。搖十尾而最靈。
寧曳尾於泥途兮。不願藏乎廟堂。
匪鍊丹而久視。非學道而靈長。
遭聖明於千載。呈瑞應之昭彰。
我爲水族之長兮。助連山與歸藏。
負文字而有數兮。告吉凶而成策。
然而多智有所危困。多能有所不及。
未免剖心而灼背兮。侶魚蝦而屛迹。
羌伸頸而舉踵兮。預高堂之燕席。
賀飛龍之靈變。玩呑龜之筆刀。
酒旣進而樂作。羌歡娛兮無極。
擊鼉鼓而吹鳳簫兮。舞潛虬於幽壑。
集山澤之魑魅。聚江河之君長。
若溫嶠之燃犀。慚禹鼎之罔象。
相舞蹈於前庭。或謔笑而撫掌。
日欲落兮風生。魚龍翔兮波瀇泱。
時不可兮驟得。心矯厲而慨慷。

【校勘】

○介…承本「个」　○刀…明本「力」

【書き下し】

山澤に依りて以て介處し、呼吸を愛して長生す。
千歳を生きて五聚、十尾を搖らして最靈なり。
寧ろ尾を泥途に曳くも、廟堂に藏《かく》ることを願わず。
丹を錬るに匪ずして久視し、道を學ぶに非ずして靈長なり。
聖明を千載に遭いて、瑞應の昭《しょう》彰を呈《しめ》す。
我水族の長たり。連山と歸藏とを助く。
文字を負いて數有り。吉凶を告げて策を成す。
然れども多智にして危困せらるること有り。多能にして及ばざる所有り。
未だ心を剖《さき》て背を灼くことを免れず、魚蝦を侶《とも》にして迹を屛《しりぞ》く。
羌《ああ》頭を伸べて踵を擧げ、高堂の燕席に預る。
飛龍の靈變を賀して、呑龜《き》の筆力を玩ぶ。
酒既に進みて樂作り、羌歡《ああ》娯極り無し。
鼉鼓《だこ》を撃ちて鳳簫を吹き、潛虬《せんきゅう》を幽壑《あつ》に舞わしむ。
山澤の魑魅を集めて、江河の君長を聚む。
溫嶠が犀を燃すが若く、禹鼎の罔《ぼう》象を慚《は》ず。

前庭に相舞蹈し、或いは謔笑《ぎゃくしょう》して撫掌す。
日落ちんと欲して風生れ、魚龍翔《かけ》て波滃泱《おうおう》たり。
時驟《にわか》に得るべからず、心矯厲《れい》にして慨慷なり。

【注】

・呼吸…道家導引吐納の養生術。長生、長壽をも指す。

・五聚…博學の意。千年を生きた龜が集まると、知らないことはないと譬えられる。『唐書』巻百九十九　列傳百二十四　殷踐猷傳「踐猷博學、尤通氏族曆數醫方、與賀知章、陸象先、韋述最善、知章嘗號爲五總龜、謂龜千年五聚、問無不知也」

・久視…長く生きる。不老長壽。『老子』「是謂深根固柢、長生久視之道」

・連山…三易の一。太古、易占の名。宓戲が作ったといい、一説に夏の易という。その義は艮を首とし、山の雲を出でて連々として絶えないからいう。

・歸藏…殷代の易。純坤を以って首とし、萬物その中に歸藏する義にとる。連山、周易とあわせて三易という。一説に黄帝の易。黄帝、一に歸藏氏というからなづくという。『周禮』春官・大卜「掌三易之法、一曰連山、二曰歸藏、三曰周易、其經、卦皆八、其別皆六十有四」

・擧踵…足をつまだてて、高名な人物を望み見る。『莊子』胠篋「今遂至使民、延頸擧踵、曰某所有賢者、贏糧而趣之」

・呑龜…呑鳳の轉じたものか。呑鳳は文才の秀でていること。李商隱・爲濮陽公陳許擧人自代狀「人驚呑鳳之才、士切登龍之譽」漢の楊雄が夢に白鳳を呑んで太玄經を著したという故事にもとづく。(『西京雜記』巻二)

・筆力…文字の運びや文章にあらわれた勢いや力。
・鼉鼓…鼉（わに）の皮をはった太鼓。（『琅琊代酔編』巻十一、『詩經』大雅・靈臺）
・潛虬幽壑…蘇軾・前赤壁賦「舞幽壑之潛蛟、泣孤舟之嫠婦」ひそんでいるみずち。
・溫嶠之燃犀…溫嶠は晉の人。溫嶠が武昌の牛渚磯で犀の角を燃やして淵を照らしたところ、水中にいる馬車に乗ったり、赤衣を着ている水の怪物の様子がよく見えたという故事。犀角はよく水中をてらすという。（『晉書』巻六十七　列傳第三十七　溫嶠傳）
・禹鼎…昔、夏王が天子としての立派な徳をもっていた時代に、遠方の國々ではそれぞれの地方の山川や奇異な物の形を描いて獻上し、金を九州の旗頭に命じて獻上させ、鼎を鑄造してそれに地方から獻上した風物の形をきざみ、種々さまざまな物の形を示して知らせておき、民に魔物を見分けるようにさせた。だから民は川澤や山林に入っても魔物を避けて通り、それにあうこともなかった。すなわち山川の魔物である魑魅魍魎の類にあって、その害を受けるということはなかったのである。『春秋左氏傳』宣公三年「昔夏之方有德也、遠方圖物、貢金九牧、鑄鼎象物、百物而爲之備、使民知神姦。故民入川澤山林、不逢不若、螭魅罔兩、莫能逢之」
・罔象…水中にいる怪物。
・矯厲…高まり激昂する。『文選』成公子安・嘯賦「時幽散而將絕、中矯厲而慨慷」

【譯】

山と澤に一人居る。呼吸法によって長生している。
千年を生きて全ての知識をそなえ、十の尾を搖らして、最も靈驗がある。
靈驗ある尾をこの世の泥途にひいたとしても、廟堂の奧に祀られたくはない。

練丹をしなくとも長生し、道を學ばずとも靈妙なのである。

千年の開太平の世にあい、めでたいしるしをあらわす。

われは水族の長である。連山・歸藏の易占を助け、
甲に文字を負ってあらわれ、背には數理が書いてあり、吉凶を占い衆に告げ、政のもととなる。

しかしいくら智恵が多くとも、危うく苦しむこともあり、能力があっても、いたらないことがある。

なので今も身體を割かれ、背を火に燒かれるのを避けることができず、魚や蝦を連れて姿を隱すだけなのである。

ああ、首をのばし高名な文士を望み見て、高堂の宴席にあずかる。

飛龍が不思議に變化するのを賀し、この龜の文才を發揮しよう。

酒はすすみ、ああ樂しみは極まりない。

鼉鼓をたたき、鳳簫を吹いて、幽谷にひそむみずちを舞わせる。

山澤の魑魅、江河の君長をみなあつめよびよせよう。

溫嶠が犀の角を燃やして水中の怪をみたように、禹のつくった鼎に刻まれた怪物の姿に恥じ入るばかり。

前庭で踊り舞い、またおどけ笑って手のひらを打つ。

日暮になろうとしたときに風が吹き出し、魚龍はとびめぐり、波は靜かに滿ちてくる。

よい時というものはにわかに得ることができないもので、いま心は激しく高揚する。

【本文】

曲終。夷猶恍惚。跳躁低昂。莫辯其狀。萬座嘔噱。戲畢。於是木石魍魎。山林精恠。起而各呈所能。或嘯或歌。或舞或吹。或抃或踊。異狀同音。乃作歌曰。

神龍在淵。或躍于天。
於千萬年。厥祚延綿。
卑禮招賢。儼若神仙。
翫彼新篇。珠玉相聯。
琬琰以鐫。千載永傳。
君子言旋。開此瓊筵。
歌以採蓮。妙舞蹮翩。
伐鼓淵淵。和彼繁絃。
一棹艞舡。鯨吸百川。
揖讓周旋。樂且無愆。

【校勘】

○木…明本「本」　○棹…明本「掉」　○艞…承本「航」、明本「航」

【書き下し】

曲終わり、夷猶《いゆう》恍惚、跳踉《ちょうりょう》低昂《ていこう》す。其の狀を辯ずること莫く、萬座嘔噱《おうきゃく》す。戲れ畢りて、是に於て木石の魍魎、山林の精恠《かい》、起て各能くする所を呈す。或いは嘯《うそぶ》き或いは歌い、或いは舞い或いは吹き、或いは抃《う》ち或いは踊る。異狀同音なり。乃ち歌を作りて曰く。

神龍淵に在り、或いは天に躍る。
千萬年に於て、厥《そ》の祚《さいわい》延綿なり。
禮を卑しくして賢を招き、儼《げん》にして神仙の若し。
彼の新篇を翫《なら》いて、珠玉相聯る。
琬琰《えんえん》以て鐫《ほ》り、千載永く傳えん。
君子言《ここ》に旋《かえ》らん。此の瓊筵を開く。
歌うに採蓮を以てし、妙舞蹮翩《せんぺん》たり。
鼓を伐《う》つこと淵淵として、彼の繁絃《げん》に和す。
一棹觥舩、鯨百川を吸う。
揖讓《ゆうじょう》して周旋し、樂且つ愆無し。

【注】

・夷猶…ためらう。思い切ってすすまない。『楚辭』九歌　湘君「君不行兮夷猶」
・琬琰…品徳あるいは文詞の美しいことの比喩。
・言旋…ここにかえらん。語首助詞。『詩經』小雅　鴻鴈之什　黃鳥「言旋言歸、復我邦族」

・採蓮…歌府清商曲辭の名。採蓮曲。梁武帝作。江南弄七曲の一。詞中に多く男女相思の態度を述べる。その曲は漢代の采蓮の事を賦した江南曲にもとづくという。梁の簡文帝、元帝、昭明太子、劉孝威、朱超、沈君攸、呉均、陳の後主、隋の盧思道、殷英童などに歌辭がある。

・淵淵…鼓をうつ聲。『詩經』小雅・采芑「伐鼓淵淵、振旅闐闐」

・觥船…觥船は大きい杯。その形が狹長で船のようであるからいう。杜牧・題禪院（醉後題僧院）「觥船一棹百分空、十歳青春不負公」

・鯨吸百川…大鯨が百筋の川水を吸うようにがぶがぶと酒を飲む。杜甫・飲中八仙歌「飲如長鯨吸百川、銜杯樂聖稱避賢」

・揖讓…謙虚で溫和な動作をすること。

【譯】

曲が終わり、ゆっくりと我を忘れたように、とびはねる。そのさまを説明することができないほどで、一座のものはみな大笑いした。龜の藝が終わり、そこで木石の怪物や、山林の妖怪などが立ち上がって、それぞれ得意な藝を披露した。あるものは嘯き、あるものは歌い、またあるものは舞い、あるものは樂器をふきならし、手を打ち、踊った。かたちは異なるけれど、みな同じ音で歌ったり踊ったりしていた。歌を作っていうには。

神龍は深い淵にいるけれど、あるときには天に踰躍する。
千萬年もそのもたらす幸いは續く。
謙恭な姿勢で賢人を招じ、嚴かな姿は全く神仙のようである。
新しい歌をめでれば、玉のような美しい詩文が續いてゆく。

その美しい文を彫りつけて、千年もの永きに傳えよう。
君子はここにやってきて、この良き宴席を開く。
採蓮の曲をうたい、風に吹かれるようにひらひらと、妙なる舞いを舞う。
鼓はたからかと響いて、弦の音と和してゆく。
大きな船のような杯をもち、鯨が百川を吸い上げるように飲み干そう。
その所作はゆっくりめぐりながら、音樂ももとより禮に違わずぴたりと合っている。

【本文】

歌竟。於是江河君長。跪而陳詩。其第一座曰。

　碧海朝宗勢未休。奔波汨汨負輕舟。
　雲初散後月沉浦。潮欲起時風滿洲。
　日暖龜魚閑出沒。波明鳧鴨任沉浮。
　年年觸石多嗚咽。此夕歡娯蕩百憂。

【校勘】

○觸…承本「觴」

【書き下し】

歌い竟りて、是に於て江河の君長、跪きて詩を陳ぶ。其の第一座の曰く。

碧海朝宗　勢い未だ休まず、奔波汨汨《べきべき》として輕舟を負う。

雲初めて散じて後　月浦《は》に沉む。潮起こらんと欲する時　風洲に滿つ。

日暖かにして龜魚《きぎよ》閑《しず》かに出沒し、波明にして鳧鴨《ふおう》任《きまま》に沉浮《ちんぷ》す。

年年觸石　多く嗚咽するも、此の夕　歡娛百憂を蕩す。

【注】

・朝宗…小さな流れが大きな流れに注いでいくこと。『書經』禹貢「江漢朝宗于海、九江孔殷」

・汨汨…盛んなさま。

・觸石…山の氣が岩石に感じて雲を吐き出すこと。『文選』左太沖・蜀都賦「岡巒糺紛、觸石吐雲」

【譯】

歌をおわって、そこで江河の長がひざまづき、詩を述べた。第一座には次のようにいう。

碧海に流れこむ江、その勢いはまだとどまることがなく、

どうどうと流れる激しい波は、小さな舟をのせてゆく。

雲ははじめてはれて、月は浦にしずんでゆき、

潮が滿ちようとするとき、風が波打ち際いっぱいに吹いてくる。

日は暖かく、龜や魚が靜かに現れては消え、

波は清らかで、水鴨はきままに水の上を現れたり消えたりする。
年年、山氣が岩石にふれて盛んに雲を吐き出すように、嗚咽することが多いけれど、
こよいの樂しみは、このあふれる憂いを洗い流してくれる。

【本文】

第二座曰。

五花樹影蔭重茵。籩豆笙簧次第陳。
雲母帳中歌宛轉。水晶簾裏舞逡巡。
神龍豈是池中物。文士由來席上珍。
安得長繩繫白日。留連泥醉艷陽春。

【校勘】

○第二…承本・缺字　○裏…承本・明本「裹」

【書き下し】

第二座の曰く。

五花の樹影　重茵《いん》を蔭《おお》う。籩豆笙簧《へんとうしょうこう》　次第に陳ぬ。

雲母帳の中　歌宛轉《うたえんてん》。水晶簾の裏《うち》　舞い逡巡たり。
神龍豈に是れ池中の物ならんや。文士由來席上の珍。
安ぞ長縄を得て白日を繫がん。留連泥酔す　艶陽の春。

【注】
・籩豆…器具の名前。籩と豆。祭祀、宴饗に用いるもの。籩は竹製、口を藤で縁とり、果實乾肉をもる。豆は木製。菹醢を盛る。
・宛轉…ゆるくめぐるさま。
・文士由來席上珍…座席上の珍寶。また、儒者の素晴らしい才能の比喩。『禮記』儒行第四十一「儒有席上之珍以待聘」、杜甫・上韋左相二十韻「豈是池中物、由來席上珍」
・得長縄繫白日…長縄繫日。長い縄で日を繫ぐ。光陰をつなぎとめようとすること。傅玄「歳暮景邁羣光絶、安得長縄繫白日」
・留連…ぐずぐずして去るにしのびないさま。
・艶陽春…晩春の時節。白居易・春晩詠懐贈皇甫朗之「艶陽時節又蹉跎、遅暮光陰復若何」

【譯】
第二座ではこういった。
　五花樹の樹影がしとねを覆い
たくさんのごちそうがならんで、美しい音樂がかなでられる。

雲母の帳の中ではゆるやかに歌をうたい、
水晶の帳のうちがわで、くるくると舞を舞う。
神龍はどうして池の中だけでくすぶっていることがあろうか。
お集まりの文士たちはもともとすぐれた才能の持ち主ばかり。
どうして長い縄で日をつないで光陰をつなぎとめることができようか。
今こそここに心を留め、よい時間をすごしましょう。

【本文】

第三座曰。

神王酩酊倚金床。山靄霏霏已夕陽。
妙舞傞傞廻錦袖。清歌細細遶雕梁。
幾年孤憤鄰銀島。今日同歡擧玉觴。
流盡光陰人不識。古今世事太忩忙。

【書き下し】

第三座の曰く。

神王酩酊して金床に倚る。山靄《あい》霏霏として已に夕陽。

妙舞傞傞《ささ》として錦袖を廻る。清歌細細として雕梁を遶《めぐ》る。
幾く年か孤憤銀島を黐す。今日歡を同にして玉觴を擧ぐ。
光陰を流盡すれども人識らず。古今世事太だ怱忙《そうぼう》たり。

【注】
・銀島…不詳。「島」字は烏の誤か。「金烏玉兔」は日月をいう。本來ならば「金」とすべきを、「金」字は先に使用するを以て「銀」にあらためたものであろうか。

【譯】
第三座ではこういった。
神王は大いに酔って、金床にもたれかかり
山のもやはこまかくけぶって、すでに夕暮れとなった。
ふらふらと錦の袖をめぐらして妙なる舞を舞う。
清らかな歌は輕やかに、こまやかに建物の梁をめぐる。
幾く年か孤憤していたずらに時間をすごした。
今日は喜びをともにして、玉の杯をささげる。
歲月は流れていくというのに人は氣づくことなく
昔も今も世の中は非常にせわしなく過ぎてゆく。

【本文】

題畢進呈。神王笑閲。使人授生。生受之。跪讀三復賞翫。即於坐前題二十韻。以陳盛事。詞曰。

【書き下し】

題し畢りて進呈す。神王笑閲《えつ》して、人をして生に授けしむ。生之を受けて、跪きて讀むこと三復賞翫《がん》す。即ち坐前に於て二十韻を題して、以て盛事を陳ぶ。詞に曰く。

【譯】

詩を題し終わって、神王にささげた。神王は笑いながらその詩を見て、従者に詩を韓生に渡すよう命じた。韓生はその詩を受け取り、ひざまづいて三度よみかえして、詩を鑑賞した。そこで韓生もその場で二十韻の詩を作って、この立派なめでたい宴席のことを詠んでほめたたえた。その詩にはこうあった。

【本文】

天磨高出漢。巖溜遠飛空。
直下穿林壑。奔流作巨淙。
波心涵月窟。潭底閟龍宮。
變化留神迹。騰拏建大功。

氤氳生細霧。駘蕩起祥風。
碧落分符重。青丘列爵崇。
乘雲朝紫極。行雨駕青驄。
金闕開佳燕。瑤階奏別鴻。
流霞浮茗椀。湛露滴荷紅。
揖讓威儀重。周旋禮度豊。
衣冠文璨爛。環珮響玲瓏。
魚鼈來朝賀。江河亦會同。
靈機何恍惚。玄德更淵冲。
苑擊催花鼓。樽垂吸酒虹。
天姝吹玉笛。王母理絲桐。
百拜傳醪醴。三呼祝華嵩。
煙沉霜膚果。盤映水晶葱。
珍味充喉潤。恩波浹骨融。
還如湌沆瀣。宛似到瀛蓬。
歡罷應相別。風流一夢中。

【校勘】

○氤氳…承本・明本「煙熅」 ○膚…明本「雪」

【書き下し】

天磨高くして漢を出で、巖溜遠く空に飛ぶ。
直下林壑を穿ち、奔流巨淙《そう》と作る。
波心月窟を涵《ひた》し、潭底龍宮を閟《と》づ。
變化して神迹を留め、騰挐《だ》して大功を建つ。
氤氳《いんうん》として細霧を生じ、駘蕩《たいとう》して祥風を起こす。
碧落分符重く、青丘列爵崇《たか》し。
雲に乘りて紫極に朝し、雨に行きて青驄《そう》に駕す。
金闕佳燕を開き、瑤階別鴻を奏す。
流霞茗椀《めいわん》に浮き、湛露荷紅《かこう》に滴《したた》る。
揖讓《ゆうじょう》して威儀重く、周旋して禮度豐なり。
衣冠文《あや》璨爛として、環珮響き玲瓏たり。
魚鼈《べつ》來りて朝賀し、江河亦た會同す。
靈機何ぞ恍惚たる、玄德更に淵冲《ちゅう》たり。
苑には花を催《うなが》す鼓を撃ち、樽には酒を吸う虹を垂る。
天姝玉笛を吹き、王母絲桐《しとう》を理《おさ》む。

百拜して醪醴を傳え、三呼して華嵩を祝す。
煙は沉《しず》む霜膚《ふ》の果、盤に映す水晶の葱《そう》。
珍味喉に充ちて潤い、恩波骨を浹《ひた》して融《とお》る。
還た沆瀣《こうがい》を飡うが如く、宛《あたか》も瀛蓬《えいほう》に到るに似れり。
歡び罷りて應に相別るべし。風流一夢の中。

【注】

・直下…垂直に下に向かう。李白・望廬山瀑布水二首「飛流直下三千尺、疑是銀河落九天」
・騰拏…龍が尾をひいて勢いよく空にのぼるさま。陸游『老學庵筆記』巻三「處士李璞一日登樓、見淮灘雷雨中一龍騰拏而上」
・氤氳…氣の盛んなさま。『周易』繫辭下「天地絪縕、萬物化醇」
・碧落…東方の天。蒼天。
・青丘…神仙のいるところ。すなわち長洲。
・紫極…天子の居所。また帝位。
・金闕…天帝のいる宮をいう。白居易・長恨歌「金闕西廂叩玉扃、轉教小玉報雙成」
・別鴻…別鶴操のことか。樂府琴曲名。
・流霞…仙人の飲む酒の名。流霞酒。
・淵冲…淵のように深いこと。『文選』陸士衡・皇太子宴玄圃宣猷堂有令賦詩「茂德淵冲、天姿玉裕」
・催花鼓…花を咲かせようとして打つつづみ。唐の玄宗の上苑游の故事。『開元天寶遺事』明皇、二月旦游上苑、呼

高力士、取羯鼓臨軒縱擊、奏一曲名春光好、回顧柳杏、皆已發坼、笑謂妃子曰、得不喚我作天公乎」

・垂吸酒虹…雨天の時に、虹が下りてきて井戸の水を吸っていたという故事による。『漢書』巻五十三　燕剌王劉旦傳「是時天雨、虹下屬宮中飲井水、井水竭」

・王母…西王母。男仙をつかさどる東王公に對し、女仙全てを支配するという。瑤池金母ともいう。

・絲桐…琴の異名。

・百拜…何度も拜すること。『禮記』樂記「先王因爲酒禮、壹獻之禮、賓主百拜、終日飲酒而不得醉焉」

・華嵩…華山と嵩山。轉じて高大なことのたとえ。

・沆瀣…露氣。仙人の食べるもの。

・瀛蓬…蓬萊と瀛洲。仙人が住むとされるところ。また仙境をさす。

【譯】

天磨山は高く天漢にそびえ、巖からおちるしずくは遠く空にまで飛んでゆく。
また眞下に落ちて林や谷をうがち、その速い流れはやがて巨大な河の流れとなる。
流れの眞ん中の水面に月を映し、その底には龍宮が閉ざされている。
變化して神迹をとどめ、勢いよく天に昇って大功をたてる。
盛んに氣が起こって細霧を生み、ゆるやかな瑞風がおこる。
天からの任は重く、仙界での爵位は尊い。
雲に乘って天帝に朝見に行き、ふりそそぐ雨の中、青驄に乘ってゆく。
宮殿では立派な宴會が開かれ、玉の階では別鶴操の曲をかなでる。

仙人の飲む流霞酒は杯に満ちて、繁露は荷紅にしたたり落ちる。

拱手の禮をするにも嚴かに、動作も非常に禮にかなっている。

衣冠の文様はきらびやかに、おびだまが淸らかな音をたててひびく。

魚や鼈が朝賀にやって來、河の神も集まってやってくる。

神の靈妙な力はなんと素晴らしいことか、その盛德はいよいよ深い。

王の庭園では花を咲かせようと鼓を打ち、樽には酒を吸う虹を垂らし下げる。

美しい天女は玉笛を吹き、西王母は絲桐をかなでる。

百拜するほど丁寧に杯をかわし、三呼して華山・嵩山の偉大さをたたえる。

めずらしい霜膚果のまわりには霞がかかり、水晶の葱は盤に盛られて照り輝いている。

このような珍しい食物は喉をうるおし、その恩恵は深く骨までしみわたる。

まるで仙人の食べる沆瀣を食べているようで、蓬萊や瀛洲の仙境に來たようである。

この喜びの宴は終わり、いままさにお別れの時がきた。この風流な集まりは、まるでひと時の夢のようだ。


【本文】

詩進。滿座皆歡賞不已。神王謝曰。當勒之金石。以爲弊居之寶。生拜謝進而告曰。龍宮勝事已盡見之矣。且宮室之廣。彊域之壯。可周覽不。神王曰。可。生受命出戶盱衡。但見綵雲繚繞。不辨東西。神王命吹雲者掃之。有一人。於殿庭蹙口。一吹天宇。晃朗無山石巖崖。但見世界平闊。如碁局可數十里。瓊華琪樹。列植其中。布以金沙。繚以金墉。其廊廡庭除。皆鋪碧琉璃塼。光影相涵。神王命二人。指揮觀覽。行到一樓。名曰朝元之樓。純是玻瓈所成。飾以珠玉。錯以金碧。登之若凌虛焉。

【書き下し】

詩進めて、滿座皆歡賞して已まず。神王謝して曰く、當に之を金石に勒して、以て弊居の寶と爲すべし、と。生拜謝して進みて告げて曰く、龍宮の勝事、已に盡く之を見る。且つ宮室の廣く、彊域の壯んなる、周覽すべきやいなや、と。神王の曰く、可なり、と。生 命を受け戶を出て盱衡するも、但だ綵雲の繚繞《りょうじょう》たるを見るのみ。東西を辨ぜず。神王吹雲の者に命じて之を掃わしむ。一人有り。殿庭に於て口を蹙《ちぢ》め、一たび天宇を吹く。晃朗として山石巖崖無し。但だ世界の平闊たるを見るのみ。碁局の如く數十里ばかり、瓊華琪樹、其の中に列植す。布くに金沙を以てし、繚《めぐら》すに金墉を以てす。其の廊廡庭除、皆碧琉璃の塼《せん》を鋪き、光影相涵《ひた》す。神王二人に命じて、指揮して觀覽せしむ。行きて一樓に到る。名づけて朝元の樓と曰う。純《もっぱ》ら是れ玻瓈の成す所、飾るに珠玉を以てし、錯《まじわ》るに金碧を以てす。登れば虛を凌ぐが若し。

【譯】

韓生が詩を進呈すると、座にいた人々はみな稱贊してやまなかった。神王が禮を述べていった。

「この詩を金石に刻し、我が家の寶としましょう」

韓生は謝して前にすすんで言った。

「この龍宮の素晴らしい催しは全て拜見いたしました。また廣く立派な宮殿やこの境域の盛んな樣子を周覽したいのですが、よろしいでしょうか」

神王は言った。

「良いでしょう」

韓生はそこで神王の命にしたがい、戸を出て周りをみわたしたが、ただ五色の雲がくねくねとたなびいているのが見えるだけで、東西の方向の區別ができなかった。そこで神王は吹雲の者に命じて、雲をはらわせた。一人の者がやってきて、殿庭で口をすぼめて、天にむかって息を吹きかけた。すると雲が晴れて、山石や巖崖のない平らで廣い地平がはっきりと見えた。碁盤のように數十里ほどに瓊華や琪樹が竝べて植えてあった。地面には金沙をしき、堅固な城墻でまわりをかこんでいた。その廊廡や庭には、みな碧琉璃の磚がしきつめられており、光り輝いていた。神王は二人の者に命じ、指圖して、韓生に觀覽させた。歩いていくと、一つの樓についた。その樓の名は「朝元の樓」といった。すべて玻瓈でできており、珠玉を飾り、なかには金碧がまじっていた。その樓にのぼると、まるで空をこえるかのようだった。


【本文】

其層千級。生欲盡登。使者曰。神王以神力自登。僕等亦不能盡覽矣。蓋上級與雲霄竝。非塵凡可及。生登七層而下。又到一閣。名曰凌虛之閣。生問曰。此閣何用。曰。此神王朝天之時。整其儀仗、飭其衣冠之處。生請曰。願觀儀仗。使者引至一處。有一物。如圓鏡。曄曄有光。眩目不可諦視。生曰。此何物也。

【書き下し】

其の層千級なり。生盡く登らんと欲す。使者の曰く、神王神力を以て自ら登る。僕等も亦た盡く覽ること能わず。盖し上級雲霄と竝ぶ。塵凡の及ぶべきに非ず、と。生七層を登りて下る。又た一閣に到る。名を凌虚の閣と曰う。生問いて曰く、此の閣何の用ぞ、と。曰く、此れ神王朝天の時、其の儀仗《ぎじょう》を整え、其の衣冠を飭《ととの》うるの處なり、と。生請いて曰く、願くは儀仗を觀ん、と。使者引きて一處に至る。一物有り。圓鏡の如し。曄曄《ようよう》として光有り。眩目して誘《あきら》かに視るべからず。生が曰く、此れ何れの物ぞ、と。

【注】

・儀仗…儀式に用いる武器。

【譯】

その樓は千階ほどもあり、韓生はのぼりつくそうとした。從者が言った。

「神王樣は神力を使って上までのぼられるのです。私たちとて、全て見盡くすということはできません。そもそも上層階は雲や霄にまで達しているのです。我々のような汚らわしいものが行けるような所ではありません」

韓生は七階までのぼって下りた。また一閣についた。その建物は名を「凌虚の閣」といった。韓生は尋ねて言った。

「この建物は何に使うのですか」

從者は言った。

「ここは神王が天帝に拜謁するとき、儀仗と身なりを整えるための所です」

韓生は賴んで言った。

「どうかその儀仗を見せてください」
従者は韓生をつれて、あるところへやってきた。まるい鏡のようなものが一つおいてあった。ぴかぴかと光り輝いていて眼がくらみ、はっきりと見ることができなかった。韓生は言った。
「これは何というものですか」

【本文】

曰。電母之鏡。又有鼓大小相稱。生欲撃之。使者止之曰。若一撃則百物皆震。即雷公之鼓也。又有一物。如橐籥。生欲揺之。使者復止之曰。若一揺則山石盡崩。大木斯抜。即哨風之橐也。又有一物。如拂箒而水瓮在邊。生欲洒之。使者又止之曰。若一洒則洪水滂沱。壊山襄陵。生曰。然則何乃不置嘘雲之器。曰。雲則神王神力所化。非機括可倣。

【校勘】

○壊…承本・明本「懐」

【書き下し】

曰く、電母の鏡なり、と。又た鼓の大小相稱《そな》うる有り。生撃たんと欲す。使者止めて曰く、若し一たび撃てば則ち百物皆震う。即ち雷公の鼓なり、と。又た一物有り。橐籥《たくやく》の如し。生揺らさんと欲す。使者復た之を止めて曰く、若し一搖すれば則ち山石盡く崩れ、大木斯《ここ》に抜く。卽ち哨風の橐《たく》なり、と。又た一物有り、拂箒《ふっそう》の如くにして水瓮《すいおう》邊に在り。生之を洒《そそ》がんと欲す。使者又た止めて曰く、若し一洒《せい》すれば則ち洪水滂沱として、山を壞《くず》し陵《おか》に襄《のぼ》る、と。生が曰く、然らば則ち何ぞ乃ち噓雲の器を置かざるか、と。曰く、雲は則ち神王神力の化する所にして、機括の做すべきに非ず、と。

【注】

・電母…古代神話中のいなづまを司る神。
・雷公…神話中の雷を司る神。
・襄陵…大雨が陵上にのぼる。『書經』堯典「蕩蕩懷山襄陵、浩浩滔天」

【譯】


從者は言った。

「電母の鏡です」

また大小の鼓が揃えておいてあった。韓生がそれをたたこうとしたところ、從者が止めて言った。

「もし一たびたたけば、あらゆるものがみな響き、搖れるのです。それは雷公の鼓です」

また一つ、ふいごのようなものがおいてあった。韓生がそれを搖り動かそうとすると、從者がまた止めて言った。

「もしこれを一たび搖らせば、山石はみなくずれ落ち、大木は抜けてしまいます。哨風の橐というのです」

また一つ、拂塵のようなものがおいてあり、水がめが傍らに置いてあった。韓生がその中の水をそそごうとすると、從者がまた止めて言った。

「もし一たびそそげば、洪水となって盛んに流れ、山をくずして丘にまで到達するでしょう」

韓生が言った。

「ならば、どうして嘘雲の器を置かないのですか」

従者は言った。

「雲というのは神王様の神力の化するところであって、我々の思惑でどうこうできるものではないのです」

【本文】

生又曰。雷公電母。風伯雨師何在。曰。天帝囚於幽處。使不得遊。王出則斯集矣。其餘器具。不能盡識。又有長廊。連亘數里。戶牖鎖以金龍之鑰。生問此何處。使者曰。此神王七寶之藏也。周覽許時。不能遍見。生曰。欲還。使者曰。唯。生將還其門戶重重。迷不知其所之。命使者而先導焉。生到本座。致謝於王曰。厚蒙恩榮。周覽佳境。再拜而別。於是神王以珊瑚盤。盛明珠二顆。冰綃二匹。爲贐行之資。拜別門外。三神同時拜辭。三神乘輦直返。復命二使者。持穿山簸水之角。揮以送之。

【書き下し】

生又た曰く。雷公電母、風伯雨師何《いずく》にか在る、と。曰く、天帝幽處に囚《とら》えて、遊ぶことを得ざらしむ。王出でるときは則ち斯《ここ》に集む、と。其の餘の器具、盡くは識ること能わず。又た長廊有り。數里に連亘《こう》す。戶牖鎖すに金龍の鑰を以てす。生問う、此れ何れの處なるか、と。使者の曰く、此れ神王七寶の藏なり、と。周覽すること許時《そこはく》にして、遍く見ること能わず。生曰く、還らんと欲す、と。使者の曰く、唯、と。生将に還らんとするに其の門戸重重として、迷いて其の之く所を知らず。使者に命じて先導せしむ。生本座に到り、謝を王に到して曰く、厚く恩榮を蒙り、佳境を周覽す、と。再拜して別る。是に於て神王珊瑚の盤を以て、明珠二顆、氷絹二匹を盛り、贐《じん》行の資と爲す。拜して門外に別る。三神同時に拜辭す。三神輦《れん》に乘りて直《ただ》ちに返る。復た二《ふたり》の使者に命じて、山を穿ちて水を歕《ふる》うの角を持たしめ、揮いて以て之を送らしむ。

【注】

・風伯雨師…風の神と雨の神。「風伯進掃雨師灑道」で風伯雨師に天子の行幸の前驅をさせることをいう。(『韓非子』十過)

【譯】

韓生はまた言った。

「雷公や電母、風伯や雨師はどこにいらっしゃるのですか」

從者が言った。

「天帝が、奥まったところにとらえておいて、自由に外に出られないようにしているのです。神王がお出かけになる時にはここに集まらせるのです」

その他にも色々な道具があったが、全てを知ることはできなかった。また長い廊下があった。數里にわたって連なっていた。戶や窗は黃金の龍をかたどったかぎで閉ざされていた。韓生が尋ねた。

「ここはどこですか」

従者が言った。

「ここは神王様の七寶の藏でございます」

あちこち周覽したが、全て見ることはできなかった。韓生は言った。

「そろそろ戻りたいと思います」

従者が言った。

「承知しました」

韓生が戻ろうとしたのだが、扉が幾重にも續いており、迷ってしまってどう行くのかわからなかった。それで従者に先導させた。韓生はもといた宴席に歸り、王に禮を述べて言った。

「あつい恩を賜り、佳境を周覽してまいりました」

そして再び拜禮して別れを告げた。そこで神王は珊瑚の盤に明珠二粒と冰綃二匹をのせて、はなむけの贈り物とした。また拜禮して、門の外で別れた。三神も同時に龍王に暇乞いをした。三神は輦に乗って、すぐに歸っていった。二人の従者に、山を穿ち水をはらう角を持たせ、それを揮って韓生を送るよう命じた。


【本文】

一人謂生曰。可登吾背。閉目半餉。生如其言。一人揮角先導。恰似登空。唯聞風水聲。移時不絕。聲止開目。但偃臥居室而已。生出戶視之。大星初稀。東方向明。鷄三鳴。而更五點矣。急探其懷而視之。則珠綃在焉。生藏之巾箱。以爲至寶。不肯示人。其後生不以利名爲懷。入名山不知所終。

【書き下し】

一人生に謂いて曰く。吾が背に登るべし。目を閉じること半餉《しょう》、と。生其の言の如くす。一人角を揮いて先導す。恰《あたか》も空に登るに似たり。唯だ風水の聲を聞くのみ。時を移して絶えず。聲止みて目を開けば、但だ居室に偃臥《えんが》するのみ。生戸を出でて之を視れば、大星初めて稀にして、東方明に向《なんな》んとして、鶏三たび鳴きて、更五點なり。急《にわ》かに其の懐を探りて之を視れば、則ち珠綃在り。生之を巾箱に藏《おさ》めて、以て至寳と爲し、肯て人に示さず。其の後 生 利名を以て懐と爲さず、名山に入りて終わる所を知らず。

【注】

・大星…星宿のなかで大きく、明るいもの。韓愈・東方半明「東方半明大星沒、獨有太白配殘月」、古詩・蘇武「參辰皆已沒」

・更五點…五更は現在の午前四時ごろ。

【譯】

一人が韓生に言った。

「私の背中にお乗りになって、少しの間目をつぶっていて下さい」

韓生は言うとおりにした。一人が先程の角をふるって先導をした。まるで空を飛んでいくかのようで、ただ風や水の音が聞こえるだけだった。その音はしばらく續いた。音がやんで、目をひらいてみれば、もと居た部屋でただ寝轉んでいるだけであった。韓生が戸を出てみると、大星の輝きもまばらになって、東の方の空が明けようとしていた。鶏は三度鳴き、時はちょうど五更であった。急に思い出して懐をさぐってみると、もらった明珠と冰綃があった。韓生はこれらを箱に入れて大切にしまい、寳として人に見せなかった。その後、韓生は名利を得ることを思わず、名山に入って、その最期はどうなったかわからない。

研究篇

序　論

一．研究の趣旨

『金鰲新話』は朝鮮時代初期の文人金時習によってあらわされた漢文小説である。朝鮮では「小説の祖」として非常に重要な作品とされており、中國明代の『剪燈新話』を摸倣した小説としても知られる。江戸時代ころには日本に傳來し、明治時代までの閒に幾度か刊行され、日本の小説にも影響を與えた。その中でも、寛文十三（一六七三）年に刊行されたものは外題に「道春（林羅山）訓點」と記されていて非常に興味深く、國内外の注目を集めた。この『金鰲新話』は日中韓の小説を比較研究する上で看過できない書物といえるが、現代の日本では知名度が低く、韓國・朝鮮文學或いは一部の日本文學の研究者によって研究がなされているのみである。

本稿で主題としたいのは『金鰲新話』の版本、ならびに寛文十三年刊行の「道春訓點」本を中心とした和刻本『金鰲新話』の訓點である。

『金鰲新話』の話柄の日韓比較や、作品にあらわれた作者の思想などについては、これまでに韓國や日本でも多くの研究がなされてきた。しかし、和刻本は「ほぼ同じ版木を使用した刊本」というのが定説となっており、版本自體に對する研究はほとんど手をつけられていない状況である。現存の『金鰲新話』のテキストは、朝鮮刊本一種、江戸時代和刻本三種、明治時代和刻本一種、その他朝鮮時代手澤本一種と、明治時代和刻本を底本にした筆寫本などが多く存在する。この朝鮮・江戸・明治の五種の木版本のうち、江戸刊本三種は外題、所藏先を異にする刊本や影印本の存在が認められている。この影印本を含めた諸本は、本文には大きな差異が認められないが、體裁や外題にはわずかではあるが注目すべき特徴をもっている。現存の『金鰲新話』は、序文、目錄、識語などが一切なく、ただ本文のみがあるだけで、書物としての體裁が備わっていないことも一つの大きな特徴である。江戸時代は商業出版が盛んになったと同時に、書物の體裁についても整備されるようになった時代である。そのような流れの中で、體裁を整えないまま三度も刊行された『金鰲新話』はある意味例外ともいえるのではなかろうか。本稿では、まずこの各版本のもつ特徴に焦點をあて、『金鰲新話』版本の整理・分類と、そこにみられる問題點をあげ、明らかにしてゆく。

また江戸時代和刻本の中で「道春訓點」であるといわれているものがある。「道春訓點」とは「林羅山の訓點」を意味するのであるが、この「道春訓點」に從って本文を讀んでみると、文字の閒違いや訓讀の誤りが多數みられる。またその誤りがそのまま放置されて版を重ねている。この訓讀の誤りと、體裁の不備を合わせて考えたとき、まずは「道春訓點」に對して疑いをもってみる必要があるのではなかろうか。

本稿は以上の二點、すなわち版本や體裁の整理といった外的側面から、また「道春訓點」和刻本の讀解という內的側面から、『金鰲新話』の「道春訓點」の眞僞をときあかそうとするものである。

二、研究の方法と問題點

『金鰲新話』は五篇からなる短い小說であるが、前述のように多くの問題點を含んでいる。現在までは、話柄の分析や日本文學作品との比較など、物語の內容に重きをおいて研究されてきた。しかしその一方で、先學の研究を鵜呑みにし、漢文原典の讀解や版本の整理といった基礎研究が確立されていないことは、ここで指摘しておかねばならない。

本稿では版本と訓點を中心に研究をすすめるため、『金鰲新話』和刻本のうち、江戸刊本を主な資料として使用する。原則として和刻本を用いる場合、寫眞版または原本を直接複寫したものを底本とし、可能な限り出版された影印本は使用しない。影印されたものを使用する場合は、所藏先と原本の確認をおこなうこととする。

特に注目すべき點は以下の三點である。

1. 影印本を含む版本自體の研究

まず現今までなされていなかった、影印本を含めた版本の整理を行う。『金鰲新話』の版本は數種存在する。なかでも江戸時代の和刻本は三種類あり、「ほぼ同じ版木を使用した版本」であるので、三種全てがほとんど同一のものであると見做される。つまり「ほぼ同じ版木を使用している」という概念があるため、僅かに見られる各版本の特徴を見逃してしまい、結果として、版本自體の研究は疎かになってしまっているのである。

韓國では和刻本を底本にした影印本がいくつか出版されている。これら影印本は日本に現存している刊本と比較した際、若干の相違點が認められる。しかし影印本の原本の所藏先が不明瞭で、かつ影印時に修正が加えられた形跡があるため、資料としての使用にはたえない。

本稿ではこのような問題のある影印本を含めて、版本を整理してゆく。同時に、江戸時代における『金鰲新話』の出版情況や書物の體裁などを現存する刊本から調査し、『金鰲新話』版本の整理とともに『金鰲新話』出版にかかわる背景にも考察を加えてみたい。

2.「道春訓點」

江戸和刻本の一本には「道春訓點」と題したものがある。しかし、實際に和刻本の訓點に從って讀んでみると、意味の通らない箇所や、出典がわからず放置したと思われる箇所がある。漢文はもちろんのこと、朝鮮通信使とのやりとりなどを通し、朝鮮の事情にも通じていたであろう林羅山が訓點をほどこしたのであれば、果たしてこのような誤りを訂正もせずにそのままにしておくであろうか。『金鰲新話』が序文や目錄、訓點者の識語なども備えず、明らかな文字の誤りもそのまま踏襲されて版を重ねていることを鑑みると、果たして實際に林羅山が訓點をほどこしたのか、という疑念を抱かざるを得ない。

よってまず「道春訓點」に從って丁寧に讀解するとともに、校勘、譯注を作成し、それに基づき、和刻本の訓點を分析して、林羅山の訓點と比較する。羅山の訓點本は數多くあるが、そのうち『五經大全』中の『詩經大全』と、林鵞峰著の『詩經正文』の訓讀法に着目した。『詩經大全』は『金鰲新話』と同じ承應二年の刊行で、晩年の羅山の『詩經』訓點であるといわれている。また『詩經正文』は、林鵞峰が父である林羅山から直接『詩經』の訓讀を授かったものを書き記したものである。『金鰲新話』には『詩經』を典據とした語彙が多く使用されているため、この二書を用いた訓點の比較は充分參考になるであろう。

3. 漢文原典にそった譯注

漢文原典に忠實な譯注書がないことも、一つの課題であるといえる。『金鰲新話』は朝鮮小説ではあるが、原本は漢文で著されたものである。漢文の素養がなければ、正確な讀解は不可能である。現在の研究者は先學の研究、特に韓國語譯の譯注中心に漢文を參照する傾向にあり、そのため讀解において漢文原典を讀むことは少ないようである。

ゆえに出典不詳の箇所は曖昧な譯としていることが多く、解釋の誤りも同樣に踏襲されている。

韓國で出版された現代韓國語譯の譯注書は、注釋を備えていても典據を明記しているものは少なく、他本からの孫引きをそのままのせている箇所もあり、注釋書としての価値は決して高いとはいえない。日本語譯の『金鰲新話』は現在一冊のみ出版されているが、注釋がなく、物語性を重視したものとなっている。

本稿では和刻本の訓點調査の過程として、漢文原典に即した現代日本語の譯注を試みた。

三．本論の構成

本稿は序論、本論四章、結論の構成とする。

第一章では『金鰲新話』と作者及び『金鰲新話』研究史等の基礎部分の整理、ならびにそこからみられる問題點を擧げる。

第二章では、これまで整理されていなかった『金鰲新話』の版本について再整理をおこなう。特に江戸時代和刻本(影印本を含む)を中心に整理し、現存の刊本とその所藏先を明示する。また刊本からみた『金鰲新話』刊行の狀況や背景などにも目を向ける。

第三章では譯注作業を通して、和刻本『金鰲新話』の訓點の確認をおこなう。特に「道春訓點」といわれる江戸時代和刻本は、丁寧に訓點をたどって讀み直し、誤りがあれば指摘、訂正してゆく。

第四章は林羅山の訓點と和刻本『金鰲新話』の訓點を比較する。ここでは林羅山が訓點をつけた『五經大全』のうち『詩經大全』と、林鵞峰著の『詩經正文』を參照し、『金鰲新話』の『詩經』出典の語彙の訓讀と比較する。これによって羅山の訓點と『金鰲新話』訓點の相違點を明らかにし、第三章で指摘した誤りと共に考察を加え、「道春訓點」の眞僞を見極めたい。

以上が本稿の概要となっている。

第一章　『金鰲新話』

第一節　『金鰲新話』内容と性質

『金鰲新話』の物語のうち、現在傳わっているのは「萬福寺樗蒲記」「李生窺墻傳」「醉遊浮碧亭記」「南炎浮州志」「龍宮赴宴錄」の五篇のみである。(1)各話の內容は以下のようになっている。

「萬福寺樗蒲記」は南原に住む梁生という若者が佛と樗蒲で賭けをし、それによって美しい配匹を得たが、實はその女は倭寇に殺された幽靈であった。二人は結ばれるが、幽靈であった女は後に成佛し、他鄕で男として生まれ變わる。梁生は智異山に入って藥草を取って過ごした、という話。

「李生窺墻傳」は開城の李生という若者が、崔氏の家を覗き見たことが縁で崔氏の娘と結ばれる。ところが崔氏の娘は紅巾賊に殺され、二人は引き裂かれたが、娘は幽靈となって夫である李生と再會する。二人は數年間共に暮らした後、やがて娘は命數が盡きたといってあの世に旅立ってしまう。李生も妻の弔いを終えると死んでしまった。

「醉遊浮碧亭記」では、洪生という金持ちの息子が平壤にある永明寺の浮碧亭で詩を詠んでいると、仙女が現われる。そこで洪生と仙女は共に詩を唱和する。仙女が天に歸った後も洪生は仙女のことを忘れられずに思い悩んでいた。ある日夢の中で仙女の侍女が現れ、洪生の天界での役職を得たので早く來るように言った。そして洪生は息を引き取った。

「南炎浮州志」は、慶州の儒生である朴生が夢の中で炎浮州に行き、閻魔大王と問答をする話。閻魔大王は朴生の才能を認め、位を讓る旨を傳え、朴生はそれを了承した。夢が覺めてから朴生は身邊整理をし、數ヵ月後に亡くなった。

「龍宮赴宴錄」では高麗時代の文士韓生が、龍宮の上棟文を起草するために龍王に呼ばれて龍宮に行く。龍宮で韓生は龍王の客人たちと詩を應酬しつつ、大いにもてなされて過ごした。韓生は龍宮より歸宅してからは世事には關せず、名山に入って餘生を送ったという話である。

以上の五篇は、幽靈の登場や龍宮等の異界での出來事を中心とし、また戰亂による世の混亂や不條理さを描いて、全篇を通して世の無常や人の生のはかなさへの感慨を述べる。

このような幽靈との交歡譚や異界譚を主題とした話柄、物語の展開や文章表現の多くが中國明代の小說『剪燈新話』に酷似しているため、『金鰲新話』は『剪燈新話』の摸倣作品であるとの評価をしばしば受けるのである。『剪燈新話』は、明の瞿佑(2)が著した小說である。元は『剪燈錄』といい、初め四十卷であったものが散逸して、現在の『剪燈新話』となった。唐代傳奇の影響を受けており、當時は禁書とされた。この『剪燈新話』は朝鮮へも傳わり、朝鮮において『剪燈新話』の注釋書といえる『剪燈新話句解』が刊行されたのである。現存の『剪燈新話』には以下の二十一篇を收める。

「水宮慶會錄」「三山福地志」「華亭逢故人記」「金鳳釵記」「聯芳樓記」「令狐生冥夢錄」「天臺訪隱錄」「滕穆醉遊聚景園記」「牡丹燈記」「渭塘奇遇記」「富貴發跡司志」「永州野廟記」「申陽洞記」「愛卿傳」「翠翠傳」「龍堂靈會錄」「太虛司法傳」「修文舍人傳」「鑑湖夜泛記」「綠衣人傳」「秋香亭記」

これら『剪燈新話』の物語のうち、文章表現や物語の流れが『金鰲新話』と共通・類似するものから分類してみると、次のように對應する。

萬福寺樗蒲記　…　滕穆醉遊聚景園記、金鳳釵記、牡丹燈記、愛卿傳、翠翠傳、綠衣人傳、富貴發跡司志、秋香亭記

李生窺墻傳　…　金鳳釵記、愛卿傳、翠翠傳、聯芳樓記、牡丹燈記、渭塘奇遇記、秋香亭記

醉遊浮碧亭記　…　鑑湖夜泛記、龍堂靈會錄

南炎浮州志　…　令狐生冥夢錄、天臺訪隱錄、永州野廟記、太虛司法傳

龍宮赴宴錄　…　水宮慶會錄、龍堂靈會錄、申陽洞記

このように『金鰲新話』の一つの物語に對し、『剪燈新話』中のいくつかの物語の要素が複雜にからまりあって書かれていることから、『金鰲新話』が『剪燈新話』に發想のヒントを得た獨自の作品であるといわれる。また一方で、話柄の類似がみられても、登場人物や物語の背景を完全な朝鮮風の物語に仕立て直したとして、『金鰲新話』は『剪燈新話』をもとにした新たなる飜案作品であると主張されるのである。やがて日本に傳來しては江戸時代の小說『伽婢子』の原作の一つになったとして、日中韓の三國における『金鰲新話』の流通と影響力の强さをうかがい知ることができる。

第二節 『金鰲新話』の作者金時習

作者である金時習（一四三五〜九三年）は字は悅卿、號は梅月堂、東峯、淸寒子等多數。朝鮮時代初期の文人であり、僧侶でもあった。生六臣(3)の一人として廣く知られている。幼少より神童と譽が高く逸話の多い人物である。十三歲のころに母を亡くし、父の病氣による家の沒落、元來の虛弱な體質に加え、重なる科擧への失敗に、いつも不平をもらす生活であったという。

一四五五年、端宗の叔父である首陽大君（世祖）が端宗を廢位に追い込んだ知らせを聞き、本を燒き捨て出家した。山水を愛した彼は、朝鮮全土を放浪・徘徊して一生を過ごした。一四六五〜七一年（三十一〜三十六歲）に慶州金鰲山に居し、そのときに『金鰲新話』を著述したという。若いころから儒教だけでなく、佛教を中心とした異端の說にも關心を持ち、放浪・徘徊を通じて多くの僧侶や道人と交流をもった。

彼の思想は、儒・佛・道の三教を一理として受容し、相互會通させたという。朝鮮道教史の中でも重要な人物で、朝鮮道教中興の祖といわれている。著書は『金鰲新話』の他、詩などを收めた『梅月堂集』がある。

第三節　『金鰲新話』研究史

朝鮮では『金鰲新話』は長く佚書とされていたのであるが、日本で明治時代の刊本が發見されたことにより、再び活發に研究されるようになった。一九二七年に崔南善氏が朝鮮において、雜誌『啓明』に「金鰲新話解題」を發表して後、本格的な『金鰲新話』研究が始まった。同じころから日本においても同樣に研究が開始された。本稿では和刻本の訓點を中心とした研究をすすめるため、主に日本での『金鰲新話』研究に焦點をしぼって考察する。

日本における『金鰲新話』研究史は大きく三期に分けられよう。大略すると第一期は『金鰲新話』の再發見とその紹介について、第二期は『伽婢子』および『剪燈新話』との比較による『金鰲新話』の獨自性の追求、第三期は新しい刊本の發見による『金鰲新話』版本に對する再考察と日本への傳播經路の研究、といった傾向にある。

ここでは、日本における『金鰲新話』研究の經緯を前述のような三期に分類して整理し、その上で『金鰲新話』が有する課題について再考してみたい。

1．第一期　『金鰲新話』の再發見

第一期は、韓國で佚書とされていた『金鰲新話』が發見され、廣く世の中に知れるようになったことから始まる。その嚆矢となったのが崔南善氏の「金鰲新話解題」（『啓明』第十九號）である。ここで『金鰲新話』解題と明治本を底本とした飜刻を掲載した。(4) この發表で初めて『剪燈新話』との對應關係が明示された。（當時指摘された話柄の對應關係

を以下に示す）

萬福寺樗蒲記　…　滕穆醉遊聚景園記・富貴發跡司志
李生窺墻傳　…　渭塘奇遇記
醉游浮碧亭記　…　鑑湖夜泛記
南炎浮州志　…　令狐生冥夢錄・太虚司法傳
龍宮赴宴錄　…　水宮慶會錄・龍堂靈會錄

また韓國で佚書とされていた『金鰲新話』の飜刻を發表したということから、本格的な『金鰲新話』研究開始の祖となっている。(5)

次いで松田甲氏の「翦燈新話句解に就いて」(6)がある。朝鮮において成った『剪燈新話句解』を論じ、その訂正者は滄洲尹春年、集釋者は垂胡子林芑であると推定し、この二人の閲歷を明らかにするにあたり、『金鰲新話』にも言及している。このなかで松田氏は、『金鰲新話』については「朝鮮の天地に小說の型模を現示したる始祖たるが上に、朝鮮の古今を通じて傳奇文學の白眉としての名著」と述べている。また古來問題となっている「『金鰲新話』は『剪燈新話』の擬作である、否模倣にあらず」という論に對し、

併し假令模倣なりとしても、材はすべて朝鮮の人物風俗を以ってし、文に於ても想に於ても、更に清新味を加へ、殊に作者の境遇上より骯髒の氣を吐きたるかと思はるるところも隱見し、所謂藍より出でて藍よりも青き名著と推すべきものである。

と『金鰲新話』に對して高い評価を下している。この松田氏の評価は『金鰲新話』の文學性の高さを示すものとして、後の論文にもよく引用される。この論文中で、承應二年の一巻本を飜刻して明治十七年に二册本として刊行したと述べ、一九三一年の當時は所謂現在の明治本一種しか存在しなかったことを知り得る。尚、ここで『剪燈新話』の模倣

作として『伽婢子』『怪談牡丹燈籠』にも若干言及している。

この二年後に久保天随氏が『斯文』第十五編一〜四號（一九三三年）に「翦燈新話に關する事ども」と題して『剪燈新話』ならびにその影響を受けた作品について論述している。[7]『金鰲新話』については第三號に掲載されている。まず「剪燈新話は鏤版のあと、未だ幾ならずして、朝鮮に傳わり、やがて、その擬作をさえ見るにいたった。それが金時習の金鰲新話である。」と言い、續いてその作者である金時習の傳記を詳細に述べている。そして『金鰲新話』と『剪燈新話』を比較して、對應する話柄についての考察がなされるのである。話柄の對應は前述の崔南善氏の「金鰲新話解題」とほぼ同じであるが、「李生窺墻傳」と對應するものに「渭塘奇遇記」の他「愛卿傳」が對應しているという。この比較を通して、久保氏は『金鰲新話』に對して

> 往往にして、踏襲の甚しきものもあるが、筆者は、多くの場合に、精精新らしい味を加へることを忘れなかった

といった賞賛をしている。この賞賛の辭も後の論文で『金鰲新話』の文學性の高さをいう時に引用されることがある。久保氏のこの論文では、簡略に話柄の比較を述べるだけに止まり、内容についての詳細な考察・比較はほとんど見られない。また、傳本については「希少にして、その原形卷數等は、文獻備考、ならびにその他の書目を見ても、さっぱりわからぬ」といい、現在は明治十七年の二卷二册本と昭和二年の『啓明』第十九號に影印が收めてあることを述べる。この時點でも『金鰲新話』の版本は明治本（承應本の飜刻）しかないということが知られるのである。

また金臺俊氏の『朝鮮小說史』[8]では別に一章を設けて『金鰲新話』について述べる。それは『金鰲新話』がとりもなおさず朝鮮において小說の始祖であることの現れであろう。作者である金時習に對しては「李朝初期における一流の小說家」であるといい、『金鰲新話』に對しては「（朝鮮）傳奇文學の頂點に位置」するものであると、最大の贊辭をおくっている。

『金鰲新話』が影響を與えたという日本の說話集『伽婢子』との關係について、初めて言及したのは宇佐美喜三八

氏の「伽婢子に於ける飜案について」(9)である。ここでは『伽婢子』と、原據となった中國の話柄との比較對照が主題となっている。以前より『剪燈新話』中の十八話がそのまま『伽婢子』中の十八話に飜案されたといわれていたのであるが、宇佐美氏の調査によると、『剪燈新話』から十六話、『金鰲新話』から二話飜案されていたことがわかった。それは『伽婢子』巻一「龍宮の上棟」は『剪燈新話』巻一「水宮慶會錄」ではなく「龍宮赴宴錄」に、巻八「哥を媒として契る」は「聯芳樓記」ではなく「李生窺墻傳」を原據としたものであるという。『剪燈新話』『金鰲新話』そして『伽婢子』の三者の原文を竝べて比較している。これは『金鰲新話』が日本の作品に影響を與え、その原據になっていたことを示した最初の論であるといえる。

以上のように第一期では『金鰲新話』の發見とそれに對する評価、ならびに基本的な比較研究がなされた。この時期においては大略を述べるだけであり、文章表現の比較といった詳細なものや、『剪燈新話』の影響を離れた『金鰲新話』としての獨自性と内容に關する研究は次に待たなければならない。

2. 第二期　研究開始期

第二期は『金鰲新話』研究の開始期といえよう。この時期から、原文を取り上げた詳細な比較研究がされるようになった。模倣の原典といわれる『剪燈新話』を脱却し、また『金鰲新話』とは被影響關係にある『伽婢子』等との比較を通して、朝鮮漢文小說である『金鰲新話』の獨自性を追求してゆくものがあらわれる。

この時期、最初に擧げられるのは、玄昌厦氏の「伽婢子と金鰲新話―龍宮物語の獨自性に關して―」(10)であろう。これは『金鰲新話』の「龍宮赴宴錄」と『伽婢子』の「龍宮の上棟」の内容が『剪燈新話』の「水宮慶會錄」から著しく離脱しているのは、この二作品の獨自性によるものかどうかを明らかにするための比較對照である。その結果、「龍宮赴宴錄」と「龍宮の上棟」の内容は大部分が一致していることが判明した。確證はないが、『伽婢子』の「龍宮の上棟」が『金鰲新話』の「龍宮赴宴錄」を摸倣した可能性があると示唆している。

ついで佐藤俊彦氏の「剪燈新話、伽婢子及び金鰲新話の比較研究(11)」がある。佐藤氏の言を借りてこの論文の主旨を述べるならば、これは『剪燈新話』の「渭塘奇遇記」と『伽婢子』の「哥を媒として契る」、そして『金鰲新話』の「李生窺墻傳」を「原文研究と可能な參考資料により比較分析し、相互間に如何なる相似性と關連性があるか」に言及するもので、特に「(『伽婢子』が)間接的には中國の影響を受けているにも拘わらず、直接的には韓國小説の模倣であり、中國より韓國の方により多くの影響を受けていることを指摘、説明」し、「『伽婢子』が『剪燈新話』のみから飜案されたという説に反駁し、『剪燈』と『金鰲』の兩者によったという意見を支持し、それを明らかにする」ものである。つまり原文の詳細な比較によって、從來いわれてきた「『伽婢子』の原作(の一部)は『剪燈新話』であった」という説に反駁し、實はこれまでほとんど注目されてこなかった朝鮮の小説『金鰲新話』が原作になっているものがある、ということを證明するのである。原文を比較してみると、「哥を媒として契る」は「李生窺墻傳」の殆んど逐語的な模倣であり、物語の結末が「渭塘奇遇記」ではハッピー・エンド、「哥を媒として契る」と「李生窺墻傳」は悲劇で終わるという結果であった。また『金鰲新話』の渡來時期および『伽婢子』の刊行時期より推察して、

了意が「伽婢子」の執筆に際して、「剪燈新話」と「金鰲新話」の兩者を參照にして、それぞれから適宜に取捨選擇したのではないか(12)

という結論が得られた。

また鄭琦鍋氏の「〈金鰲新話〉と〈伽婢子〉における受容の樣態(13)」でも同じように、『剪燈新話』『金鰲新話』『伽婢子』三者の相關關係を考察し、それによって共に『剪燈新話』の影響下にある作品とされている『金鰲新話』と『伽婢子』の受容の樣態を比較するといった内容のもので、『金鰲新話』の獨自性に主眼が置かれている。この中で『金鰲新話』の五篇は『剪燈新話』の特定作品とは一對一の對應關係にはないが、『伽婢子』と『剪燈新話』は一對一の

對應する關係になることから「〈伽婢子〉が〝國風に叶ふやうにした〟〝日本的型において新しく鑄造した〟作品であるとの所論は成立しない」といい、例として『剪燈新話』の「滕穆醉遊聚景園記」、『金鰲新話』の「萬福寺樗蒲記」、そして『伽婢子』の「金閣寺の幽靈に契る」の原文をかなり詳細に比較している。結果、『伽婢子』は固有名詞等が置き換えられているだけで、他の要素は「原話そのもの」であり

原作（著者注・金鰲新話）との違いはその媒材言語だけで（著者注・伽婢子は）作家意識の全くないもの[14]であると論斷する一方、「『金鰲新話』は『剪燈新話』の影響の下に創作された獨自性のあるもの」であると主張した。この鄭琦鍋氏をはじめとして、以後『金鰲新話』の獨自性についてさらに多く論ぜられるようになる。

成澤勝氏の「『剪燈新話』と『金鰲新話』―「萬福寺樗蒲記」の構成を中心に―[15]」は『剪燈新話』を中心に『金鰲新話』を論述したものである。先學の研究業績にも詳しく、韓國側の研究の問題點も述べられている[16]。ここでは五編のうち、「萬福寺樗蒲記」だけをとりあげて論じている。「萬福寺樗蒲記」には『剪燈新話』の「綠衣人傳」「滕穆醉遊聚景園記」「愛卿傳」「金鳳釵記」の要素があることから

「萬福寺樗蒲記」は色濃く、しかも廣く『剪燈新話』の影に被われているが、その中の一作品を模して作したものではなく、全體を、一度金時習なりに消化して、そのエッセンスを吸收した上での創作である

といっている。それは『剪燈新話』が物語的一貫性が缺如しているのに對し、「萬福寺樗蒲記」は一貫した佛教性によっているという理由からである。また、

創作精神においても朝鮮的社會性や風土性によって統一されており、こうした點において、この作品は『剪燈新話』の摸倣作としてではなく、新たな再創作と見なすことができる

といって、中國文學の視點から考察した『金鰲新話』に對する評価を下している。『金鰲新話』の獨自性を論ずるものの中にあって成澤氏の論は、『伽婢子』は『金鰲新話』の模倣であるから獨自性に缺ける云々といった文學作品の

優位性を説くことなく、冷静にして綿密に考察されているといえよう。

『金鰲新話』を一般雑誌で紹介したのは、大谷森繁氏である。大谷氏は雑誌『月刊韓國文化』で、「古典名著解題『金鰲新話』」[17]を發表した。わずか一頁であったが、簡略かつ詳細に作者金時習や研究史、『金鰲新話』の刊行についても述べられており、まことに名解題であるといえる。しかしここでも『金鰲新話』の『剪燈新話』摸倣説に反駁して、高麗時代にすでに志怪・傳奇小説が流行していたことを述べ、幽靈と人間の交歡というストーリーが「萬福寺樗蒲記」系の小説と共通するところが多いゆえ、『剪燈新話』の單純な模倣と看做すことはできない、と『金鰲新話』の獨自性に注目するようよびかけている。

續いて大谷氏は「天理圖書館本『金鰲新話』解題」[18]で、はじめて刊本の整理・校勘を行った。使用したものは「承應二年仲春　崑山館道可處士刊行の刊記を有する、內閣文庫本」と天理圖書館に所藏されていた「『萬治三曆仲夏吉旦』の刊年と『寛文十三年丑年仲春　福森兵左衞門板行』の刊記を有する、天理本」である。その結果、「天理本の第二十一、二、三、四丁が內閣文庫本を覆刻したものである以外は全く同一の版木であることが判明」した。また大谷氏は

天理本は內閣文庫の承應本（一六五三）の刊記を改刻した萬治本（一六六〇）をさらにその出版名を削り、あらためて寛永十三年（一六七三）に後刷りしたものであるので、天理本は承應本と同版であり、初刻本としての価値はいささかも變わりがない

と天理本に對する評価を述べた。さらに明治本との對照作業を行った結果、天理本と明治本の閒に大きな違いはなく、大塚本は返り點のみで送り假名を附さず、誤字は大塚本によって訂正されていたという。また文字の校勘によって「初刻本は朝鮮の寫本を底本にした」[19]という推測がなされ、天理本と大塚本の文字の對照表を附載している。

天理本の題簽は「道春訓點」となっている。道春とは林羅山の僧名である。このことを大谷氏は

当代随一の碩儒が自ら「金鰲新話」を閲覧した上に、訓點を附する勞をいとわなかったことになり、「金鰲新話」が如何に當時高く評価されていたかの證しになる。

と、述べている。解題として、前掲の「古典名著解題『金鰲新話』」をそのまま採用している。[20] そして、天理圖書館藏の『金鰲新話』の全文影印を附している。

ついで邊恩田氏の「『剪燈新話』と『金鰲新話』から『淨瑠璃姫物語』へ―〝忍び入り〟と〝四方四季〟の趣向」[21] では、『金鰲新話』は『剪燈新話』からは完全に脫却した一つの創作であると位置付けした。邊恩田氏は日本の『淨瑠璃姫物語』の〝四方障子揃え〟と『春香傳』の〝四壁圖辭說〟は、『剪燈新話』の「渭塘奇遇記」と『金鰲新話』の「李生窺墻傳」における忍び入りの場面での四季描寫の趣向を、受容し展開させたものであると考えている。〝忍び入り〟の場面における〝四季揃え〟は『剪燈新話』の「渭塘奇遇記」に獨特な趣向であるとしているが、しかし『金鰲新話』で墻から屋敷の中を垣間見て、女性を見染めるという趣向と、男女の詩の交換・唱和が設けられている點などは「渭塘奇遇記」には見られなかった新たな趣向であるので、そこに『金鰲新話』の獨創性があるというものである。

また邊恩田氏は續いて「『剪燈新話』と『金鰲新話』から『淨瑠璃姫物語』へ（續）―〝忍び入り〟と〝四方四季〟の趣向―」[22] において、物語に登場する部屋の裝飾・調度品についてさらに詳細な比較檢討を行い、『四方障子の繪揃え』の趣向は『奇遇記』もさることながら、むしろ『窺墻傳』の方から影響をうけたであろう」ということを明らかにした。それは、日本文學がすでに持っていた「垣間見」と「庭園描寫（泉水揃え）」の趣向と同じ趣向を持つ「李生窺墻傳」から多くそのエッセンスを取り入れ、和樣化する形で「四方四季の繪揃え」が發展したものであろうというのである。邊恩田氏は、ともすれば中國文學に含められ、見過ごされがちな朝鮮半島の文學を、自立した對等なものとみる立場からの研究を呼びかけている。

また中國古典文學と朝鮮文學の關係を述べた研究書として、韋旭昇氏の『中國古典文學と朝鮮』[23] がある。ここでは中國古典文學が朝鮮文學に對して與えた影響を主に述べ、そのなかで『金鰲新話』にもふれている。ここで『金鰲新話』は『剪燈新話』の影響を多大に受けたものであるとしており、人と鬼（幽靈）の戀愛・交歡は『剪燈新話』だけでなく『太平廣記』にもさかのぼるものであると指摘する。また詩を使って情意を述べたり、戲れたりする手法も取り入れているという。また『金鰲新話』の「萬福寺樗蒲記」は「朝鮮の人物や事件を書いたものであるが、中國の典故を愛用している」と、作品中の詩を擧げて、その典故を示している。そしてこの書において、朝鮮文學と中國文學の關係を

「移植」ではなくて「感化」であり、直接ではなくて間接であった。それは一種の深く、また潛在する關係であった。中國文學の影響の跡は、時には氣づかれにくいこともあるとはいえ、朝鮮古典文學の深層に確かに印されているのである。

といった「『默して語らぬ』けれども『確かに存在する』關係」であるといっている。

以上のように、第二期は『金鰲新話』と『剪燈新話』の話柄の大筋を比較したものから、『剪燈新話』によらない『金鰲新話』の獨自性について論述されるものが多くなった。それは邊恩田氏のいうように朝鮮文學が「ともすれば中國文學に含められ」るか、あるいは中國文學の二番煎じのようにとられるために、なおのこと獨自性を聲高にあらわそうとしたといった氣運もみられよう。以上の研究結果からみても、『金鰲新話』はそれ獨自のものとして、日本文學にも多大な影響を與えていることがわかるのである。

3．第三期　『金鰲新話』の版本と傳播經路

第三期は新しい刊本の發見による『金鰲新話』版本に對する再考察、また所藏印より推察される所藏者と、傳播經路の研究に重點が置かれている。その最大の契機となったのが、一九九九年に大連圖書館で『金鰲新話』の朝鮮刊本

が發見されたことである。

『金鰲新話』の朝鮮刊本は、高麗大學校中語中文學科の崔溶澈教授が、中國の大連圖書館で調査をしていたところ偶然に發見したもので、一九九九年十月にソウルでその發見に關する學會報告がなされた。その崔氏の報告の内容を飜譯し、崔氏の論をふまえたうえで、さらに獨自の見解を述べたものが、邊恩田氏の「〈新資料紹介〉朝鮮刊本『金鰲新話』發掘報告の紹介と成立年代」[24]である。崔溶澈氏の學會報告によると今回新發見の朝鮮刊本には、日本刊本にはない「編輯者の名前」「藏書印四種」「梅月堂先生傳」「後志」文が載っており、なかでも「養安院藏書」[25]の藏書印があることから「壬辰倭亂のとき略奪されて日本へ傳わった」として、この新發見の朝鮮刊本『金鰲新話』は壬辰倭亂以前の印行であるとした。また崔氏は、朝鮮刊本『金鰲新話』の大連圖書館所藏に至るまでの經路を推定して、壬辰倭亂の時に日本に渡り、養安院（曲直瀬正琳）の手に渡ったあと散逸し、栗田萬次郎[26]の手に渡って後、大谷光瑞あるいは他の經路を通じて大連圖書館に移されたのではないか、と論じている。刊本に記された編集者の名前「坡平後學尹春年編輯」より、飜譯者である邊恩田氏はさらに考察を加えて、今回の發掘本の成立年代を「一五三三から一五四五年頃まで、枠を大きくとるならば一五三〇年から一五五二年まで」であるとした。[27]この朝鮮刊本の發見によって、さらに『金鰲新話』の傳播經路と成立についての研究が進められることになろう。

また『金鰲新話』成立・傳播經路の研究からは若干離れるが、花田富二夫氏が「『伽婢子』の意義」[28]で、日本文學の立場から、近來いわれてきた「『伽婢子』は『金鰲新話』の模倣である」說に反駁するかのような論を述べる。（『伽婢子』の）三話を除く六十五話すべてが中國小說、或いは朝鮮刊傳奇小說との關連を有し、彼の國の話を跡形もなく、我が國の話に再生させたものであった。その手法を飜案と呼ぶなら、本書は我が國における近世初期飜案文學の白眉である。

淺井了意は、當時一般的であった「中國種は中國種、本朝物は本朝物」という形式を變えて、本歌取りと同じ形式を用いて物語全體を「飜案」し、一見しただけでは中國種とわからないようにしてしまった。すなわち、中國・朝鮮傳奇小説を跡形もなく日本の物語に置き換えたという「飜案」は「中國・朝鮮小説の單純な模倣」というよりは、淺井了意獨自の文藝創作の一方法であったというのである。

朝鮮刊本の發見をうけて、邊恩田氏は「朝鮮刊本『金鰲新話』の舊所藏者養安院と藏書印—道春訓點和刻本に先行する新出本—」(29)を發表した。新出の朝鮮刊本には「養安院藏書」と「玹安」という藏書印が捺してある。邊恩田氏はこれによって、いつごろ朝鮮刊本が日本に存在していたかを推測し、また「玹安」の藏書印は曲直瀬正琳が「養安院」となのる以前のものであると述べた。曲直瀬正琳が天正十三（一五八五）年には洗禮を受けていたという事實より、「玹安（ようあん）」は洗禮名と何かしら關係があるのではないかということを指摘した。以上のことから、洗禮を受けた天正十三年ごろから、養安院の院號を用い始めた慶長五（一六〇〇）年ごろまでの時期に所藏した書物に「玹安」印を捺したものであるとし、今回新出の『金鰲新話』もそのころ曲直瀬正琳が所藏していたのではないかと推察した。

續いて花田富二夫氏の「近世初期飜案小説『伽婢子』の世界〈遊女の設定〉」(30)の附載論文資料である崔溶澈氏の『『金鰲新話』朝鮮刊本の發掘と版本に對する考察」がある。これは一九九九年の學會で崔氏が發表したものに、氏自身がさらに考察を加えて日本語譯されたもので、前掲邊恩田氏の「〈新資料紹介〉朝鮮刊本『金鰲新話』發掘報告の紹介と成立年代」も參照して著されたものである。内容は、前掲邊恩田氏の論文に掲載されたものとほぼ同じである。刊行時期についてのみ、邊恩田氏と崔溶澈氏の見解は若干異なっており、崔溶澈氏は朝鮮刊本『金鰲新話』の刊行時期を明宗年間（一五四六〜六七）と推定する。また朝鮮刊本、日本の萬治本、明治本との文字の對照表を載し、「部分的な文字に違いがあるが、本文の内容上の違いにはほとんど影響がない」といっている。(31)そして「本書の著作と編集、刊行と傳播、そして東アジア各國が緊密につながった流通過程をより明快に究明することが新たな課題として浮上」したと述べる。

また邊恩田氏の「朝鮮刊本『金鰲新話』と林羅山」[32]によって、前述の朝鮮刊本『金鰲新話』の概略と、和刻本『金鰲新話』の概略を知ることができる。ここで邊恩田氏は日本和刻本の外題に「道春訓點」とあるのは、當時の碩學であった林羅山が『金鰲新話』に訓點を施したと指摘する。ついでここで林羅山と朝鮮とのかかわりの深さを述べ、林羅山は江戸初期、日本における文學の仲介者的役割を果たした人物として、今後も彼とその周邊の人物についての研究が必要であろうことを示唆している。またこの論文の末に「和刻本『金鰲新話』の傳存本目録」が附載されている。

大谷森繁氏の「『金鰲新話』―小說時代の到來―」[33]は、『月刊韓國文化』に「朝鮮小說のはなし」の第三回として、現在までの研究成果を踏まえつつ、一般向けに『金鰲新話』を概說したものである。『金鰲新話』は「朝鮮における小說のはじまり」であるといい、獨自性をもった一つの文學作品として、日本文學にも多大な影響を與えたということが詳述されている。

『金鰲新話』に關する最新のものとしては、二〇〇三年度に發表された趙賢姫氏の「『剪燈新話』の「人鬼交歡譚」をめぐって―金鰲新話・假名草子・雨月物語の比較―」[34]と、二〇〇五年度に發表された蘇仁鎬氏の「『金鰲新話』の創作背景と小說史的性格」[35]がある。趙賢姫氏の論文は、『金鰲新話』假名草子作品、『雨月物語』それぞれにおける『剪燈新話』の取り入れ方を分析するものである。その中で『金鰲新話』は『剪燈新話』より「奇談」としての全體構想を取り入れ、漢詩により世祖の王位簒奪のような社會批判を隱された主題としてあらわしていると論ずる。

一方蘇仁鎬氏は『金鰲新話』創作の背景を再檢討し、東アジアの傳奇小說史における『金鰲新話』が占める位相を新たにさぐり、『金鰲新話』は既存の様式を創造的に變容させたものであると述べる。また趙賢姫氏と同様に、「金時習は『金鰲新話』の創作を通じて、社會現實全般に對する問題意識を代辯している」と述べ、社會的背景を勘案して、金時習の著述には社會に對する不滿が大きくあらわれていると結論づけている。

以上が第三期である。第三期では朝鮮刊本の發見により、多くのことを知りえた。日本でしか發見されていなかった、幻の書とまでいわれた『金鰲新話』が朝鮮で刊行されていたという事實の確認は、研究者たちにとって大きな衝撃であった。この刊本の發見により、『金鰲新話』傳播の經路が少しずつ見えてきたようであり、日本・韓國・中國の當時におけるつながりが、さらにはっきりしてきたといえよう。

以上に言及した諸論文については以下、年代順に一覽を示す。出版社等については參考文獻・資料を參照されたい。

〈參考資料〉

・一九二四年　天民散史（和田一朗）「金鰲新話」（一～五）
・一九二七年　崔南善「梅月堂金時習　金鰲新話」
・一九三一年　松田甲「翦燈新話句解に就いて」
・一九三三年　久保天隨「翦燈新話に關する事ども」（二）～（四）
・　同　金臺俊著・安宇植譯注『朝鮮小說史』（原著發行年）
・一九五二年　宇佐美喜三八『和歌史に關する研究』
・一九六〇年　玄昌厦「伽婢子と金鰲新話—龍宮物語の獨自性に關して—」
・一九六二年　佐藤俊彥「剪燈新話、伽婢子及び金鰲新話の比較研究」
・一九七三年　鄭琦鎬「〈金鰲新話〉と〈伽婢子〉における受容の樣態」
・一九七九年　成澤勝『剪燈新話』と『金鰲新話』—「萬福寺樗蒲記」の構成を中心に—」
・一九八一年　大谷森繁「古典名著解題『金鰲新話』」
・一九八四年　大谷森繁「天理圖書館本『金鰲新話』解題」
・一九九〇年　鴻農映二『韓國古典文學選』

・一九九三年　邊恩田『剪燈新話』と『金鰲新話』から『淨瑠璃姫物語』へ―〝忍び入り〟と〝四方四季〟の趣向―」
・一九九六年　邊恩田『剪燈新話』と『金鰲新話』から『淨瑠璃姫物語』へ（續）―〝忍び入り〟と〝四方四季〟の趣向―」
・一九九九年　韋旭昇『中國古典文學と朝鮮』（豐福健二監修　柴田清繼・野崎充彥譯）
・二〇〇〇年　邊恩田「〈新資料紹介〉朝鮮刊本『金鰲新話』發掘報告の紹介と成立年代」
・二〇〇一年　花田富二夫「『伽婢子』の意義」
　邊恩田「朝鮮刊本『金鰲新話』の舊所藏者養安院と藏書印―道春訓點和刻本に先行する新出本―」
・二〇〇二年　崔溶澈「『金鰲新話』朝鮮刊本の發掘と版本に對する考察」
　邊恩田「朝鮮刊本『金鰲新話』と林羅山」
・二〇〇三年　大谷森繁「『金鰲新話』―小說時代の到來―」
・二〇〇三年　趙賢姬「『剪燈新話』の「人鬼交歡譚」をめぐって―金鰲新話・假名草子・雨月物語の比較―」
・二〇〇五年　蘇仁鎬・山田恭子譯「『金鰲新話』の創作背景と小說史的性格」

まとめ

これまで『金鰲新話』研究史を概觀してきた。この研究史より、大きく以下の二點が『金鰲新話』がもつ課題として指摘できよう。一つめは『金鰲新話』自體についてである。これまでの研究の多くは、日本文學（特に『伽婢子』）との比較、『剪燈新話』との比較における『金鰲新話』の獨自性を追求するのに偏重していた。言い換えれば、話柄の比較に重きがおかれ、原漢文の精讀・讀解をさほど重要視していない點である。二つめは、版本についてである。これまでにも幾度か版本の研究がなされてきた。しかし日本への傳播經路や本文の文字の異同のみに注目したものがほとんどで、版本の所藏先や刊本自體、すなわち刊本の體裁や刊行者などについては、見過ごされてきた傾向にあるといえる點である。

次章より、『金鰲新話』のもつ課題の一つである版本について、影印本を含めて整理・考察してゆく。

注

（1）久保天隨「翦燈新話に關する事ども（三）」に「現行本の卷尾に題甲集後としているが、その他は散佚したのか起稿しなかったのかわからない」とある。
（2）瞿佑（一三四七～一四三三）字は宗吉、號は存齋。錢塘の人。著作に『剪燈新話』ほか、『歸田詩話』などがある。
（3）生六臣…李朝第六代の王端宗（一四四一～五七、在位一四五二～五五）の叔父であった首陽大君（世祖、一四一七～六八、在位一四五五～六八）が王位を簒奪した時、端宗の復位を謀ったのが發覺して處刑された者を死六臣、官職から去ってしまったものを生六臣という。

(4) 崔南善「金鰲新話解題」(『啓明』第十九號)

(5) 崔南善氏が『啓明』に發表する以前に和田一郎(天民散史)氏が「金鰲新話」(朝鮮総督府『朝鮮』一三九號〜一四三號)と題して金時習の解説と本文國譯を發表しているが、それに言及する論文は少なく、成澤勝氏の「『剪燈新話』と『金鰲新話』」で述べられているくらいである。

(6) 松田甲「翦燈新話句解に就いて」(『ユーラシア叢書二十五 日鮮史話』(四))

(7) (二) 剪燈餘話 (三) 金鰲新話 (四) 奇異雜談集・伽婢子となっている。(一) は未見。

(8) 第三章 傳奇文學の白眉『金鰲新話』(前掲金臺俊著・安宇植譯注『朝鮮小説史』所收) 朝鮮の原著は一九三三年發行、未見。日本では一九七五年の出版であるが、内容上第二章に配するのが適當と思われたので當該書に關しては原著の出版年に從って配置した。

(9) 宇佐美喜三八『和歌史に關する研究』

(10) 玄昌厦「伽婢子と金鰲新話―龍宮物語の獨自性に關して」(『比較文學』第三卷)

(11) 佐藤俊彥「剪燈新話、伽婢子及び金鰲新話の比較研究」(『朝鮮學報』第二十三輯)

(12) ここで當時の人々が漢文で書かれた小説に對して、中國ものと朝鮮ものという明確な意識があったかということが問題になろう。「金鰲新話」は「和漢書籍目錄」には外典に、「增補書籍目錄」には儒書・故事の項にあることから、當時の本屋はこれら書物の分類をあまり意識していなかったと思われる。また本屋の用語のなかで「朝鮮本」があるが、これは出版地からの分類語のようで、内容によるものではないようである。(參考『近世京都出版文化の研究』宗政五十緒 一九八二年十二月發行 同朋社出版、『斯道文庫書誌叢刊之一 江戸時代書林出版書籍目錄集成』慶應義塾大學附属研究所 斯道文庫編 井上書房 一九六二年)

(13) 鄭琦鎬「〈金鰲新話〉と〈伽婢子〉における受容の樣態」(『朝鮮學報』第六十八輯)

(14) 『金鰲新話』と『伽婢子』の對應する作品は「萬福寺樗蒲記」「李生窺墻傳」の二篇だけなので、それに限っていうものであろうか。(前掲「〈金鰲新話〉と〈伽婢子〉における受容の樣態」十九〜二十頁參照)『剪燈新話』の「牡丹燈記」と『伽婢子』の「牡丹燈籠」の比較では、結末の冥界裁判の部分が完全に削除されていたが『奇異雜談集』では冥界裁判の部分も採用されていたことから、淺井了意が何らかの意圖をもって削除したものといえるのではなかろうか。

(15)　成澤勝「『剪燈新話』と『金鰲新話』―「萬福寺樗蒲記」の構成を中心に―」（『中國文學研究』第五期）

(16)　前掲論文八十六頁「韓國側における、〝『金鰲新話』は『剪燈新話』の二番煎じではなく獨立した創作物である〟と說いた、從來の多くの論考は、詳細な分析の伴わない單なる聲高な主張にとどまるか、あるいは背景となる風俗・鄕土色・自主的精神をもっているといいながらもその內容の綿密な論證にまでは至っていなかった。」

(17)　大谷森繁「古典名著解題『金鰲新話』」（『月刊韓國文化』一月號）

(18)　大谷森繁「天理圖書館本『金鰲新話』解題」（『朝鮮學報』第百十二輯）

(19)　大谷氏も朝鮮寫本は未見であったが、前掲論文、百五十一頁に「「珎」と「珍」の如く、初刻本では朝鮮で多用される略字の「珎」の字が刻されていて、初刻本は朝鮮の寫本を底本にしたと思われる。」と朝鮮寫本の存在に言及している。

(20)　「古典名著解題『金鰲新話』」では一六五三年を「承久二年」と誤っていたが、「天理圖書館本『金鰲新話』解題」では「承應二年」と訂正されていた。

(21)　邊恩田「『剪燈新話』と『金鰲新話』から『淨瑠璃姫物語』へ―〝忍び入り〟と〝四方四季〟の趣向」（『同志社國文學』第三十九號）

(22)　邊恩田「『剪燈新話』と『金鰲新話』から『淨瑠璃姫物語』へ（續）―〝忍び入り〟と〝四方四季〟の趣向」（『同志社國文學』第四十四號）

(23)　韋旭昇著　豐福健二監修　柴田清繼・野崎充彥譯『中國古典文學と朝鮮』研文出版　原著は未見。

(24)　邊恩田「〈新資料紹介〉朝鮮刊本『金鰲新話』發掘報告の紹介と成立年代」（『朝鮮學報』第百七十四輯）

(25)　養安院は曲直瀨正琳のこと。曲直瀨正琳は安土桃山時代から江戸時代初期の医師。一六〇〇年に養安院の院號を後陽成天皇より賜った。

(26)　栗田萬次郎…名は昭、湛齋と稱した。「狗仙人」ともいう。學問は和・漢・洋に通じ、特に本草、地理學が専門であった。明治三十三（一九〇〇）年二月十日、七十餘歲で沒す。ただし、この栗田萬次郎が『金鰲新話』舊藏者の栗田萬次郎と同一人物であるかどうかについては現在も不明。（注30、花田氏の論文を參照）

(27)　崔溶澈氏は成立年代を「明宗年間（一五四六～一五六七年）」としている。

(28)　花田富二夫「『伽婢子』の意義」（『伽婢子』新日本古典文學體系七五　所收）

(29)　邊恩田「朝鮮刊本『金鰲新話』の舊所藏者養安院と藏書印―道春訓點和刻本に先行する新出本―」（『同志社國文學』第五

十五號）

（30）花田富二夫「近世初期飜案小説『伽婢子』の世界〈遊女の設定〉」付載［論文資料］崔溶澈著『金鰲新話』朝鮮刊本の發掘と版本に對する考察」（『大妻比較文化』三）

（31）崔氏は異體字については擧げていない。また萬治本と明治本の對照において、校勘漏れがいくつか指摘できる。

（32）邊恩田「朝鮮刊本『金鰲新話』と林羅山」（『大谷森繁博士古稀記念　朝鮮文學論叢』）

（33）大谷森繁「『金鰲新話』―小説時代の到來」（朝鮮小説のはなし　第三回『月刊韓國文化』三月號）

（34）趙賢姫「『剪燈新話』の「人鬼交歡譚」をめぐって―金鰲新話・假名草子・雨月物語の比較―」（『文學・語學』第一七六號）

（35）蘇仁鎬・山田恭子譯「『金鰲新話』の創作背景と小説史的性格」（『朝鮮學報』第百九十六號）

第二章　『金鰲新話』の版本

一九九九年に大連圖書館で朝鮮刊本が發見されたことにより、『金鰲新話』朝鮮刊本と日本への傳來についての研究が盛んになった。そのなかで代表的なものは、第一章ですでに紹介した崔溶澈氏の「『金鰲新話』の版本について」(1)と、邊恩田氏の「朝鮮刊本『金鰲新話』と林羅山」(2)が擧げられる。朝鮮刊本刊行の經緯や、日本傳來時期の推定についてはこの二篇に詳しい。しかし前章で述べたように、これまでの研究では版本に關するものよりも、日本文學との比較における『金鰲新話』の獨自性のみ論じられてきた感は否めない。和刻本に對しては、大谷森繁氏が「天理圖書館本『金鰲新話』解題」で指摘したように、各刊本の文字の異同からみて「ほぼ同一である」という概念が一般化しているのである。

和刻本『金鰲新話』は、『金鰲新話』刊本の中で最も多く現存している。この和刻本の中には「道春訓點」と外題のついているものもあり、種類の多さから鑑みても『金鰲新話』研究において和刻本は基礎とすべきものである。しかし、これまでの研究を振り返ってみても、和刻本を含めた、文字の異同のみにとどまらない詳細な版本研究はほとんどされていないといえる。また和刻本の影印本については、韓國で出版されたものが數種ある。どれも白黒印刷で、所藏元を明記しないものもあり、資料として扱う際には充分に注意を拂う必要がある。

本章では、現存する刊本と影印本、およびその原本を整理し、これまで行われてきた文字の校勘のみにとどまらず、書物の體裁などからも『金鰲新話』刊本の分類を行い、まずは各版本それぞれの特徴を明らかにする。その上で寛文本に附された「道春訓點　金鰲新話」の題簽について考察したい。

第一節　影印本を含む版本の種類とその詳細

『金鰲新話』の版本は、刊行年から五つに分類することができる。

①朝鮮木版本（以下「朝鮮本」）
②承應二年和刻本（以下「承應本」）
③萬治三年和刻本（以下「萬治本」）
④寛文十三年和刻本（以下「寛文本」）
⑤明治十七年和刻本（以下「明治本」）

このほか「萬福寺樗蒲記」「李生窺墻傳」の二篇のみ収める「愼獨齋手澤本（以下「手澤本」）」がある。また高麗大學（韓國・ソウル）にも、いくつかの筆寫本が所藏されている。「愼獨齋手澤本」は物語二篇のみの筆寫で、序文等は一切收錄しない。高麗大學所藏の筆寫本類は、明治本を底本として書寫したものである。今回は和刻本を中心に扱うので、これらの筆寫本は考察の對象外とした。

まず筆者が確認した、影印本を含む五種の版本についての概略を記す。本來ならば古刊本だけを取り扱うべきであるが、ここに含む影印本三種は、表紙の差異と所藏先との關連により、版本の一種として扱っている。以下、各版本を個別に論じる場合は、〔　〕内に示した太字の名稱を用いる。

①朝鮮木版本（一五四六～六七年ごろ成立）十行×十八字　大連圖書館所藏〔**朝鮮本**〕
外題「梅月堂金鰲新話」〔萬年筆による書題簽〕
內題「梅月堂金鰲新話」　坡平後學尹春年編輯
發行年・發行者　不明
藏書印「敍安」「養安院藏書」「栗田萬次郎所藏」「旅大市圖書館所藏善本」

②承應二年和刻本（一六五三年）十行×二十字
ア．國立公文書館所藏本〔**公文書館承應本**〕
外題「金鰲新話」〔書外題〕
內題「梅月堂金鰲新話」
發行年・發行者　承應二年仲春　崑山館道可處士刊行
藏書印「白雲書庫」(3)「昌平坂學問所」(4)「文化戊辰」(5)「淺草文庫」(6)「日本政府圖書」
イ．京都小野隨心寺所藏本〔**隨心寺承應本**〕
外題「道春訓點　金鰲新話」〔刷題簽（④と同様のもの）〕
內題「梅月堂金鰲新話」
發行年・發行者　承應二年仲春　崑山館道可處士刊行
藏書印　なし

③萬治三年和刻本（一六六〇年）十行×二十字
ア．京都大學附屬圖書館所藏本〔**京大萬治本**〕
外題「梅月堂金鰲新話」〔書題簽〕

内題「梅月堂金鰲新話」
發行年・發行者　萬治三曆仲夏吉旦　飯田忠兵衛新刊
藏書印「京都帝國大學圖書館印」「明治三一・四・一七・購求」「河郁家藏」

イ．早稲田大學所藏本〔**早大萬治本**〕
外題「梅月堂金鰲新話」〔刷題簽か。題簽が半分ほどはがれ、墨で書き足し、「話」字を貼付する〕
内題「梅月堂金鰲新話」
發行年・發行者　萬治三曆仲夏吉旦　發行者不明
藏書印「早稲田大學法學部圖書室藏書」(7)

④**寛文十三年和刻本**（一六七三年）十行×二十字

ア．天理大學所藏本（『朝鮮學報』第百十二輯に影印收錄　一九八四年）〔**天理寛文本**〕
外題「道春訓點　金鰲新話」〔刷題簽〕
内題「梅月堂金鰲新話」
發行年・發行者　萬治三曆仲夏吉旦／
寛文十三年丑年仲春　福森兵左衛門板行〔後表紙見返し〕
藏書印「紫景文庫」(8)「天理圖書館」

イ．ハーバード燕京圖書館所藏本〔**哈佛寛文本**〕
外題「道春訓點　金鰲新話」〔刷題簽〕
内題「梅月堂金鰲新話」
發行年・發行者　萬治三曆仲夏吉旦／

寛文十三年丑年仲春　福森兵左衞門板行〔後表紙見返し〕
藏書印「哈佛大學漢和圖書館珍藏印」「松□藏書」
ウ．韓國・保景文化社影印本（ハーバード燕京圖書館所藏本・一九八六年影印初版）〔**保景文化社影印哈佛寛文本**〕
外題「道春訓點　金鰲新話」〔刷題簽〕
內題「梅月堂金鰲新話」
發行年・發行者　　萬治三曆仲夏吉旦／
寛文十三年丑年仲春　福森兵左衞門板行〔後表紙見返し〕
藏書印「哈佛大學漢和圖書館珍藏印」「松□藏書」「天理圖書館」
※明治十七年和刻本も收錄。
エ．京都大學文學研究科圖書館所藏本〔**京大寛文本**〕

⑤明治十七年和刻本（一八八四年）十行×十六字
ア．國立公文書館所藏本〔**公文書館明治本**〕
外題「金鰲新話　卷之上、下」
內題「金鰲新話卷之上、下」
發行年・發行者　　明治十七年十一月　版権所有　栃木縣士族　大塚彥太郎
イ．亞細亞文化社影印本（韓國　一九七三年十一月二十五日發行　百部限定影印）〔**亞細亞文化社影印明治本**〕
國立圖書館（韓國）所藏本影印
ウ．韓國古典叢書・古代漢文小說選所收影印本（『原本影印　韓國古典叢書（復元版）Ⅳ散文類　古代漢文小說選』大提閣
一九七五年五月初版　一九七九年十月再版　韓國・ソウル）〔**大提閣影印明治本**〕

邊恩田氏の「朝鮮刊本『金鰲新話』と林羅山」附載の「和刻本『金鰲新話』傳存本目録」では、京都大學附屬圖書館には萬治本が二冊所藏されているとのことであった。しかし、現在附屬圖書館には一冊のみしか在籍しておらず、もう一冊の所藏確認ができなかったため、ここには擧げていない。大連圖書館の萬治本も同樣である。また④エの京都大學文學研究科所藏本は未見であるが、在籍確認をしているので、名前のみ記しておいた。同じく未見であるが、東京大學東洋文化研究所と成田山佛教圖書館にも在籍している。

以上にあげた①～⑤の版本は版木、外題および內題から大別すると、①の「朝鮮刊本」、②③④の「承應～寛文年間和刻本」、⑤の「明治本」の三つの系統に分かれる。承應・萬治・寛文年間に刊行された和刻本は、ほぼ同じ版木での刊行であるため、一つのグループとすることができる。また江戸時代刊本をもとに、明治十七年に新たに刊行したものが明治本である。

○朝鮮本　………………　①朝鮮本
○承應～寛文年間和刻本　…　②承應本（公文書館承應本、隨心寺承應本）
③萬治本（京大萬治本、早大萬治本）
④寛文本（天理寛文本、哈佛寛文本、保景文化社影印哈佛寛文本、京大寛文本）
○明治本　………………　⑤明治本（公文書館明治本、亞細亞文化社影印明治本、大提閣影印明治本）

第二節　承應・萬治・寛文本の版木

前節で同グループとした②承應本、③萬治本、④寛文本であるが、この三本は全く同一であるというわけではない。ではこの三本にはどのような差異があり、どのような特色があるのだろうか。

②承應本と④寛文本については、これまでに大谷森繁氏が「發行者が異なるのみで、版木はほぼ同一のものを使用しており」、「二十一～二十四張が承應本の再刻である」と指摘している。(9) しかし大谷氏は萬治本を考察の對象としておらず、再刻時期や二十一～二十四丁の具體的な差異點の指摘もしていなかった。よって今回は萬治本を含めた承應本、寛文本の三種の江戸刊本を比較し、相異點を具體的に列擧して、各本が持つ特色をあきらかにした。

②承應本③萬治本④寛文本三本の照合、校勘の結果、次の三點の差異が擧げられる。

1．本文二十一～二十四丁の覆刻

2．外題

3．出版者

それでは以下、1より順に詳說してゆく。

1．本文二十一～二十四丁の覆刻

本文部分全體をみてみると、②承應本③萬治本④寛文本の九～十二、二十一～二十八丁が黒魚尾、他は皆白魚尾である。黒魚尾部分の九〜十二、二十五〜二十八丁の文章部分には三本とも差異點がみられない。全體として若干の枠の缺損や、文字の磨滅などがみられるが、二十一〜二十四丁を除いた他の丁には文字や返り點の位置等の變化はない。二十一〜二十四丁も一見したところではそれほど異なるようには見えないが、具に調べてみると、返り點の位置、字形の變化や文字の異同をみつけることができる。（《覆刻部分の相違點》參照）

大谷森繁氏の指摘では「二十一〜二十四張が承應本の再刻である」とのことであったが、前述したようにこの比較は萬治本を考察に入れていない。今回は萬治本二種、すなわち③ア京大萬治本、③イ早大萬治本を考察の對象に加えた。さらに京大萬治本、早大萬治本を見比べてみると、本文部分、すなわち二十一〜二十四丁の覆刻部分に相違點を見出すことができる。京大萬治本の二十一〜二十四丁の文字は、承應本と同じ特徴をもっており、早大萬治本は寛文本と特徴が同じであった。つまり、京大萬治本と早大萬治本は同じ萬治本ではあるが、京大萬治本が古い承應本の特徴を殘し、早大萬治本刊行以後に二十一〜二十四丁が覆刻されていたのである。

《覆刻部分の相違點》

＊數字は丁數、a（表）b（裏）、行數の順に記す。

	承應本・京大萬治本	早大萬治本・寛文本
21 a-4	望テ	望ノ
21 b-5	返	返（反が友のようになっている）
21 b-10	然	然（れっかの形が異なる）
	此―	此（―なし）
22 b-2	飯（文字がくずれる）	飯
22 b-9	嵐	凬

23a-5	漁（字形が異なる）	漁
23a-8	虚	虚
23b-10	不レ死	不レ（レ点が半分消える）死
24a-1	娯樂センカ（ンが枠につく）	娯樂センカ（枠から離れている）
24a-8	二清（さんずいが二點につく）	二清（さんずいが二點から離れる）
24a-9	游二泳（さんずいが二點につく）	游二泳（さんずいが二點から離れる）
24a-10	可ラ	可テ
24b-2	二江（さんずいが二點につく）	二江（さんずいが二點から離れる）
24b-4	敍	敘

その他、句讀點が○から●になっている部分が二十箇所あり、○が承應本よりもやや大きめとなっている。文字や訓點の形から見て、二十一～二十四丁は覆刻であることがわかるが、京大萬治本刊行後の覆刻と考えられるので、承應本からの再刻というよりは、京大萬治本からの再刻といってもよいであろう。また早大萬治本と寛文本の二十一～二十四丁の特徴が同じであるので、この部分は早大萬治本、寛文本とも同版である。京大萬治本には刊記「萬治三暦仲夏吉旦　飯田忠兵衛新刊」があり、早大萬治本では「飯田忠兵衛新刊」が削除されている。

　このことから、萬治本出版者の飯田忠兵衛から寛文本出版者の福森の手に渡る間に、一度どこかで刊行され、そのときに二十一～二十四丁を覆刻したものと考えられるのである。

2. 外題

②公文書館承應本　………『金鰲新話』〔書外題〕

随心寺承應本　………『道春訓點　金鰲新話』〔刷題簽〕
③京大萬治本　………『梅月堂金鰲新話』〔書題簽〕
早大萬治本　………『梅月堂金鰲新話』〔刷題簽〕
④寛文本　………『道春訓點　金鰲新話』〔刷題簽〕

公文書館承應本には題簽がなく、直接表紙に『金鰲新話』と書きつけたものである。随心寺承應本には『道春訓點金鰲新話』とあり、寛文本と同様の刷題簽である。京大萬治本は題簽紙に手書きで「梅月堂金鰲新話」とある。早大萬治本の題簽は刷題簽のようであり、京大萬治本と同じように「梅月堂金鰲新話」とある。寛文本は刷題簽「道春訓點金鰲新話」である。外題の題簽は元來剥がれやすいものであり、外題を正式な題名として認知するかどうかに關しては議論されるところであるが、『金鰲新話』刊行に關する考察の一助にはなりうるであろう。これら題簽は現在殘っていても、いつ付されたものか特定することはできない。外題に關しては後に詳述する。

3．出版者

和刻本『金鰲新話』の出版者については、言及されることがほとんどなかったといってよい。特に、承應本の出版者である「崑山館道可處士」については、その名前を記すのみにとどまっていた。「崑山館道可處士」は現在のところ『徳川時代出版者出版物集覧』に以下の記述があるのみで、所在地等は不明、出版書物數點が現存している。

崑山館道可　　＊括弧内は筆者。
聚分韻略　慶安五　（東北大學　狩野文庫）
群書拾唾十二巻　承應元　（天理圖書館　古義堂文庫）[10]

東北大學所藏『聚分韻略』の刊記は『金鰲新話』と同じように「慶安第五暦仲夏吉辰日　崑山館道可處士鋟板」とあり、『羣書拾唾』にも「承應元年壬辰十一月日　崑山館道可處士刊行」と名前を記すのみである。「崑山館道可處士」刊行の書物は國立國會圖書館にも數點所藏されているが、(11)皆ほぼ同様に刊行年月日と刊行者の名が記されているだけである。刊行年月日から、「崑山館道可處士」は主に慶安から承應年間に出版活動をしていたと考えられるが、所在地等の詳細を知ることはできない。

京大萬治本は京都の書肆「飯田忠兵衞」の刊行である。飯田忠兵衞は一六五八〜一六七二年ごろの間に京都で活動をしていた書肆で、創業地などの詳細は不明である。早大萬治本には出版年「萬治三暦仲夏吉旦」とあるのみで、以前の出版者である飯田忠兵衞の名は削除されて記さず、刊行の經緯を知ることはできない。

寬文本の出版者は「福森兵左衞門」となっている。福森兵左衞門は京都五條高倉に所在した書肆で、寬文年間、元祿年間に出版活動をしており、(12)京都書林仲間にも所属していた。(13)出版書物は數多く、林羅山の『怪談全書』五卷も福森兵左衞門が出版している。江戸時代の書肆や版元については先學のすぐれた研究があるので、そちらも參考にしていただきたい。

これまでみてきた1〜3を簡單にまとめてみると、以下のことがいえる。『金鰲新話』の承應・萬治・寬文の三本は、ほぼ同じ版木を使用して刊行されたのであるが、飯田忠兵衞が萬治本を刊行した後に、二十一〜二十四丁が覆刻された（1）。また、承應二（一六五三）年〜寬文十三（一六七三）年のごく短い期間に、外題をかえて異なる書肆から出版されていた（2、3）のである。

第三節　『金鰲新話』版本（含影印）のもつ問題點

現存する版本の種類が少ない『金鰲新話』であるが、初めに述べたように、影印本を含めた版本には多くの疑問點がある。ここではまず天理圖書館藏の寛文本（天理寛文本）と、韓國・保景文化社刊の寛文本影印（保景文化社影印哈佛寛文本）のもつ問題、さらに外題からみた問題點を詳しくのべる。

1．天理寛文本と保景文化社影印哈佛寛文本の同一性の問題

前章で、承應本・萬治本・寛文本の版木について詳しく調べていくうちに、影印本にも若干の違いがあることに氣づいた。それが天理寛文本と保景文化社影印哈佛寛文本である。

天理寛文本と保景文化社影印哈佛寛文本を比べてみると、前表紙や第一丁の藏書印が異なっているが、文章部分にある虫食い跡などの特徴が酷似していることに氣づく。しかも保景文化社影印哈佛寛文本の影印第十九丁にも天理寛文本と同じ「天理圖書館」の隠し印が捺されているのである。そこで天理寛文本の原本（以下、天理原本）と『朝鮮學報』第百十二輯所收の影印（以下、天理影印）、保景文化社影印哈佛寛文本（以下、哈佛影印）を比較してみたところ、次の特徴が一致していた。以下に、朱筆での書き入れなどの特徴的な頁について例擧する。これ以外の一致點については附載の《寛文本對照表》（三百七十頁）を參照していただきたい。（以下、數字は丁數、a（表）b（裏）、行數の順に記す。太字は朱墨筆での書き入れを示す）

	天理原本	天理影印	哈佛影印
1b-5	隠レテ		
	ヨッテ（朱書）	ヨッテ（半消え）	ヨッテの跡有り
1b-6	丫《ヒンツラ》ア（朱書）鬢ノ	ア（なし）ノ	ア（なし）ノ
2a-8	得テ（朱二重線で消す）	有	有
	ン（朱書）	有	有
2b-6	跫《キャウ》（墨書）	有	有
2b-9	粲者《ニコヤカナルヒトニ》ノ	有	有
3a-6	闋《ケツ》（朱書）	有	有
19b	天理圖書館（朱印）	有	有
35b-5	「峭秀」字上に虫の死骸	有	有（薄い）
39a-6	「竟」字上に虫の死骸	有	有（薄い）
45b-10	天理敎敎會本部寄贈印	有	なし

その他、哈佛影印の後表紙の破れかたや糸のほどけ方が天理影印と全く同じで、他頁に見える和紙の纖維の殘り方も全て同様である。一致點は枚擧に暇がないくらいであるが、一致しない部分も何箇所か存在する。

《一致しない點》

ⓐ前表紙、題簽の破れかた

ⓑ哈佛影印前表紙見返しに記載事項あり[14]
ⓒ後表紙見返しの「福森兵左衛門」の印字濃度
ⓓ天理原本には全體に虫食いの貫通した跡があるが、天理影印・哈佛影印にはない箇所がある。
ⓔ42a-4「前庭《ニ》」字の横に和紙の屑があるが、哈佛影印には見えず、「ニ」も半分ほど消えている。
ⓕ43b天理原本・天理影印では上部の枠が消えているが、哈佛影印には枠がある。
ⓖ45b天理教教會本部寄贈印が哈佛影印にはない。

このⓐ〜ⓖのように天理原本と哈佛影印では若干の不一致がある。ところが、天理原本と哈佛影印の閒に天理影印を置き詳に調べてみると、天理原本との閒にはみられない類似點が天理影印と哈佛影印の閒には見つかるのである。例えば、43b上部の枠の様態が三本で異なるが、43b-10下部枠にある虫食い跡が天理原本、天理影印、哈佛影印ともに存在しており（ⓕ）、45bも同じく寄贈印はないものの、寄贈印下部と二行目「視」「點」字上に同様の虫食い跡がみられる（ⓖ）ので同版同頁であると判斷できる。また、朱筆での書き入れ（1b-5、6・2a-8・2b-6、9・3a-6）と天理圖書館の隠し印（19b）、虫の死骸とその痕跡（35b-5・39a-6）等が同丁同位置にある。

しかし、42a-4にある和紙の纖維の跡（ⓔ）や、天理原本全體に見られる虫食い跡（ⓓ）は、哈佛影印には見られない。それは天理影印にも同様に見られない。ここから考えられることは、天理原本にある虫食い跡は、（天理原本を）影印にするときに何らかの處理によって消去されたということである。その何らかの處理によって消去された箇所は、哈佛影印と天理影印に同様にみられる。（《寛文本對照表》參照）つまり、前表紙と前表紙見返し、そして後表紙見返しをのぞけば、天理原本・天理影印と哈佛影印の本文部分は全く同一であるといえるのである。

この哈佛影印が「ハーバード所藏本」と銘打っているにもかかわらず、天理本と全く同じ朱墨の書き入れがあるのは何故であろうか。天理原本を實際に見たことのある者であれば、これらの書き入れが天理原本と全く同じであることに氣づくはずである。また虫食い跡だけではなく、虫の死骸まで影印されている點も同様である。この箇所（35b-5、39a-6）は、よく見るとかすかではあるが、虫の足まで判別できる。

天理原本にある貫通した虫食い跡が、天理影印と哈佛影印には同様に見當たらないこと、前半部分の朱墨の書き入れをそのまま踏襲したことから鑑みて、保景文化社の「哈佛影印」は「天理影印」を底本として、さらに何らかの修正を加えて、新たに影印としたのではなかろうか。確かに白黒の影印だけを見る限りでは、朱墨の書き入れと刻された文字との判別は難しい。また虫食いや虫の死骸も黒點となってしまい、印刷上の汚れにも見えるのである。よって天理原本を除いた天理影印、哈佛影印にみられる共通の特徴は、白黒印刷である天理影印を見たものが、書き入れと刻された文字、虫の死骸と汚れの見分けがつかずそのまま使用し、新たに影印したことによる、と考えられる。少なくともこれら書き入れや虫の死骸等の特徴ある頁は、天理原本と哈佛影印は同一のものであると斷言でき、天理原本が天理圖書館に現存する以上、保景文化社が刊行したものはハーバード所藏本とは言いきることができない。

これまで考察してきたように、天理本と哈佛影印の本文部分が全く同じであるということが、哈佛影印とハーバード所藏本が同一でない理由の一つとしてあげられる。そしてもう一つの大きな理由は、哈佛影印の前表紙見返しに、『金鰲新話』のハーバード燕京圖書館受け入れ年月日である一九六〇年一〇月二〇日と明記されていることである。『金鰲新話』がハーバード燕京圖書館に受け入れられた一九六〇年には、ここで天理原本と稱している寛文本『金鰲新話』が、すでに天理圖書館に所藏されていた。すなわち、天理原本と同じものが一九六〇年にハーバード大學に所藏されているはずはないのである。

それでは、現在ハーバード大學には寛文本『金鰲新話』が所藏されているのであろうか。哈佛影印の前表紙見返しには、一九六〇年に受け入れ印が捺してある（注9参照）。ハーバード燕京圖書館所藏本が、天理原本と前表紙だけが異なる、虫食い部分を含めた本文部分が同一の書というのであるならば、現在天理大學に在籍している刊本はいつごろから天理圖書館に所藏されることになったのであろうか。哈佛影印と天理原本の十九丁ウラに共通する「天理圖書館」の隱し印と天理原本に捺されていた「紫景文庫」の藏書印を手がかりに、天理本の所藏經緯を調査した。

まず天理原本に捺されている藏書印「紫景文庫」であるが、これは國文學者藤井乙男氏の藏書印である。天理圖書館の記録によると、昭和二十年に天理教二代眞柱で、藏書家でもあった中山正善氏が藤井乙男氏の藏書五千點を購入したとある。『金鰲新話』もおそらくこのときに一緒に購入されたと思われる。

もちろん天理圖書館が購入する以前に何らかの形で寬文本『金鰲新話』がハーバード大學に持ち込まれた可能性も考えられる。しかしその場合、十九丁ウラに捺されている「天理圖書館」の隱し印が問題となる。この隱し印がいつ頃から捺されるようになったのかは未詳であるが、近年まで使用されていたそうである。天理圖書館と命名されたのは大正十四（一九二五）年八月のことであるので、この隱し印が哈佛影印に殘存している限り、この哈佛影印寬文本『金鰲新話』は一度天理圖書館に受け入れられた書籍であるということは間違いない事實であるということになる。

哈佛寬文本の調査については、ハーバード大學に研究員として滯在しておられた大阪大學の淺見洋二先生のご援助をいただいた。以下《受け入れ年月日》一覽に述べる哈佛影印『金鰲新話』の受け入れ年月日などについては、哈佛影印記載の年月日および所收の解題に據った。

調査によると、ハーバード燕京圖書館には現在『金鰲新話』書籍一册のみが在籍しており、マイクロフィルムではない、とのことであった。現在在籍している『金鰲新話』は『古代漢文小説選―韓國古典叢書』（大提閣圖書出版發行處一九七二年（七五年の誤りか））に收錄されているもので、一九七六年二月にハーバード燕京圖書館に受け入れられた。すなわち明治本を底本とした影印本（大提閣影印明治本）が所藏されているのである。

《受け入れ年月日》

〈天理本〉

一九四五（昭和二十）年七月二十三日

藤井乙男氏藏書五千點を

天理教二代眞柱中山正善氏が購入

一九六八（昭和四十三）年三月三十一日

天理教教會本部より天理圖書館へ寄贈

一九七七（昭和五十二）年二月二十八日

天理圖書館の整理印

一九八四（昭和五十九）年

朝鮮學報第百十二輯に影印出版

*現在、天理圖書館に在籍

〈保景文化社影印哈佛寛文本〉

一九六〇年　ハーバード燕京圖書館受け入れ

一九七〇年　徐斗銖博士解題を附す

一九七六年　『金鰲新話』（大提閣）受け入れ

一九八六年　保景文化社影印初版發行

一九九九年　保景文化社再版

このように考えると、ハーバード燕京圖書館に所藏されている寛文本『金鰲新話』に疑いをもたざるを得ない。或いは、前表紙だけが異なる、天理原本と全く同じ寛文本が、ハーバード燕京圖書館に別に存在するのであろうか。

そこでハーバード燕京圖書館に問い合わせたところ、綫裝の寛文本『金鰲新話』は確かに所藏されていた。それでは前述の「『金鰲新話』一册のみの所藏」とは何を指すのかというと、「韓國書籍の分類での『金鰲新話』が一册のみ」ということであった。寛文本『金鰲新話』は和刻本であるため、和書に分類所藏されていたのである。ハーバード燕京圖書館より、ハーバード燕京圖書館所藏の寛文本『金鰲新話』（以下、哈佛寛文本）の複製本を郵送していただき、本文確認をおこなった。すると哈佛寛文本の原本と保景文化社影印哈佛寛文本の前表紙は一致した。しかし、前表紙見返しは保景文化社影印哈佛寛文本では編集加工されており元の形をとどめていなかった。また本文部分の版木については、哈佛寛文本の原本と保景文化社影印哈佛寛文本は同じであったが、虫くい跡や書き入れ位置は、哈佛寛文本の原本と保景文化社影印哈佛寛文本では全く異なっていた。つまりハーバード大學に寛文本『金鰲新話』は別に存在しており（哈佛寛文本）、保景文化社影印哈佛寛文本は「哈佛寛文本の前表紙を使い、他の丁は全て天理寛文本を使用した」影印本であった。保景文化社がなぜ「ハーバード燕京圖書館所藏本の影印」であると稱して、前表紙のみハーバード燕京圖書館所藏本を使用し、本文は天理寛文本を使用したのかは定かではないが、我々はこのような影印本が存在するという事實をしっかり認識しておかねばならない。

現存するかたちの『金鰲新話』が世に知られたのは、昭和初年に雜誌『啓明』に活字で全文が掲載されてからである。『金鰲新話』の影印が出版されるようになったのは近年のことで、一九七三年に亞細亞文化社から、國立圖書館（韓國）所藏の明治本を底本として出版したのが最初であろう。次いで大提閣からも、亞細亞文化社と同様に明治本を底本として影印本を出版した。

この二册の影印本と、日本國立公文書館所藏の明治本を比べてみると、様態が少々變わっていた。亞細亞文化社も大提閣も、所藏印の部分を消去するばかりでなく、甚だしきに至っては、原本の注釋まで消去してしまっている部分があるのである。これは實際に韓國の國立圖書館のものと比べて確認しなければならない問題であるが、萬一このように影印本刊行者が注釋を勝手に削除してしまっているのならば、影印本としての価値は失われ、影印本自體も非常にお粗末なものであるといわざるを得ない。古刊本は、物語の內容や印刷された文字だけが情報を持っているのではなく、藏書印、表紙など全てが何らかの情報を持っているのである。保景文化社影印哈佛寬文本『金鰲新話』を含め、影印本は寫眞そのままの影印ではない場合、何らかの手が加わっていると考え、疑いをもって見る必要があろう。

2. 外題からみた問題點

次に、書物としての體裁を承應本・萬治本・寬文本と明治本で比較してみた。明治本は表紙、題簽、序、作者小傳、後序、刊記等があり、一應の體裁がととのっている刊本である。だが承應本以下江戸時代の和刻本には、本來あるべき序文や、作者小傳、後序等が全くなく、ただ本文だけがあるのみである。ゆえに書物としての體裁は不完全であるといってよい。

承應・萬治・寬文本が刊行されるころには、題簽をはじめとして、序や作者の傳を備えることが通例となっていたようである。ここで第二章3において指摘した、外題を中心として浮かび上がる疑問點を考察する。

まず、承應・萬治・寬文三本の外題と內題をここで再び例擧する。

	『外題』	「內題」
②公文書館承應本	……『金鰲新話』（書題簽）	「梅月堂金鰲新話」
隨心寺承應本	……『道春訓點　金鰲新話』（刷題簽）	「梅月堂金鰲新話」
③京大萬治本	……『梅月堂金鰲新話』（書外題）	「梅月堂金鰲新話」

早大萬治本　　……『梅月堂金鰲新話』（刷題簽）　　「梅月堂金鰲新話」

④天理寛文本　……『道春訓點　金鰲新話』（刷題簽）　「梅月堂金鰲新話」

哈佛寛文本　　……『道春訓點　金鰲新話』（刷題簽）　「梅月堂金鰲新話」

公文書館承應本の題簽は殘っていないが、隨心寺承應本と萬治・寛文本には殘っている。承應本、萬治本、寛文本とも內題は同じ（序文、傳の缺けた不完全な體裁も同様）であるのに、外題だけが異なっている。隨心寺承應本と寛文本の外題は「道春訓點　金鰲新話」となっており、萬治本の題簽だけが異なる。

ところが隨心寺承應本の表紙を具に調べると、表紙と本文に殘る虫食いあとが異なっており、表紙もからおしの豪華な表紙になっている。また、印刷された題簽の字が寛文本と同じであることから、隨心寺承應本の表紙は後補された可能性が高い。つまり題簽に「道春訓點」とついてはいるものの、それは承應本刊行時のものではなく、寛文年間以降に、表紙とともに題簽も改めてつけられたと考えられる。

寛文本の題簽にかかれている「道春」というのは、林羅山のことである。つまり「道春訓點　金鰲新話」というと林羅山が『金鰲新話』に訓點をつけたということになる。『金鰲新話』江戸刊本は序を備えておらず、刊本の『金鰲新話』自體から刊行の經緯等を知ることはできない。明治本には序文等が備わっているが、「道春訓點」に關する記述はみられない。

序、後序、識語などがそなえられていない以上、『金鰲新話』流行當時の刊行の經緯などを知ることは現在困難である。しかし江戸時代の書籍目錄の類を見れば、當時市場に出まわっていた『金鰲新話』の存在を確かめることができる。これらの書籍目錄は書肆が製作したものであるので、分類や表記が不正確で、唐本と朝鮮本の區別がいまひとつはっきりしない部分もあるが、どのような書物が販賣（豫定）されていたのかを知る上で重要な資料である。そこで以下に江戸時代の書籍目錄に見える『金鰲新話』の記述を列擧してみる。

《江戸時代の書籍目録に見える金鰲新話》

※（ ）内の數字は卷數を示す。

寛文年間無刊記書籍目録　（2）『金玫嵬新話』

一六六六年（寛文六）　書籍目録（1）

一六七〇年（寛文十）　增補書籍目録（2）「金鰲新話　萬福寺檮蒲記」

一六七一年（寛文十一）　增補書籍目録（2）「金鰲新話　萬福寺檮蒲記」

一六七五年（延寶三）　新增書籍目録（2）「金鼇新話　萬福寺檮蒲記」

古今書籍題林（2）「金鰲新語」

一六八一年（天和一）　書籍目録大全（2）「金鼇新話　萬福寺檮蒲記　壱匁八歩」

一六九二年（元祿五）　書籍目録（2）「金鰲新語」

一六九六年（元祿九）　增益書籍目録（1）福森「金鰲新話　萬福寺檮蒲記　一匁五歩」

一六九九年（元祿十二）　新版增補書籍目録（2）「金鰲新語」

一七〇二年（元祿十五）　倭版書籍考（1）「金鰲新話　一本あり」

一七〇四年（寶永一）　雙岡齊雲紀談・談話内容「金鰲新話、高麗人作依其中寺名知之」

＊一七〇九年（寶永六）　增益書籍目録（1）（元祿九の增補）福森

一七一五年（正德五）　增益書籍目録大全（1）福森「金鰲新話　萬福寺檮蒲記　一匁五歩」

一八八四年（明治十七）　明治本版行

目録には册數に若干のばらつきがあるが、『金鰲新話』はおよそ一册乃至二册本として販賣されていたようである。現存の江戸刊本は全て一册本である。ここにみえる書名は「金鰲新話　萬福寺檮蒲記」とだけ記されており、「道春訓點」とは記していない。

このなかに『倭版書籍考』という書物がある。これは慶長から元祿年間に刊行された書物の巻數、著者とその梗概を記した書物である。その『金鰲新話』の項目に

金鰲新話　一本あり、文意剪燈新話を摸したる書なり、高麗文士の作なり、

とあり、また『倭版書籍考』とほぼ同時代の「雙岡齊雲紀談」には

金鰲新話、高麗人作依其中寺名知之

とある。「雙岡齊雲紀談」とは、黃檗宗の僧であった齊雲道棟と無著道忠の談話の內容を記した書物である。この談話のなかにも『金鰲新話』という書名が出てくるということは、少なからず『金鰲新話』が流布していた證左にもなろう。しかし、この兩書でも「道春訓點」については觸れられていないのである。

ただこの記述により、もう一つ別の事實を知ることができる。ここでは『金鰲新話』は「高麗文士の作」であり、また「高麗人作依其中寺名知之」とあるのを見てわかるように、作品中の寺名により『金鰲新話』の著者が「高麗人」であることは知られていたが、具體的な人物名、すなわち「金時習」であることは知られていなかったということになる。

現存の『金鰲新話』の體裁が刊行當時とあまり變わらないのであれば、作者がしられていないことも、目錄の題名に「金鰲新話　萬福寺樗蒱記」と書かれてあることも納得がいく。それは現存の『金鰲新話』第一丁目の一、二行目には著者名などはなく、

梅月堂金鰲新話

○萬福寺樗蒱記

と、內題と第一話の題名を記し、すぐに本文が始まっているからである。これは書籍目錄に記されている名稱と同じである。このように考えると、目錄の名稱は外題に據ったのではなく、內題に據ったともいえよう。以上のことから、

『金鰲新話』は刊行當時より序文や作者の傳をそなえないまま流通しており、そのため第一丁の內題である「(梅月堂)金鰲新話」と第一話の題名「萬福寺樗蒲記」が續けて書かれていたのをそのまま書籍目錄に書いたと考えられるのである。

もしくは書店が、當時幕府の學者であった林羅山や林家にあやかって、販賣目的で意圖的に外題を「道春訓點　金鰲新話」とした可能性も十分にある。現に『金鰲新話』を刊行した福森兵左衞門が出版した、林羅山作といわれる『怪談全書』も、巻首にある「林道春」の文字が加刻であることが指摘され、『怪談全書』は羅山の名を冠した僞書ではないかといわれている。[15]

當時の碩學であった林羅山が訓點をつけていたことが廣く知られた書物ならば、目錄にも「道春訓點」と記載されるであろうことはいうまでもない。例えば『倭版書籍考』巻二には「惺窩點四書」「道春點四書」と訓點をつけた人物を併記した書名を記しているし、「孝經見聞鈔」の項目のように「三巻あり、道春作とは誤なるべし」と誤りの指摘もしている。羅山が訓點をつけたとされるものを「道春點」と記載するのは『倭版書籍考』だけでなく、他の書籍目錄にも多くみられることである。だが『金鰲新話』に關していえば「道春訓點」と記載するものは一つもないのである。

假に林羅山が『金鰲新話』に訓點を施していたのならば、序文をつけるなどして書物の體裁を整えたり、『金鰲新話』本文の漢字の誤りを訂正しはしないだろうか。和刻本『金鰲新話』には『詩經』からの引用違いや、詞の句讀の誤りなどが多數そのままになって殘っている箇所がある(第三章で詳述)。幕府の碩學といわれる林羅山であったなら、自らの名を冠した書物のこのような間違いを放置しておくであろうか。

書籍目錄に掲載されている名稱も正確なものであるとは言えないが、以上のような問題點や疑問點がある以上、外題に「道春訓點」とあるだけで「林羅山の訓點本」と判斷してしまうのは早計であるというほかない。

まとめ

『金鰲新話』の刊行についてこれまでの考察を総合すると、次のように考えられる。

もともと目録や序文のない『金鰲新話』があり、その作者についても知られていなかった。崑山館はその『金鰲新話』を底本として、作者不明のまま、序文なども補わない状態で承應二年に刊行した。そのため、書籍目錄等には『金鰲新話』第一丁目巻頭の二行である「金鰲新話　萬福寺樗蒲記」と記した。そして版木は崑山館から飯田忠兵衛の手に渡り、萬治三年に飯田から刊行された。その後、飯田からまた別の書肆の手に版木が渡ったのであろう、飯田忠兵衛の名を削り、二十一～二十四丁を覆刻し、萬治三年の刊記をそのまま殘して再び刊行された。やがて福森の手に渡ったころに、當時著名だった林家の名を冠し、外題だけを「梅月堂金鰲新話」から「道春訓點　金鰲新話」に改め、本文には手をつけず、そのまま刊行したと考えられるのである。

以上の考察と、書物の體裁などから見て『金鰲新話』は「道春訓點」と斷言できないということが明らかになった。次に、和刻本「道春訓點　金鰲新話」を精讀し、引用違いや誤讀等を指摘しながら、「道春訓點」について更に考察を深めていく。

注

（1）原題「『金鰲新話』의 版本에 대하여」（『금오신화와 판본』崔溶澈編　所收の解題）

（2）『大谷森繁博士古稀記念　朝鮮文學論叢』所收
（3）「白雲書庫」…江戸初期の幕府医官、野間成大（延寶四（一六七六）年沒）の藏書印。のち昌平坂學問所へ。
（4）「昌平坂學問所」…表紙に捺される藏書印。昌平坂學問所の起源は寛永七（一六三〇）年に林家に忍岡の地を下し、そこに學寮・文廟が創建されたことに始まる。元祿三（一六九〇）年に廟を湯島に移し、寛政年間に林家より離れた幕府の學問所となった。明治二（一八六九）年廢絶。藏書は書籍館、內閣文庫に引き繼がれる。
（5）「文化戊辰」…昌平坂學問所受け入れ印。一八〇八年。
（6）「淺草文庫」…明治七（一八七四）年七月、書籍館の藏書を淺草八番堀の舊米倉跡に移し、八（一八七五）年十一月からここに淺草文庫を開設。十四（一八八一）年に閉鎖した。「淺草文庫」印はこの期間に捺されたもの。
（7）「早稲田大學法學部圖書室藏書」…昭和十五（一九四〇）年一月十六日に中村進午氏が早稲田大學に寄贈。昭和三十二（一九五七）年十一月二十七日法學部研究室より移管。
（8）「紫景文庫」（紫影文庫）…藤井乙男氏舊藏文庫のことである。一九四五（昭和二十）年七月二十三日に、中村幸彦氏の仲介で天理敎二代眞柱中山正善氏が藤井氏の藏書約五千點を購入。『金鰲新話』もここに含まれていたものとみられる。
（9）大谷森繁「金鰲新話解題」（『朝鮮學報』第百十二輯）
（10）『和刻本類書集成』第四輯（長澤規矩也編　古典研究會　汲古書院　昭和五十二年三月發行）にも「崑山館道可處士」刊行の『羣書拾唾』の影印が收められている。本稿では『和刻本類書集成』所收の影印を參照した。
（11）國立國會圖書館所藏の崑山館道可處士刊行書　①『法華經音義』承應二年刊　②『羣書拾唾』承應元年刊　③『庖丁書錄』慶安五曆刊　④『大雜書』慶安四年刊
（12）『出版文化の源流　京都書肆變遷史　江戸時代（一六〇〇年）～昭和二〇（一九四五年）』京都府書店商業組合　三二四頁參照
（13）『京都書林仲間記錄』宗政五十緒著　參照
（14）

J 5568.5　8161

此書ハ朝鮮ノ金時習ガ明ノ瞿宗吉ノ剪燈新話ヲ擬作セル者ニテ、朝鮮小説ノ開祖也。時習字悦卿、號東峯耿介ノ節士、時事ヲ憤リテ佯狂シ終身隱遁セル者、金鰲ハ山名、其隱棲セシ所、李栗谷、李□□ノ□□□□、斯文十五ノ三ニ、久保天隨ソノ事實ヲ鈔載セリ、和刻ハ承應二年ノ一册本ト明治十九年ノ二册本トアル由云、

此本萬治三曆トアルハ、承應本ニシテ、□時カキカヘタル者ナルベシ（□は判別不能字）

＊標紙ニ道春訓點トアリ　道春ハ明暦三年卒　承應二年ヨリ四年後萬治元年ノ前年也（この一行は哈佛寬文本には記載されているが、保景文化社影印哈佛寬文本では削除されている）

（15）　長澤規矩也「「怪談全書」の著者について」、「「怪談全書」著者續考」、「怪談全書・奇異雜談集についての疑問」による。

《寛文本對照表》

	天理原本	天理影印	哈佛影印
表紙		同じ	異なる
1b－5	隠《ヨツテ(朱)》レテ	「ヨッテ」(半消え)	「ヨッテ」の跡かすかにあり
1b－6	Y《ア(朱)》鬟《ヒンツラ》ノ	ア(朱)なし	ア(朱)なし
2a－8	得《テ(朱で消す)》《ン(朱)》	同	同
2b－6	蹬《キヤウ(墨書)》	同	同
2b－9	粲者《ニコヤカナルヒトニ(ニのみ朱)》ノ	同	同
3a－6	闕《ケツ(朱)》	同	同
2b	和紙のすじ	同	同
6b	和紙のすじ	同	同
20a	和紙のすじ	同	同
21a－5	檀 右横に和紙の跡	同	同
22a－7	曰 左上に和紙の跡	同	同
22a－7	波 左に虫食い	同	同
23b－4	前 右に虫食い(21から の貫通した跡)	なし	なし
24～26a	同位置に虫食い	なし	なし
24～26b	同位置に虫食い	同	同
27a～31b	同位置に虫食い	同	同
32a－4	皇ヲ ヲの上に虫食い	なし	なし
32a－5	已自是以の上に和紙のすじ	同	同
32b	同位置に虫食い	同	同
33a、34a	同位置に虫食い	なし	なし
33b	同位置に虫食い	同	同
33b－7	厲鬼の上に和紙のすじ	同	同
35b－5	峭秀の上で虫が死んでいる	同	同
36a－6	足下に前頁の虫が死んだ跡有り	同	同
36a－8	皆の左に虫食い	なし	なし
38b－5	下部に和紙の折れすじ	同	同
39a－6	「竟」字の上で虫が死んでいる	同	同(若干足も判別可能)
42a－4	庭ニ 右横に和紙のすじ(ゴミか)	同	なし(ニも消え氣味)
43b	上部の枠が消えている	同	書き足す(?)
43b－10	一番下の枠に虫食い	同	同
44a－1	一番下の枠に虫食い	同	同
45b－2、3	和紙のすじ	同	同
45b－2	「點」字 虫食い	同	同
45b－10	天理教教會本部の寄贈印(昭和43年)	同	なし
45b－10	印の下に虫食い	同	同
裏表紙(内)			
裏表紙(外)		同	同

第三章　和刻本『金鰲新話』の訓點

本章では、寛文本『道春訓點　金鰲新話』の訓點と、その文章解釋について述べていく。

一九二七年に明治本を底本とした『金鰲新話』の飜刻が『啓明』十九號に掲載されて後、日韓兩國で研究が開始され、研究・飜譯書などが出版された。

その後、寛文本『金鰲新話』が天理圖書館で發見され、一九八四年に『朝鮮學報』第百十二號で影印出版されたのであるが、題簽に『道春訓點　金鰲新話』とあったため、この『金鰲新話』は「道春」すなわち「林羅山」が訓點をつけたものであるといわれるようになった。のちに韓國でも、この寛文本は影印發行され、版を重ねている。

ここで注意しておきたいのは、寛文本すなわち「道春訓點」に従って讀まれた飜譯・譯注本は、韓國・日本においても現在のところない、ということである。

韓國で漢文の讀解をするときは、主に白文のまま讀解する。和刻本を資料としたものを用いたとしても、恐らく日本人がつけた訓點に従って讀むことはない。であるから韓國で和刻本を底本とした資料を飜譯するとしても、和刻本の訓點は反映されないであろう。日本で寛文本が發見されたのち、日韓兩國で多く飜譯書が刊行されているが、その際に附載されている原漢文は明治本を底本として飜刻したものばかりであるので、飜譯において寛文本は除外されていると考えられる。従って韓國の譯注本には寛文本の訓點によって讀解しているものはない。

日本では『金鰲新話』に對する譯注書自體が殆ど無く、譯注本があっても寛文本發見以前に飜譯されたものばかりで、飜譯の際に底本としているのは、寛文本ではなくほとんどの場合が明治本である。つまり、これまで日韓で出版された飜譯・譯注書の底本としては、ほぼ明治本が使用されているといえるのである。

第一章で研究史を概觀したが、これまでの研究の多くは『金鰲新話』と『剪燈新話』との話柄の比較や傳來時期に重きをおいた研究であったため、現在まで寛文本の「訓點」には注目されては來なかった。つまり寛文本は「道春訓點」であるといわれてはいるものの、實際にその訓點に從って讀まれたことはなく、題簽だけで「林羅山の訓點」といわれているといっても過言ではない。

そこで、訓點の面から「道春訓點」を檢證するため、寛文本の訓點に從って讀解を試みた。すると、前章で版本の體裁と題簽、書籍目錄などから檢證し「道春訓點」に疑問を抱いたのと同樣に、訓點の面からも寛文本「道春訓點」に疑念を抱くような誤りや、刊本の誤字と思われる箇所がいくつも見られたのである。

まず以下にこれまでの主な飜譯・譯注本を擧げ、その譯注本のもつ性格について簡略に述べる。續いて、寛文本の訓點が反映されていない譯注本の本文解釋を適宜を交えながら、「道春訓點」本の解釋と訓點を検討し、「道春訓點」本『金鰲新話』の解釋の誤りや施されている訓點について述べてみたい。

第一節　從前の譯注と問題點

1. 從前の譯注

はじめに、既に出版されている『金鰲新話』の譯注・飜譯書を以下に擧げる。現在のところ、日本語で書かれているものは次の三種である。（出版社等については參考文獻・資料を參照）

①天民散史（和田一朗）「金鰲新話（1～5）」（『朝鮮』一九二四年～一九二五年）
②宇野秀彌『朝鮮文學試譯 no. 43』一九八三年
③鴻農映二『韓國古典文學選』一九九〇年

①雜誌『朝鮮』所收の「金鰲新話」（以下「朝鮮」）が、『金鰲新話』の飜譯として初めて出されたものである。詞や詩は、ほぼ明治本の返り點に從って書き下されている。文章部分は、今のところ最も原文に忠實な飜譯である。語句の注釋はほとんど無いが、典據のある語彙の說明が所所に割注として插入されている。

②『朝鮮文學試譯』（以下「試譯」）は、後述する韓國の譯注本⑥乙酉文庫『金鰲新話』を底本にしたものである。「試譯」における飜譯の基本姿勢は「なるべく原漢文にそって飜譯をし、理解しづらい箇所はハングル文譯を參照した」とある。作者小傳と『金鰲新話』の解說が簡略に記され、注釋も⑥「乙酉文庫」に基づいて丁寧に飜譯してあるが、出版社などは不明で、大々的に公刊されたものではないようである。

③『韓國古典文學選』（以下「文學選」）は『金鰲新話』だけでなく、『九雲夢』[1]や『壬辰錄』[2]といった韓國の他の著名な文學作品もあわせて收錄している。一般の讀者にも讀みやすく工夫した意譯となっているため、原漢文からかけ

離れた譯をしている部分が少なくない。また注釋もなく、飜譯する際の底本を明示していない。原文にそった正確な飜譯ではないため研究書とはいえないが、①「朝鮮」②「試譯」が舊かな遣いで書かれていることを考えると、現在の我々にとっては最も親しみやすいものである。

以上の三種が日本語で飜譯された『金鰲新話』である。①「朝鮮」は大正から昭和にかけて出版され、②「試譯」は國會圖書館にのみ所藏されているため、現在たやすく見られるものではない。よって『金鰲新話』の飜譯で比較的容易に手にすることができるのは、③「文學選」のみであるといえる。

次に、韓國で出版されている『金鰲新話』の飜譯・譯注本を擧げる。韓國の『金鰲新話』は、兒童向けから一般書、文學全集に收錄されているものにいたるまで數多く出版されており、枚擧に暇が無い。しかし、現代韓國語譯のみを載せるものが多く、詳細な注釋や現漢文が收錄されているものは少數である。ここでは數ある飜譯書のうち、以下の四册を參照した。選擇にあたっては、詳細な注釋がついているもの、または原漢文が附載されているものを選んだ。

④『金鰲新話』金時習著・李家源譯　現代社　一九五三年
⑤「金鰲新話譯注」(『李家源全集』十八所收)　一九八六年（原本は一九五九年）
⑥『금오신화　金鰲新話』金時習・이재호譯　一九九四年初版　二〇〇一年五刷（一九七二年の再版）
⑦『韓國古典文學選 金鰲新話・燕巖小說』田英鎭編著　홍신문화사　一九九五年初版　二〇〇二年重版

④現代社刊『金鰲新話』(以下「現代社」)は韓國語の譯注書としては、恐らくもっとも古いと思われる。韓國語飜譯文、注釋、原文の順に載している。底本については何も指摘がないが、一九五三年當時には寬文本は發見されていなかったことと、附載の原漢文より判斷するに、恐らくは明治本を底本として、原文を飜刻したのであろう。

⑤李家源全集所收「金鰲新話譯注」(以下「全集」)は『李家源全集』第十八卷に收錄されたものである。一九五九年に通文館から出版されたものを原本として、全集に收錄したとある。④現代社と同じ李家源氏の譯注であるが、兩

書を比較してみると僅かではあるが飜譯文が改められている。

⑥乙酉文庫『金鰲新話』（以下「乙酉文庫」）は、注釋は①「朝鮮」、②「試譯」よりも詳しいが、原漢文などに誤りがみられる。韓國語譯、原文、注釋の順に收錄している。２譯注書からみた問題點で詳述するが、ここに收錄された原漢文は、恐らく①「朝鮮」、②「試譯」の李家源氏の譯注の原漢文などを參照したものであると考えられる。

⑦『韓國古典文學選　金鰲新話・燕巖小說』（以下「燕巖」）は、原漢文全文は收錄せず、詩、詞部分のみ原漢文を載す。語句の說明や注釋も詳しいが、典據の用例を全て載せてはいない。

ここに擧げたこれらの譯注本は、できるだけ原文に忠實であろうとする姿勢は窺えるが、解釋のしづらい箇所や、出典不明の箇所は意譯になっていることが多く、嚴密に本文に卽した注釋は、やはり殆どないといえよう。また全ての譯注書に共通することであるが、原文解釋において、同じ誤りを踏襲している箇所がある。これらは先行する譯注本の影響を受けたようなものであり、同樣の誤りが日本語の譯注本にも見られる。

それでは既存の譯注書の譯文を具體的に擧げ、どのような箇所、どのような理由で原文の解釋を誤りがちであるのかを詳述してみる。

2．譯注書からみた問題點

筆者が寛文本の訓點に從って讀み下し、譯注をする際に、理解しづらい語句などがあった場合は既存の譯注本を參照してみた。そこでさらに原漢文と飜譯文とを比べてみると、飜譯文の方には原漢文からかけ離れ、典據が不明瞭で、譯すときに典據とした語句が譯注本によって異なっている箇所がいくつかみられた。ここでは、その原漢文と飜譯文の間に生ずる差を、譯注書に收錄されている飜刻文などを參照しながら、譯注書の持つ問題點として述べていく。以下に載せる漢文は朝鮮刊本の原文で、太字、波線をつけた箇所が問題のある箇所である。現代語譯のうち原典を特に示さないものは、筆者によるものである。

まずは第一話の「萬福寺樗蒲記」からである。主人公の梁生と、幽靈の女が萬福寺で婚禮の宴を催す段での女幽靈の臺詞である。

今日之事。蓋非偶然。天之所助。佛之所佑。逢一粲者。以爲偕老也。**不告而娶。雖明敎之法典**。式燕以遨。亦平生之奇遇也。可於茅舍取裀席酒果來。

【譯】今日のことは偶然ではないわ。天の助け、佛様の助けがあってのことよ。すばらしい方にお會いしたので、老いてとも白髮になるまで添い遂げるつもりよ。**不告而娶。雖明敎之法典**。こうして祝いの宴を設けるのも、因縁というものです。お前は家に歸って、ここに調度品や酒肴を整えてもっておいで。

解釋をする上で問題となったのは、太字で示す「不告而娶。雖明敎之法典」である。婚姻のことに關しては、『詩經』國風・齊風・南山に「取妻如之何、必告父母」とあり、『禮記』文王世子第八にも「雖及庶人、冠取妻必告」（冠婚のことは必ず親族に告げる）とあるので、本來ならば「必ず父母に告げるのが明敎の法典にかなう」のである。ところが「不告而娶。雖明敎之法典」を原文通りに讀むと「告げずして娶るは、明敎の法典と雖も」となり、「父母に告げないで娶るということは明敎の法にあるけれども」と讀め、『詩經』『禮記』などの「冠婚のことは必ず親族に告げる」という言葉と矛盾が生じてくる。この箇所は朝鮮本・和刻本等、どのテキストにも「不告而娶。雖明敎之法典」とあり、また前章で既に述べた、大谷氏、崔氏のおこなった寛文本と明治本のテキスト校勘でも、この箇所の文字の異同は記されていない。よって、筆者は『詩經』『禮記』の用例「必告父母」から「不告而娶」の「不」字を改めて「必」とし、「必告而娶」とする方が良いのではないかと考えた。

また譯注本を參照し、「不告而娶、雖明敎之法典」はどのような解釋がなされているかを確認した。譯注本では

「不告而娶。雖明教之法典」を以下のように飜譯している。（〇數字は第一節1に既出の譯注書番號を示す。④～⑦の日本語譯は筆者による。韓國語原文は注を參照）

①父母に告げないで婚禮をするのは聖人の教へではないが

②父母に告げざりしこと、人たるの禮に背けど

③ただお父様、お母様に申し上げるのがあとになったのが心苦しいけれど…

④⑤父母に申し上げないということは、假にも禮に反することかも知れませんが[3]

⑥父母にお知らせしないのは禮に違うことだとはいえ[4]

⑦父母に申し上げることなく婚禮を擧げるというのは、假にも明教の法典にはずれることです[5]

以上のように譯注本では「不告而娶。雖明教之法典」を「父母に言わないで婚姻することは、明經の法典に外れる」または「禮に反する」としている。しかし「雖明教之法典」には「明經の法典」を否定する語がなく、「外れる」「反する」とは譯せない。

このような原文と譯注の解釋の違いが生まれる原因は、活字に飜刻する際に起りうる誤字ではないかと考えた。そこで譯注本に附載されている、飜刻された原漢文を參照した。

李家源氏の④「現代社」所載の原文は「不告而娶。雖明教之法典」となっており、古刊本と同文であった。しかし⑤「全集」では、この一文を「雖違明教之法典」として「違」字を插入していたのである。⑤「全集」の譯注者言には「大塚本（明治本）を底本とし、原文の字句等の訛誤については筆者が訂正を加えた」とことわり書きがある。するとここは「不告而娶。雖明教之法典」のままでは原文と飜譯にずれが生じるため、李家源氏が訂正を加えた部分なのであろうか。しかしこの部分に訂正を加えたという譯注者の注はない。

飜刻した原漢文を「雖**違**明教之法典」としているのは⑤「全集」と⑥「乙酉文庫」の譯注のみである。⑥「乙酉文

庫」は底本としたテキストを明記していないが、使われている文字が明治本と同じであるので、明治本を底本としていると考えられる。もちろん明治本ではこの箇所を「雖明敎之法典」としており、「違」字はない。つまり⑤「全集」所收の飜刻された原漢文と、その後に出版された⑥「乙酉文庫」の飜刻漢文の二つが「雖違明敎之法典」としているのである。よってそこから、⑥「乙酉文庫」所收の飜刻漢文は、李家源氏の⑤「全集」によったものと推察する。⑤「全集」⑥「乙酉文庫」以外の原文の收録されていない飜譯本も同様に、底本としたテキストについては何もふれていないが、「不告而娶。雖明敎之法典」を飜譯するときは、みな一様に「明敎の法典にはずれる」と譯しているのである。

『金鰲新話』を理解するうえで、看過できない書物がある。それは『剪燈新話』と、朝鮮で刊行された『剪燈新話』の注釋書である『剪燈新話句解』（以下『句解』）である。『金鰲新話』研究が開始された當初より、『金鰲新話』は『剪燈新話』の摸倣作であるといわれ、話柄などの酷似した部分が指摘されてきた。實際に本文を比較してみると、二書で共通する表現や同じ典據をもつ言葉を多くみつけることができる。そこで『剪燈新話』のなかで「不告而娶」と同様の表現を探したところ、「金鳳釵記」に類似した文をみつけることができた。

曩者、房帷事密、兒女情多、負不義之名、犯私通之律、**不告而娶**、竊負而逃…

【譯】さきには、ねやのひめごと、若氣のいたりで、不義の名を負い、私通のおきてに背いて、だまっていっしょに驅け落ちをいたしまして……(6)

この「不告而娶」の箇所は『句解』に以下のような注釋がある。

萬章問曰、詩云、娶妻如之何。必告父母。信斯言也、宜莫如舜。舜之不告而娶、何也。孟子曰、告則不得娶。…

【譯】『詩經』には妻を娶るときには必ず父母に告げると言っているが、この言葉を信ずるなら舜のようなやり方をすべきではない。…（略）…舜が父母に知らせないで娶ったのは、父母に憎まれていたため、告げると娶

ることができなくなるためである。(7)

『句解』によると「不告而娶」は『孟子』萬章章句上を出典とする句であった。すると「萬福寺樗蒲記」の「不告而娶」は、『剪燈新話』「金鳳釵記」を意識しながら書かれたものではなかろうか。『金鰲新話』は『剪燈新話』の模倣作と言われることも、もちろん理由の一つとして考えられる。また「必ず父母に告げて（必告父母）」婚姻するという表現はわりに見かけることがあるが、「告げずして娶る（不告而娶）」という表現はあまり見られるものではないからである。『孟子』萬章章句上を元來の典據と考えて「萬福寺樗蒲記」の「不告而娶。雖明教之法典」を飜譯してみると、「明教」を『孟子』と解釋し「明教の法典（『孟子』）には、舜のように父母に告げないで結婚をするということもあります」と譯すことができ、既存の譯注本のように「違」字をわざわざ插入せずとも文章理解が可能になろう。

つまり、既存の譯注書は、『剪燈新話』を見なかったため、「不告而娶。雖明教之法典」の解釋に困り、「違」字を插入して文章の辻褄を合わせ、飜譯したと考えられる。後に續く譯注本も同樣に、「不告而娶。雖明教之法典」の矛盾に困り、先行の飜譯文を參照したのであろう。飜刻漢文の多くは「不告而娶。雖明教之法典」とあり、「違」字が入っていないため、「明教の法典に違う」とは譯せないからである。卽ち、原漢文をそれほど重視することなく、また『剪燈新話』も參照せずに、先行の譯文をそのまま踏襲したために起こった誤りであるといえる。

次に第二話「李生窺墻傳」からである。主人公の李生が、戀の相手である崔氏の娘の家に日々墻を越えて出入りしているのが父親に知られ、罰として李生は嶺南に行かされた。崔氏の娘は李生を待ち續け、とうとう病氣になって寢込んでしまった。崔氏の娘の兩親はその樣子を訝り娘に問うたところ、娘が李生と緣を結んだ話を白狀したのである。そのときの娘の言葉で「一偸賈香。千生喬怨。（一たび賈香を偸み、千たび喬怨を生ず）」の「千生喬怨」の解釋において、各飜譯本で相違點が見出せる。娘の臺詞は少々長いが、以下に原文と飜譯文を示す。

父親母親。鞠育恩深。不能相匿。竊念男女相感。人情至重。是以標梅迨吉咏於周南。咸腓之凶戒於羲易。自將蒲柳之質。不念桑落之詩。行露沾衣。竊被傍人之嗤。絲蘿托木。已作娼兒之行。罪已貫盈累及門戶。然而彼狡童兮。一偸賈香。千生喬怨。以眇眇之弱軀。忍悄悄之獨處。情念日深。沉痾日篤。濵於死地。將化窮鬼。父母如從我願。終保餘生。倘違情欸。斃而有已。當與李生重遊黃壤之下。誓不登他門也。

【譯】お父樣、お母樣。お二人が私を育てて下さったご恩は深く、私ももう隱しておくことはできません。じっと考えて思いますに、男女が出會って心を動かすというのは、人の心のうごきとして、きわめて大切なことです。結婚の時期を逃すなということは『詩經』にもありますし、足のこむらに感ずるときに動けば凶であることは、『易經』に戒めてあります。私は自分の體が弱く、桑落の詩のようにあの人に捨てられるとも考えず、露で衣を濡らすようなはしたないことをして、ひそかに他人のあざ笑うところとなりました。か細い女の身としては、男性をたよるほかありません。もう私は淫女の行爲をしてしまい、その罪は滿ち滿ちて、わが家門にまで害をおよぼすことになりました。しかもあの憎らしいお方のために一偸賈香。千生喬怨。私はちいさな體で、ひとり耐え忍んでおりました。しかしこの想いは日に日に深くなり、病は日に日に重くなりました。今、死の際にあって、幽靈のような姿になろうとしています。もしお父樣、お母樣が私の願いをかなえてくださるのならば、きっと私は生きのびることができるでしょう。もしも願いがかなわなければ、このまま死んでしまうかもしれません。そのときは李生さまと、再びあの世で樂しみを分かち合いたいと思います。私は他家には嫁ぎません。

典據のある言葉を盛り込み、所々對句形式にした臺詞となっている。このなかで「一偸賈香。千生喬怨」の「千生喬怨」の典據がはっきりしない。「一偸賈香。千生喬怨」は對句に似た形式であり、「一偸賈香」は典據のある言葉なので「千生喬怨」にも恐らくは何か典據があろう。そこで譯注本の解釋の確認をした。各書の譯文は以下のようである。
①そして彼の若者が一度賈香を偸みましてから、千々に二喬の怨を重ね
②若殿と結ばれましてよりは、家の賫なる香を盜んで男に與へた賈充の娘のやうに若殿の虜となり、また喬生を棺の中に引き入れたる符氏の娘麗卿のやうに、若殿に會へぬ恨みを懷くやうにもなり申しました
③あの方と別れた後、名殘が盡きず、思いは日毎つのるばかり
④⑤李生さまを一度なくして後、恨みがつもって(8)
⑥私はいたずら者の若様と情を通い合わせた後には、恨みが疊疊とつもったのでございます。(9)
⑦私は意地惡な若様と一夜の情を通わせ、恨みだけが深くつもっただけなのでございます。(10)
①「朝鮮」と②「試譯」は比較的原文に近い形で、譯文にも典據を反映させるようにしているが、その他の譯文はほぼ意譯である。⑥「乙酉文庫」は、飜譯では意譯になっているが、「喬生への恨み」と最後に注釋をつけている。これら譯文に基づいて、譯注本での「千生喬怨」は二通りの解釋ができる。以下に解釋の典據と、それをもとに飜譯した飜譯書の番號を記す。

【解釋1】二喬の怨み（曹操銅雀臺の二喬の故事）　…①
【解釋2】『剪燈新話』「牡丹燈記」の女幽靈符麗卿の喬生に對する怨み…②⑥
　＊③④⑤⑦は特に典據を示さず、「恨み」とのみ譯す。
試みに解釋1と解釋2のそれぞれの場合の典據を示し、飜譯してみると次のようになる。

【解釋1】
①「朝鮮」のいう「二喬」の故事の「二喬」とは、孫策の妻大喬と、周瑜の妻小喬の美人姉妹のことである。杜牧の赤壁賦に「鎖二喬」とあり、曹操が建てた銅雀臺に、この美人姉妹「二喬」をとらえ侍らせたいといったことが典

據となっている。また樂府「銅雀臺（銅雀妓）」「雀臺怨」は魏の武帝の死後、妓妾が君恩を追慕することをうたったものである。そこで①は「喬怨」を「大喬と小喬の二喬の怨み」と考え「賈午のように香をぬすみ、（あの人に會えず）千たび二喬が銅雀臺にとざされた怨みを持ちました」と考えられよう。

【解釋2】

②⑥では「喬怨」の解釋を、『剪燈新話』「牡丹燈記」に出てくる女幽靈符麗卿が、自分が幽靈と分かってから、急に冷たくなって自分を避けはじめた主人公「喬生」に對する「怨み」としている。「牡丹燈記」に「喬生に對する怨み」と理解できる臺詞が出てくるのは、女幽靈符麗卿が、最後に冥界で裁判を受けたときの供述である。その供述に

一靈未泯、燈前月下、逢五百年歡喜冤家

とある。ところが『句解』の「冤家」の注釋には「以宿緣。爲冤家」と記してある。つまりここでいう「冤家」とは「仇、恨めしいほどの情人、宿緣」をいうのであって、單なる「恨み」であるとは解釋できない。ゆえにこの供述は

體は朽ちても靈は滅びず、燈の前、月の下に、前世の因緣ある背の君にめぐりあい…(11)

と解釋するのである。

「喬怨」を『剪燈新話』「牡丹燈記」にもとづいたものとして考えるならば、「喬怨」は「喬生に對する怨み」とするよりは「せっかく結んだ喬生との緣」と解釋して「あの憎らしいお方のために、賈午のようにひとたび香をぬすんであの方にささげ、千たびあの方との深いご緣を結んだのです」と譯すのが適當ではなかろうか。

解釋を考える上での一助として「一偸賈香。千生喬怨」における、手澤本の文字の異同を擧げる。手澤本は「萬福寺樗蒲記」と「李生窺墻傳」の二篇しかおさめないが、原文で理解しづらい箇所は、理解しやすいように文字が改められていることがあり、文意を考える上で參考となろう。

手澤本では「一偸賈香。千生喬怨」を「一偸賈香。平生喬怨」と改めている。「千」を類似した「平」に改めて

「平生」とし、「いつも恨んでいる」と理解したのであろうか。

前述の二つの解釋のどちらをとるべきかは、いまここで決定することはできない。しかしこのような「喬怨」に對する解釋と譯文の異なりや、「不告而娶。雖明教之法典」を「明教の法典に反する」と譯すなど、飜譯のさいに、原漢文をそれほどは重視せず曖昧にしてしまっているという飜譯上の問題が指摘できる。また研究上、譯注本を參照するのはいいとしても、原漢文を見ないで譯注本にたよりきってしまい、このような矛盾を見過ごしてしまうといった危險性が指摘できよう。

第二節からは、寬文本『道春訓點　金鰲新話』の本文の方に目を向ける。「道春訓點」檢證の前段階として、まず『金鰲新話』を寬文本の訓點にそって訓讀をした。寬文本の訓點に從って讀むと解釋がしにくい場合や、訓點に從わないほうが解釋しやすい場合については、(寬文本の訓點に從っていない) 譯注書はどのように解釋しているのかを確認するため、適宜參照した。また『金鰲新話』と類似した表現が使用されている『剪燈新話句解』もともに參照している。比較には『金鰲新話』と刊行年度の近い、慶安元（一六四八）年刊和刻本『剪燈新話句解』(四卷本) を使用した。訓點者は不明であるが、類似した表現の訓讀法を參照するには適していると考えられる。その上で、『道春訓點　金鰲新話』本文の誤字・誤讀・訓點の誤りなどを指摘してゆく。

第二節　訓點の誤り

ここでは寛文本訓點、すなわち「道春訓點」に従った『金鰲新話』本文の精讀を通して、刊本に刻された誤字、道春訓點で讀解した場合の本文解釋の誤りの例を實際に擧げてゆく。解釋の難しい箇所や誤字は朝鮮刊本、明治本等と校勘し、文字の異同の有無を確認したのち、譯注本なども參照しつつ解釋するようにした。この「道春訓點」本の精讀によって、寛文本の特徴を明らかにし、他の刊本との違いや、『金鰲新話』刊本中の道春訓點本がどのような位置づけであるのかを明確にする。

1誤字、2訓讀の誤り、3その他の順に詳述する。2訓讀のあやまりについては、句讀點、單語、返り點の誤りと更に細分類している。以下に例擧する文字、語句、文章は『金鰲新話』の物語の順に記していない。よって問題となる語句が使用されている話柄の題名および、文字の異同がある場合は各版本を略稱にて記す。

【略稱凡例】

◎版本の略稱

〔承〕…承應本　〔萬〕…萬治本　〔寛〕…寛文本　〔明〕…明治本　〔手〕…手澤本

〔朝〕…朝鮮刊本　〔三本〕〔三〕…承應・萬治・寛文の江戸時代和刻本の総稱

◎話柄の略稱

〔萬〕…萬福寺樗蒲記　〔李〕…李生窺墻傳　〔酔〕…酔遊浮碧亭記

〔南〕…南炎浮州志　〔龍〕…龍宮赴宴錄

1．誤字

初めに、『金鰲新話』刊本に刻されている誤字について見ていく。

まず刊本中の誤字を列擧する。イから順に、寛文本に見られる誤った語句を示し、誤字部分は波線をつけた。（　）は、その誤字と同字を使用する刊本の略稱、〔　〕はその語句が使用されている話柄を表す。

イ．於邑行路（三・明）〔萬〕
ロ．熊度（三）〔李〕
ハ．棟花零落笋生尖（三、明、手）〔李〕
ニ．叙情罷同寢極歡如昔（三）〔李〕
ホ．幾介踈星點玉京（朝、三）〔醉〕
ヘ．洞天福地十洲三鳥（三）〔醉〕
ト．山節藻税〔龍〕
チ．玩呑龜之筆刀〔龍〕

それではイから順に、その誤りについて詳述してゆく。

イ．於邑行路（三・明）〔萬〕

「萬福寺樗蒲記」の女幽靈と主人公梁生が萬福寺で一晩過ごした後、明け方に二人で女の住居に行く途中、露のおりた草むらを通ったくだりで、女が梁生に戲れて言った言葉である。これは元來『詩經』召南の「厭浥行露。豈不夙夜。謂行多露（厭浥たる行露、豈に夙夜せざらんや。行《みち》に露の多しと謂う）」のことをいう。「厭浥行露」は三本、明治本では全て「於邑行路」となっており、訂正はされていない。ただし承應本には朱筆で「於」を「厭」と訂正している。よって本來なら「於邑行路」は「厭浥行露」とされるべき箇所であるといえる。

ロ．熊度（三）〔李〕

「李生窺墻傳」の冒頭部分、女主人公崔氏の娘の説明である。

年可十五六。態度艶麗（年十五六ばかり。態度艶麗にして）（朝）

「態」字が三本では「熊」となっている。三本以外の朝鮮本、明治本は全て「態度」となっている。これは「態度」の明らかな誤りであろう。承應本のみ「熊」字を朱筆で「態」と改めているのみで、版木に訂正は加えられておらず承應・萬治・寛文本全て「熊」のままである。

ハ．棟花零落笋生尖（三、明、手）〔李〕

同じく「李生窺墻傳」より、李生が墻を越えて娘の部屋に入ったときに見た、四時詩の二幅目の詩にあった「又是一年風景老。棟花零落笋生尖」の二句である。三本、明治本と手澤本は全て「棟花」につくる。朝鮮本のみ「又是一年風景老。楝花零落笋生尖（又た是れ一年風景老いたり。楝花零落し、笋尖《せん》を生ず）」のように「楝花（れんか）」につくる。「楝花（れんか）」はおうちの花をいい、「棟花」とすると意味がうまくとれない。文字が酷似しているので、恐らくは誤刻であろう。飜譯本ではおおむね「おうちの花」とし、飜刻した原漢文は全て「棟花」としている。よって訂正するならば「棟」を「楝」とはっきり區別せねばならない。

ニ．叙情罷同寝極歡如昔（三）〔**李**〕

殺されて幽靈となった李生の妻が現れ、紅巾賊に襲われた經緯や財産の隠し場所を李生に知らせ、互いを想う心をのべあったときのことである。朝鮮本では

敍情罷同寝極歡如昔　（情を敍べ、罷て同く寝ぬ。歡を極むること昔の如し）（朝）

【譯】思いのたけをのべあって、話し終えてから床について、昔のように歡びを共にしたのだった。

と讀み、「叙」字を「敍」としている。三本では「叙」に作っている。「敍情（情を敍べ）」と讀むところであるので、「叙」では「のべる」と讀めない。三本には「叙」字の訓に「ノベ」とあるが、漢字との意味がそぐわない。よってこの場合は「叙」字を「敍」字に改めるべきである。

ヘ．洞天福地十洲三島（三）〔**醉**〕

「醉遊浮碧亭記」で仙女が主人公の洪生に自らが仙女になった經緯をのべたくだりの仙女の言葉である。仙女となってからは

逍遙九垓。儻佯六合。洞天福地十洲三島無不遊覽。（朝）

（九垓に逍遙し、六合に儻佯《よう》す。洞天福地、十洲三島、遊覽せざるということ無し。）

【譯】天の果て、地の果てまで逍遙し、天下を渡り歩きました。天下の名山勝境はおろか仙境までも、遊覽しないところはありませんでした。

と述べたのであるが、その「洞天福地十洲三島」の「島」が三本では「鳥」となっている。これも明らかな誤字である。「三島」は傳説中の神仙が居住する蓬萊、方丈、瀛洲のことで、すなわち仙境をいう。朝鮮本・明治本の「洞天福地十洲三島」のように「鳥」は「島」と改めねばならない。

ト．山節幾税（朝・三・明）〔**龍**〕

「龍宮赴宴錄」の、龍宮で龜の玄先生が皆の前で自己紹介したときに言った言葉

　山節藻税。殼爲臧公之珍。（節を山にし税に藻き、殼は臧公の珍と爲る。）

である。この「山節藻税」の「税」は、朝鮮本、三本、明治本とも全て「税」につくっており、文字の異同はない。典據は『論語』公冶長の「山節藻梲（柱頭のますがたに山を畫き、梁上の短柱に藻の圖をえがく）」であるので、恐らくこの「税」は「梲」のことであろう。よって「税」は、「梲（せつ）」とすべきである。

チ．玩呑龜之筆刀（朝・三）〔**龍**〕

前掲トで示した玄先生の自己紹介に續いて、玄先生が九功の舞をなし、作った歌中の一句

　賀飛龍之靈變。玩呑龜之筆刀。（飛龍の靈變を賀して、呑龜《き》の筆刀を玩ぶ。）

の「玩呑龜之筆刀」である。朝鮮本、三本は「呑龜の筆刀を玩ぶ」としている。「賀飛龍之靈變。玩呑龜之筆刀」を「飛龍が不思議に變化するのを賀して、呑龜の文才を發揮しましょう」と解釋するならば、「筆刀」よりも、明治本のように「呑龜の筆力を玩ぶ」と「筆力」にするのが妥當である。

その他にホ．「幾介踈星點玉京」〔醉〕の「介」字がある。朝鮮本、三本とも「介」につくり、明治本のみ「个」につくる。「介」字を明治本のように「个（箇）」の意として使ってはいないようであるが、「介」には「小さい」という意があるため、現在のところ誤字であると斷定できない。

次に文脈等を考慮して、誤字と思われる箇所を擧げる。

リ．牲牢明酒（朝・三）〔**萬**〕

ヌ．一掉舡舩（三）〔龍〕

リ．牲牢明酒（朝・三）〔萬〕

「萬福寺樗蒲記」の女幽靈が成佛した次の日、梁生が供え物を持って、女の家があったところをたずねていって追善供養しようとしたときの話である。

翌日設牲牢明酒。以尋前迹。果一殯葬處也。（翌日、牲牢明酒を設けて、以て前迹を尋ぬ。果して一殯葬の處なり。）

の「牲牢明酒」である。朝鮮本、三本は「明酒」とするが、手澤本・明治本は「明酒」を「牲牢朋酒」につくり、承應本は「牲牢明酒」の「明」字を朱筆で「牲牢朋酒」と訂正している。「朋酒」は兩樽の酒のことをいい、『詩經』豳風・七月に「十月滌場、朋酒斯饗」とあるので、この場合は「朋酒」とするべきであろう。

ヌ．一掉舡舩（三）〔龍〕

「龍宮赴宴錄」で玄先生の歌と踊りの後に、木石の怪物や山林の妖怪が出てきて歌った歌の一句である。寛文本（三本）には

一掉舡舩。鯨吸百川。（一掉舩を舡《フナウタ》して、鯨百川を吸ふ。）

とある「一掉舡舩」である。ここは文字の異同があり、朝鮮本では「一掉舡舩」を「一棹觥舩」としている。「觥舩」は「觥船」と同義で、さかずきの意である。また、杜牧の酔後題僧院詩に「觥船一棹百分空、十歲青春不負公」とあることから、『金鰲新話』の「一棹觥舩」も、杜牧詩と同じく「大きな船のような杯をもち」という意味にとることができる。

また「一棹觥舩」をうけた後の一句が「鯨吸百川」とある。朝鮮本を底本として文字を改め解釋をすると、「觥舩」

を「ふなうた」とよむよりは「さかずき」とし「大きな船のような杯をもち、鯨が百川を吸い上げるように飲み干そう」とするほうが良いのではなかろうか。ゆえに「舡」は「觥」の誤字とも考えられる。

以上のような「態」を「熊」とし(ロ)、「島」を「鳥」とする(ヘ)ような小さな誤字は、彫り手による誤刻の可能性も指摘できる。ところが承應・萬治・寛文の三本とも同じ誤りを訂正せず、そのまま幾度か刊行されているのである。このような小さな誤りは、明治本刊行時に明治の漢學者によって一部訂正が加えられて刊行されているのである。承應本の「萬福寺樗蒲記」に限っては、閲覧者がこの間違いを朱筆で訂正している箇所がいくつかみられる。以上のことから鑑みて、寛文本に限らず、三本すなわち江戸時代和刻本は、文字の面においては小さな誤りが多い刊本であるといえる。

2. 訓讀の誤り

ここでは句讀點、單語の解釋、返り點の誤りなどをあわせて「訓點の誤り」とし、例を擧げて詳述する。ただしここで擧げる「誤り」としたものは江戸時代初期における訓法の可能性もあり、全くの誤りであるとはいえない。現在の讀み方で讀解した場合と、「道春訓點」で讀解した場合に文章解釋が大幅に異なりそうなものを「誤り」ではないかとして取り上げる。

2-1 句讀點の誤り

まず詞の句讀の誤りを中心に取りあげる。『金鰲新話』には詩が多く詠まれており、詞も二首詠まれている。「萬福寺樗蒲記」の「滿江紅」と「龍宮赴宴錄」の「水龍吟」がそうである。

詞は曲調が多く、平仄が複雑であるので、平仄などを調べる場合には「詞譜」を参照しなければならない。今回は平仄を確認するために『欽定詞譜』(12)を使用した。『欽定詞譜』は、和刻本『金鰲新話』よりも後に刊行された書物であるが、同じ詞牌で句と字數の異なる詩型を多く載し、平仄圖譜も備えているため、詞の詩型を調べるのに現在では最も有用な書物である。よって、ひとまず『欽定詞譜』の「滿江紅」「水龍吟」の句讀に従い、『金鰲新話』の「滿江紅」と「水龍吟」に句讀をつけ、韻字を調べた。そして寛文本と明治本の「滿江紅」「水龍吟」の句讀と比較してみると、異なる箇所がみられた。

先に「萬福寺樗蒲記」の「滿江紅」からみていく。『欽定詞譜』に従って句讀をつけた「滿江紅」の詞を【A】欽定、三本の訓點に従ったものを【B】三本とする。□は韻字を表し、波線部と太字で記したところが誤りと思われる箇所である。波線部を含む「 」内の句を、それぞれの句讀に従って讀み下したものを後に附した。

【A】欽定

惻惻春寒、羅衫薄。幾回腸斷、金鴨冷。晩山凝黛、暮雲張繖。錦帳鴦衾無與伴、寶釵半倒吹龍管。「可惜許、光陰易跳丸、**中情懣**。**燈無焔**、**銀屏短**。**徒抆涙**、**誰從欸**。喜今宵鄒律、一吹回暖。」破我佳城千古恨。細歌金縷傾銀椀。悔昔時、抱恨蹙眉、**兒眠孤館**。

惜しむべし許《こ》の光陰跳丸し易く、**中情懣《もだ》う**。
燈に焔なく、銀屏短し。**徒に涙を抆て、誰に従いて欸《よろこ》ばん**。
喜ぶらくは、今宵鄒律《すうりつ》一たび吹きて暖を回《めぐら》す。

【B】三本

惻惻春寒、羅衫薄。幾回腸斷、金鴨冷。晩山凝黛。暮雲張繖。錦帳鴦衾無與伴。寶釵半倒吹龍管。「可惜許光陰易跳丸。**中情懣燈無焔銀屏短。徒狂涙誰從欽喜。**今宵鄒律一吹回暖。」破我佳城千古恨。細歌金縷傾銀椀。悔昔時抱恨蹙眉。**兒眼孤館。**

　惜むべし許の光陰跳丸し易きこと。
中情懣《もた》へて燈に焔無く銀屏短し。徒に涙を拉て誰れに從てか欽喜せん。
　今宵鄒律一たび吹て暖を回す。

　この「滿江紅」の詞は旱韻で「斷、繖、管、懣、短、欽、暖、椀、館」が韻字となっている。三本の訓讀に從うと「徒拉涙誰從欽喜（徒に涙を拉て誰れに從てか欽喜せん）」となり、韻字に當たる文字が「喜」となり、韻をふまないことになる。明治本では「徒拉涙誰從欽。喜、…」のように「喜」字が韻字にあたるので、わざわざ「喜」字の下に讀點がつけられている。他は『欽定詞譜』と同様である。三本で韻字を無視して句讀をつけていることから考えて、江戸和刻本に訓點をつけたものは、滿江紅の句讀をしらなかったのではなかろうかという疑問が生じてくる。『欽定詞譜』は十八世紀初めに編纂され、明治の漢學者ならば參照していてもおかしくはない。『欽定詞譜』のように完備されたものではなかったが、「詞譜」は明代にも存在していた。從って、江戸初期にどのような「詞譜」が日本に流入していたか、また羅山や他の漢學者が詞牌や詞の平仄について、どの程度の知識をもっていたのか、ということは新たな問題となってくる。

　末句の「兒眼孤館」に訓點がついておらず、讀み下されていないことも疑問であるが、これについては2-3で詳述する。

　次に「龍宮赴宴錄」の詞「水龍吟」をみてみる。こちらも「滿江紅」と同様に『欽定詞譜』に從って句讀をつけたものを【A】欽定とする。なお『金鰲新話』の「水龍吟」は三本と明治本で句讀がやや異なるのでそれぞれ別に示すこととし、三本を【B】、明治本を【C】とした。

【A】欽定

管絃聲裏傳觴。瑞麟口噴青龍腦。橫吹片玉。一聲天上。碧雲如掃。響激濤曲。飜風月景。閑人老悵。光陰似箭。風流若夢。歡娛又。生煩惱。西嶺綵嵐初散。喜東峯。冰盤凝灝。擧杯爲問。靑天明月。幾看醜好。酒滿金罍。人頹玉岫。誰人推倒。爲佳賓脫盡。十載雲泥。壹鬱快。登蒼昊。

【B】三本

管絃聲裏傳觴。瑞麟口噴青龍腦橫。吹片玉一聲。天上碧雲如掃。響激濤曲飜風。月景閑人老悵。光陰似箭。風流若夢。歡娛又生煩惱。西嶺綵嵐初散。喜東峯冰盤凝灝。擧杯爲問靑天。明月幾看醜好。酒滿金罍。人頹玉岫。誰人推倒爲佳賓。脫盡十載雲泥。壹鬱快登蒼昊。

【C】明治本

管絃聲裏傳觴。瑞麟口噴青龍腦。橫吹片玉一聲。天上碧雲如掃。響激波濤。曲飜風月。景閑人老。悵光陰似箭。風流若夢。歡娛又生煩惱。西嶺綵嵐初散。喜、東峯冰盤凝灝。擧杯爲問。靑天明月。幾看醜好。酒滿金罍。人頹玉岫。誰人推倒。爲佳賓。脫盡十載雲泥。壹鬱。快登蒼昊。

韻字の面から見てみると【A】欽定は「老」だけが韻字から外れるが、全體的な平仄はほぼ合っている。【B】三本は本來の韻字である「腦」ではなく「橫」が韻字の位置にきており、押韻していないことがわかる。【C】明治本はできるだけ韻字を押韻する位置において句讀をつけようとしているのがうかがえる。

句讀の面からみてみると、「歡娛又生煩惱」は『欽定詞譜』によると「歡娛又。生煩惱。」と三・三とすべきところであるが、寛文本・明治本とも六字一句とするといったような、小さな誤りがみられる。【C】明治本は韻字をそろえており、句讀は【A】欽定に近いともいえるが、原文「響激濤曲。黐風月景」の箇所に「響激波濤。曲黐風月。景…」と「波」字を一字増やしている。また句末の五句が【A】【B】【C】で大きく異なっている。

江戸・明治の漢學者の詞に對する意識がどのようなものであったのかは今後の課題となるが、このように『金鰲新話』の詞を『欽定詞譜』の詩型にあわせ、三本、明治本と比較してみると、次のことがいえる。明治本は『欽定詞譜』と比較した場合、句讀が若干異なっているが、韻字に從って讀んでいるのに對し、江戸和刻本の詞に附された訓點は、明治本と同樣に句讀に異なりがみられ、韻字を外していることがある。つまり詞に關しては、三本も明治本も必ずしも正確な訓點とはいいがたく、特に三本については韻字まで正確さを缺いたものであるといえる。

2−2 不自然な讀み下し

次は、句讀は誤っていないが、日本語で讀み下すときの句のつながりが不自然なものを擧げる。

＊「**酌桂酒兮飛羽觴。輕燕回兮踏春陽。獸口憤兮瑞香。豕腹沸兮瓊漿。擊魚鼓兮郎當。吹龍笛兮趨蹌**」〔**龍**「龍宮赴宴錄」で、文士韓生が上梁文を龍王に捧げた。その潤筆の宴で龍宮の美女たちが歌った、龍王の德をたたえる歌である。先に原文を示し、讀み下しが不自然な箇所は太字で示す。

青山兮蒼蒼。碧潭兮汪汪。飛潤兮泱泱。接天上之銀潢。若有人兮波中央。振環珮兮琳琅。威赫兮煌煌。羌氣宇兮軒昂。擇吉日兮辰良。占鳳鳴之鏘鏘。有翼兮華堂。有祚兮靈長。招文士兮製短章。歌盛化兮擧脩梁。**酌桂酒兮飛羽觴。輕燕回兮踏春陽。獸口憤兮瑞香。豕腹沸兮瓊漿。擊魚鼓兮郎當。吹龍笛兮趨蹌。**神儼然而在床。仰至德兮不可忘。

太字の箇所を三本では次のように讀み下している。

酌桂酒兮飛羽觴。輕燕回兮踏春陽。（桂酒を酌みて羽觴を飛ばす。輕燕回りて春陽を踏み）

獸口噴兮瑞香。豕腹沸兮瓊漿。（獸口瑞香を噴き、豕腹瓊漿を沸し、）

擊魚鼓兮郎當。吹龍笛兮趨蹌。（魚鼓を擊ちて郎當たり。龍笛を吹きて趨蹌す。）

生物と關連する語句である「輕燕」「獸口」「豕腹」「魚鼓」を、三本ではひとまとまりとして讀み下したようである。しかし全文から詩の情景展開や流れをみた場合、二句ごとに情景が展開されている。以下に詩全文を情景ごとにわけてみる。〔　〕は筆者による情景の說明である。

青山兮蒼蒼。碧潭兮汪汪。〔景色〕
飛潤兮泱泱。接天上之銀潢。〔景色〕
若有人兮波中央。振環珮兮琳琅。〔人物の遠景〕
威赫兮煌煌。羌氣宇兮軒昂。〔人物の近景〕
擇吉日兮辰良。占鳳鳴之鏘鏘。〔龍王の德〕
有翼兮華堂。有祚兮靈長。〔龍王の德〕
招文士兮製短章。歌盛化兮擧脩梁。〔上棟式〕
酌桂酒兮飛羽觴。輕燕回兮踏春陽。〔上棟の飮酒の樣子〕
獸口噴兮瑞香。豕腹沸兮瓊漿。〔宴の周圍の樣子〕
擊魚鼓兮郎當。吹龍笛兮趨蹌。〔宴の音樂〕
神儼然而在床。仰至德兮不可忘。〔龍王の威德贊嘆〕

訓讀をする際には、このような情景の轉換に従って訓讀をするのが良いのではないかと考え、「酌桂酒兮飛羽觴…」からの六句を「飲酒の情景」「周圍の情景」「音樂の情景」と二句ごとに展開する情景にしたがって以下のように書き下し文を改め、飜譯をつけた。

桂酒を酌みて羽觴を飛ばし、輕燕回りて春陽を踏む。
獸口瑞香を噴き、豕腹瓊漿を沸す。
魚鼓を撃ちて郎當たり。龍笛を吹きて趨蹌たり。

〔飲酒〕桂酒を酌んで盃をまわすのは、輕やかに燕が春の日差しの中を舞うようだ
〔周圍〕けものの形をした香爐の口からはかぐわしい香がただよい、豕腹で玉の汁を沸かす
〔音樂〕魚鼓を打って朗々と響かせ、龍笛をふいて拍子をとる

またさらに「龍宮赴宴錄」からの不自然な讀み下しをもう一つあげる。
龍宮で龍王にすすめられて、蟹の郭介士が自己紹介をしながら言った臺詞である。前半が臺詞で、後半が舞を舞う樣子の描寫である。まず前半詩の部分の三本の訓讀を擧げる。

八月風淸。輸芒東海之濵。　八月風淸くして芒を東海の濵に輸し、
九天雲散。含光南井之傍。　九天雲散じて、光を南井の傍に含む。
中黃外圓。　**中黃に外圓にして、**
被堅執銳。　**堅きを被り銳を執りて、**
常支解以入鼎。　**常に支解して以て鼎に入る。**
縱摩頂而利人。　**縱に頂を摩りて人を利し、**

滋味風流。可解壯士之顏。　滋味風流、壯士の顏を解くべし。

形模郭索。終貽婦人之笑。　形模郭索として、終に婦人の笑を貽す。

趙倫雖惡於水中。錢昆常思於外郡。　趙倫水中に惡むと雖も、錢昆常に外郡を思う。

死入畢吏部之手。神依韓晉公之筆。　死して畢吏部が手に入り、神、韓晉公が筆に依る。

且逢場而作戲。　且つ場に逢いて戲を作す。

宜弄脚以周旋。　宜しく脚を弄して以て周旋すべし。


波線と太字で示した箇所が不自然な讀み下しの部分である。三本ではここを「中黃外圓。被堅執銳。常支解以入鼎」「縱摩頂而利人。滋味風流。可解壯士之顏」というまとまりで訓讀している。前三句（四・四・六）が「蟹本體と調理」、後ろ三句（六・四・六）が「蟹の滋味・效能」としている。しかし、この詩も前述の詩と同樣に、二句ごとに情景描寫がなされていると考えてよい。以下に示す訓讀文の波線部は、二句ずつ描寫される情景に從って、訓讀を訂正した箇所である。

八月風淸くして芒を東海の濵に輸し、
九天雲散じて、光を南井の傍に含む。
中黃に外圓にして、堅きを被り銳を執る。
常に支解して以て鼎に入り、縱に頂を摩りて人を利す。
滋味風流、壯士の顏を解くべし。
形模郭索として、終に婦人の笑を貽す。
趙倫水中に惡むと雖も、錢昆常に外郡を思う。
死して畢吏部が手に入り、神、韓晉公が筆に依る。

且つ場に逢いて戯を作す。宜しく脚を弄して以て周旋すべし。「中黄外圓。被堅執鋭。」の前二句（四・四）は「蟹の形狀」、「常支解以入鼎。縱摩頂而利人。」の中二句（六・六）は「茹でられた蟹」、「滋味風流。可解壯士之顏。形模郭索。終貽婦人之笑。」の後四句（四・六・四・六）は「味と形が人にもたらすもの」と理解できる。

次に後半の舞を舞う樣子の描寫である。原文は

卽於席前。負甲執戈。憤沫瞪視。回曈搖肢。蹣跚趑蹌。進前退後。作八風之舞。其類數十。折旋俯伏。一時中節。

となっている。ここを三本は左のように訓讀する。またその訓讀に從って、句讀點の位置を變えた原文を共に示してみる。

卽ち席前に於て甲を負い、戈を執りて沫を憤き、瞪視し、曈を回らし肢を搖らし、蹣跚趑蹌として、前に進み後ろに退き、八風の舞を作す。其の類數十、折旋俯伏して、一時節に中てる。

（**卽於席前負甲。執戈憤沫。瞪視。回曈搖肢。蹣跚趑蹌。進前退後。**）

三本の訓讀に從って讀んでも、意味はそれほど變わらない。しかしこのように訓讀した場合、訓讀文を讀んだだけでは原文の句讀と異なるように感じられ、訓讀する上での規則から離れてしまうのではなかろうか。原文の句讀に從って讀んでみると、以下のようになる。譯文を後ろに付す。

卽ち席前に於て、甲を負いて戈を執り、沫を憤きて瞪視し、曈を回らし肢を搖らし、蹣跚趑蹌とす。前に進み後ろに退き、八風の舞を作す。其の類數十。折旋俯伏して、一時に節に中てる。

【譯】客の席前で甲を負って戈をもち、泡を吹いてぎょろぎょろと眼をまわし腕を搖らして、すばやく動いた。

前に行ったり後ろにさがったりして、八風の舞を舞った。仲間が数十匹ほど出て來て、ぐるぐるとまわったり伏したりして、規則正しく拍子に合わせて舞った。

以上、2-2では句讀は誤っていないが、不自然な讀み下しと思われるものを擧げた。これは訓讀するうえでの誤りであるともいえよう。本來ならば、ある程度原文の復元ができるような訓讀になるはずであるが、三本の訓讀は書き下し文と原文の句讀に異なりがみられ、句讀點と訓讀文の關係という觀點からみると、多少外れているものもある。對句などを使用する漢文の形式を考慮しているとは、必ずしもいえない讀み下しともいえよう。

2-3　單語の誤讀

語の解釋を誤っていると思われる箇所が、一箇所見られた。

「李生窺墻傳」で李生が崔氏の娘の部屋に入り、そこで壁にかけられていた四時詩中のなかの二句である。

緑窻兒女幷刀響。擬試紅裙剪紫霞。

この「緑窻兒女幷刀響」を、三本では「緑窻の兒女、刀を幷する響」と讀んでいる。明治本にも三本と同様に「幷レ刀饗」と返り點が施されており、「刀を幷する饗」とよんでいたようである。

この二句には文字の異同があり、飜譯本の底本とされている明治本では「緑窻工女幷刀饗」としていた。飜譯・譯注書はこの箇所をどのように解釋しているか、參考までに以下に擧げる。（番號は三章一節で述べたものと同じ）

①緑窻の工女刀を竝《なら》べて饗《きやう》し
②裙（チマ）を裁つるか
③室の中には機織る乙女

④⑤綠のあかり窓　ひとりもたれて機を織るあの娘(13)
⑥あかり窓にひとり坐り　機を織る娘は(14)
⑦綠の窗邊に娘のはさみの音(15)

①は、ほぼ原文の訓讀そのままであるので、ここでは考慮にいれない。③〜⑥は「幷刀」をなぜか「機織り」と飜譯している。「幷刀」をはさみ、或は刀といった刃物に解釋するものは②と⑦である。手澤本では「幷刀」ではなく「剪刀」としていた。恐らく「幷刀」の意味がとれなかったものと思われる。

「幷刀」は飜譯本のように「機織り」とせず、やはり「刀」と解釋する方が良い。杜甫の詩に、「焉得幷州快剪刀、剪取吳淞半江水」（戲題王宰畫山水圖歌）と詠まれているように、「幷州刀」は風景も切り取ってしまえるというたとえがあるほど銳利なことで知られる刃物である。ここでは「（仙界の）紫霞」が後句にあるので、仙界の霞も切り取ってしまえるほどの銳利な「幷刀」と解釋できよう。よって正しくは

綠窗の兒女　幷刀の響。紅裙を試さんと擬して紫霞を剪る。
【譯】綠なす窗の傍では、娘の幷刀の響き。紅の裙を作るように仙界の紫霞のようなうすぎぬを剪る。

とすべきであろう。

2−4　不讀

『金鼇新話』のなかで、訓讀をしていない箇所が二箇所ある。2−1で述べた詞「滿江紅」のなかの末句「兒眼孤館」と、「醉遊浮碧亭記」で洪生が仙女に捧げた詩中の二句「檀君餘木覓。箕邑只溝婁」である。まずは「滿江紅」からみていくことにする。

『金鰲新話』の「滿江紅」は「やっと愛しのあなたにであえた喜び」をうたった詞で、詞末二句が「悔昔時抱恨蹙眉。**兒眼孤館**」となっている。この太字で表した「兒眼孤館」が訓讀されていない箇所である。各版本の校勘の結果、ここには文字の異同があることがわかる。三本は「兒眼孤館」としているが、朝鮮本、明治本では「眼」字を「眠」字につくり「兒眠孤館」としている。すると「悔昔時、抱恨蹙眉、兒眠孤館」は「悔やむらくは昔時、恨を抱き眉を蹙めて、兒の孤館に眠ることを（譯・ただ、昔恨みを抱いて顔をしかめ、一人ぼっちで眠っていたことがくやまれるばかり）」という訓讀が可能となる。

また『剪燈新話句解』「鑑湖夜泛記」にも「兒眠孤館」に類似した用例を見ることができる。登場人物である織女の臺詞に「貞淑なひとり暮らしであるのに、世間では張文潛の七夕の歌や牽牛の妻といって私を愚弄する」がある。この「張文潛の七夕の歌」の句解部分に「猶勝姮娥不嫁人。夜夜孤眠廣寒殿」とあるのである。『金鰲新話』の詞も『剪燈新話句解』のこのエッセンスを含ませて作られたのではなかろうか。とすると「兒眼孤館」と表記されていても、『剪燈新話句解』を讀んでいれば「兒眠孤館」と推測も可能であるといえる。ハーバード燕京圖書館所藏寛文本は「眼」字を「眠」と訂正していた。

江戸和刻本、卽ち三本の場合、「兒眼孤館」が讀めず、『剪燈新話句解』にも考えが及ばなかったため、讀まずにそのままにしてしまったと考えられはしないだろうか。

もう一箇所は「醉遊浮碧亭記」で主人公洪生が、仙女の詩にこたえて作った詩の中の二句である。まず洪生の詩の一部を次に示す。

行殿爲僧舍。前王葬虎丘。（行殿僧舍と爲る。前王虎丘に葬る。）
螢燐隔幔小。鬼火傍林幽。（螢燐幔を隔てて小さきに、鬼火林に傍《そ》いて幽なり。）
弔古多垂淚。傷今自買憂。（古を弔して多く淚を垂し、今を傷みて自ら憂いを買う。）

檀君餘木覓。箕邑只溝婁。

三本で訓讀されていないのは末二句の「檀君餘木覓。箕邑只溝婁」である。訓點も讀み假名も付されていない。しかし明治本では「檀君餘㆓木覓㆒。箕邑只溝婁」と一、二點をつけ、枠外に「木覓山今京城漢陽府南山。溝婁箕氏時郡名肅愼今北道」と注をつけており、「木覓山」は朝鮮にある山ということがわかる。檀君とは、朝鮮の始祖神といわれる人物である。明治本は一、二、レ點を付すのみで訓はつけていないため、この二句をどのように讀んだのか、正確にはわからない。

明治本の訓點と注釋を參考にしながら、試みに「檀君餘木覓。箕邑只溝婁」を訓讀してみる。「檀君」と「箕邑（箕子のみやこ）」「木覓（山名）」と「溝婁（古代高句麗國の城名）」を對句として考えると、

檀君は木覓に餘り　箕邑は只だ溝婁。

と讀み下せよう。この洪生の詩は全篇にわたって「無常觀」が詠まれている。長いので全文を載せることはしないが、前にあげた「行殿爲僧舍…」からの六句をみても、「無常觀」は感じられよう。そこで前出の八句に「無常觀」を織りまぜながら、次のように譯すことが可能である。

行宮は寺となり、
一世を風靡した前王の闔廬は虎丘に葬られ、その華やかなあともない
螢の火はとばりのむこうで小さく輝き
たましいは林のそばに、かすかに浮かんでいる
昔を悲しんでは多く涙を流し、今を傷んでは自ら憂いをよんでいる
以前は榮えた檀君ののこる木覓山、箕子のみやこは溝婁

江戸の漢學者で、特に朝鮮通信使などとも交わりのあった林羅山ならば、「檀君」や「溝婁」といった人名・地名

を知っていたのではなかろうか。但し羅山は「首陽大君」を「紫陽大君」と誤ったことがあるため[16]、必ずしも朝鮮の事情によく通じていたとはいいきれない。

右に擧げた二箇所の不讀文のうち、前者は『剪燈新話句解』から容易に想像しうるものであり、後者に關しても、朝鮮の事情を知っていれば讀み下すことは可能であると考えられよう。

2-5　返り點の誤り

次に返り點の誤りを取り上げる。この「返り點の誤り」とは文章讀解にあたって、和刻本返り點に從って讀んだ場合、解釋がしづらい箇所を「誤り」ではないかとしてとりあげた。ただ江戸時代の訓法の可能性もあるため「誤り」であると斷定できるものではない。

そこで筆者個人の文章解釋のみによることはせず、適宜他の譯注書の解釋などを參照し、文意を考えた上で返り點を改めてみた。既に述べたように、これまでの譯注書、特に韓國の譯注書は和刻本の返り點の影響を受けていない。ゆえに譯注書を參照することは、和刻本の返り點を意識しない原文解釋の一助になると考える。

ここでは解釋においての返り點の影響を除くため、先に句讀、返り點を付さない白文を掲げる。次に三本と明治本(同様の返り點の場合は〔明〕とのみ記す)の句讀、返り點を付した原文を載せ、考察を加えた後、句讀、返り點を改めた原文と書き下し文、そして飜譯文を最後に示す。

＊不必問名姓若是其顚倒也

「萬福寺樗蒲記」で主人公梁生と女幽靈が佛前で初めて顏を合わせたとき、梁生が「どこから來たのか」などと女に問いかけたところ、女が答えた言葉である。三本・明治本では不下必二問名姓。若レ是其顚倒上也。　（必しも名姓を問ふこと、是の若く其れ顚倒ならざるなり。）

と讀み下している。飜譯本ではここを「必ず姓名を問わなければなりませんか。そのように慌てることはありませんよ」「名前を問う必要なんてないではありませんか」と譯している。そのような解釋をした場合には「不必」が文章の最後までかかることになり、「必しも名姓を問いて、是の若く其れ顚倒せざるなり」と、やや無理な讀み方をせねばならない。ここでは三本に従わず、「不必」は「問名姓」までにかかると考え、

不三必問二名姓一。若レ是其顚倒也。　（必ずしも名姓を問わず、是の若きは其れ顚倒なり。）

【譯】名前を問う必要などないでしょう。あれこれ私を詮索するというのは、本末顚倒というものではありませんか。

としたほうが、理解がしやすいと考える。

＊居僧往於一隅殿前只有廊廡

前文「不必問名姓。若是其顚倒也。」の女の臺詞に續いて、當時の萬福寺の情景を描寫している一文である。三本・明治本では

居僧住二於一隅殿前一。只有二廊廡一…　（居僧一隅の殿前に住す。只だ廊廡のみ有りて…）

と讀み下している。讀み下しの通りに解釋すると「寺の僧たちは隅の大殿の前に住し、廊下だけが殘り…」となり、大殿が寺の片隅にあるといった些か不自然な情景になる。よってこの場合「住」のかかる範圍を「一隅」までとし、

居僧住二於一隅一。殿前只有二廊廡一。　（居僧一隅に住す。殿前只だ廊廡のみ有り。）

【譯】寺の僧たちは寺の片隅に住んでいた。大殿の廊下だけが、ぽつりとたっている

としたほうが自然である。また飜譯本も筆者と同様の解釋である。

＊向日娘子行不過中門〔**萬**〕

同じく「萬福寺樗蒲記」で、女幽靈と梁生が寺の一隅でよろこびを共にした後、女幽靈の侍女が主人を探しに來たときに言った言葉である。

向日娘子行不レ過レ中レ門。履不レ容二數步一。（向の日娘子行くときに門に中するに過ぎず。履むこと數步を容れず。）

侍女は、いつもほとんど家を出ない主人が今日に限って出かけて、こんなことをしているのかと言ったのである。寛文本では「中門」は「門に中する」と讀む。「門の中ほどで立ち止まった」ということであろうか。『剪燈新話句解』「滕穆醉遊聚景園記」に類似した表現があるので、參照してみる。

雖中門之外、未嘗輕出。（中門の外と雖も、未だ嘗て輕しく出でず。）

滕穆がもらった（幽靈の）嫁はつつましく、仲仕切りの門の外へも輕々しく出てゆかなかった、というのである。「萬福寺樗蒲記」では、「向日娘子行不過中門」のあと「履むこと數步を容れず」といっていることから「身體の弱い娘がなかなか外には出かけなかった」という意味で語られており、滕穆の嫁のようなつつましさをあらわしたものではないと思われる。しかし、數步ほどしか歩かない娘が「門まで歩いていって、中ほどで立ち止まった」というよりは、「中門」は、いちばん外側の「大門」との閒の仲仕切り門と考え、

向の日娘子行くこと中門を過ぎず。履むこと數步するべからず。

【譯】ここ最近お孃樣はお出かけされても、中門を出ることはありませんでしたし、歩くとしても數步以上は歩かなかった。

とするのが自然であろう。

＊製滿江紅一闋〔**萬**〕

女幽霊と梁生が、寺の一隅で縁を結んだ宴を開いた。女が「滿江紅の節にあわせて新しく歌詞を作った」という表現である。三本ではこのように讀んでいる。

製㆓滿江紅㆒一闋　（滿江紅を製す一闋）

三本のように「（詞牌）を製す一闋」と讀むことが多いのであろうか。『剪燈新話句解』にも、數例このような表現が使われているので、ここに例示する。

製㆓金縷詞一闋㆒（金縷詞一闋を製す）《天臺訪隱錄》

歌㆓沁園春一闋㆒（沁園春一闋を歌ふ）《愛卿傳》

作㆓臨江仙一闋㆒（臨江仙一闋を作て）《翠翠傳》

『剪燈新話句解』では全て「詞牌＋一闋を（製す・作る・歌う）」となっており、『金鰲新話』のように「（詞牌）を製す一闋」と讀むものはなかった。また『金鰲新話』「龍宮赴宴錄」でも

歌水龍吟一闋　（水龍の吟一闋を歌いて）

とあるので「製滿江紅一闋」の箇所も『剪燈新話句解』などの用例のように

滿江紅一闋を製す

と「詞牌＋一闋を（製す）」と改めるべきである。

＊莫把玉簫重再弄。**風情恐與俗人通。**

「萬福寺樗蒲記」で梁生と女幽霊の離別の宴で、女幽霊の親戚である金氏が歌った詩の一句である。三本では「恐」を

風情恐與俗人通　（風情恐くは俗人と通ぜる）

と讀んでいる。この讀みでは「この風情はきっと俗人にも通じるでしょう」という解釋ができ、自分たちが俗世界を離れて詩の應酬を樂しんでいることが人に知られてもかまわないという逆の意味になってしまう。であるから「風情の俗人と通ずるを恐る（この高尚な風情が世間の人に傳わってしまうか心配です）」と「恐る」を最後によんだほうが良いのではなかろうか。また三本の讀みのままでも構わないが、その場合「通ぜるを」として、最後に「を」を入れるべきではなかろうか。

＊世稱風流李氏子窈窕崔家娘才色若可餐可以療飢腸李生嘗挾册詣學。

「李生窺墻傳」の冒頭、主人公李生と崔氏の娘の世間での評判をいった言葉である。三本では

世稱㆓風流李氏子。窈窕崔家娘㆒。才色若可㆑餐、可㆔以療㆓飢腸㆒。

（世に風流李氏が子、窈窕崔家が娘、と稱ふ。才色若し餐うべくんば、以て飢腸を療すべし。）

とよむ。三本の通りに解釋すると「世に稱す」のは「崔家が娘」までとなり「才色若可餐可以療飢腸」の一文が、次に續く「李生嘗挾册詣學（李生嘗て册を挾み學に詣るに）」との間で些か中途半端な印象を受ける。よって「世稱」は「才色若可餐可以療飢腸」までを指すと考えた。

世稱。風流李氏子。窈窕崔家娘。才色若可㆑餐、可㆔以療㆓飢腸㆒。

（世に稱す。風流たる李氏が子、窈窕たる崔家が娘、才色若し餐うべくんば以て飢腸を療すべし、と。）

【譯】世の人々は彼ら二人のことを、風流な李氏の男子、美しい崔氏の娘、もし才能や美貌を食することができるなら、（その才能や美貌で）飢えた腹をいやすことができるだろうと言った。

としたほうが「才色若可餐可以療飢腸」の一文の意味もさらに具體的に二人のことを指すようになる。

＊且謝搪揬

「南炎浮州志」で主人公である朴生が突然炎浮州に足を踏み入れてしまい、炎浮州の門番に呼びとめられ、炎浮州に來てしまったことをわびた後の朴生の樣子を描寫した言葉である。三本では

且謝**搪揬**。　（且つ謝して**搪揬**《とうとつ》す。）

と讀む。「**搪揬**」の意味は現代の「唐突」とほぼ同じである。ここでは「どういうわけか突然炎浮州に足を踏み入れたこと」と理解して良いだろう。三本のように「謝して**搪揬す**」と讀むと「謝罪して突然足を踏み入れた」という意味になる。ここでは

且謝二**搪揬**一。　（且つ**搪揬**を謝す。）

【譯】突然足を踏み入れた無禮をわびた。

とするのが適當であろう。また明治本の返り點も後者と同じである。

＊富者糜費過度炫燿人聽貧者至於賣田貿宅貸錢賖穀鏤紙爲旛剪綵爲花招衆髠爲福田立壞像爲導師唱唄諷誦鳥鳴鼠喞曾無意謂。

「南炎浮州志」で朴生が閻魔王に「世の中のでたらめな習慣を述べてみよ」と問われ、父母が死んで七七日の俗世間での追善供養の習慣を説明したことばである。三本・明治本は【A】のように讀む。

【A】三本・明治本

富者糜費過度、炫二燿人聽一。貧者至下於賣レ田貿レ宅、貸レ錢賖レ穀、鏤レ紙爲レ旛、剪レ綵爲レ花、招二衆髠一爲二福田一、立二壞像一爲二導師一、唱唄諷誦、鳥鳴鼠喞、曾無中意謂上。

（富める者は、糜費過度、人の聽を炫燿す。貧き者は、田を賣り宅を貿り、錢を貸り穀に賖り、紙を鏤めて旛と爲し、綵を剪

りて花と爲し、衆髡を招きて福田と爲し、壞像を立てて導師と爲し、唱唄諷誦、鳥鳴き鼠喞きて、曾て意謂無に至る。）

【A】のように讀んだ場合、「至」の範圍が文章の最後「曾無意謂」までかかることになる。その場合の情景の變化は「富者の供養（富者〜人聽）」と「貧者の供養準備と供養の方法、供養の後には何も殘らないということに至る（貧者〜曾無意謂）」のようにとれる。しかしここは前文に「富者」があり、次に「貧者」がくるという對句に似た構造である。ゆえに「至」の範圍を文の最後までかける必要はないであろう。

この文章の情景變化は「富者と貧者の供養準備」→「實際の供養の情景」→「（富者も貧者も）供養の爲に大金を使い果たした後には何も殘らない感慨」を描寫したものと考えられる。そこで【B】のように訂正することにした。

【B】

富者糜費過度。炫㆓耀人聽㆒。貧者至㆓於賣㆑田貿㆑宅。貸㆑錢賖㆑穀㆒。鏤㆑紙爲㆑旛。剪㆑綵爲㆑花。招㆓衆髡㆒爲㆓福田㆒。立㆓壞像㆒爲㆓導師㆒。唱唄諷誦。鳥鳴鼠喞。曾無㆓意謂㆒。

（富める者は、糜費過度、人の聽を炫耀す。貧しき者は、田を賣り宅を貿り、錢を貸り穀に賖るに至る。紙を鏤めて旛と爲し、綵を剪りて花と爲し、衆髡を招きて福田と爲し、壞像を立てて導師と爲し、唱唄諷誦、鳥鳴き鼠喞き、曾て意謂無し。）

【譯】富裕なものは莫大な費用をついやし、人々の見方をまどわせる。貧しいものは田畑を賣り、家を賣って金を借りて穀物を買うに至る。紙を飾って旛として、あやぎぬを切って花をつくり、多くの僧を招いて供養し、壞れた像（壞像）を立てて導師とし、歌うように聲を上げて經をよむ。荒れ果てた庭に鳥はなき、鼠がなく。そんなことに意味すらない。

＊安得長繩繫白日。留連泥醉艷陽春。

「龍宮赴宴錄」で龜や木石の怪物たちが歌い舞ったあと、江河の長が陳べた詩中の一句である。三本では安得㆓長縄㆒繋㆓白日㆒。留連泥酔艶陽春。（安ぞ長縄を得て白日を繋ひて、留連泥酔す艶陽の春。）

と讀んでおり、「安（いずくんぞ）」のかかる部分が「繋白日」までであるのか「艶陽春」までであるのか、曖昧になっている。誤りではないがここは「安」のかかる部分を「繋白日」までと、はっきり示しておくほうが良い。よって

安得㆓長縄㆒繋㆓白日㆒。留連泥酔艶陽春。（安ぞ長縄を得て白日を繋がん。留連泥酔す艶陽の春。）

【譯】どうして長い縄で日をつないで光陰をつなぎとめることができようか。晩春の時節にいつまでも酔いに身をまかせている。

と明確に示しておく方が良いであろう。

以上、返り點の誤りとして九例を擧げた。この九例の他にも、いくつか疑問を持つような訓點が見られた。ここで擧げた九例は、數としては決して多いとはいえないが、漢文讀解を専門とする漢學者の讀解能力を考えれば、これだけの解釋の疑問點さえも多いのではないかといえよう。

2-6 誤訓

訓讀の誤りの最後として、訓の誤りをあげる。送り假名などから漢字の訓を調べ、文の解釋と、漢字の訓がそぐわないものを擧げている。また訓の誤りではないが、『剪燈新話』等と訓讀を比較した場合に異なる訓を擧げ、『金鰲新話』訓讀の特徴を示す。

＊娘子何爲出輕言。道我掩棄秋嵐紈。〔萬〕

「萬福寺樗蒲記」で梁生と女幽靈とその親戚の娘四人との離宴の席で、娘たちが梁生に捧げた詩に、梁生がこたえた詩の中の一句である。三本では

娘子何爲出輕言。道我掩棄秋嵐紈。（娘子何爲ぞ輕言を出して、道う、我れ掩ひ棄つ秋嵐の紈と。）

と讀む。ここに文字の異同がある。三本、明治本では「掩」につくり、朝鮮本では「奄」としているが、「掩」「奄」とも意味は同じである。「掩」「奄」字には「オホフ」「オサフ」「ノコフ」「トトム」「ヤム」という訓がつけられる。ここでは「掩ひ」と「ひ」が送り假名としてついているので「オホヒ」と讀んだのであろうか。しかしここは女幽靈が梁生に對しておくった、「（お別れしてしまえば）私を捨ててしまうのではありませんか」という内容の歌に對する梁生の返歌である。よって「掩」は「オホヒ」ではなく、以下のように

娘子何爲ぞ輕言を出す。道うならく我秋風の紈を棄つるを奄む、と。

【譯】なのにお嬢さん、どうして輕口をたたくのです。

私は秋風がふいたからと絹のうちわを捨てるなんて、決してしませんよ。

のように「ヤム」と讀み、「私は決してあなたをすてませんよ」とするべきであろう。

＊文士停花筆。**仙娥罷坎墀。**〔**醉**〕

「醉遊浮碧亭記」で仙女が天上にかえる前に、主人公洪生が仙女のために四十韻の詩をつくったうちの一句である。三本では以下のように讀む。

文士停花筆。仙娥罷坎墀。（文士花筆を停め、仙娥坎墀に罷る。）

「罷」は「ヤムヌ」「シリゾク」「マカル（ヌ）」などと讀む。ここでは「罷る」と送り假名がついているので「マカル」と讀んだのであろう。この「坎墀」を一字一字みていくと、「坎」は「あな」「墀」は「一里塚」の意がある。

「罷る（まかる）」と讀んだのなら、「文士花筆を停め、仙娥坎堠に罷る」の文意を「文士は筆をとめ、仙女は地下の世界に歸り、お別れする」という解釋をしたのであろうか。

しかし「坎堠」は「くご」と讀み、樂器の名をいうのである。前一句が「文士停花筆（文士花筆を停め）」と動作の停止をいうので、「坎堠」をその對句と考えれば「坎堠に罷る」と讀まず、前一句と同じように、

文士花筆を停め、仙娥坎堠を罷《や》む

【譯】文士は筆をとめ、仙女は坎堠を彈くのをやめる

のように「やむ」と「罷」を動作（演奏）の停止とすべきである。

＊今欲別構一閣。命名佳會。〔龍〕

「龍宮赴宴錄」で、龍王の娘が嫁ぐとき、客をもてなす部屋や新婚夫婦のための部屋を新しく建てることにした。その新しい建物に名前をつけるというくだりである。三本では以下のように讀んでいる。

今欲別構一閣。命名佳會。（今別に一閣を構えて名を佳會に命《なず》けんと欲す。）

これと類似した一文が『剪燈新話句解』「水宮慶會錄」に見ることができる。「水宮慶會錄」は、人間界の文士が龍宮に呼ばれ、龍宮の上棟文を作成するという物語であり、「龍宮赴宴錄」が「水宮慶會錄」を基にして書かれたということは、疑いない事實である。

今欲別構一殿命名靈德（今ま別に一殿を構えて命して靈德と名けんと欲す）

『剪燈新話句解』では「靈德と名づける」としている。「佳會に」「靈德と」のようによんでも本來の「〜という名をつける」という意は變わらない。この一文は、建物の名稱が異なるのみで、『金鰲新話』『剪燈新話』とも文の構造は同じである。讀みの誤りとはいえないが、和刻本『金鰲新話』の訓讀の特徴をあらわす一例と考えることができる。

＊匪酬恩而泣珠。非報仇而横槍。〔龍〕

「龍宮赴宴錄」で蟹の郭介士が八風の舞を舞ったときに歌った歌中の一句である。これも前出の「名を佳會に命けんと欲す」と同様に、異なる助詞による訓讀の特徴をあらわしている。「匪酬恩而泣珠。非報仇而横槍」を三本では

匪酬恩而泣珠。非報仇而横槍。（恩を酬て珠に泣くに匪ず、仇を報ひて槍を横るに非ず。）

【譯】恩返しにと、珠の涙をこぼすのではなく、あだを報いようと槍を横にするのではない。

とよむ。「泣珠」は「泣而出珠（泣きて珠を出す）」のことである。左太沖の呉都賦に「淵客慷慨而泣珠」とあり、水中の人魚が人の家に寄寓し、そこを去るにあたって、泣いた涙が珠となり、それを主人に與えたという話が典據となっている語である。「泣珠」は「泣いて目から珠を出すこと」であるので、多くは「珠を泣す（なみだす）」と訓讀している。よって「珠に泣く」という訓讀は、『金鰲新話』における一つの訓讀的特徴であるといえよう。

＊神王酩酊倚金床。山靄霏霏已夕陽。〔龍〕

「龍宮赴宴錄」で、江河の長が詠んだ詩の第三座の初め二句である。三本は以下のように讀む。

神王酩酊倚金床。山靄霏霏已夕陽。（神王酩酊の金床に倚る。山靄霏霏として已に夕陽。）

三本は「酩酊の金床」と讀んでいる。ここは神王が「酔ってもたれかかる」という意であるので、以下のように「酩酊して」と訂正したい。

神王酩酊して金床に倚る。山靄霏霏として已に夕陽。

【譯】神王は大いに酔って、金床にもたれかかり、山のもやはこまかくけぶって、すでに夕暮れとなった。

ここでひとつ注意しておきたいことは、「酩酊ノ」の「ノ」と「メ」の字形が似ていることである。版木の磨耗で

「メ」が「ノ」となることもあり、また字形が似ていることから彫り手の誤刻であるとも考えられる。現在のところ初版とされている承應本では「酩酊ノ」としているので、元來「ノ」と書かれていたのであろう。

以上が主な訓の誤り、および『金鰲新話』における助詞の特徴である。ここも2-4と同様に、他にも誤りではないかと疑いをもつ訓が多く存在する。例えば、部分否定の「不甚」である。現在ならば「不甚」は「はなはだしくは〜ならず」と讀み、全否定の「甚不（はなはだ〜ならず）」と區別している。『金鰲新話』ではこの部分否定である「不甚」が二箇所出てくるが、二つとも

不甚華麗　（甚だ華麗ならず）〔萬〕

【譯】そんなにあでやかではなかった

似有笑語之狀而亦不甚苦也。（笑語の狀に有て亦た甚だ苦しからざるに似たり。）〔南〕

【譯】樂しげに笑いあっている姿が、それほど苦しいようには見えなかった

のように、現在の全否定同様「はなはだ〜ならず」とよんでいる。この部分否定の訓讀法は、現代のものと江戸初期のものと異なる場合があるので、正確に比較してみる必要がある。

また『金鰲新話』では逆説をあらわす「而」「然」も全て「而も」「然も」と記し、「而れども」「然れども」とは表記の上で區別しない。

一試常快快有憾。而意氣高邁。（一たび試られて常に快快として憾ること有り。而も意氣高邁なり。）〔南〕

【譯】いちどは官職についたのだが、いつも滿足せず、けれども志は高くもっていた。

然物之終始　（然も物の終始）〔南〕

【譯】しかし一切のものは

然久則散。而消耗矣。　（然も久しきときは則ち散じて消耗す。）〔南〕

【譯】しかし、死んで時間がたてば魂も散じてなくなってしまう。

以上のように、三本に施された訓は、漢字の讀み誤りがみられ、必ずしも丁寧な訓がつけられているとはいえない。これらの考察を通して『金鰲新話』の訓を考えるならば、『金鰲新話』の訓はやや誤りの多い、不安定なものが多いといえる。また「而」「然」は全て「而も」「然も」と記し、順接・逆說とも表記の上で區別しないという特徴をもっている。

3．その他

ここでは2で述べた句讀點や訓點の誤りのほか、既存の飜譯本で譯された飜譯語に對する考察である。譯注書の問題點については第一節ですでに述べたが、ここではその補足として、譯注書の單語の解釋を訂正したい。

＊**娘娘**〔**萬**〕

「萬福寺樗蒲記」で、梁生と女幽靈、その親類の四人の女性とともに開いた離宴で、四人のうちの一人である柳氏が詠んだ歌に

娘娘今配白面郎。　娘娘今配す白面郎
天定因緣契闊香。　天因緣を定めて契闊香し
月老已傳琴瑟線。　月老已に傳う琴瑟の線
從今相待似鴻光。　今從り相待つこと鴻光に似たり

とある。この第一句目の「娘娘今配白面郎」の「娘娘」の飜譯本の解釋に疑問をもつのである。以下に各飜譯本の例をあげる。

①「娘々今配す白面の郎に」

②「わが友と君の縁（えにし）はめでたけれ、天の定めしものならむ」

③「あなたは　まみえた　戀しの人と／天が定めた深い縁」

④⑤「喜べ　娘よ　戀しい君に出逢い　百年の年も芳しかろう(17)」

⑥「娘はついに麗しの君に出逢った　天が定めた因縁はずっと花のように芳しいだろう(18)」

⑦「あの娘はついに麗しの君に出逢った。天の定めた因縁は永遠に芳しいだろう(19)」

①は飜譯というものの、詩部分はほとんど書き下し文であるので、ここでは考慮にいれない。その他の譯注本では「娘娘」を「娘」とのみ飜譯している。また手澤本は「紅娘」とする。「紅娘」は西廂記の女主人公「崔鶯鶯」のことをいい、やはり手澤本でも「娘」ほどの意でとられていたのであろう。しかし後句に縁結びの神である「月老」が登場することを考えると、「娘娘」は「娘娘神」のことを指しはしないだろうか。

「娘娘」とは女神を表す呼び名であり、出產、子授け、眼病治癒などの多くの娘娘神がいる。中國東北部では、戰前まで子授けの神として多くの人から崇拜されており、朝鮮でも信仰されていたようである。三月二十三日に娘娘神をまつる習慣もあった（「萬福寺樗蒲記」では三月二十四日が萬福寺のまつりの日となっている）。

「娘娘今配白面郎（娘娘今配す白面郎）」の「娘娘」を主語と考えると、「娘は白面郎をめあわされた」とするよりも「娘娘が白面郎をめあわせた」とするほうが、後句の「月老」とのつながりも良いと考える。以上のことを考慮するならば、訓讀文はそのままで飜譯文を「娘娘神は素敵な人をめあわせてくれ、天の定めた因縁は固く結ばれた」と改めたい。

まとめ

以上、第三章では、『金鰲新話』の譯注書から見た問題點をはじめとして、誤字や訓點の誤りなど、『金鰲新話』江戸和刻本自體がもつ問題點を指摘し、『金鰲新話』江戸和刻本の訓點の性格や特徴を明らかにしてきた。

江戸和刻本、つまり寛文本『道春訓點　金鰲新話』は、小さいけれども明らかな誤字が多く、詞の訓讀も、必ずしも韻字を意識して讀んでいるというわけではなかった。このような江戸刊本の誤りは、のちに明治になって『金鰲新話』が再刊されたとき、多くが訂正されている。また對句などの形式を考慮していないような箇所や、不自然な讀み下し、中には讀まずにそのままにしている箇所もみうけられる。つまり、寛文本『道春訓點　金鰲新話』の訓點は、丁寧なものとはいえず、むしろやや誤りの多い、不安定なものであるといえるのである。

このような誤りは小さなものではあるが、漢文の專門家である漢學者の讀解能力や、特に林羅山のような著名な學者が讀んだものであると考えれば、非常に大きな問題となるであろう。

ただ、これまでにも既に述べたが、江戸時代の訓讀と現在の訓讀は多少異なり、現在からみれば一般的な讀み方であったとしても、江戸初期にはそのような讀み方をしない場合もあるということに注意しなければならない。この現在の訓讀と江戸初期の訓讀の違いについては、後考をまつ。

本章では『金鰲新話』自體の訓讀に着目して考察したが、次章では林羅山訓點といわれるいくつかの資料の訓點と比較し、例をあげながら、『金鰲新話』の道春點を検討してゆく。

注

(1) 九雲夢…金萬重（一六三七～九二）の小說。衡山蓮華峰に住む六觀大師が弟子の性眞に、八人の女性との出會いを通し、世の富貴の空しいことや無常觀を悟らせた物語。

(2) 壬辰錄…作者未詳。壬辰倭亂を描いた物語。

(3) ④『金鰲新話』五頁、⑤「金鰲新話譯注」四十六頁。原文は「어버이께 말씀 드리지 못한 것은 비록 예도에 어그러졌다 할지라도」④⑤とも同文。

(4) 原文「부모님께 알리지 않은 것은 예절에 어긋났다 하겠으나」

(5) 原文「부모님께 고하지 않고 혼인을 하는 것은 비록 명교의 법전에는 어긋나는 일이지만」

(6) 『剪燈新話・餘話　西湖佳話（抄）棠陰比事』中國古典文學大系第三十九卷　飯塚朗ほか譯　平凡社　昭和四十四年　十一月初版　二十二頁

(7) 『孟子』内野熊一郎著　新釋漢文大系　明治書院　一九六二年六月初版　一九九三年六月四十五版　三一九頁

(8) 原文「이생을 한번 여읜 뒤로 원한이 쌓여서」④⑤とも同文。

(9) 原文「저는 장난꾸러기 도련님과 정을 통한 후에야 도련님께 대한 원망이 첩첩이 쌓이게 되었습니다」

(10) 原文「저 짓궂은 도련님과 하룻밤 정을 통하였으니 원망만 까마득하게 쌓일 따름입니다」

(11) 『剪燈新話』飯塚朗譯〔東洋文庫四八　平凡社　一九六五年　八月初版第一刷、一九九七年六月初版第一四刷發行〕による。

(12) 『欽定詞譜』は一七一五年に康熙帝の命により編纂された。これまでの「詞譜」の不備を補い、「詞譜」としてはもっとも完備された「詞譜」といわれる。（『欽定詞譜』解說參照）

(13) 原文は「푸른 들창 홀로 비겨 질삼하는 저 아가씨」現代社刊『金鰲新話』で「질삼」となっている箇所が⑤「全集」では「길삼」となっているのみで、他は同文である。

(14) 原文「들창가에 홀로 앉아 길쌈하는 아가씨는」

(15) 原文「푸른 창가엔 아갔씨 가위 소리」
(16)『羅山先生文集』巻第六十、堀勇雄著『林羅山』吉川弘文館　三〇二頁
(17) 原文「기뻐라 아가씨여 그리웁던 임을 맞아 백년 해로 꽃다울사」
(18) 原文「아가씨는 이제야 고운 님 만났으니 하늘이 내린 인연 내내 꽃다우리」
(19) 原文「저 낭자 이제야 고운 님 만났으니 하늘이 정한 인연 영원히 향기로우리」

第四章　林羅山の訓點と『金鰲新話』の訓點

第三章では寛文本『金鰲新話』の「道春訓點」に従って讀み下しながら、訓點だけでなく刻された文字についても丹念に調べてきた。すると、刊本自體の誤りや、寛文本の訓點、すなわち道春訓點で讀み下すと理解の難しい文章があることが指摘できたのである。このような考察を通して、寛文本は刊本として必ずしも良いものとはいえないという結果がみちびき出された。

この「道春點」「道春訓點」の刊本に關してであるが、羅山が沒して後、數十年を經て刊行された書物にも「道春點」と記してあり、羅山が不在であっても「道春訓點」本は多く刊行されている。それではこの「道春訓點」「道春點」とは一體何を指すのであろうか。

本章では、まず林羅山自身について簡單に述べる。そののち「道春點」とは何を指すのか、その定義を再確認し、江戸時代における「道春點」はどのような位置づけをされていたのかについてみてゆく。

また前章で、寛文本『金鰲新話』の不完全な訓點から「道春訓點」に對してもった疑問をうけ、道春點の訓點資料と『道春訓點　金鰲新話』の訓點を實際に例をあげてみながら、『金鰲新話』の訓點と羅山のものとの相違點をあげ、『金鰲新話』の訓點の特徴をうきぼりにしてゆく。

第一節　林羅山と訓點

羅山の訓點と『金鰲新話』の訓點を比較する前に、まず林羅山と訓點法の流れについてみてみる。羅山や訓點に關しては、先學のすぐれた研究が非常に多い。林羅山のまとまった傳記に關しては、堀勇雄氏の『林羅山』と鈴木健一氏の『林羅山年譜稿』がすぐれている。ここではそちらを參照しながら、簡單に羅山の生涯と學問について紹介し、それに續いて羅山の訓點法について述べる。羅山の訓點法に關する研究も、これまでに多くの研究者によってなされている。その中で特に村上雅孝氏の『近世初期漢字文化の世界』は、羅山だけでなく、それ以前の文之和尚や藤原惺窩、子である林鵞峰に至るまでの訓點の特質について順を追って考察されており、羅山の訓點だけでなく、江戸初期の訓點の流れを把握することができる。羅山の訓點と江戸初期の訓點の特性を知る上で、多く參照させていただいた。「道春點」は羅山が幕府の御用學者となってのち、大いに世に廣まったと思われる。まずはこの、多くの人々に求められた羅山の訓點にはどのような特徴があり、江戸の漢學の世界においてどのような位置づけをされていたのかを述べてゆく。

1. 林羅山

林羅山は天正十一（一五八三）年に京洛四條新町にて生まれた。名は信勝、字は子信、通稱は又三郎、號は羅山、浮山、胡蝶洞、夕顏庵などで、剃髪してからは道春と改めた。

幼少よりさとくすぐれており、八歳の時には通用の俗字を知り、殊にその博覧强記は有名であった。十三歳（文祿四・一五九五年）で、當時儒學に關心を持っていた禪僧の多い建仁寺に入り、讀書に勵むようになる。十五歳（慶長二・一五九七年）のときに、出家をすすめられたが斷り、家に戻った。十八歳（慶長五・一六〇〇年）で朱子の章句・集註を讀み、二十一歳（慶長八・一六〇三年）で論語集註を講じ始めた。

慶長九（一六〇四）年に初めて藤原惺窩に謁し、それ以後弟子となる。この藤原惺窩と林羅山の二人は日本朱子學の祖と言われている。羅山はこの年『既見書目』をつくり、これまで讀んだ書物四百四十餘部を記した。羅山の好書・多讀ぶりは、ここにうかがうことができる。羅山の『既見書目』中に『剪燈新話』があるのが興味深い。『剪燈新話』は『金鰲新話』と關連が非常に深く、『金鰲新話』を考える上で、缺くことのできない書物だからである。『羅山文集』巻五十四に跋文が殘っている。

壬寅之冬十月初五於旅軒燈下而終朱墨之點書生林信勝識之　（剪燈新話跋）

これによると壬寅之冬、つまり慶長七（一六〇二）年の冬、羅山が二十歳で長崎に旅行したとき、旅先で『剪燈新話』を見たという。ただし羅山が見たのは注釋本の『剪燈新話句解』である。跋文にある「朱墨之點」は「朱」だけを指すのか「朱と墨」を指すのかは不明であるが、この羅山識語の殘った『剪燈新話句解』は、現在國立公文書館に所藏されている。實際に『剪燈新話句解』を見てみると、朱點は全體につけられているが、墨の訓點は一部（「修文舍人傳」「綠衣人傳」「秋香亭記」の三話）でつけられていない。「終朱墨之點」の「朱墨」が「朱と墨」とするならば『剪燈新話句解』全てに墨の書き入れも入っていなければならない。しかし「墨」は一部のみであるので、恐らく羅山は「朱墨」で「朱點」のみつけたと考えられる。

二十三歳（慶長十・一六〇五年）の時に家康に謁し、學識が高いことを認められ、駿府で家康に仕えるようになった。

ただし、家康は儒者としての羅山をすぐに幕政に參與させようとしたのではなく、もっぱら百科事典がわりにそばにおいたという。幕政において重用されていたのは、天海[1]と崇傳[2]という僧侶たちで、羅山が本格的に幕政に參與できるようになるのは、家光の世になってからである。家康は儒學というよりも、中國の歴史知識を通じて、個人の修養や政治の參考にしようとしただけだったという。羅山は慶長十三（一六〇八）年に管鑰を任され、御書庫の本を縦に見ることができるようになり、自らの讀書欲を更に滿足させた。元和二（一六一六）年に家康が沒し、秀忠の世になったが、やはり政治の舞臺でそれほど重用されたわけではなかった。

寛永七（一六三〇）年末、幕府は羅山に別荘用の土地を上野忍岡に與え、學校を建設するよう命じた。これが昌平黌の基となるのであるが、當時は林家の家塾に對する幕府からの援助にすぎず、正式に幕府の學問所となったのは、一六七年後の寛政九（一七九七）年である。またそこに先聖殿（孔子廟）も建設し、釋奠を行った。寛永十（一六三三）年にそれまで幕政の中心人物であった崇傳が病沒し、羅山はようやく幕府の政治外交文書全てを担當することになり、本格的に幕政に參與できるようになったのである。晩年は國史編纂や著述活動に取り組み、多くの著作を殘した。また一方で、羅山は四書五經をはじめ多くの漢籍に訓點を殘した。しかし、羅山の著作の中には僞作の疑いのあるものもあり、注意を要する。明暦三（一六五七）年に七十五歳で死去した。

羅山の傳記は、羅山が沒して二年後の萬治二（一六五九）年に三子の林鵞峰が著した『羅山先生年譜』二卷と、四子の讀耕齋が著した『羅山林先生行狀』一卷がある。どちらも直接見聞したもの、父母から聞いた話、羅山の遺稿などを資料として著されたものである。これらは父親である羅山から直接聞いた話をそのまま載せていることもあり、多少潤色的、または演出的な表現があるという。また同年に春齋らが『文集』七十五卷、『詩集』七十五卷をまとめ、寛文元（一六六一）年に出版している。

近世儒學の祖であり、幕府の碩學であった羅山は、現在も漢學の大家として神聖視されている。しかし一方では、該博な知識を持ってはいたが、漢詩文の能力に關してはいまひとつであったこと、非常に立身出世欲の強い人物であったという評価もされている。近年では林羅山の學問について疑問視する聲もある。

2．江戸時代の訓點の流れと林羅山の訓點

それでは次に、日本における訓讀の流れと、江戸期の訓點について概略を述べる。羅山の訓點の大まかな特徴を明らかにし、江戸期の訓點の中で、羅山點はどのような位置にあったのかについて述べてゆく。

現在「漢文の訓讀」などとよくいわれるが、「訓讀」とはどういうことをいうのであろうか。「訓讀」には、漢字の訓讀と、漢文の訓讀の二義がある。漢字の訓讀は漢字一字ごとについて、その訓（和訓）によって讀むことをいい、漢文の訓讀は漢文の中の漢字を逐語的に訓または音で讀みながら、文全體としては日本語の語法にかなうように讀み下すことである。この讀み下したものの備忘のために記したものが「訓點」である。日本での漢籍の訓讀は奈良以前よりはじまり、日本語による漢文訓讀の訓點資料は、八世紀後期の『華嚴刊定記』巻五の延暦二（七八三）年、七年の朱點が最古のものであるとされている。訓點は、初めは萬葉假名などで記していたが、やがてヲコト點を記し、鎌倉初期以前には、假名及び數字等の記號をもちいたものにかわるようになった。

日本において中國の古典を讀むとき、初期のころは音讀ののちに日本語譯をしていたようであるが、やがて音讀し、原文に卽して逐字的に當時の口語になおし、飜譯して讀むようになった。これが後代に傳承されてゆく訓讀である。八九四年に遣唐使が廢止されてから音讀が衰退し、それにともない、學習法も「音讀して暗誦」から、「訓讀の暗誦」に變化していった。

官人の養成機關であった大學寮敎官の博士が世襲制をとるようになり、やがて博士は一〇一七年以降清原家と中原家に限られるようになった。この博士家獨自の訓法が、受け繼がれていく。火災により大學寮が消滅した（一一七七

年）後も、漢學を學ぶものは、まず博士家點を學ぶことから始めなければならなかった。この博士家の訓點を「古點」という。ここで「古點」の特徴の例として、清原家の家點の特徴をあげる。

（イ）字音を多く用いる暗誦のための讀み

（ロ）字訓の固定

（ハ）助字（置き字）をよまない

この博士家點は、漢學を學ぶものには權威あるものとして學ばれていたが、平安末の口語を使用した讀みであったため、後の時代の言語に合わなくなるのである。

日本に宋學が傳來(3)してくると、これまでの字句の意味を解説することに重點を置いた「訓詁の學」よりも、漢文の眞意をくみとる朱子の新注を學ぶようになった。この宋學、すなわち朱子の新注の傳來を契機として、これまでの「古點」である「博士讀み」を排そうという動きがでてきた。そのなかで、朱子の四書集註に訓點を施して教授をしたものが岐陽(4)であり、新注につけた岐陽の點法を受けついだ點法を「新注家點」といって、博士家傳來の「古點」と區別するようになる。岐陽がとなえた新注の點法は岐陽門下の惟正、景召から桂庵玄樹(5)へと傳授されていった。桂庵は新注の點法を整理し、『桂庵和尚家法倭點』（以下『家法倭點』）を著した。『家法倭點』でいわれている最大の特徴を擧げると

（イ）原文復元できるように、助字もすべて落字なくよむのであるが助字を全てよみこむため、一方では

（ロ）國語として親しみがたく意味が分かりにくいという難點があった。この桂庵の點法も、傳統的な博士家の訓點を根本的に改變したものではなかった。

江戸時代に入り、桂庵の『家法倭點』を受けつぎ、文之和尚(6)が新注の訓點法を廣めた。これが「文之點」と呼ばれ

るものである。「文之點」は、文之和尚の在世中は薩摩という一地方でのみ行われた訓讀法であって、文之の沒後、弟子らが文之の遺著を刊行したことによって「文之點」が世に廣まることになったのである。やがてこの「新注家點」は藤原惺窩をへて、林羅山に傳わる。羅山は新注の訓點を大成し、その大成した所謂「道春點」が、羅山の名聲と共に、江戸時代を通じて廣く行われるようになる。この「道春點」と稱された刊本は、江戸時代を通して刊行され、明治になってもその例をみることができる。

初めに述べたが、「道春點」「道春訓點」は羅山沒後、訓點者の羅山が不在であるにも關わらず、いつまでも「道春點」と銘うって刊行されている。「道春訓點」は『金鰲新話』の題簽にも書かれているが、何を意味するのであろうか。ここで「道春點」「道春訓點」の定義を整理してみることにする。

前述の村上雅孝氏の論考によると、廣義の「道春點」は、林羅山が漢籍に加えた點のことをいい、狭義では、羅山生前のものを「羅山點」、沒後のものを「道春點」といって區別している。また羅山門下の者が加點したものも「道春點」ということがある。よって「道春點」というときには、門人の手が入っていないものと、（林家の者を含む）門人の手が入っているものとは區別すべきであるが、一般ではそれほど區別しておらず、また羅山沒後に刊行された「道春點」には、後世の手が入っている可能性が充分に考えられる。また、「道春點」と「道春訓點」と、二つの名稱で表記されることがあるが、特に區別されていないようである。

【道春點の區分】

（廣義）　　　　　　　（狭義）

道春點 ―┬― 羅山點（生前）
　　　　　└― 道春點（沒後）（林家、門人のものも含む）

ここで「道春點」の特徴をごく簡略に述べておく。「道春點」は古來の訓讀法を改めたものではなく、羅山が學んだ博士家點、つまり「古點」を基礎としながら、新注の要素を加えて形成されていったものである。

（イ）漢文によりつつ、國語の法則はつとめてこれを保存する

（ロ）和漢（音訓）兩讀にすることが多い（文選讀み）

（ハ）而を必ずしも讀まない

（ニ）則を「ときはすなはち」とよむ（「則《ス》」「則《チ》」と表記することはほとんど無い）

なかでも（ロ）の「文選讀み」は道春點の大きな特徴の一つである。惺窩點にも文選讀みは見られるが、道春點のほうが多い。子の鵞峰は羅山のように文選讀みを多く採らず、機能的基準に重點をおいたため、訓讀が簡略化してゆく傾向にある。「道春點」は江戸初期には權威あるもの、雅馴なものとして廣く求められたが、文選讀みを多用した繁雜な讀みであったため、やはり新しい時代の求めに合わなくなった。よって羅山が沒して後、江戸中期以後は題簽に「道春點」「道春訓點」と標示していても、實際は、もとの訓點を大幅に改めて簡略化したものが刊行されるようになるのである。であるから羅山沒後、「道春點」は時代によって點法に詳略の差異があるという。

羅山以降、鵜飼石齋[7]や荻生徂徠[8]、太宰春臺[9]などは、唐話の學習を奬勵し、漢文も和訓でよまず音で讀むことをすすめ、漢學者の訓讀は全體として簡潔によむ傾向になってゆくのである。

以上、簡單に林羅山と「道春點」「道春訓點」と訓點の流れについてみてきた。林羅山は博覽强記で知られた人物であったが、實際の政治に參與し、幕府で重んじられるようになったのはずっと後のことであった。また現在「道春點」「道春訓點」といわれているものでも、林羅山が直接訓點をつけたものそのものを指すとは限らず、後人の手が入っている可能性がある。それは羅山在世當時に刊行されたものと、沒後に刊行された「道春點」本の訓點を比べた

とき、訓點が簡略化していることからも容易に推測できよう。そのように考えると、林羅山の幕府における権威づけは、羅山が沒して後の林家の地位向上によるものであり、「道春點」も、羅山沒後に林家の地位が强固になるに従って、さらに権威が增して、廣く行われるようになったという理解もできるのではなかろうか。

第二節　『詩經』を出典とする語彙の訓讀比較

本節では『金鰲新話』の訓點と、羅山の訓點を實際に例を擧げて比較してゆく。

羅山の訓點を比較しようとする場合、まず實際に羅山がつけた「道春點」の訓點資料を選び出し、調査せねばならない。しかし「道春點」といった場合、廣義では後代のもの、甚だしきにいたっては明治時代に刊行されたものまでを含めて「道春點」といい、後代の「道春點」は時代に合わせて改められている可能性が高いということは前節ですでに述べた。現在は「道春點」と名のついた資料が多く刊行・現存しているため、あまりにも簡略化された「道春點」の場合を除いても、羅山が直接訓點を施した後、他人の手が加えられていない（可能性の高い）「道春點」資料は、現在判別が難しいといえよう。

訓點や語彙の調査をするならば、羅山が著した書物から、訓讀法や語の訓を調べることも可能ではあろう。ただ、著された書物の內容や性格により、文章や使われる語彙が異なる。それに從って文體も漢字かな混じりであったり、漢文であっても『金鰲新話』のような小說と類似した文章や語彙が記されているとは、必ずしもいえない。羅山が四書五經の類に訓點を施したことはよく知られているが、『金鰲新話』のような小說に點を施したという話は殆どない。そのため、小說である『金鰲新話』の訓讀法と、羅山が直接著した、または訓點をつけたものとを比較することは非常に難しいといえる。

ところが『金鰲新話』は小說ではあっても、四書五經を出典とした語彙が多く使用されており、なかでも『詩經』

を出典とした語彙が最も多い。一方羅山は四書五經全てに初めて訓點を施した人物であり、「道春訓點」とされる四書五經や、それに關する書籍は現存しているものも多い。

そこで今回は羅山訓點と『金鰲新話』の訓點の比較のため、兩書に共通した特徴ある語彙、すなわち「羅山訓點の『詩經』」と「『金鰲新話』にみられる『詩經』を典據とした語句」をとりあげ、その語句の訓法の比較を試みることにした。

小說である『金鰲新話』と、羅山が訓點を施したものを比較するとき、全くの同文を比較することは難しい。しかし『詩經』のような典據のある語句の場合、小說といえども、文中に使用されるときには原典の讀みを反映するであろうし、羅山は文選讀みを多用していたとあるので、同一人物のつけた訓ならば、なおさら類似した讀みが反映されているのではなかろうか。よって『詩經』などの出典のある語句の場合は、語彙や訓のみの比較でも充分な參考になると考える。

今回提示する用例は必ずしも多いとはいえないが、羅山と『金鰲新話』それぞれの訓法を比較することで、『金鰲新話』の訓點の特徴や傾向が見出せよう。

それでは羅山が訓點を施した主な『詩經』のテキストを擧げる。

①明・萬曆十七年刊『十三經注疏』（『毛詩注疏』）國立公文書館藏（林羅山手校本）
②林鵞峰著『詩經』（『詩經正文』）國立公文書館藏
③承應二年刊　林羅山點『五經大全』（うち『詩經大全』）國會圖書館藏
④明・成化七年刊『五經大全』（『詩經大全』）國立公文書館藏（林羅山手校本）

①『十三經注疏』の『毛詩注疏』は明・萬暦十七年刊本で、寛永四（一六二七）年に羅山が加點したものといわれている。

②『詩經正文』は林鵞峰が父である林羅山から直接傳授された『詩經』の讀みを記したもので、羅山の訓法をじかに傳えているといわれる。寛永十五（一六三八）年ごろ、鵞峰が羅山から『詩經』の訓讀を受けたので、そのころに成ったものと考えられる。

③は林羅山訓點として承應二（一六五三）年に刊行された『五經大全』のうちの「詩經大全」である。羅山生存中の最終的な『詩經』の訓點といえるものである。

④は明・成化七年の刊本で、①と同様に、林羅山の手校本とされる。

勿論、「道春點」四書五經のテキストは他にも多くある。しかしこれ以後のものは、元祿年間、寛政年間の刊行となり、時代が大きく隔たってしまう。よって羅山在世〜沒後數年までのテキストに限った。

前述の論考で村上氏は、①羅山手校本『毛詩注疏』②『詩經正文』③「詩經大全」の訓點の比較を行い、『詩經』における羅山の訓點の形成過程は『十三經注疏』（手校本）から『詩經正文』を經て『詩經大全』で完成したと述べていた。よって本來ならば①〜④全てのテキストを參照せねばならないのであるが、訓點調査の過程で、①羅山手校本『十三經注疏』には本文の讀みかたに若干問題があり、愼重に考察を加えなければならないと判斷したため、今回の比較の對象としなかった。(10) また④明・成化七年刊の手校本『詩經大全』については、和訓が記されているものが少なく、記述としては非常に簡略化されていた。よって①羅山手校本『毛詩注疏』と④明・成化七年刊手校本『詩經大全』の二書は比較の對象からは除外し、今回は『金鰲新話』と②『詩經正文』と③「詩經大全」のみの比較とした。「道春訓點」と題簽のついた『金鰲新話』は寛文年間のものであるが、本文の校勘、テキスト比較の結果、承應二年刊『金鰲新話』（國立公文書館藏）とほぼ同じ版木を使用していることがわかっている。よって、羅山在世中の最終的な『詩經』の訓點が施されている承應二年刊『五經大全』と、同じ承應二年刊『金鰲新話』（寛文本と同版木）の訓點比較は充分に意義のあることであるといえよう。

それでは以下より『金鰲新話』に見られる『詩經』の語彙と、承應二年刊『詩經大全』と林鵞峰の『詩經正文』に記されている語彙の訓法を、少し繁雜になるが一つ一つ例を明示して考察してゆく。初めに1「讀みが同じもの」、2「讀みが異なるもの」を擧げ、最後に『金鰲新話』の訓と、羅山の訓の相違點を指摘した上で、『金鰲新話』の訓の特徵を明らかにする。

まず『金鰲新話』で使用された『詩經』出典の語を擧げ、〔　〕に『詩經』の篇名を記す。次に『金鰲新話』本文中で『詩經』語彙が使用されている文を擧げ、羅山點『詩經』の訓法と併記する。

用例を示すときには、以下の略稱を使用する。

【略稱凡例】

金…和刻本・道春訓點金鰲新話（以下『金鰲』）

大…承應二年刊　林羅山點『五經大全』（『詩經大全』）（以下『大全』）

正…林鵞峰著『詩經』（詩經正文）（以下『正文』）

【話柄の略稱】

（萬）…萬福寺樗蒲記　（李）…李生窺墻傳　（醉）…醉遊浮碧亭記

（南）…南炎浮州志　（龍）…龍宮赴宴錄

また、書き下し文中の波線は左訓を示し、（　）内の送り假名は原文にはなく、筆者が適宜付したものである。

1．同じもの

まず、『金鰲』と『大全』『正文』で讀みが同じものを擧げる。1―1で讀みが三書で全て同じものを「全て同じもの」とし、1―2で左訓又は『大全』『正文』二書のうち、どちらかの讀みが同じものを「左訓又はどちらかが同じもの」として述べる。讀みが同じものも、各項目でさらに分類をし、同じ讀みをするものにどのような共通性があるのかをみてゆく。

1―1　全て同じもの

『金鰲』の讀みと、『大全』『正文』の三書にみられる讀みが、全て一致するものである。この三書で共通する訓は、さらに次の【A】慣用表現と【B】一般表現の二群に分けられる。

それでは實際に【A】【B】とも例をあげてみる。

【A】慣用表現

①「好逑」（萬）〔周南　關雎〕
金「君好き逑《タクヒ》を得まく欲《オモ》はは」
大「君子の好逑のよきたくひなり」
正「君子のにめひと好逑とよきたくひなり」

②「日居月諸」（萬）〔邶風　柏舟〕

金「日居《ヒヤ》月諸《ツキヤ》」
大「日《ひ》居月《つき》諸」
正「日《ヒ》居月《ツキ》諸」

③「式燕以遨」〔萬〕〔小雅　鹿鳴〕
金「式《モツ》て燕《サカモリ》し以て遨《アソ》ふ」
大「式燕《モツテサカモリシ》　以て遨《アソハン》　」
正「式《モツ》て燕《サカモリ》し以て遨《アソ》ふ」

④「厭浥行露。豈不夙夜。謂行多露。」〔萬〕…〔召南　行露〕〈文字の異同　厭浥…承本・明本「於邑」、露…承本・明本「路」〉
金「厭浥たる行露、豈に夙夜のつとよはせざらんや。行《ミチ》の露多きを謂《オモテ》なり」
大「厭浥とうるをへる行露のみちのつゆあり、豈に夙夜とつとよはにせ（ざらんや）、行《ミチ》の露多きを謂《オモ》ふてなり」
正「厭浥《ヨウイウ》とうるをへる行露のみちのつゆ、豈に夙夜せつとよはにせざらんや、行《ミチ》の露多《ツユオホ》からんことを謂《オモ》ふ」

⑤「今夕何夕見此仙姝」〔萬〕〔唐風　綢繆〕
金「今夕《コノユフヘ》何夕《ナンノユフヘソ》　此の仙姝を見る」
大「今夕何夕、見此良人」
正「今夕何夕、此の良人のよきひとを見る」

⑥「抱布貿絲于箕城」〔醉〕〔衞風　氓〕
金「布《タカラ》を抱《イタ》き絲を箕城に貿《カ》ふ」
大「布《タカラ》を抱て絲を貿《カ》ふ」

正「布《タカラ》を抱て絲を貿《カ》ふ」

⑦「君子言旋」〈龍〉〈小雅　鴻鴈之什　黃鳥〉

金「君子言《ココニ》旋」

大「言《ココ》に旋《カヘ》り言に歸て」

正「言《ココ》に旋《カヘ》り言《ココ》に歸《カヘン》なん」

①「好逑」は『金鰲』の訓と『大全』『正文』の左訓が同じもので、嚴密にいうと「全く同じ」ではないが、1-2のように文選讀みをしておらず、『大全』と『正文』の左訓が同じであったので、こちらに分類した。④「厭浥行露。豈不夙夜。謂行多露」は「行《ミチ》の露多きを謂《オモテ》なり」の一句が「全て同じもの」にあてはまる。「豈不夙夜」は「夙夜」の左訓が同じであるので、1-2で述べる。

この【A】慣用表現は、例えば④「厭浥行露。豈不夙夜。謂行多露」のように、語句を一見すれば『詩經』の出典であると想起させる獨特の言いまわしであるといえる。

次に【B】一般表現をみてみる。

【B】一般表現

⑧「不我遐棄」〈萬〉〈周南　汝墳〉

金「我を遐棄《サケステ》ずんば」

大「我を遐棄《サケステ》（ず）」

正「我を遐棄《サケステ》す」

⑨「可同携手」（萬）〔邶風　北風〕

金「同く手を携ふべし」

大「手を攜《タツサ》へて同く行《ユ》かん」

正「手《テ》を攜《タツサ》へて同く行かんいなん」

⑩「獨處」（萬）〔唐風　葛生〕

金「獨り處り」

大「獨居ん」

正「獨り處らん」

⑪「洗爵捧觥」（龍）〔『詩經』大雅　行葦〕

金「爵《キ》を洗て觥を捧て」

大「爵《サカツキ》を洗ひ斝《サカツキ》を奠《オ》く」

正「爵《サカツキ》を洗《アラ》ひ斝《サカツキ》を奠《ヲ》く」

【B】一般表現は『詩經』に典據を求めることも可能であるが、特に『詩經』にその典據を求めずともよく、あえて特殊な讀みをする必要のない一般の動作・狀態などの表現である。ここでは特に『『詩經』を典據とした語句である」と强調しなくてもよいが、『金鰲新話』と『詩經』にみられる類似の表現で、語句の讀みも同じであったために擧げた。

以上の【A】【B】の語彙をまとめるとこのようになる。

【A群】慣用表現

①「好逑」②「日居月諸」③「式燕以遨」④「厭浥行露。豈不夙夜。謂行多露。」

⑤「今夕何夕見此仙姝」⑥「抱布貿絲于箕城」⑦「君子言旋」

【B群】一般表現

⑧「不我遐棄」⑨「可同携手」⑩「獨處」⑪「洗爵捧觥」

このようにみると【A】「謂行多露」「今夕何夕」「抱布貿絲」のような、漢學を學んだものにとってはある意味人口に膾炙したような『詩經』獨特の表現や、【B】「携手」「獨處」など、普段行うような動作・状態の表現のときに、共通した讀みをするといえるのではなかろうか。

1―2　左訓又はどちらかが同じもの

『金鰲』の文選讀みと『大全』『正文』の文選讀みが共通するものを【C】「文選讀みが共通するもの」として擧げ、『大全』『正文』のうち、どちらかが『金鰲』と同じものを【D】「どちらかが同じもの」として擧げる。

【C】文選讀みが共通するもの

④「厭浥行露。豈不夙夜。謂行多露。」（萬）（召南　行露）

金「厭浥たる行露、豈に夙夜のつとよはせざらんや、行《ミチ》の露の沾を爲さず」

大「厭浥とうるをへる行露のみちのつゆあり、豈に夙夜とつとよはにせ（ざらんや）」

正「厭浥《ヨウイウ》とうるをへる行露のみちのつゆ、豈に夙夜せつとよはにせざらんや」

⑫「零露瀼瀼」（萬）（鄭風　野有蔓草）

金「零《ヲツル》露瀼瀼としけくして」

大「野に蔓草はへるくさ有（り）、零露のをつるつゆ瀼瀼としけし」
正「野に蔓草《ハヒコレルクサ》はへるくさ有り、零露《ヲツルツユ》瀼瀼としけし」

④「厭浥行露。豈不夙夜。謂行多露」の「謂行多露」については1―1で述べた。ここでは「豈不夙夜」の「豈に夙夜のつとよはせざらんや」の文選讀みが共通するのでとりあげた。また初めの「厭浥行露」であるが、羅山點本『大全』『正文』には「厭浥とうるをへる行露のみちのつゆあり」と左訓がついているのに對し、『金鰲』には左訓がなく「厭浥たる行露」とのみ讀んでいる。つまり『金鰲』では「厭浥行露。豈不夙夜。謂行多露」の一文に、音讀するもの（厭浥行露）、左訓のあるもの（豈不夙夜）、和訓をつけたもの（謂行多露）が混在しており、「厭浥行露」の一文を全て文選讀みをしている『大全』『正文』と比べた場合、『金鰲新話』の方には統一感のない印象をうける。

【D】どちらかが同じもの
⑬「然而彼狡童兮」（李）〈鄭風　狡童〉
　金「然も彼の狡童兮」
　大「彼狡童の」
　正「彼の狡童のたはれたるわらは」

⑬「狡童」は『金鰲』には左訓がなく、音讀しているようである。『大全』も『金鰲』と同様に左訓がない。『正文』には「狡童」に「たはれたるわらは」の左訓がついている。

ここでは【C】文選讀みが共通するもの、【D】どちらかが同じものと再分類したが、【C】⑫「零露瀼瀼」と

【D】⑬「然而彼狡童兮」は【A】の慣用表現に重ねて分類することが可能である。『詩經』の用例だけをとりあげた場合、讀みが同じものの數はあまり多いとはいえないが、これら讀みが同じものの用例の傾向として、一見して『詩經』の出典であるとわかる表現（【A】）や、よく使われる動作などの表現（【B】）で、『金鰲新話』と羅山の訓が同じになる傾向があるといえよう。

2．異なるもの

次に、『詩經』出典の語彙の讀みが『金鰲』『大全』『正文』の三書で異なるものを擧げる。2−1で『金鰲』は音讀し（文選讀みしない）、『大全』『正文』で文選讀みされているものを、2−2では『金鰲』と『大全』『正文』で語句の讀みが全く異なるものをあげてゆく。1と同様に、讀みが異なるものの種類によってさらに分類し、異なる讀みをする語に共通するものを調べてゆく。

2−1 『金鰲新話』が文選讀みしていないもの

『金鰲』では和訓がなく文選讀みしていないものと、『大全』『正文』では文選讀みされているものを擧げる。まず『大全』『正文』の二書が同じ文選讀みをしていて、『金鰲』だけが異なるものを【E】「『金鰲』と『大全』『正文』が異なるもの」として擧げ、續いて文選讀みが『大全』『正文』の二書でそれぞれ異なり、『金鰲』とも異なるものを【F】「『金鰲』と『大全』『正文』の三書全て異なるもの」として例示する。

【E】『金鰲』と『大全』『正文』が異なるもの

⑭「在空谷」〈萬〉〈小雅　白駒〉

金「空谷に在て」

大「空谷のむなしきたにに在り」

正「空谷のむなしきたにに在り」

⑮「金罍」（萬）〔周南　巻耳〕

金「金罍に酌む」

大「金罍のこか子のもたひに酌て」

正「金罍《ライ》のこか子のもたいに酌《クン》て」

⑯「邂逅」（萬）〔鄭風　野有蔓草〕

金「嚮者《サキニ》一夜邂逅して」

大「邂逅とたまさかに相遇て」

正「邂逅《タマサカ》に相遇て」

⑰「青衿大帶映垂楊」（李）〔鄭風　子衿〕

金「青衿大帶垂楊に映す」

大「青青とあをき子か衿《コロモノクヒアリ》」

正「青青とあをき子か衿《コロモノクビアリ》」

⑱「楚楚春衫裁綠紵」（李）〔曹風　蜉蝣〕

金「楚楚たる春衫綠紵を裁す」

大「衣裳の楚楚とあさやかなるかことし」

正「衣裳楚楚とあさやかなり」

⑲「飄飄仙袂影婆娑」〔李〕〔娑…明治本「婆」〕〔陳風　東門之枌〕

金「飄飄たる仙袂影婆娑」

大「婆娑とまふ」

正「婆娑とまふ」

⑳「穀旦」〔李〕〔陳風　東門之枌〕

金「穀旦を差《エラン》て」

大「穀旦のよきあした于《ココ》に差《エラ》ふ」

正「穀旦のよきあした于《ココ》に差《エラ》ふ」

㉑「皆出闉闍」〔酔〕〔鄭風　出其東門〕

金「皆闉闍を出てて…」

大「其の闉闍のしろたかとのを出れは」

正「其の闉闍《イント》のしろたかとのを出れは」

㉒「一旦天歩闉難」〔酔〕〔小雅　白華〕

金「一旦天歩闉難にして」

大「天歩のあめのみち艱難となやめり」

正「天歩のあめのみち艱難となやめり」

㉓「山有榛兮濕有苓。懐美人兮不能忘。」〔龍〕〔邶風　簡兮〕

金「山に榛《ハシハミ》有り濕《サハ》に苓有り。美人を懐て忘こと能（は）ず」

大「山に榛《ハシハミ》有（り）、隰に苓《アマクサ》あまき有（り）、云《ココ》に誰をか思ふ、西方の美人のうるはしきひとを、彼美人のは、西方の人なり」

正「山に榛《ハシハミ》有り、隰《サワ》に苓《アマクサ》あまき有り、云《ココ》に誰をか思もふ、

西方の美人をうるはしきひとを、彼の美人は、西方の人」

㉔「伐鼓淵淵」（龍）〔小雅　采芑〕

金「鼓を伐つこと淵淵たり」

大「鼓を伐こと淵淵とた井らかなり」

正「鼓《ツツミ》を伐《ウ》つこと淵淵とたひらかなり」

㉕—1「生吟罷撫掌起舞踟蹰」（酔）／「細撥秦箏又搔首」（李）〔邶風　靜女〕

金「生吟し罷て掌を撫て起舞踟蹰す」「細かに秦箏を撥《ハラツ》て又首《カシラ》を搔《カ》く」

大「首を搔《カイ》て踟蹰とたちもとをる」

正「首《カフベ》を搔《カイ》て踟蹰とたちもとをる」

㉕—2　金「首《カシラ》　蓬《ヨモギ》に似たり」（萬）

大「首飛蓬のとふよもきの如（し）」〔衞風　伯兮〕

正「首へ飛蓬のとふよもきの如し」

⑯「邂逅」は、『金鰲』では「邂逅」と音讀みを、『大全』では「たまさかに」と文選讀みをし、『正文』では「たまさか」と和訓をつけており、『大全』『正文』二書で全く同じとはならないが、ここでは『大全』の文選讀みと『正文』の和訓が同じであるので【E】に分類している。

㉕—1では「踟蹰」と「首」の讀みをとりあげている。『金鰲』では「踟蹰」を文選讀みしないが、『大全』『正文』

では「踟躕とたちもとをる」のように文選讀みをする。また「首」であるが『金鰲』が「カシラ」と和訓をつけているのに對し、『正文』では「カフベ」としている。『大全』には訓がついていないが、ここでは共に例示しておく。「首」の讀みは『金鰲新話』萬福寺樗蒲記にもう一例、『詩經』衞風・伯兮にも例があるので、ここに擧げる。(㉕-2)「蓬首」も「搔首」の例と同様に『金鰲』では「首」を「カシラ」と讀み、『正文』では「首へ(カフベ)」と讀んでいる。

⑯以外の⑭⑮⑰~㉕までの用例はほぼ一定して、『大全』『正文』の二書の文選讀みが同じで『金鰲』だけが音讀みとなっているのである。

【F】『金鰲』と『大全』『正文』の三書全て異なるもの

㉖「哀哀父母」(萬)(小雅　蓼莪)
金「哀哀たる父母」
大「哀哀とかなしいかな父母、我を生《ウン》て劬勞とくるしみいたはれり」
正「哀哀とかなしくかなしきは父母、我れを生(て)劬勞とくるしみいたはれり」

㉗「喬木」(醉)(周南　漢廣)
金「喬木老《ヲ》ひたり」
大「喬木のこたかきき有り」
正「喬木のたかきき/そひけたるき有り」

㉘「下土仙境」(醉)(邶風　日月)
金「下土の仙境」

大「下土のしもつたみを」
正「下土をしもつくに」
㉙「言訖趨蹌而入」〔南〕〔齊風　猗嗟〕
金「言ひ訖て趨蹌して入る」
大「巧に趨こと蹌とつつしめり」
正「巧みに趨《ワシ》ること蹌とはしれり」
㉚「令聞」〔龍〕〔大雅　文王之什　文王〕
金「令聞を望み」
大「令聞のよきほまれ已《ヤ》まず」
正「令聞のよききこへ已まず」
㉛「酔舞兮傞傞」〔龍〕〔小雅　甫田之什　賓之初筵〕
金「酔て舞傞傞たり」
大「屢《シハシハ》　舞ふこと傞傞とつらなれり」
正「屢《シハシハ》　舞ふこと傞《サ》傞とやます」
㉜「碧潭兮汪汪」〔龍〕〔小雅　甫田之什　瞻彼洛矣〕
金「碧潭汪汪たり」
大「維れ水泱泱とふかし」
正「維れ水泱泱《ヤウ》とふかくひろし」

『金鰲』『大全』『正文』の三書の読みが全て異なるというものの、㉖～㉜のように『金鰲』を除いた『大全』『正文』の読みを比べると、㉖「哀哀」は『大全』では「かなしいかな」、『正文』では「かなしくかなしき」としており、㉗「喬木」では『大全』は「こたかきき」、『正文』は「たかきき／そひけたるき」と二つの訓をつけているが、語の意味としてはそれほど大きく異なるものではないといえる。

2-1【E】【F】でみてきたように、『金鰲』で文選読みしておらず、『大全』『正文』で文選読みされているものは十九例にものぼる。そのうち『大全』『正文』の訓が同じで、『金鰲』だけが異なるものは十二例、三書全て異なるものは七例である。ただ【F】は三書が異なるといっても、『大全』『正文』の文選読みが多少異なるのみで、語の意味が大きく異なるような読みかたではなかった。

よって『大全』『正文』の読みはほぼ共通しており、やや繁雑な面はあるが丁寧に和訓をつけているのに対し、『金鰲』の訓読は文選読みされているものが少なく、『大全』『正文』に比べるとやや簡略であるといえよう。

2-2　読みが異なるもの

ここでも『金鰲』と『大全』『正文』の読みが異なるものを擧げる。2-1【F】「『金鰲』と『大全』『正文』の三書全て異なるもの」と2-2での分類における違いは、2-1【F】が「『金鰲』が音讀みで『大全』『正文』の文選讀みが全て異なっていた」のに対し、2-2の場合は「語につけられた、訓讀を含む和訓が『金鰲』と『大全』『正文』で異なるもの」をいい、文選讀みに限らず讀みが異なるものをいう。以下に擧げる用例を大別すると、【G】『金鰲』が音讀みで『大全』『正文』が訓讀しているもの（音讀み×訓讀）、【H】『金鰲』と『大全』『正文』の文選讀みが異なるもの（文選讀み×文選讀み）、【I】『金鰲』の訓と『大全』『正文』の讀みが異なるもの（訓違い）、などがある。また

2―2で擧げた用例の中には2―1【E】と重複分類できるものがある。その場合、後に例示する際に改めて述べる。

【G】音讀み×訓讀

㉝「以爲偕老也」（萬）〔邶風　擊鼓〕

金「以て偕老を爲す」

大「子（と）偕に老ん」

正「子と偕《トモ》に老ん」

㉞「冪酒縫裳」（萬）〔魏風　葛屨〕

金「冪酒縫裳」

大「以て裳《モ》を縫《ヌ》ふべし」

正「以て裳《モ》を縫ふべし」

㉟「踰垣墻折樹檀耳」（李）〔鄭風　將仲子〕

金「垣墻を踰て樹檀を折ん耳《ノミ》」

大「我園《ソノ》を踰こと無れ、我か樹 檀《ウヘシマユミ》を折こと無（れ）」

正「我か園を踰ゆること無れ、我か樹《ウ》へし檀《マユミ》を折ること無れ」

㊱「鳴咽哀鳴下別灣」（醉）〔小雅　鴻鴈之什　鴻鴈〕

金「鳴咽哀鳴して別灣を下る」

大「哀み鳴こと嗷嗷とかまひすし」

正「哀み鳴こと嗷嗷とかまひすし」

㉞「冪酒縫裳」は訓も返り點もなく、讀んでいないのか音讀をしたのか不明であるが、ここでは音讀みであると考えて分類している。

【G】でも㉟のように『大全』「樹檀《ウヘシマユミ》」と、送り假名がなく和訓をつけているだけのものがあるが、全體を見わたしたとき『大全』『正文』はほぼ同じように訓讀をしている。

【H】文選讀み×文選讀み

㊲「粲者」（萬）〔唐風　綢繆〕

金「粲者のにこやかなるひと〔に（朱書）〕逢て」

大「此の粲者のかほよきひとを／みたりのひと（を）見る」

正「此の粲《サン》者のかほよきひとを／みたりのをんなを見る」

㊳「魯道有蕩。齊子翺翔」（萬）〔齊風　載驅〕

金「魯道蕩たること有り。齊子翺翔とかける」

大「魯の道有蕩とたいらかなること、齊子翺翔とふるまへり」

正「魯道蕩とたいらかなること有（り）、齊子翺翔とふるまへり」

㊳「魯道有蕩」は『金鼇』が「魯道蕩たること有り」と音讀みしており、『大全』『正文』が文選讀みしているので、【E】にも分類することができる。

『金鼇』で文選讀みをしている語は他にもあるが、『詩經』語彙での文選讀みの比較ができるものは、ここにあげたわずか二例のみである。

【I】訓違い

㊴「有狐綏綏。在彼淇梁。」〈萬〉〈衛風　有狐〉
金「狐り綏綏たり。彼の淇の梁《ヤナ》に在り。」
大「狐綏綏とひとりあり、彼の淇の梁《イシハシ》に在（り）」
正「狐有（り）綏綏とひとりゆく、彼の淇の梁《イシハシ》に在り」

㊵「或潛或躍」〈龍〉〈小雅　鴻鴈之什〉
金「或は潛り或は躍て」
大「魚潛《カクレ》て淵に在（り）、或は渚《ナキサ》に在（り）…魚渚《ナキサ》に在（り）、或は潛《カクレ》て淵《フチ》に在（り）」
正「魚潛《カクレ》て淵《フチ》に在り、或は渚《ナキサ》に在り…魚渚《ナキサニ・ミキハニ》在り、或潛《ヒソ》んて淵に在り」

㊶「不顯其德」〈龍〉〈周頌　淸廟〉
金「其の德を顯さずして」
大「顯かならざらんや承《ツカフマツ》らざらんや」
正「顯《ア》ならざらんや承らざらんや」

㊷「巧笑兮相過」〈龍〉〈衛風　碩人〉
金「巧に笑えんで相過る」
大「巧《タクミ》に笑《ワラ》ふ倩《クチモト》のよきあり」
正「巧みに笑ふこと倩《セン》とくちもとより」

㊴金「梁（やな）」と大・正「梁（いしばし）」、㊵金「もぐり」と大・正「かくれて」、㊸金「ほほえんで」と大・正

「わらう」など、『金鰲』と『大全』『正文』で訓が若干異なっているのが見られる。

ここで問題とすべきは㊶「不顯」である。「不顯」は「龍宮赴宴録」からの用例で、主人公である韓生が龍宮の上棟文を起草したときのことである。韓生は上棟文の末に龍王の徳を讃えて「不顯其德。以赫厥靈。」と書いたのである。寛文本はここを「其の徳を顯さず、以て厥の靈を赫かさんことを」と讀み下している。しかし寛文本訓讀のように「其の徳を顯さず」としてしまうと、「徳が顯らかでない」ことになり、龍王の徳を贊嘆する意味にはとれなくなってしまう。本來は「不」は「丕」に通じ、「不顯」は「おおいにあらわす」と讀むべきである。この「不顯」は『詩經』でも用いられる表現であり、周頌にいくつかの用例がみられる。『大全』『正文』では「不顯」を「顯ならざらんや」と讀んでいる。これは「顯ならず」とすると「あきらかでない」ことになるため、「顯ならざらんや」と反語に讀み「どうして顯かでないことがあろうか、いやそんなことはない」としているのである。『詩經』には他にも「不顯」が使われているが、『大全』『正文』ではすべて「顯ならざらんや」と讀んでいる。つまり『金鰲』が「不顯」を「顯さず」と讀んでしまったことで、訓點者は上棟文末の龍王を贊嘆する意を理解できていなかったことになる。

これまで『詩經』出典の語彙の讀みが、『金鰲』『大全』『正文』の三書で異なるものを詳しく見てきた。2-1で『金鰲』が文選讀みしていないもの、2-2では三書の文選讀みが異なるものを含め、『金鰲』が音讀みをし、他の二書が訓讀をしているものなどを擧げた。なお、異なる語彙のなかでは【A】慣用表現【B】一般表現とも同數に近かったため、ここでは1と同様の分類はしなかった。

以上の考察の結果、次のことがいえよう。

① 『大全』『正文』の讀みはほぼ同じで、丁寧に和訓がつけてある。和訓は語によって多少異なるが、意味が大きく

變わることはない。

②『金鰲』の讀みは『大全』『正文』と異なり音讀が多い。特に例㊶「不顯」は文章自體の理解を誤った『金鰲』の讀み誤りともいえる。

すなわち、『大全』『正文』はこれまで同様、訓が繁雜になるきらいはあるがきちんと和訓がつけられているのに對し、『金鰲』は『大全』『正文』の二書と異なり、『詩經』語彙の多くを音讀した、簡略なものであるといえる。

3．類似文

類似文とは、これまで同様『詩經』を典據とする語句を使用した文のことであるが、『詩經』と全く同じ語を使用しているのではなく、『詩經』のある一文を省略するなどして、もとの表現から變化させた文のことをいう。また明らかに『詩經』を出典とした語とはいえないが、『詩經』と同樣の語句が『金鰲』にも見られたため、讀み（和訓・左訓の有無）の比較をするため、類似文の一つとして、參考のために擧げた。

㊸「摽梅情約竟蹉跎」（萬）（摽…明本「標」）〔召南　摽有梅〕

金「摽《ヲツル》　梅情約竟に蹉跎す」

大「摽《ヲツルモノ》　梅有り」

正「摽をつるもの《ヲチテ》梅《ムメ》有り」

㊹「鞠育恩深」（李）〔小雅　蓼莪〕

金「鞠育恩深し」

大「父我を生《ウ》み、母我を鞠《ヤシナ》ふ、我を拊《ナ》て我を蓄　ひたし《ヤシナイ》、我を長し《ヒトト》我を育み《ハコク》」

正「父我れを生み、母我を鞠《ヤシナ》ふ、我を拊《ナ》て我を蓄　そたて《ヒタシ／ハコクミ》、我を長　しをしたて《ヒトトナ》我を育へ　はこくむ《ヲシ》」

㊺「不念桑落之詩」（李）〔衞風　氓〕

金「桑落の詩を念はず」

大「桑の落つるときに、其れ黄《キハン》て隕《オチ》ぬ」

正「桑の落るときに、其れ黄《キハミ》て隕《ヲ》つ」

㊻「忍悄悄之獨處」（李）〔邶風　柏舟〕

金「悄悄の獨處を忍ふ」

大「憂ふる心悄悄とうれふ」

正「憂心悄悄《セウセウ》とうれう」

㊼「占鳳鳴於他年」（李）〔大雅　生民之什　巻阿〕

金「鳳鳴を他年に占しむ」

大「鳳皇おほとり鳴く、彼の高岡のたかきをかに、梧桐のきり生《オ》ひたり、彼の朝陽のやまのひかしに」

正「鳳皇鳴く、彼の高岡にたかきをかに、梧桐生たり、彼の朝陽のやまのひんかしに」

㊽「輒依瓊琚之章」（醉）〔衞風　木瓜〕

金「輒ち瓊琚の章に依て」

大「報《ムク》ゆるに瓊琚のたまおものを」

正「之れに報《ムク》ゆるに瓊琚のたまをものを以せん」

㊾「炎火赫赫。常浮大虚」（南）〔大雅　蕩之什　雲漢〕

金「炎火赫赫として常に大虚に浮ふ」

大「赫赫とひてり炎炎とあつし」

正「赫赫とひてり炎炎とあつし」

⑸「生乃跼蹐」（龍）〔小雅　節南之什　正月〕

金「生乃跼蹐して」

大「天を蓋し高《タカ》しと謂（ふ）、敢て局《セクク》まらずんばあらず、地を蓋し厚しと謂（ふ）、敢て蹐《ヌキアシ》せずんばあらず」

正「天蓋し高と謂とも、敢て局《セクク》まらずんば、謂地蓋し厚《アツ》しと謂とも敢《アヘ》て蹐《ヌキアシ》せずんばあらず」

⑸「宜室宜家。享胡福於萬年。」（龍）〔國風　周南　桃夭〕

金「室に宜く家に宜く胡福を萬年に享け」

大「桃の夭夭と、灼灼とさかんなる其の華《ハナ》あり、之《コ》の子《ムスメ》于《ココ》に歸《トツ》く、其の室家にいへとうしに宜《ヨロ》し／よし」

正「桃の夭夭とわかやかなる／かほよき、灼灼とさかんなる／あさやかなる其の華あり、之《コ》の子《コ》むすめ于《ユ》き歸《トツ》ぐ、
其の室家のいへどうじに宜し」

⑸「左執籥右執翿」（龍）〔邶風　簡兮〕

金「左に籥を執り右に翿を執」

大「左の手に籥のふえを執り、右の手に翟のへを秉《ト》る」

正「左の手に籥《ヤク》のふえを執り、右の手に翟のへを秉《ト》る」

⑸「撃鼉鼓而吹鳳簫兮」（龍）〔『詩經』大雅　靈臺〕

金「鼉鼓を撃て鳳簫を吹き」

大「鼉鼓」左訓「おほかめのつつみ」

正「鼉鼓」左訓「かめのかはのつつみ」

ここに擧げた語彙は『詩經』と『金鰲』で全く同じ語彙として文中にあらわれたものではないが、語の讀みを比較

する上では參考になると思われる。例えば㊹金「鞠育恩深し」であるが、もとは『詩經』小雅・蓼莪の「父兮生我、母兮鞠我、拊我蓄我、長我育我」の「鞠」と「育」を略したものであるととらえることができる。「鞠」と「育」は『大全』では「鞠《ヤシナ》ふ」「育《ハコク》み」と讀み、また『正文』では「鞠《ヤシナ》ふ」「育《ヲシ》へはこくむ」と和訓で讀んでいるが、『金鰲』では「鞠育」とのみ書いてあり、和訓をつけていない。㊸、㊿は類似した訓が『金鰲』につけられているので、このような『詩經』出典の語句を省略したものの例からは除くことができるが、㊹を含むそれ以外の用例は、ほぼ同様に『金鰲』が和訓なし」「『大全』『正文』が和訓あり、または文選讀み」という傾向をみせている。これら類似文を敢えて分類するならば、前述の1「讀みが同じもの」には分類せず、2「讀みが異なるもの」のほうに分類することができる。

最後に、以上の1〜3の『詩經』を出典とする語句の用例數をまとめると、次のようになる。

1. **同じもの** **（十三例）**

1-1 全て同じもの（十一例）

【A】慣用表現群 ……七例

【B】一般表現群 ……四例

1-2 左訓又はどちらかが同じもの（二例）

【C】文選讀みが共通するもの ……一例（Aと重複＋一例）

【D】どちらかが同じもの ……一例

2. **異なるもの** **（二十九例）**

2-1 『金鰲新話』が文選讀みしていないもの（十九例）

【E】『金鰲』と『大全』『正文』が異なるもの……十二例
【F】『金鰲』と『大全』『正文』の三書全て異なるもの……七例

2-2　讀みが異なるもの（十例）

【G】音讀み×訓讀……四例
【H】文選讀み×文選讀み……二例
【I】訓違い……四例

3. 類似文（十一例）　（用例総計五十三例）

これら讀みの異同を單純に數の上からだけ見れば、羅山が訓をつけた『詩經』と『金鰲』の讀みは、讀みが同じもの（十三例）よりも異なるもの（二十九例）の方が圧倒的に多く、類似文を讀みが異なるものの方に加えると、讀みが異なるものは四十例となり、殆どの語彙で讀みが異なっているといえるようになる。語句の讀みに關しても、『詩經』の用例で言うならば、『金鰲』は羅山の『大全』『正文』のように繁雑な和訓をつけず、音讀みされていることが多いのである。

第二節冒頭でも述べたが、『正文』の成立は寛永十五（一六三八）年ごろで、羅山五十六歳ごろの『詩經』の訓讀を鵞峰が記したものである。『正文』より隔たること十五年後の承應二（一六五三）年、羅山七十一歳のときに『大全』が刊行された。羅山は明暦三（一六五七）年に沒したので、『大全』の訓點は羅山の『詩經』における最終的な訓といわれている。

「道春訓點」の『金鰲新話』は寛文十三（一六七三）年（羅山沒後十六年）の刊行であるが、現在初版といわれている『金鰲新話』の和刻本は『大全』と同じ承應二年刊で、寛文本と承應本の版木がほぼ同じであり、當然ながら本文の讀みも同じであることは、既に確認されている。

『正文』と羅山點『大全』は十五年の隔たりはあっても、語の讀みがほぼ同じであるのに對し、承應本『金鰲新話』と羅山點『大全』は同年の刊行であるにも關わらず、語の讀みが大きく異なっている。無論『金鰲』は小説であって、『詩經』とは性質を異にする書物である。しかし、自らが訓點をつけた『詩經』からの出典のある語彙があれば、たとえ書物の性質が異なろうとも、その讀み癖があらわれはしないだろうか。また『金鰲』で簡素な音讀みを用いているという事實は、「羅山が文選讀みを多用していた」ということとも矛盾が生じることになろう。

今回提示したのは『詩經』出典の語彙ばかりで、數も多くはない。しかしこれまでの考察を通して、語句の讀みの面からも「道春訓點」に疑義を唱えるには充分であると考える。

次節では、羅山の訓讀のうちで特徴ある讀みをするという「則」字についても、同樣に例をあげて述べていくことにする。

第三節　「則」字の讀み方

本章第一節で、羅山の訓讀の特徴について簡單に述べた。ここにもう一度、羅山の訓讀の特徴をあげてみる。

（イ）漢文によりつつ、國語の法則はつとめてこれを保存する

（ロ）和漢（音訓）兩讀にすることが多い（文選讀み）

（ハ）而を必ずしも讀まない

（ニ）則を「ときはすなはち」とよむ（「則《ス》」「則《チ》」と表記することはほとんど無い）

（ロ）文選讀みについては前節で詳述してきた。ここでは（ニ）の「則」字について考察する。

「則」の讀み方で、現在「レバ則」とよむ讀みかたは、江戸中期の貝原益軒[11]以後多くなったという[12]。そこで『金鰲新話』にあらわれる「則」字はどのように讀まれており、ここで羅山の讀み癖であるといわれているように「〜寸ハ則」と讀み、「則《ス》」「則《チ》」と讀むことは少數であるのかを、『金鰲新話』で使用されている「則」字全ての用例をあげて、その讀み方を調べる。用例が多く繁雜にはなるが、全ての用例を擧げたうえで最後に考察を加える。

まず『金鰲新話』にみられる「則」字の用法を一覧すると次のようになる。

（a）なし（「則」字のみ）

（b）則《ス》

（c）レバ則

（d）レバ則《ス》

（e）トキハ則

（f）トキハ則《ス》

＊『金鰲新話』では「トキハ則」を「〜寸ハ則」としているが、ここでの表記は「トキハ則」とする。

『金鰲新話』には「則《チ》」とついている用例はみられなかったので、ここにはあげない。

では以下に例を擧げて詳しくみてみる。

先に『金鰲新話』で使われた文を示し、その下に寛文本の讀みを示す。書き下し文末（　）内にはその文が使用された話柄の略稱を記す。略稱については前節に同じとする。書き下し文中の（　）につけた送り假名は原文にはなく、筆者が付したものである。

（a）**なし**

前文に「〜レバ」「〜トキハ」がなく、「〜ハ則」と讀む、讀み假名のない「則」字のみのものを擧げる。

・生則曰人物。死則曰鬼神。…生しては則人物（と）曰ひ死しては則鬼神と曰ふ（南）

・則尤誕矣…（至ては）則尤も誕なり（南）

・然則何乃不置噓雲之器…然らは則何そ乃噓雲の器を置かざる（龍）

・雲則神王神力所化…雲は則神王神力の化する所ろにして（龍）

（b）則《ス》

（a）と同様に「レバ」「トキハ」がなく、「〜ハ則」と讀んでいるものであるが、ここには「則」に「ス」と讀み假名がついているものである。

・今則步蓮入屛…今則《ス》步蓮屛に入（る）（萬）
・其筆則摹松雪眞字…其の筆則《ス》松雪か眞字を摹《うつ》す（李）
・今則鄒律已吹於幽谷…今は則《ス》鄒律已に幽谷に吹き（李）
・其勝地則錦繡山…其の勝地則《ス》錦繡山（醉）
・是則所謂道而理之具於吾心者也…是れ則《ス》所謂道にして理の吾か心に具ふる者《ノ》なり（南）
・晝則烈焰亘天…晝は則《ス》烈焰天に亘《ワタ》り（南）
・夜則凄風自西砭人肌骨…夜は則《ス》凄風西自りして人の肌骨に砭《イシハリ》す（南）
・晝則焦爛。夜則凍裂…晝は則《ス》焦爛し、夜は則《ス》凍裂す（南）
・生側目視之。茶則融銅。果則鐵丸也…生目を側めて之を視れは、茶は則《ス》融銅、果は則鐵丸なり（南）
・至於三五周孔。則以道自衛…三五周孔に至ては則《ス》道を以て自《ミ》衛る（南）
・其極致則皆使君子小人終歸於正理…其の極致は則《ス》皆君子小人をして終に正理に歸せしめて（南）
・而其理則未嘗異也…而も其の理は則《ス》未た嘗て異ならず（南）
・則王者之名。不可加也…則《ス》王者の名、加ふべからず（南）
・至於神道。則尚嚴…神道に至ては則《ス》尚ほ嚴なり（南）
・至於死則精氣已散…死に至ては則《ス》精氣已に散して（南）
・積日至月。則堅冰之禍起矣…日を積み月に至ては則《ス》堅冰の禍起る（南）

（c）**レバ則**

次に讀み假名のない「レバ則」を擧げる。

・往視之則…往て之を視れは則ち（李）

・若一撃則百物皆震…若し一ひ撃ては則百物皆震ふ（龍）

・急探其懷而視之。則珠綃在焉…急に其の懷《フトコロ》を探て視れは則珠綃在あり（龍）

（d）**レバ則《ス》**

續いて「ス」と讀み假名のついた「レバ則」である。

・若我負則設法筵以賽。若佛負則得美女。…若し我れ負けは則《ス》法筵を設て以て賽《かへりまふし》せん。若し佛負けは則《ス》美女を得て…（萬）

・其女定是高門右族。則必以爾之狂狡…其の女定めて是れ高門右族ならは則《ス》必爾か狂狡を以て（李）

・期興盡而返至。則浮碧亭下也…期興盡て返り至んと期すれは則《ス》浮碧亭の下なり（李）

・見則一美娥也…見れは則《ス》一美娥なり（醉）

・所履非銅則鐵也…履む所銅に非れは則《ス》鐵なり（南）

・以觀其所爲進於前。則香茗佳果…以て其爲めに前に進む所を觀れは則《ス》香茗佳果（南）

（e）**トキハ則**

讀み假名のない「トキハ則」をあげる。

・（聞）自遠而近至。則崔氏也。…遠自りして近くを（聞く）至るときは則崔氏なり（李）

・語父子則極其親…父子を語るときは則其親を極む（南）
・語君臣則極其義…君臣を語るときは則其の義を極む（南）
・循其理。則無適而不安…其の理に循ふときは適《ユク》として安からずと云こと無し（南）
・逆其理而拂性。則菑逮…其の理に逆て性に拂《モト》るときは則菑《ワザハイイタル》逮。（南）
・民心已離。則雖欲保身…民心已に離るときは則身を保まく欲すと雖（南）
・吸之則無迹…吸ときは則迹無し（龍）
・若一搖則山石盡崩…若し一搖すときは則山石盡く崩れ（龍）
・若一洒則洪水滂沱…若し一洒ときは則洪水滂沱として（龍）
・王出則斯集矣…王出ときは則斯に集る（龍）

（f）トキハ則《ス》

最後に「ス」と讀み假名のついた「トキハ則」である。

・留則必泝流而上…留ときは則《ス》必流れに泝て上り（醉）
・以求至乎其極。則天下之理…以て其の極に至ることを求るときは則《ス》天下の理…（南）
・夫如是則豈有。乾坤之外…夫れ是の如なるときは則《ス》豈に乾坤の外に…（南）
・順之則祥。逆之則殃…之に順ふときは則《ス》祥《サヒハヒ》にして之に逆るときは則《ス》殃あり（南）
・精靈未散。則似有輪回…精靈未（だ）散せざるときは則《ス》輪回有るに似たり（南）
・然久則散。而消耗矣…然も久きときは則《ス》散して消耗す（南）

以上これらの用例をまとめると以下のような結果になった。

（a）なし（「則」字のみ）……四例
（b）則《ス》……十六例
（c）レバ則……三例
（d）レバ則《ス》……六例
（e）トキハ則……十例
（f）トキハ則《ス》……六例

＊則用例総計…四十五例　うち「ス」無し…十七例
「ス」あり…二十八例

「則」用例総計四十五例のうち、羅山の訓讀法の特徴である「トキハ則」は十六例であった。しかし羅山は「則《ス》」と假名をふることは稀であったので、「ス」のついたものを除くと、「トキハ則」の用例は、四十五例中のわずか十例にとどまる。その他は「則《ス》」と假名をふり、「トキハ」と讀まないものが圧倒的に多い。「ス」を表記する「則」字だけの用例（b）と、同様に「ス」を表記する「レバ則」「トキハ則」の用例（d、f）、「ス」のない「レバ則」（c）を合わせると三十一例にのぼり、「則」用例の大半を占める。

ところが、筆者の管見では羅山點である『五經大全』（詩經大全）にも「レバ則」「トキハ則」の混用がみられた。ただし「レバ則」の用例は「トキハ則」に比べると少數であった。また『詩經正文』では「則《チ》」と表記することが多く、『五經大全』と同様に「レバ則」「トキハ則」が混用されているため、「羅山は『トキハ則』を多用していた」とは斷言しがたいのである。

むろん本來なら「則」だけでなく、他の助字「而」や「之」字の讀みについても考察すべきである。ここで「之」字について簡單に述べると、前四話では殆ど訓讀していなかったのが、最終話「龍宮赴宴錄」では「之」字の殆どを訓讀しているといった現象がみられた。ここには『金鰲新話』訓點者自身の問題も含まれていると思われる。「則」の用例も同樣で「龍宮赴宴錄」は「トキハ則」や訓なしの「則」の用例が比較的多いことから考え、「道春訓點」とは別に『金鰲新話』の助字の特徴について調査する必要があろう。

まとめ

以上第四章では、林羅山とその訓點の特徴を調べ、『金鰲新話』の訓點と比較してみた。提示した用例が非常に多く、やや繁雑にはなったが、これまでの比較を通して次のことがいえる。

『五經大全』『詩經正文』の訓點はほぼ共通しているのに対し、『金鰲新話』の訓點が異なっていた。特に『五經大全』『詩經正文』が、多くの語彙に丁寧に和訓をつけているのに対し、『金鰲新話』には和訓が少なく、讀みが簡略化されている。特に『五經大全』と『金鰲新話』の刊行年が同じであるのに讀みが大きく異なっていること、また讀み誤りもあることから、語句の訓の面からでも「道春訓點」に疑いをもって然るべきであろう。

また語の讀み方だけでなく、「則」字の用法についても考察を加えた。羅山は「トキハ則」と讀むことが多く、「レバ則」や「則」の右肩に「ス」と讀み假名をつけることは殆どないといわれている。ところが『金鰲新話』の用例をみてみると、「トキハ則」以外の用例が圧倒的に多く、右肩に「ス」と讀み假名をつけているものが用例の大半を占めていたのである。

このことから『金鰲新話』の訓點は、羅山というよりは、羅山沒後の簡略化されたものに近く、また「則」字の讀みも羅山の讀みとは少しく異なることから、訓點の面から見ても『金鰲新話』は「道春訓點」とは首肯しがたいテキストであるといえるのではなかろうか。

注

（1）天海（?〜一六四三）天臺僧。陸奥國高田の出身。德川秀忠・家光の歸依を受け幕府に出入りし、政務にも參畫する。崇傳と共に「黒衣の宰相」と稱された。

（2）崇傳（一五六九〜一六三三）以心崇傳。臨済宗の僧侶。慶長十三（一六〇八）年より駿府に赴き、幕府の外交事務にたずさわる。政治顧問として、江戸幕府三百年の基礎をなしたとされる。

（3）日本への宋學の傳來は十三世紀以降で、本格的に世に廣まったのは十五世紀以降である。

（4）岐陽（一三六一〜一四二四）臨済宗の僧侶。十二歳で東福寺に入る。應永二十五（一四一八）年に天龍寺・南禪寺の住持となる。

（5）桂庵玄樹（一四二七〜一五〇八）臨済宗の僧侶。應仁元（一四六七）年に渡明し、宋學を學び、文明五（一四七三）年歸國。薩摩で朱子新注による講說を行う。薩南學派の祖。

（6）文之和尚（一五五六〜一六二〇）臨済宗の僧侶。四書に通じ、桂庵の訓點を改訂した。宮中で四書新注の講をなす。四書集註の文之點は江戸時代に通行した。

（7）鵜飼石齋（一六一五〜六四）江戸初期の儒學者。那波道圓に師事。五經に通じ、史學に秀でる。『本朝編年小史』などを著述。

（8）荻生徂徠（一六六六〜一七二八）江戸中期の儒學者。『譯文筌蹄』六卷を著す。漢文を訓點によって讀むことの限界を認め、中國音による直讀を奬勵した。

（9）太宰春臺（一六八〇〜一七四七）江戸中期の儒學者。三十二歳で荻生徂徠に入門。謹直で勉强家。『倭讀要領』（漢學專攻者を對象とした訓讀論）を著す。

（10）「南炎浮州志」で閻魔王が、「多くの人がみだりに王と稱するため、王の呼び名も地に落ちる」ということを言ったときの臺詞「文武成康之尊號。已墜地矣（周の文王と武王、成王と康王の尊い呼び名も地におちるでしょう）」である。これは『詩經』周頌・執競「不顯成康、上帝是皇」にもあらわれている。以下に訓讀の違いを示す。「手」が羅山手校本『詩經大全』である。

金「文武成康の尊號」

大「顯ならざらんや成康、上帝是れを皇《キミ》とす」

正「顯ならざらんや成康、上帝是れを皇《キミ》とす」
手「顯かならざらんや成し康《ヤス》んすること、上帝是れ皇《ヨミ》す」

『大全』『正文』では「成康」と讀んでいるが、手校本『詩經大全』は「成し康んずること」と讀み、周の成王と康王という意としていない。村上雅孝氏によると、羅山手校本『詩經大全』の訓點は主に清原家點によっており、晩年の「道春點」に至るまでの過渡期の訓點であるという。すなわち「成康」の讀みも清原家點によるものである。手校本を比較の對象とするならば、羅山が手校本の手本とした清原家點『詩經』を含め、『金鰲新話』、羅山手校本『詩經大全』、『詩經正文』、羅山點『詩經大全』の五書を同時に比較すべきであろう。この羅山手校本『詩經大全』を含めた「道春點」テキストと、『金鰲新話』訓點との對照については別稿を準備中である。

(11) 貝原益軒（一六三〇～一七一四）江戸前期の儒學者。本草家であり庶民教育家。林鵞峰を訪ねる機會があり、その後儒學にすすむ。木下順庵などと往來する。『養生訓』『大和本草』を著し、訓點についての著に『點例』がある。

(12) 『中國語研究學習雙書12　中國語と漢文』九十九頁

結　論

以上、四章にわたり『金鰲新話』、特に「道春訓點」を中心に考察してきた。『金鰲新話』は朝鮮の漢文小説であるが、江戸時代ごろに日本に齎された。その後和刻本が刊行され、『剪燈新話』と同様に日本文學に影響を與えた書物として、日韓兩國で研究がなされてきた書物である。以下にこれまでの考察をまとめ、そこから得られた新たな今後の課題を指摘して結びとしたい。

第一章では日本における『金鰲新話』の研究史を概觀し、これまでの研究では、物語の內容比較に偏重されてきたことと、版本研究を疎かにしてきたことを指摘した。また江戸刊本に「道春訓點」とあることから「林羅山の訓點」として注目されてきたが、實際は書物の題簽だけから「羅山の訓點」と言われているだけであったという問題點も指摘した。よって本稿では「道春訓點」について、版本からの研究と、『金鰲新話』の「道春訓點」を實際に讀んだうえ羅山訓點と比較するという、これまで疎かにされていた二つの面からの檢證を試みることにした。

第二章では和刻本を中心とした版本の整理を行い、書物の體裁等の外側からの「道春訓點」について檢證した。影印本を含む版本の調查・整理の過程で、文獻資料としてよく使用される影印本のもつ危險性にも言及している。今回の版本調査で、現存の『金鰲新話』和刻本の所在をほぼ網羅し、これまで未詳とされてきた、江戸刊本『金鰲新話』

の覆刻時期を推定することができた。また書物の體裁や出版書肆、江戸時代書籍目錄などを參照し、當時の『金鰲新話』流通の樣子をさらに具體的に調査した。それら記錄によると『金鰲新話』は「道春訓點」と記されているものはなく、當時は「道春訓點」はおろか、著者である金時習の名前すら知られていなかったことが明らかになった。『道春訓點　金鰲新話』と銘打ったのは、福森兵左衞門刊行の寬文年間和刻本のみであった。この寬文年間和刻本を刊行した福森兵左衞門の書肆からは、羅山の著作と言われる『怪談全書』が刊行されていたという記錄が殘っている。ところが近年の研究では、『怪談全書』は「羅山の名前を加刻した」いわゆる僞書ではないかという指摘がされている。福森兵左衞門は「羅山の名を加刻した」疑いのあるいわくつきの書肆ゆえ『金鰲新話』の「道春訓點」という題簽にも、「外題換え」の疑いをもつことになった。

この第二章の外的側面からの「道春訓點」に對する疑問を受け、第三章では內的側面である『金鰲新話』自體の訓點、つまり「道春訓點」に從って『金鰲新話』を讀み直すことで、「道春訓點」の文章解釋を檢討した。結果、江戶刊本自體に、誤刻にも似た小さな誤りが多數見られ、『金鰲新話』の江戶刊本それ自體も、質の良い刊本といえるようなものではなかった。また江戶刊本では、詞の韻字を誤り、不自然な訓讀も中にはみられることから、『金鰲新話』の訓點は、丁寧というよりは寧ろ不安定なものであるといえる。ここで擧げられた江戶刊本の誤りは、明治時代に『金鰲新話』が再刊されたとき、明治の漢學者によって訂正されることもしばしばであり、惺窩や羅山のような、江戶時代トップレベルの漢學者が訓點を施したというには、やはり疑問を抱かざるを得ない結果となったのである。またここで同時に、旣存の注釋書にも觸れ、譯注書の曖昧さを指摘しておいた。

第四章では、實際に羅山の訓點と『金鰲新話』の訓點の比較を行い、『金鰲新話』と羅山の訓點の相違點を擧げた。羅山が四書五經に訓點をつけたことは廣く知られているが、『金鰲新話』のような小說に訓點をつけたことはほとんどないため、訓點の比較には困難がともなう。しかし『金鰲新話』には『詩經』出典の語彙が多く使用されている。

よって小説と經典という異なりはあるが、『金鰲新話』刊行とほぼ同時代の、羅山在世當時に刊行された『詩經』を參照しながら、『金鰲新話』の『詩經』出典の語彙の和訓、讀み方の比較を行った。羅山は「文選讀み」を多用していたといい、羅山訓點本『詩經』にもそれは如實にあらわれていた。よって書物の性格が變わっても、同一人物の訓點で、しかも『詩經』のような典據のある言葉なら、語句の訓讀にその特徴があらわれると考えた。ところが『金鰲新話』の『詩經』出典の語彙は羅山の和訓とは異なり、文選讀みが少なく簡略であったのである。羅山訓點は江戸時代において權威のあるものであり、羅山沒後も後人の手が加えられた「道春訓點」本が多く刊行されていたことをあわせても、この「道春訓點」は羅山本人の訓點ではなく、書肆が賣らんかなという意識をもってつけたものとも考えられる。ただし「道春訓點」といった場合、羅山本人の訓點だけでなく、門人や「道春點」を學んだ者がつけた訓點も「道春點」ということがある。

以上の考察を通して、『道春訓點　金鰲新話』は、林羅山本人が直接訓點をほどこしたというよりは、林羅山の門人や「道春點」を學んだ者などが訓點をつけたか、或は當時幕府の重鎭となった「林家」の威光を借りて「道春訓點」とし、販賣を促進しようとした可能性が高いと考えられよう。『金鰲新話』の出版背景などを考慮にいれても、『金鰲新話』の「道春訓點」はにわかに首肯しがたいといえる。

本論文では、これまでなされていなかった版本の研究と注釋書に關する問題を提起した。最後に本論文で言及できなかった主な課題三點をあげ、今後の課題としたい。

まず、江戸時代の漢學者、特に漢文に訓點をつけることができる人物の、漢文讀解能力がどの程度であったのかが明らかになっていない。林羅山以外の漢學者の訓點の精査と『金鰲新話』の訓點の比較、また經典以外の小説を含む、訓點者の知られていないような他の書物の訓點に關しても廣く調査をし、江戸時代の漢學者の漢文訓點能力をしっかりと把握したうえで、さらに『金鰲新話』の訓點はどのような位置づけであるのかを明確にする必要がある。

二つ目は江戸時代のスタンダードな訓讀法（假名のつけかたなど）の調査をする必要がある。現在の讀み方と江戸時代の讀み方は多少異なっている。江戸時代に普通に讀まれている訓が、現在と異なっているため、誤讀と判斷してしまうこともあるからである。よってまずは江戸時代の訓讀法を明らかにすべきであろう。

三點目は、羅山訓點本テキストの確實性の問題である。「道春點」テキストは江戸時代を通じて廣く流布したのであるが、羅山沒後に後人が手を加えて再刊したものも「道春點」として多く存在するからである。よって、訓點を比較するにあたってのテキスト選擇の際、對象とするテキストを再度精讀し、確認してゆく必要があろう。

【参考文献・資料】

《古籍資料》

○金鰲新話

①朝鮮木版本（一五四六～六七年ごろ成立）十行×十八字〔大連圖書館所藏〕

外題「梅月堂金鰲新話」内題「梅月堂金鰲新話」　坡平後學尹春年編輯

發行年・發行者　不明

＊影印本（崔溶澈編『금오신화의 판본』二〇〇三年七月初版　국학자료원　韓國・ソウル）

②承應二年和刻本（一六五三年）十行×二十字

ア．國立公文書館所藏本

外題「金鰲新話」内題「梅月堂金鰲新話」

發行年・發行者　承應二年仲春　崑山館道可處士刊行

イ．京都小野隨心寺所藏本

外題「道春訓點　金鰲新話」内題「梅月堂金鰲新話」

發行年・發行者　承應二年仲春　崑山館道可處士刊行

③萬治三年和刻本（一六六〇年）十行×二十字

ア．京都大學附属圖書館所藏本

外題「梅月堂金鰲新話」内題「梅月堂金鰲新話」

發行年・發行者　萬治三暦仲夏吉旦　飯田忠兵衞新刊

イ．早稲田大學所藏本

外題「梅月堂金鰲新話」内題「梅月堂金鰲新話」

發行年・發行者　萬治三暦仲夏吉　發行者不明

④寛文十三年和刻本（一六七三年）十行×二十字

ア．天理大學所藏本（『朝鮮學報』第百十二輯所收　影印一九八四年）

外題「道春訓點　金鰲新話」内題「梅月堂金鰲新話」

發行年・發行者　萬治三暦仲夏吉旦／寛文十三年丑年仲春　福森兵左衞門板行〔裏表紙見返し〕

イ．ハーバード燕京圖書館所藏本

外題「道春訓點　金鰲新話」内題「梅月堂金鰲新話」

發行年・發行者　萬治三暦仲夏吉旦／寛文十三年丑年仲春　福森兵左衞門板行〔裏表紙見返し〕

ウ．『金鰲新話』韓國・保景文化社影印本　一九八六年初版

⑤明治十七年和刻本　十行×十六字

ア．國立公文書館所藏本

外題「金鰲新話 巻之上、下」内題「金鰲新話巻之上、下」

發行年・發行者　明治十七年十一月　版權所有　栃木縣士族　大塚彦太郎

イ．亞細亞文化社影印本（一九七三年十一月二十五日發行

百部限定影印　韓國〕
　國立圖書館（韓國）所藏本影印
ウ．韓國古典叢書・古代漢文小説選所收影印本（『原本影印韓國古典叢書（復元版）Ⅳ散文類　古代漢文小説選』大提閣　一九七五年五月初版　一九七九年十月再版　韓國・ソウル）
⑥朝鮮筆寫本「萬福寺樗蒲記」（『十七世紀漢文小説集』所收　二〇〇〇年九月、筆寫年度未詳　삼경문화사〔韓國〕）〔手澤本〕

○崑山館道可處士刊行本〔國立國會圖書館所藏〕
①『法華經音義』承應二年刊
②『羣書拾唾』承應元年刊
③『庖丁書録』慶安五暦刊
④『大雜書』慶安四年刊

○剪燈新話句解〔國立公文書館所藏〕
①朝鮮刊本　壬寅冬十月（一六〇二年）林羅山識語　十一行×二十字
②和刻本　八行×十五字　慶安元年十一月吉日　二條鶴屋町書林仁左衞門　刊行

○その他
・『詩經』（詩經正文）林鵞峰著　寛文年間　寫本
・『十三經注疏』（毛詩注疏・孟子注疏・周易注疏）明萬暦　北監　林羅山・鵞峰手校本
・『五經大全』（詩經大全）林羅山點　承應二年刊〔以上三册、國立國會圖書館所藏〕
・『四書集註』（孟子集註）林羅山訓點　寛文四年刊〔國立公文書館所藏〕

○第一章『金鰲新話』とは
・天民散史〔和田一朗〕「金鰲新話（1～5）」（『朝鮮』一三九號～一四三號　朝鮮総督府　一九二四年十二月～一九二五年四月）
・崔南善「梅月堂金時習　金鰲新話」（『啓明』第十九號　啓明倶樂部　一九二七年五月）
・松田甲「翦燈新話句解に就いて」（『ユーラシア叢書二五　日鮮史話（四）』原書房　一九七六年　復刻原本『續日鮮史話』第二編　一九三三年）
・久保天隨「翦燈新話に關する事ども」（一）～（四）（『斯文』第十五編　第二～四號　斯文會　一九三三年）
・金臺俊著・安宇植譯注『朝鮮小説史』（平凡社東洋文庫270　平凡社　一九七五年四月、原著　一九三三年二月）

・宇佐美喜三八『和歌史に關する研究』（『和歌史に關する研究』復刻刊行會　一九五二年、一九八八年七月復刻）
・玄昌厦「伽婢子と金鰲新話―龍宮物語の獨自性に關して」（『比較文學』第三巻　日本比較文學會〔東京〕　一九六〇年）
・佐藤俊彦「剪燈新話、伽婢子及び金鰲新話の比較研究」（『朝鮮學報』第二十三輯　天理大學　一九六二年四月）
・鄭琦鎬「〈金鰲新話〉と〈伽婢子〉における受容の樣態」（『朝鮮學報』第六十八輯　天理大學　一九七三年七月）
・成澤勝「『剪燈新話』と『金鰲新話』―「萬福寺樗蒲記」の構成を中心に―」（『中國文學研究』第五期〔早稲田〕中國文學會　一九七九年十二月）
・大谷森繁「古典名著解題『金鰲新話』」（『月刊韓國文化』一月號　韓國文化院　一九八一年一月）
・大谷森繁「天理圖書館本『金鰲新話』解題」（『朝鮮學報』第百十二輯　天理大學　一九八四年七月）
・鴻農映二『韓國古典文學選』第三文明社　一九九〇年九月
・邊恩田「『剪燈新話』と『金鰲新話』から『淨瑠璃姫物語』へ―〝忍び入り〟と〝四方四季〟の趣向」（『同志社國文學』第三十九號　同志社大學國文學會　一九九三年十二月）
・邊恩田「『剪燈新話』と『金鰲新話』から『淨瑠璃姫物語』へ（續）―〝忍び入り〟と〝四方四季〟の趣向」（『同志社國文學』第四十四號　同志社大學國文學會　一九九六年三月）
・韋旭昇『中國古典文學と朝鮮』（豐福健二監修　柴田淸繼・野崎充彦譯）研文出版　一九九九年三月
・邊恩田「〈新資料紹介〉朝鮮刊本『金鰲新話』發掘報告の紹介と成立年代」（『朝鮮學報』第百七十四輯　天理大學　二〇〇〇年一月）
・花田富二夫「『伽婢子』の意義」（新日本古典文學大系『伽婢子』松田修・渡邊守邦・花田富二夫校注　岩波書店　二〇〇一年九月）
・邊恩田「朝鮮刊本『金鰲新話』の舊所藏者養安院と藏書印―道春訓點和刻本に先行する新出本―」（『同志社國文學』第五十五號　同志社國文學會　二〇〇一年十二月）
・崔溶澈「『金鰲新話』朝鮮刊本の發掘と版本に對する考察」（『大妻比較文化』三所收　花田富二夫「近世初期飜案小説『伽婢子』の世界〈遊女の設定〉」付載〔論文資料〕『大妻比較文化』三　大妻女子大學比較文化學部紀要　大妻女子大學　二〇〇二年三月）
・邊恩田「朝鮮刊本『金鰲新話』と林羅山」（『大谷森繁博士古稀記念　朝鮮文學論叢』白帝社　二〇〇二年三月初版）
・大谷森繁「『金鰲新話』―小説時代の到來」（『月刊韓國文化』三月號　韓國文化院　二〇〇三年三月）
・趙賢姫「『剪燈新話』の「人鬼交歡譚」をめぐって―金鰲新話・假名草子・雨月物語の比較―」（『文學・語學』第一七六號　全國大學國語國文學會編　二〇〇三年五月）
・蘇仁鎬・山田恭子譯「『金鰲新話』の創作背景と小説史的性

格」（『朝鮮學報』第百九十六輯　天理大學　二〇〇五年七月）

○第二章　『金鰲新話』版本

・『圖書寮叢刊』書陵部藏書印譜　下　宮內庁書陵部編　明治書院　一九九七年三月
・『內閣文庫藏書印譜』內閣文庫　一九六九年三月
・『德川時代出版者出版物集覽』矢島玄亮著　德川時代出版者出版物集覽刊行會　一九七六年八月
・『近世書林板元總覽』井上隆明著　日本書誌學大系14　青裳堂　一九八一年一月
・『改訂增補　近世書林板元總覽』井上隆明著　日本書誌學大系76　青裳堂　一九九八年二月
・『出版文化の源流　京都書肆變遷史　江戸時代（一六〇〇年）〜昭和二〇（一九四五年）』京都書肆變遷史編纂委員會編　京都府書店商業組合　一九九四年十一月
・『京都書林仲間記錄』宗政五十緒著　ゆまに書房　一九八〇年四月
・『倭版書籍考』（『解題叢書　全』所收　國書刊行會　一九一六年一月）
・『斯道文庫書誌叢刊之一　江戸時代書林出版書籍目錄集成』慶應義塾大學附屬研究所　斯道文庫編　井上書房　一九六二年十二月
・『書誌學談義　江戸の板本』中野三敏著　岩波書店　一九九五年十二月第一刷　一九九六年第三刷
・『江戸時代の書物と讀書』長友千代治著　東京堂出版　二〇〇一年三月初版　二〇〇二年六月三版
・『梅月堂　金時習研究』鄭鉒東著　民族文化社　一九六一年五月初版　一九九九年六月再版
・『和刻本類書集成』（第四輯　羣書拾唾）長澤規矩也編　古典研究會　汲古書院　一九七七年三月
・『假名草子集成』第十二卷　朝倉治彥・深澤秋男編　東京堂出版　一九九一年九月初版
・長澤規矩也「『怪談全書』の著者について」（『長澤規矩也著作集』第五卷　一九八五年二月　汲古書院〔初出『國文學誌要』第三卷第二號　一九三五年十一月　法政大學文學研究室〕）
・長澤規矩也「『怪談全書』著者續考」（『長澤規矩也著作集』第五卷〔初出『書誌學』第十三卷第二號　書誌學社　一九三九年八月〕）
・長澤規矩也「怪談全書・奇異雜談集についての疑問」（『長澤規矩也著作集』第五卷〔初出『國語と國文學』第三十八卷第四號　至文堂　一九六一年四月〕）

○第三章　和刻本『金鰲新話』の訓點

・『금오신화　金鰲新話』金時習・이재호譯　乙酉文化社　乙

西ライブラリー21　一九九四年七月十五日初版 二〇〇一年七月五刷

・『韓國古典文學選 金鰲新話・燕巖小説』田英鎭編著　홍신문화사　一九九五年六月初版　二〇〇二年四月重版

・『金鰲新話』金時習著・李家源譯　現代社　一九五三年五月

・「金鰲新話譯注」(『李家源全集』第十八卷所收　正音社　一九八六年九月、原本一九五九年九月　通文館)

・宇野秀彌『朝鮮文學試譯 no. 43』一九八三年八月(國會圖書館藏)

・『欽定詞譜』(京都大學漢籍善本叢書第十〜十三卷)清水茂解說　同朋舍出版　一九八三年五月初版

○第四章　林羅山の訓點と『金鰲新話』の訓點

・『林羅山』堀勇雄著　吉川弘文館　一九六四年六月第一版第一刷　一九九〇年二月新裝版第一刷

・『林羅山年譜稿』鈴木健一著　ぺりかん社　一九九九年七月五日初版第一刷

・『羅山先生文集』(羅山全集　卷一、二)　京都史蹟會編　平安考古學會　一九一八年二月、八月

・『羅山先生詩集』(羅山全集　卷三、四)　京都史蹟會編　平安考古學會　一九二〇年七月、一九二一年六月

・『近世初期漢字文化の世界』村上雅孝著　明治書院　一九九八年三月二十日發行

・『漢文の訓讀によりて傳へられたる語法』山田孝雄著　寳文館　一九五三年四月重版　一九三五年五月初版

・『中國語研究・學習雙書12　中國語と漢文』鈴木直治著　藤堂明保・香坂順一監修　光生館　一九八一年七月三版　一九七五年九月初版

・『國語學研究事典』佐藤喜代治編　明治書院　一九七七年十一月初版　平成元年十一月七版

・矢崎浩之「林羅山研究史小論」(『神佛習合思想の展開』所收　汲古書院　一九九六年一月)

・宇野茂彥「林羅山の讀書」(『青山語文』第十四號　青山學院大學日本文學會　一九八四年)

・原田種成「林羅山の學術に對する疑い―『貞觀政要諺解』による―」(『大東文化大學創立六十周年記念　中國學論集』／大東文化大學文學部中國文學科中國學論集編輯委員會・編　大東文化學園　一九八四年十二月)

・村上雅孝「朝鮮半島經由の中國俗語の研究―『語錄解』と『語錄解義』をめぐって―」『武藏野文學』39　武藏野書院　一九九二年一月　(平成四年度版圖書総目錄)

・川瀨一馬「近世初期に於ける經書の訓點に就いて―桂庵點・文之點・道春點をめぐりて―」(『日本書誌學之研究』所收　講談社　一九七一年十一月第一刷　(原本)一九四三年六月)

・大島晃「江戸時代の訓法と現代の訓法」(『講座日本語學7　文體史』明治書院　一九八二年八月初版　一九八五年十二月

再版）

・石川洋子「『四書』の「後藤點」について」（『實踐國文學』第三十四號　實踐國文學會　一九八八年十月）

・野口一雄「剪燈新話句解の諸本」（『伊藤漱平教授退官記念中國學論集』伊藤漱平教授退官記念中國學論集刊行委員會編　汲古書院　一九八六年三月）

○譯注に關する参考資料・文獻

・『詩經國風』上（中國詩人選集　第一卷）吉川幸次郎注　岩波書店　一九五八年三月第一刷　一九七八年二月第一六刷

・『詩經國風』下（中國詩人選集　第二卷）吉川幸次郎注　岩波書店　一九五八年十二月第一刷　一九七六年八月第一六刷

・『滿州娘娘考』奥村義信述　滿州事情案内所　康德七（一九四〇）年六月

・『道教の神々』窪德忠著　講談社學術文庫一二三九　講談社　一九九六年一月第一刷　二〇〇三年十二月第十二刷

・『松都志』（『韓國邑誌摠覽　朝鮮時代私撰邑誌』二、三　京畿道二、三所收　韓國人文科學院　一九八九年四月）

・『平壤誌』（『韓國邑誌摠覽　朝鮮時代私撰邑誌』四十五　平安道一所收　韓國人文科學院　一九九〇年三月）

・『朝鮮遺跡遺物圖鑑』十一　高麗篇二　朝鮮遺跡遺物圖鑑編纂委員會編（平壤）外國文綜合出版社　一九九二年四月

・『朝鮮遺跡遺物圖鑑』三　高句麗篇一（同）一九八九年八月

・『朝鮮遺跡遺物圖鑑』十三　李朝篇一（同）一九九三年四月

・『朝鮮遺跡遺物圖鑑』十四　李朝篇二（同）一九九三年十月

あとがき

本書は二〇〇五年十月に學位請求論文、およびその副論文として提出したものに改定を加えたものである。

一九九六年二月、中國語の習得を夢見て、かねてより念願であった中國留學の第一歩を踏み出した。留學生にはよくある話であるが、遙々異國に出たのだから、目的とした留學先の言語だけでなく他の國の言語も學んでみようと欲張りなことを考えるのである。私も例にもれず、親しくなった韓國人の友人から中國語を介して韓國語を習い始めた。「洗濯機」と「세탁기（セタッキ）」、「運動」と「운동（ウンドン）」などのように、韓國語と日本語の類似した漢字音をきいては親近感を増し、同時に中國と韓國・日本に關わる研究に携わりたいと考えるようになった。

中國留學を終えたのち、二〇〇二年末には韓國留學を終え、研究テーマに悩んでいたときのことである。その漠然とした思いが現實のものとなった。指導教授である河内昭圓先生が研究テーマとして『金鰲新話』をすすめてくださったからである。

そもそも、私と『金鰲新話』との出逢いは一九九五年、卒業論文のテーマで『剪燈新話』を調べた折、『金鰲新話』についても調査をしたことによる。京都大學人文科學研究所に所藏が確認されたので、内容の確認のため閲覧させていただいた。喜びいさんで見てみると、全てハングルで書かれていたため、當時は讀めずに斷念してしまった。（これは韓國で出版された譯注書であったと、後に氣づいた）私は『金鰲新話』が漢文小説であったのかどうかも知らなかったのである。そんな『金鰲新話』に再びめぐりあうことになったのだ。

『金鰲新話』の名をきき、私は躊躇することなく研究にとりくんだ。しかし、その後の研究には少なからざる困難が待ちうけていた。『金鰲新話』は朝鮮初期第一級の文人の著作というだけあり、故事典故の盛り込まれた詩や詞などの讀解には、相當の時間を要したのである。

二〇〇四年三月、研究半ばで河内先生がご退職されることになったが、先生は退職後も熱心に指導してくださった。原稿の最終段階では、數日間先生のご自宅にまでお邪魔して指導を受けた。河内先生のご指導がなければ、まずこのように短期間で論文を仕上げることはできなかったであろう。どの頁をみても、先生の嚴しくもあたたかい指導が思い出されるとともに、先生の學恩に報いるには程遠いことを痛感する。

研究の過程で版本の問題にふれた。書誌學や江戸時代の訓點に關することには全くの門外漢であったため、そのつど付け燒刃とは知りつつ、できうるかぎりの勉强をしてきた。その過程で、これまで疑問であった「問題のある金鰲新話の影印本」の謎解きができた。今見直してみると、氣持ちばかり先走りしている部分が處々にみられる。また、推敲すればするほど訓讀や理解不足などによる誤りがみられ、まったく恥じ入るばかりである。先學諸氏のご叱正を賜り、今後の糧としたい。

版本の調査にあたっては、天理圖書館をはじめハーバード燕京圖書館等、各圖書館・資料館にご配慮いただいたことに、心より御禮申し上げる。

『金鰲新話』が中國の影響を受け、また日本の小說に影響を與えたように、本書出版においても日中韓の諸氏にお世話になった。大連圖書館での調査および出版許可取得に際して、大谷大學大學院留學生で『今昔物語集』中國語譯の出版者として知られる金偉氏と、その友人の徐靖氏、韓國・高麗大學校の崔溶澈教授の協力を得た。特に徐靖氏は、私の大連滯在中、多忙をかえりみず、圖書館のみならず大連各地を案內してくださった。ここで衷心より感謝申し上げる。

本書の出版にあたっては、和泉書院社長の廣橋研三氏および編集の方々、さらには校正して下さった後輩諸氏に大變お世話になった。厚く御禮申し上げる。

二〇〇九年五月

早川智美

■著者紹介

早川智美（はやかわ　さとみ）

一九九六年　大谷大学文学部文学科中国文学分野卒業
同年、中華人民共和国・東北師範大学留学
二〇〇〇年　大谷大学大学院文学研究科修士課程仏教文化専攻　修了
二〇〇二年　韓国留学
高麗大学校国際語学院　韓国語文化教育センター韓国語正規課程　修了
韓国外国語大学校　外国語研修評価院　韓国語科修了
高麗大学校国際語学院　韓国語文化教育センター韓国語教師養成課程　修了
二〇〇四年　大谷大学大学院文学研究科博士後期課程仏教文化専攻　満期退学
大谷大学総合研究室任期制助手（〜二〇〇六年三月退職）
二〇〇五年　博士（文学・大谷大学）学位取得

研究叢書 389

金鰲新話　訳注と研究

二〇〇九年六月一〇日初版第一刷発行
（検印省略）

著　者　早川智美
発行者　廣橋研三
印刷所　亜細亜印刷
製本所　渋谷文泉閣
発行所　有限会社　和泉書院
大阪市天王寺区上汐五-三-八
〒五四三-〇〇〇二
電話　〇六-六七七一-一四六七
振替　〇〇九七〇-八-一五〇四三

ISBN978-4-7576-0509-1　C3397